折竹

II

一十四洲

著

广东旅游出版社
GUANGDONG TRAVEL & TOURISM PRESS
悦读书·悦慕竹·悦享人生

中国·广州

目录

凌凤箫转向一边，在一件白衣上撕下一块薄如蝉翼的白色轻纱，又扯下衣饰上的银钩，拿着它们走上前。

「若你果真被卖，百万两黄金又算什么。」

「你现在也几可以去祸国乱朝。」

第一章

想我了吗

林疏在上课。

这节课是"外丹精通",上课的仍是巨鼎真人,但内容比起"外丹入门"来,已经艰深了不知多少倍。

学完"外丹入门",算是知道了许多基础的炼丹手法,可以上"外丹普通",上完"外丹普通",才能选"外丹精通",在"外丹精通"的考核中取得甲等后,理论上就精通了所有的炼丹手法与技巧,能够在材料充足的前提下,按部就班炼制所有丹书上有名的丹药了——除非那丹药需要极为特殊的机缘。

巨鼎真人对他很好,经常点名表扬,说他的丹火纯粹,没有什么杂质,手法上又很少出错。

"林师兄。"下课时,他被同桌的一个姑娘叫住了。

"师兄,真人说'一以化万,万材归宗',我有些不明白。师兄可以给我讲解一下吗?"

林疏便整理了一下语言给她讲解。

春去秋来,转眼之间,他已经可以被喊"师兄"了。

因为他有时持琴,旁人皆以为他是乐修里的琴修,无人知道他本身毫无灵力的事实。而之前的几次期末考试中,他因为背得比较好,拿了许多的"甲",居然渐渐变成了旁人口中的学霸,也是十分新奇了。

姑娘理解那句话的意思后,拍手笑道:"原来是这样!"

林疏没有再说什么,收拾了一下东西,打算回去。

姑娘道:"师兄,你也去饭堂吗?"

林疏道:"是。"

姑娘道:"我们一起去吧。"

林疏道:"不了。"

姑娘有些闷闷不乐,道:"好吧。"

林疏便收好东西,一个人去了饭堂。

他倒没有怕那姑娘不开心，因为只要姑娘稍加打听，就会知道他已经有了饲主。

虽然饲主暂时不在，但他要守好自己的本分，不能和其他的女孩子接触过多。

吃完饭，回到竹舍，已经是傍晚。

他没再做整理书籍和照料灵草的委托了，这两年来除了上课，都在练琴、照顾猫和学习《寂灭》。大小姐闭关前吩咐了凤凰山庄去寻找材料，加上万鬼渊中拿到的那些，寂灭针已经炼制成功。

这针有一指长，通体漆黑，寒冷无比。佐以青冥魔君留下的使用方法与技巧，无论面对什么样的敌人，只要能找到机会将此针刺入对方体内，顷刻之间，那人必定散去全身功力，成为一个再普通不过的凡人，并且毕生难再修炼。针的威力自不必说，但着实过于阴毒，不可轻易使出，因此只做危急关头保命之用。

至于《寂灭》中其他内容——林疏自认为已经学得差不多，可以再上一层楼了。他便翻到秘籍的最后一部分，打算看看青冥魔君的"寂灭灵虚功"是怎样的一部功法。

须知世间的所有功法，都是在灵力流动上下功夫，没有灵力，自然不会有功法，青冥魔君却创了这么一个"寂灭灵虚功"，林疏已经好奇很久了。

——若不是被师父常年养成了"学秘籍要稳扎稳打，不能跳跃"的习惯，他大概早就看了。

他翻到这最后一部分。

第一感觉是，很薄。

但前面的内容已经证明了青冥魔君水准之高，想来这一部分必定言简意赅，虽薄，却十分高深。

林疏怀着敬畏之情开始阅读。

这第一页的句子，还是青冥魔君一贯的、半文不白、个人感情色彩浓重的风格。

"本君以为，什么灵力、功法，全属无稽之谈，经脉更是如此。待我练成'寂灭灵虚功'，定要让仙道、魔道的学究好看。"

林疏对这个与众不同的发言产生了兴趣，继续往下翻。

第二页，青冥魔君抛出了一个问题。

"世人修仙或修魔，皆要讲究心境，可为何要讲究心境？灵力修为，为何又与心境有了关系？"

——林疏觉得这个问题不错。

因着两年前梦先生提到了心境的问题，他后来便去藏书阁读了不少有关心境的典籍。典籍中大致的观点为修仙乃是修心，天道有常，不因任何事物改变，因此世间万物有生有灭，循环不息。那么人的心境也是如此，唯有心如止水，清明澄净，灵力流动方能生生不息。

出于修心的缘故，仙道中虽不乏豪爽耿直之辈，却无粗鲁浮躁之徒；虽有精明狡猾之辈，却无奸诈阴险之徒。

林疏想看看青冥魔君怎么解释这两个问题，于是翻到下一页。

——这时，他想到了一个问题，按照魔君这么个一两句话占一页纸的书写方式，剩下的页数岂不是很快就会被翻完？

然后魔君写道："本君思来想去，未想出心境与修为间到底有什么既定的关系，又想到本君炼制寂灭针、寂灭剑诸多宝物所用材料，如冥龙骨、千针莲叶等物，分明也没有灵力修为，其毒性却能使人灵力尽散，可见灵力也不是什么天地间别具一格的好东西。"

——这说法，倒是让人耳目一新了。

林疏继续往下翻。

这一页的字数也颇多，魔君讲，他认为灵力也是这世间寻常的物件之一，与草木、猫狗没有什么不同，人之所以能驾驭灵力，不过是借了天道一点力量而已。

然后，魔君在此处打上括弧写道："当然天道也不是什么神奇的好东西。"

再下一页，魔君终于步入正题，道："然而人又是如何借得这力量，与那心境又有何关系，这便是本君的'寂灭灵虚功'要讨论的问题了。"

林疏往后翻。

下一页写了几个大字——

"月华狗贼，诈死诓我！我去寻仇，先不写了！"

"先不写了"，也就是说以后还会写？

林疏接着往后翻。

没有然后了。

再往后翻。

再往后的地方潦潦草草写了几十个字："本君杀了亲传徒弟，没有传人可传，听闻浮天仙宫搜罗宝物，便把平生所学交出去，若有人看到，便算是我的传人，为师在青冥山留了点东西给你，记得去拿。"

继续往后翻。

没了。

林疏一时之间竟不知道该做出什么表情。

虽然月华仙君未死是一件值得高兴的事情，但林疏认为这并不能成为秘籍中断的正当理由。他把之前的部分翻来覆去读了许多遍，揣测青冥魔君到底想写什么东西，然而这位魔君的思维跨度太大，前文已经跳跃无比，后文更是难以猜出。

至于最后一页提到的"青冥山"在何州、何郡，魔君也没有提到，千年来沧海桑田变幻，地名也不知是否还存在——即便有后人阅读到了这份秘籍，怕也难找到这所谓的"青冥山"。

便宜徒弟林疏猜测魔君意图未果，默默合上了《寂灭》。

此时夜已经深了，外面的竹海里，越若鹤兄妹的练功也已经结束。

越若云道："爹爹今日又来信了，说，爷爷的脑子近日越发糊涂，分不清物与我，并且常在睡梦中说些玄妙莫测之语，恐怕离羽化不远，要我们这次放假，不要去外面，回家看看。"

越若鹤道："好。"

林疏想了想，自己已经很久没有联系过闽州的李鸭毛一家了。

上一次书信往来还是六月时。

李鸭毛的上陵试，可以说是十分坎坷。

第一年，也就是林疏来到上陵学宫的那一年，梦先生要李鸭毛回去再多识些字，不然恐怕读不懂心法秘籍，跟不上学宫的课程。但李鸭毛先前大字不识一个，纵然凭借着天生有些聪明，一年之内，也识不得多少字，于是第二年又被梦先生打回去继续识字。第三年，好不容易识了足够的字，自信可以通过考核，临考前又生了一场大病，高烧不退，整个人糊涂得很，连门都出不得，自然错过了为期只有一个上午的上陵试。

如今又过去了半年。林疏想了想，不知不觉，自己来到上陵学宫，已经有两年半。他望向角落的铜镜，两年下来，镜中人已经长开许多，至少，若是当年的大小姐看到现在的自己，是决计不会再用"矮病秧子"这种词来形容了。

既想起了李鸭毛一家，他便写了封信，询问家中情况如何，是否平安。写完信后，将它放在显眼的位置，打算明日出去上课时带上，交给后山的灵鸽送去闽州。做完这些便无事可做，他抬眼望向窗外，看着凌凤箫的竹舍。那里黑黢黢一片，两年来，日日如此，仿佛从来没有人居住过。学宫里新来的师弟与师妹，也都不熟悉大小姐的名字了。

但对于林疏来说，他这两年来的生活千篇一律，毫无新意可言，并没有什么印象深刻的事情发生，倒觉得唯独两年前和凌凤箫一起度过的日子历历在目，仿佛大小姐昨日还打一把红伞坐在中庭，顾盼生辉，鲜艳夺目。

而他此时看着大小姐的房间，又看看桌面上那封信，恍然间觉得自己和这个尘世，还是有些牵连的。

又胡思乱想了些什么，过一会儿，洗漱完毕，放空脑袋，把猫从床中间抱到一边，睡觉。

每一天都像这一天一样平静无波。

转眼间，又是许多时日过去。

他与猫的生活没有任何变化，学宫中的气氛却一日一日紧张了起来。首先是儒道院内部起了争执，院里的大师姐谢子涉与大师兄平如宁因为观点不同反目成仇，分别以他们两人为首的主和与主战两派更是势不两立，仙道院与术院也渐渐旗帜分明地分成了两派。

主和的，视主战派为异端，主战派更是将主和派当作杀父仇人般看待。两派不但上课时耻于与敌对派坐在一起，连饭堂都被分成了两块——东边是主战派，占地面积比较大；主和派人数相对较少，占据西边一块。

——就连炼丹课下课后常问林疏问题的那个姑娘，都怯生生问过一句："林师兄，你是哪一派？"

哪一派？

哪一派都不是。

——连吃饭的时候，都要看一看今天两个派系把饭堂的战线推到了哪里，好选一个中间的位置坐下。

所以，林疏被问的时候，没说话，收拾完东西便走了。

从那以后，姑娘便不大同他说话了。

林疏虽不知道外面形势如何，却也懂得一点客观规律，主战、主和这两派的争执愈是厉害，就说明战事愈是迫在眉睫。乱世不知什么时候就会到来，他也没有什么可做的，唯有努力修炼而已。

就在这样紧张的氛围中，一个学期临近尾声，弟子们可以自由外出游历，接受委托了。林疏不打算出去，毕竟大小姐不让他乱跑。

"林师兄，"那姑娘破天荒与他说了话，问，"你打算下山做任务吗？做什么任务？"

林疏："不做。"

"我与舍友接了一个很难的任务，潜入南北边境寻找北夏活死人肢体，交给术院研究，师兄愿意加入吗？"

林疏："不了。"

那姑娘的眼神瞬间变得惊异又疏远："师兄，你主和吗？"

林疏道："不主。"

姑娘低头道："是吗？"

林疏感觉很没有意思，便离开了。

他觉得还是大小姐在的日子好过，至少没有立场问题，他默认跟随大小姐的立场。

回到竹舍，檐角上停了一只雪白的灵鸽。

——时隔这么多天，李鸭毛终于回信了？

他招下白鸽，取下它脚上的小玉筒。

玉筒里塞了一张包点心用的粗纸，草草卷了卷，十二分的不走心。

林疏拆开纸卷。

潦草的字迹，只写了一个字。

"球"。

球？

这是什么意思？

李鸭毛在玩什么把戏？

林疏百思不得其解。

李鸭毛虽然调皮了一些，却断不至于千里迢迢回信，只回一个不知所云的"球"。

他将那张粗纸翻来覆去看，又拿远看，也看不出什么玄机。

什么球？

皮球？

这个世界连蹴鞠都没有，哪有皮球？

林疏忽然一个激灵。

在这个世界，"球"这个字，根本不是常用的汉字。

意识到这个问题的一瞬间，他看着那潦草的字迹，草草卷成的折痕，脑海里浮现出一个字。

"救"！

救？

李鸭毛在求救？

林疏蹙起眉头，拿出以前的信来和李鸭毛的字迹进行比对，发现这次的笔迹比起以前的来显得非常潦草，可以看出是在匆忙之下写成的。

如果是真的在求救，那么什么样的事情，会让他写出这样一封信，连多余的字都来不及写呢？

林疏的第一个念头就是北夏打过来了，打到了闽州。

但是这显然是不可能的，首先，闽州地处东南，是南夏的腹地，北夏若能打到闽州来，那整个南夏约莫已经沦陷了。

而且，学宫中也没有传来战争开始的消息。

那么，会是宁安府中的其他事情吗？

林疏先是往闽州又去了一封信，继续询问状况，然后简单收拾了一下东西，带上猫去了灵兽厩，见了照夜。照夜见到他，亲昵地凑了上来。大小姐闭关前曾交给他许多东西，照夜也包括在内，林疏每隔几天会过来看它一次。

林疏道："我可以骑着你出去吗？"

照夜打了个响鼻，继续蹭林疏。林疏觉得这是默认了。他嗑下一粒辟谷丹，在猫的帮助下骑上照夜，驾马离开了学宫后山。官道的路标写得清清楚楚，所以他在路上并没有遇到什么困难。照夜身为万里挑一的灵马，脚程自然奇快无比，不过两日便到了闽州地界。

但是——

林疏收紧缰绳，照夜的速度慢了下来，使得他能够看清官道两旁的景物。

三年前的那场雨，终究没有落下来。

所谓赤地千里，不过如此。

官道两旁是农田，然而并没有多少庄稼，土地已经因为连年的大旱裂出了深深的口子，干硬如铁，上面长着些枯草。但见烈日炎炎之下，方圆五里之内，只有林疏、照夜、猫这三个生灵，无云的天空中，连只鸟都看不见。

林疏心中说不清是什么感受。照夜打了个响鼻，脚步渐渐快起来，在前方的分岔口拐向了通往宁安府的官道。农田乃是一州一府的根本，土地旱至如此，城中自然也是萧条零落，家家户户房门紧闭，房屋与房屋间的阴影里，还有流浪汉蜷着，不知能挨得几时。他穿过城镇来到郊外，循着记忆中的方向找到了大小姐当年为他们村子选定的地址。

村落还在，稀稀拉拉的几十间房子，此时夕日欲颓，村子中有几个烟囱冒着炊烟。既然有炊烟，那就没事，村子并未遭逢大难。林疏松了口气，纵马驰向村落，来到熟悉的门前，拍了拍柴门。

没有人开门，他又喊了一声："鸭毛。"

里面终于响起脚步声，门"吱呀"一声打开，露出了大娘的脸孔。

两年多未见，她憔悴了许多。

看见林疏之后，大娘嘴唇嚅动几下，浑浊双眼中迸射出光泽来，双手握住他的肩膀，身体发着抖，一时之间，竟说不出话来。

林疏问："鸭毛与鸡毛呢？"

大娘用口音浓重的闽话木然道："被抓走了！"

林疏："抓走？"

大娘道："……官差抓人！"

林疏道："为何？"

大娘道："要打仗！"

说到这里，她茫然环顾四周，双手握紧林疏的肩膀，断断续续道："你走的第一年，你叔……被征走了，第二年，鸡毛也去了边关……今年他们上门，要鸭毛，说什么改了差役法，我说鸭毛要去学宫当仙长，求他们放过。那个老爷说，他管我什么仙不仙、长不长，那十几个人就把鸭毛拉走，我也不知去了什么地方……"

林疏望着她枯槁无神的面容，目光往房里看，看到房门处怯生生往外看自己的一个面黄肌瘦的丫头。

林疏认识这丫头，是李鸭毛、李鸡毛的妹妹李鹅毛。

李鹅毛与他对视一会儿，忽然扁了扁嘴，哭道："哥哥快跑！有人抓哥哥……"

林疏怔住了。

他看着李鹅毛。丫头扒着门框，眼睛睁得极大，恐惧地看向他身后。他回头，背后什么都没有，只有空荡荡的村庄。

大娘道："丫头别怕，他们不抓这个哥哥。"

这一番对话过后，林疏终于知道到底发生了什么事情。他原以为学宫中的形势已经极端险峻，没想到外面，凡人的世界里，已经到了这种地步。战争即将到来，军队需要扩充，种种防御工事也需要大量人力，官府开始疯狂征兵、征民夫。

按照凌凤箫之前的说法，南夏原本实行的是"雇役法"，也就是说，每家都有须服徭役的名额数与年数，但是可以通过缴纳相应的钱粮免去徭役，官府便用这些钱粮的一部分另外招募愿服徭役的民夫，余下的一部分用于填充国库。然而"差役法"恢复之后，百姓再也不能通过缴纳钱粮免去徭役，而是必须出人。

——更何况，即使仍然实行"雇役法"，大旱年间，颗粒无收，百姓又怎么可能交出足够的钱粮免去徭役？

看丫头恐惧至极的样子，显然是有了严重的心理阴影。由此就能想象出官差抓人时有多么凶神恶煞了。他们家原是和合美满的五口之家，现在却只剩下大娘与稚龄的丫头，在这战乱荒年，又该怎么活下去？再多想些，南夏大地，这样的人家，又该有多少？

恐怕不计其数。

这种情形，林疏只在语文课上读到过相关的诗词。具体的词句不胜枚举，明明战争还没有开始，他却想到了"生灵涂炭"这个词。上学的时候，他只是背书而已，无论如何都想不到，自己有一天会置身其中。

大娘道："鸭毛还在盼着来年去学仙……"

她眼里遍布血丝，攥着林疏肩膀的手一直在颤抖，眼里满是痛苦。林疏轻轻拍了拍她的手臂，从芥子锦囊中取出一瓶辟谷丹，道："吃一颗可以三十天不吃不喝。"

大娘愣了愣，随即反应过来，拿起瓶子塞进怀里，随即又向外张望一下，确认没有人看到。

林疏被她领进门。

大娘给他倒了一碗浊水，道："没有好水，你别嫌弃。"

林疏道："没事。"

李鸭毛家如此，其他家也必定如此，吃饭喝水全都是问题。

大娘看着他一小口一小口把水喝完，抹了一把眼泪，道："鸭毛前几天还盼着下一年去学仙，我没想到……"

林疏问："他们走了吗？"

大娘："什么？"

林疏道："军队。"

"没有，"大娘道，"还要往别处去征兵，说是五日后去骡马口送。"

林疏"嗯"了一声，道："您等一会儿。"

说罢，他拿起玉符，进了梦境。梦先生转身，道："道友，你来了。要练剑吗？"

林疏犹豫了一下，道："有一件事。"

梦先生道："什么事？"

林疏道："您知道李鸭毛吗？"

梦先生便温和一笑："道友，你与他认识吗？他今年原该来学宫，我主持此次上陵试时，没有见到他，还特意寻了。你若认得他，千万要他明年记得来。"

林疏道："他今年病了。"

梦先生恍然："原来如此。"

林疏继续道："前几日征兵，他被抓去了。"

话音刚落，梦先生便蹙起了眉："这……"

他继续道："何至于此？"

林疏道："他可以来学宫吗？"

梦先生道："他天资不差，早已算是仙道之人了，我只是恐他跟不上课程，这才令他在凡间多习些字。"

林疏想了想那个写成"球"的"救"字，虽说写错了，但写对了一部分，从大字不识一个到会写字，也确实是认真学了。

"道友，若是还未开拔，你且去他们驻扎处，寻里正，我自会现身向他讨人。"

林疏道："多谢。"

"道友，情况到底如何，你且与我细说。"

林疏把村里的情形与梦先生说了一遍。

"何至于此！"梦先生又道一遍。

梦先生素来脾气温和，此刻却拧眉轻斥，语气严厉，眼中忧虑之色甚是浓重。

半晌，又道："我明知此乃无奈之举，只是情形严酷到这个地步，终究是我等的过错。"

林疏不知道这个"我等"指的是谁。

梦先生叹了口气，道："道友，鸭毛此事，你且放心，凡间官府，这个面子还是会给仙道的。"

林疏道："多谢。"

"不必谢。"梦先生望向云海，"道友，你去寻里正。我先去与上陵简细说此事，征兵之策，断不可如此，否则三年之内，国力必衰。他虽不管凡间的事务，却到底还能在陛下面前说上话。"

说罢，梦先生朝林疏一拱手，身影立时消失了。

林疏离开梦境，看见大娘正望着自己，目光中是十二分的期盼。

"我与学宫说了，"林疏道，"您在家等，我去寻里正。"

大娘嘴唇嚅动，说不出话来，眼中似有泪光。

林疏不知该如何安慰，只道："您放心。"

说罢，问了里正的所在，便出门去了。

南夏设一百户为一里，每里设里正一职，负责户口与赋役。大娘只知道里正的住处与衙门，却不知道里正此刻在哪里，林疏硬着头皮又问了几次，这才在与村子相距十里的另一处村落找到了里正与里正的手下。

此时，两个手下正从一户人家的院子里拉出一个青年男子。里正是个白胖中年人，往地上啐了一口，道："藏在地窖里！地窖！这把戏我见得多了！"

那男子的家眷抱着还不会走路的孩子，坐在门槛上哭："大人，我们孤儿寡母，做不了活，以后便喝西北风吗？"

里正道："又不是独你一家喝西北风！"

那女子放声大哭，眼看就要用头去撞门，男人亦是神情痛苦。里正恶狠狠对她道："你今日藏着自己男人，来日就打不好仗，到时候你便是想喝西北风，怕也没有命喽！"

说罢，对手下道："走！"

转身，一抬眼看见林疏。

林疏知道自己穿的衣服并不是凡间的款式，因此并不意外里正审视的目光，朝他规规矩矩行了一礼："大人。"

里正后退几步，也还了一礼："仙长有何指教？"

林疏道："有一事。"

话音刚落，他腰间的玉符便闪了闪，眼前一阵恍惚后，看见梦先生的幻影出现在里正面前。

梦先生对里正作一揖，言辞有礼，说清了来龙去脉，大意是李鸭毛乃是上陵学宫的弟子，须得去上陵学宫，请里正放人。而其余一应手续自有学宫来交接，里正也不必惧怕上级苛责。里正打量他们许久，说仙长自然有仙长的道理，可自己这个凡人也有凡人的难处，此事须得向上禀报。

梦先生道："好。"

林疏知道凡间自有凡间的规矩，更何况仙道弟子素来不对凡人动手，即使梦先生亲至，也要遵从凡间规矩，不能立即便把人救出。

里正道："这位仙长便和我们一起回营吧。"林疏应了一声，正要跟上，却见里正的一名手下忽然跪倒在地，声音颤抖："将军！"

他喊着"将军"，眼睛看的却是梦先生。梦先生定定看了他几眼，道："我见过你。"

"长阳城！"那人膝行几步，来到梦先生面前，"将军，您还……您还在！"

他伸手欲抓梦先生的衣角，手却直直穿过了梦先生的幻影，抓了一个空。

——只见他一脸茫然，抬头看向梦先生。

梦先生一身蓝衣，宽袍广袖，仙气缥缈，看容颜不过是二十多岁，而那手下已经长了皱纹，是三四十岁的人了。

梦先生道："当年不过是挂一个虚职，你喊我'先生'便好。"

那人看着自己明明要去抓梦先生衣角，却什么都没抓到的手，道："……先生？"

梦先生道："我已不在人世。"

那人道："将军，长阳城……我是个小兵，见过您几次，后来没死，打完仗，没什么功劳，被放回家当了小吏。"

梦先生温声道："活下来便好。"

那人狠狠喘了几口气："将军，又要打仗了。"

梦先生俯身，虚虚扶他一把："世事无常，且受着吧。"

林疏看着这一幕，心想，这样一来，梦先生便确凿是大小姐说过的那个夜守孤城之人了。

说是仙凡有别，可在这个世界中，仙凡又密不可分。仙道院弟子完成学业后，要么回到家族或门派继续修炼，要么为朝廷效力，来到军中，而仙道门派与家族又都与王朝有着密切的联系，战火一旦燃起，仙道亦无法独善其身。

梦先生又安慰那人几句，这才回到玉符中。

林疏则跟着里正上了马车，一路回到临时的军营。

军营是一排低矮的茅草房，活动着二十岁到六十岁年纪不等的男人。

人很多，林疏没有看见李鸭毛，他跟着里正去另一边，看着里正来回请示，最后一次请示后，终于在花名册上划掉了"李雅懋"这一名字。

便有士兵去临时的军营大声吆喝名字，远处一阵骚动，林疏便看见李鸭毛朝自己跑过来。

他穿着褐色粗布衣服，瘦了许多，脸色苍白，神色十分憔悴，一看就吃了许多苦头。

"兄弟，你……"李鸭毛胸脯起伏，狠狠喘了几口气，"这里的人看得紧，我就只能趁着他们看不见偷偷涂了一个字，没想到你真——"

林疏："那一个字也写错了。"

李鸭毛神情十分尴尬。

里正不耐烦道："要走快走，动摇军心！"

林疏便带他走了，走之前，回头望了望军营，看见军营中无数身着褐色短打的男人，都在望着这边，目光中的东西，林疏说不上来，大概是嫉妒。

然而，他也只能带出李鸭毛一人而已。

林疏看着这一幕，隐隐约约想起两年前，雪中烤鼠那一夜，谢子涉提出的那场论道。

他先前是没什么感觉的，如今终于隐隐约约体会到了什么。

仙与侠，固然都有超绝的武力，也得到其他人的认可，颇有社会地位，可以做到常人不能做到之事。然而，这武力或地位，救得了一人，救不了万人。

要救万人，或杀万人，需要的是王与儒的力量，一种没有形体，却掌握着千万凡人生杀大权的政治力量。

不过，这都与他没有关系了，他只是来"球"一个李鸭毛罢了。

回去之后，李鸭毛如何欢天喜地、大娘如何感激不尽不提。休整两天后，林疏便带着李鸭毛踏上了回学宫的路途。经过大国师的批示，李鸭毛可以直接进入学宫了，等新的学期开始，就可以正常选课上课。

李鸭毛本就是大病初愈，又在军营里被折腾了几天，身体虚弱，受不得纵马疾驰风吹日晒，他们便另雇了凡间的马车，十来天方回到学宫。

林疏又带着李鸭毛熟悉了一下学宫的结构，这日的深夜方回自己的竹舍。

他开始练琴。

如今，对他来说，练琴即练剑。

灵力自琴弦上荡出，犹如剑气，削落无数竹叶。

但这一趟下山所发生的事情，可能是因为与李鸭毛熟识，无法让自己完全置身事外，他的心思竟有所浮动，总是无法完全静下心来弹琴。一曲毕，居然还出现了幻觉，隐隐约约听见了缠绵低回的箫声。

林疏弹完一曲，将双手按在琴弦上，闭上眼，感受着自己的心境。书中有个词语叫"物伤其类"，凡间走一趟所看到的事情，确实令他有所触动。也正是因为这一契机，林疏发觉自己的心境确实有待修炼——上辈子的心境平静无波，大约是时时刻刻有剑阁寒凉心法运转，再加上生活经验匮乏，还没有见过太多东西的缘故。

他静静思索一会儿，开始弹一首清寒寂静的曲子，思绪这才逐渐放空。

放空之后，却又出神，心想，若是大小姐看到那一幕，会怎么做？

被征走的男子的家人认为王朝这是断了他们的活路，要寻死觅活。里正认为强征兵卒是出于打仗的必要，十分应当。梦先生认为这一举措是在消耗王朝的国力，不可取。

大小姐呢？又会怎么想？怎么做？

他想不出，只知道大小姐的心情估计又会不太好，不知道怎样才能安抚好。

这一出神，又弹错一个调子。

林疏："……"

今日不宜练琴。

他离开琴桌，背了一会儿课本，又翻了几页琴谱，洗漱，打算睡觉。

睡觉前，他忍不住看向对面竹舍黑黢黢的窗口，觉得心里有点空空荡荡。平时并没有什么感觉，现在山雨欲来，局势险峻，自己的心境修为又出现了问题——觉得饲主不在，自己的立场待定，便像失去了主心骨一般，整个人都很茫然。

虽然茫然，但也没有很忧虑，撸了几把猫后便睡了。

他虽能吃下辟谷丹，不必去饭堂吃饭，猫却是不愿意的，必须去饭堂吃鱼。于是，第二天早晨林疏准时起来，抱猫去烟霞天。猫这些日子在凡间没有吃好，很期待饭堂，一直在他怀里"喵喵"叫。

烟霞天的主要建筑是藏宝阁、藏书阁与饭堂，要想去饭堂，须先经过藏宝阁。林疏路过此处的时候，看见一堆人围在一起，说着什么，隐隐约约听见几个"变化""新种"之类的词语。林疏原本没想去注意，却听到了熟悉的声音——正是那个炼丹课坐在他旁边的姑娘。

他去凡间之前，这姑娘和她的同伴接了一个很难的任务，也离开了，说是潜入北夏边境采集活死人肢体样本以供术院研究。如今过了二十天便回来了，可以说是非常迅速。

因着认识那姑娘，他便多往人群看了一眼，人群的中心正是姑娘和她的同伴，面前摆了一个半透明的琉璃罐，里面放了一些残碎的尸块。

正是这尸块引起了其余同窗的围观——他们观察着尸块，议论它与之前的活死人相比有所不同，恐怕北夏的巫毒有了新变化云云。

林疏想起两年前魔物入侵学宫那件事，那时候术院也是说北夏的巫术有变化。他心想，南夏的仙道弟子固然都在勤勉用功，提高修为，而北夏也一直在改进巫毒之术，不知哪个的进度更快些。想完，欲继续往前走，猫却叫了一声。

猫的叫声虽然都是"喵"，其中的语气却有微妙的不同，林疏此时便听出这恐怕不是寻常的"喵"。

他问："你想看看？"

猫："喵。"

——这次是肯定的语气。

林疏抱着它上前几步。

猫的守山人身份，并不为大多数人所知晓，只有大国师、几位真人和当时在幻荡山上见过它的弟子知道。

原本，假如是修仙之人，渡完劫后，境界提高，修为度过瓶颈，飞快上涨，涨到圆满的时候，即刻飞升，连自己都不能控制，灵兽却不一样。

猫欠了因果，要还清因果才能飞升，故而可以在凡间多留许多时间。南夏把它的真实身份隐瞒下来，也是存了一些不让北夏知晓，用作底牌的考量——虽然这猫也不知会不会主动帮忙。

既然猫想看，林疏便抱着它上前。

那姑娘看见林疏，低下了头，道："师兄，是你。"

林疏"嗯"了一声。

姑娘道："师兄这些时日去做了委托吗？"

林疏："没有。"

姑娘道："如今局势紧张，正需要我辈弟子挺身而出，师兄，你这样消极——"

这姑娘自那次问他主战还是主和后，态度就有点微妙，如今更是语气中带了不满。

林疏倒是没什么感觉，其他人看他的目光却都不满了起来。

他便想起来，这姑娘虽然表面柔柔弱弱，却积极主战，而她的朋友自然也是激进的主战派，自己这样的"咸鱼"，恐怕入不了他们的眼。

局面一时有点紧张，许多人都警惕地望着林疏，此时猫却突然极短促地叫了一声。

"喵！"

林疏抱着它，明显感到猫的身体在某个瞬间忽然变得僵硬，有点害怕的样子。

下一刻，那姑娘和她的几个同伴，被一股浑厚的混沌灵力掀飞出去！

"啊！"姑娘摔在十几米远的地面上，几个同伴也纷纷落下。

围观的弟子想要上前，却被同样的灵力阻挡住！

再下一刻，那个琉璃罐也被掀飞出去，"咕噜"滚了几下，落在姑娘面前。

"你为何纵灵兽伤人？！"姑娘站起来，红了眼睛，质问道。

其余人亦是如此，林疏一时间成了众矢之的。

旁人纷纷出言指责，剑拔弩张，险些要拿起兵器来制裁这个伤害同窗的危险分子。

林疏一下下顺着猫炸起来的毛，心想，猫这样做，定有它的道理。以它陆地神仙的境界与混吃等死的性格，若没有特殊的情况，实在也是懒得搭理这些最高才到元婴的弟子。

大概是见他无动于衷，周围的讨伐声越发激烈。

一位年纪最长的师兄道："师弟，你纵灵兽伤人，必定要给出一个说法，再向这些师弟师妹赔礼道歉。"

林疏只是安详地给猫顺毛，道："他们有蹊跷。"

那位师兄似乎很生气，道："师弟，你不但自己不为国效力，还出手伤害同窗，我却不知道他们有什么蹊跷，只知道你大是不对。"

另有别人说："你还不去向他们道歉？"

一时之间，群情激愤。

此时此刻，忽然传来一声冷笑。

听不出声音在哪里，那些人四处望去。

姑娘道："莫要装神弄鬼！"

那声音清寒缥缈，语气冷淡。

"我的人，即使果真做错了事，又何须向他人道歉？"

下一刻，林疏嗅到一股熟悉的冷香，眼睛被人从背后蒙住了。

那人道："我是谁？"

林疏道："大小姐。"

那人又道："你想我了吗？"

林疏想了想，自己昨日才想过大小姐，便道："想了。"

大小姐便笑，放开蒙住他眼睛的双手，下一刻，声音又变得极端冷淡。

"你，"这话是对着那姑娘说的，"转身。"

姑娘睁大了眼睛，一时非常不忿，可大小姐的声音配上这样冷淡的命令语气，素来不容置疑，让人下意识便去遵从。

她转过身去。

大小姐道："脱衣服。"

姑娘气急，转过头去看人群。

此时那几位师兄师姐，却不帮她说话了，而是蹙了眉。

一位师姐道："清妹，你先脱。"

她没了法子，解开了外袍。

人群发出抽气和喧哗声。

但见那露出的手臂和肩膀上，赫然是大块大块黑色的初生尸斑！

这尸斑，熟悉活死人之人都知道。

北夏的魔物，已经不是生灵，却也不是死物，半死不活，不死不活，若是活死人，身上则常常带有大块的青色尸斑。

而如今姑娘的身上既然出现了尸斑，就说明她正在向活死人转化。

她如此，那几个同行之人同样被猫用灵力震开，看来亦不能幸免。

只见那些人纷纷撩开衣袍，果不其然，每个人的身上都出现了一丝痕迹。

人们面面相觑："这……"

林疏看向那个装着尸块样本的琉璃罐。

当初遭遇活死人后，他曾翻阅相关的资料。北夏巫师制出"血毒"，以秘法施在活人身上，那人便会被血毒侵蚀，逐渐变为被巫师操纵的活死人。

可姑娘和她的同伴，分明只是去边境采集了活死人的尸体碎块以供术院研究，怎么就沾染上了血毒？

林疏看着姑娘惊惧的眼神，只能想到两种可能。

其一是他们在不知道的情况下遭遇了北夏巫师，被施放了血毒。

其二是北夏的巫毒之术果然有大的突破，使血毒有了感染性，寻常人仅仅是接触活死人就会被传染。

这两种情况，若是第一种，那还不算太凶险。可若是第二种，就过于可怕了。

试想，两军对垒，北夏以大量的活死人打头阵，交战之时，南夏的军队在与活死人搏斗的过程中便逐渐转化为活死人，听从北夏巫师调遣，然后血毒扩散范围愈来愈大，直至南夏全军覆没。

即使现在战事还没有开始，不用考虑这种问题——可若是北夏奸细潜入南夏境内，施放血毒，血毒一传十，十传百，百传千，按照规律要以指数增长，岂不是比最暴烈的瘟疫还要可怕？

在场的弟子们一时之间也想明白了其中关窍，纷纷进入梦境找梦先生。不一会儿，便有五位德高望重的术院前辈匆匆赶来，神色凝重。

"全部散开，"一位真人道，"今日在此处逗留过的弟子，全部去术院观察。"

随后，几位真人自芥子锦囊中拿出林疏不知道用途的、类似法器的器皿，将琉璃罐收起来，又使出许多符箓，在弟子们周围围起一道由灵力与风构成的屏障，安排弟子们去术院。

弟子们也知道其中的危险性，乖乖跟着真人回去——虽然每个人都忧心忡忡。

一人感染血毒事小，若是连累了整个学宫，那就是波及整个仙道的大事了。

林疏没有接触过琉璃罐，但到底在琉璃罐周边待过，也要被隔离观察，而大小姐也不能幸免。

他没有立即跟上，而是落在人群的最后。

大小姐看着他。

他也看大小姐。

大小姐一身艳烈的红衣，仍然是闭关前惯穿的颜色，人则高了一些。

而那原本就惊为天人的容颜，此时更加灼眼。

林疏原以为自己的审美已经被往日的大小姐"刷洗"到了无坚不摧的程度，可是今日一见，竟然又受到了冲击，不知该怎么形容。

大小姐的脸部轮廓比两年前深了一些，更加鲜明耀目，使人想起泼泼洒洒、痛痛快快开满三月的国色牡丹，微微扬起的眼角又为这张脸添上三分张扬桀骜，不能再用"国色天香"一词形容，而像一把世上最漂亮也最锋利的刀，锋芒直直映进人的眼中，使他大脑一片空白。

大小姐在他眼前挥了挥手："回神了。"

林疏的思绪回笼。

他想，大小姐的年纪，比自己大一些，闭关前是十七八岁，而如今又长两岁，正是一个女孩子容颜最盛的时候。

正想着，就见大小姐比了比他的身高。

原本小傻子这具躯壳有些不足，比大小姐矮一个头左右，今日再见，这差距缩小了一些，只差二三指。

比完，凌凤箫又后退几步，看了看他，接着才走上前来，道："你倒是长得很高了。"

林疏暗暗想，大小姐已经是女孩子里面身材非常高挑的那一类，不过今后恐怕是不长了，而自己刚刚成年，还能再长高一点，说不定来日便把差距追上。

正想着，就听大小姐微笑道："你若再长高些，我现在这个身体便不太好抱你了。"

林疏："？"

大小姐，你总不能要求我这个男孩子一直小鸟依人地被姑娘抱。

大小姐牵起他的手，两人慢慢跟着人群往前走。

猫从林疏怀里爬出来，踩上他的肩膀，然后灵活地跳到凌凤箫身上。

凌凤箫道："你也胖了不少，当心林疏抱不动。"

猫不理睬，看来对自己的体重并无自知之明。

他们倒是没有害怕会沾上血毒，毕竟有这么一个陆地神仙在，若是沾上了，它早就焦虑得浑身发抖了。

大小姐问起他这两年来的日子过得如何，林疏据实以答。

答着答着，便免不了提到李鸭毛的事情，提到李鸭毛的事情，便又不能不提起凡间苦于徭役的现状。

大小姐遥遥望向天边，不知在想什么，过一会儿，道："自古以来，临战之时，向来如此。"

林疏道："嗯。"

"然而百姓无辜，蒙受此难，终究是王、儒的过错。"

林疏颇有些意外地看向凌凤箫，心想，原来大小姐也还记得雪夜里那次论道。

大小姐道："这样说来，你是因为此事，才心神不稳，弹错两次曲子？"

没想到自己弹错曲子，竟被大小姐听到，林疏有些不好意思，承认："是。"

"你学仙，不是凡间之人，这些事情不必挂心，"大小姐道，"从今往后，朋友、家人的事，有我在。"

林疏道："嗯。"

"至于天下百姓……"凌凤箫的手轻轻按在刀柄上，望向群山之间初生的日头，微微眯了眯眼睛，"成败胜负，尚未可知。若来日恢复旧国，定会给他们一个交代。"

林疏问："能赢吗？"

"我不知道，"大小姐牵着他的手，将他的五指轻轻展开，放在自己手心上，然后缓缓收拢，道，"但求无愧。"

林疏忽然觉得心中安定了许多。

凌凤箫这人，脾气多变，演技高超。

但此人说出的话，没来由地，林疏觉得，一定会兑现。

胜负尚未可知，然而必定不会留有遗憾。

并无什么豪言壮语，却比壮阔之言更让人信赖。

然后，只听大小姐道："不过，无论如何，都不会让你受委屈。"

林疏道："多谢。"

时隔两年，大小姐还是那个说一不二、养仓鼠养得周到妥帖的饲主，他不知道自己到底有什么优点，居然能得到大小姐这样的青睐，说不出什么话来，也只能道一句"多谢"了。

大小姐扬眉笑了笑，道："不谢。"

而后，顿了顿，继续道："你日日弹琴，琴声清透，我便安心；若琴声浮动，我便也有些牵挂，昨夜便是如此。"

林疏："！"

他问："你并没有一直入定吗？"

"偶尔醒来，便多醒一会儿，到晚上，能听见你的琴声。"大小姐道。

林疏很羞愧："那我……耽误你修炼。"

"无妨，"凌凤箫道，"你的琴声清明宁静，反倒使我心境安稳。"

林疏问："你的修为怎么样了？"

凌凤箫道："晚上给你看。"

林疏便好奇地打量了一下大小姐。

他确实有点想知道大小姐的修为如何了，刀法是不是入了新境界，乃至有没有进入渡劫期。

不过凡胎肉眼，终究只能看出大小姐又漂亮了。

说话间，已经走入术院的地盘，深秋的山色，红枫如海，偶尔飘落几叶，很是好看。

这些近距离接触过琉璃罐的弟子都被安置在西北一处大院落里，观察是否有感染血毒的症状。几位真人的重点则在姑娘一行人身上。

术院真人的武功大多数不高，为防止这几个人彻底变成活死人，暴起伤人，凌凤箫确认自己不会感染血毒后便在真人左右护卫，顺带捎上林疏。

姑娘被安置在一个有半间房那么大的玉格里，玉格由深湖寒玉制成，可以减缓毒发的速度，四壁贴着符箓，内含巽风之气，能保证玉格内的气息不会外泄，自然不必担心血毒蔓延到真人们身上。

姑娘蹙着眉尖，睫毛颤抖，是很慌乱害怕的样子，看到林疏，既感到抱歉，又难为情，喊了一句"师兄"。

大小姐挑了挑眉。

姑娘又看向大小姐。

大小姐面无表情守在窗边。

两位真人询问姑娘情况，思索解毒之法——按照原先的经验，感染血毒的人短时间内还是有可能救回来的。

询问完之后，便是询问采集尸块时的详细情况。

原本，边境深山中有人发现了活死人，皮肤颜色是暗红的，与其他活死人不同，而且力大无穷，比前些年见过的要厉害许多。术院得知消息，唯恐北夏巫术有了新进展，才发布了这样一个任务，试图对这种活死人进行研究。

姑娘的队伍来到边境，根据线索找到游荡的活死人，杀死两个，将尸体碎成块带回来。队伍中有人受伤，有人没受伤，然而无论受没受伤，都感染了血毒，甚至有一个没有受伤的弟子身上的尸斑比伤者的尸斑还要多一些。

此事——果真非同小可！

若不是因为被活死人抓伤，而是单纯接触到了活死人便感染血毒，那么，极有可能，北夏的血毒已经可以凭空扩散！

真人们各个眉头紧蹙，研究一番后，又摇头叹气："没有血毒样本，议论再多也是枉然；若能拿到样本，兴许还能知道它的来龙去脉。"

另一位真人道："血毒样本都是由北夏大巫师精心保存，哪能得到？"

第三位真人道："若不早日弄清这血毒发生了什么变化，等它在民间开始蔓延，我朝亡矣！"

最初那个真人道："那处边境兴许也有线索。"

几位真人齐齐点头："很是。"

又有人道："若是前去探查，万一再出事……"

真人们的话音未落，凌凤箫淡淡道："我去查。"

"这……"真人面露意外之色，又有几分犹豫。

林疏倒是没有觉得很意外，他知道大小姐就是这样的人。

昨夜抚琴时，他想，山雨欲来，战乱欲起，生灵涂炭，皇帝不顾一切大肆征兵，梦先生则痛惜百姓，认为王朝应该改革制度。

而大小姐呢？大小姐会怎么做？

他那时想，大小姐会带上那把同悲刀，千军万马里，去取敌军之将的首级。王朝的盛衰，百姓的悲乐，或许可以系在那一刀之上。

凌凤箫正是如此，根据林疏的观察，此人从不意气用事，亦不会伤怀感慨，而是一直去做那些可以做的、可能会有意义的事情。

他觉得，"无愧"此刀，且不论那过重的杀戮煞气，单看名字，若是给大小姐拿着，那也很合适。

——然后忽然想到，是表哥从幻荡山宝库里拿到了无愧刀。

而表哥是大小姐扮的。

大小姐拿到了"无愧"。

那现在呢？

刀呢？

林疏仔细想了想，觉得——大小姐说拿无愧刀是要送人，那约莫是送了萧韶。

萧韶在梦境中用的刀正是"无愧"，想必现实中也想用。

想到萧韶，他自然而然想起梦境中的演武场。

不知是什么时候，"萧韶"这个名字，在排行榜上消失了。

——好像自他和大小姐从江州出来，回到学宫，再看演武场排行的时候，就找不见他的名字了。

最后一次见面，还是他试图通过萧韶来找大小姐。

这事在学宫中也掀起了一场大风波，但是谁都不知道萧韶在现实中的样子，因而更无从猜测这人去了哪里。

林疏觉得，他大概是毕业了。

虽然和萧韶这人没有太多的交集，而且以后也可能不会再打照面，但林疏还是觉得有点遗憾。

毕竟，那场比武，他至今想起来，还有点惊心动魄。

若自己没有失去修为，能时常与萧韶在现实中切磋，在武学上一定能有所突破。

但是，大小姐和萧韶一定很熟悉，自己若是一直跟着大小姐，也未尝不能再遇见他。

他收回思绪，望向姑娘。

姑娘身上的几处大穴都被真人施了冰魄寒针，尸斑仍然在，但没有继续扩大。她比先前平静了一些，道："多谢真人。"

擅长医术的真人们如同专家会诊，仔细询问她的状况。

而另一边，一位真人对凌凤箫道："殿下，你千金贵体，贸然前去，恐怕不妥。"

凌凤箫道："恐怕没有人妥。"

真人道："此行万分凶险，还是请仙道院的元婴前辈前去探查比较妥当。"

凌凤箫道："我也是元婴。"

真人一时没了话说。

林疏想，大小姐的实力，即使放在整个仙道，也出挑极了。

仙道中，筑基弟子最多，金丹要少一些，然后依次是元婴、渡劫，渡完劫便可以飞升。

筑了基，就算迈入仙道，这个阶段仅仅是身体强健、耳聪目明，没有什么值得一提的长处。

一万个筑基的弟子里面，有八千能掌握灵力流动的规律，在丹田中结出一颗金丹，从此以后体内灵力以金丹为中心，绵延不断，循环往复，能够使用一些术法，也能将灵力融入武学招式中，全力一击时，一剑大概能够击碎一栋房子。

这八千弟子里面，有一百能进入元婴。

这是一道巨大的分水岭，因为，金丹修为，无论灵力控制得多么高妙，武功威力多么巨大，也不过是一介武夫。

而元婴，则象征着已经有了自己的"道"。

体内灵力也随着"道"逐渐改变运转方式，最后，体内金丹渐渐改变，脱胎换骨，在丹田处生出一个人形虚影，名为"元婴"。元婴境界的修仙人的体内自成一个"道"的世界，一招一式都能牵动天地间玄奥精深的"天道"，威力比起金丹，亦有翻天覆地的变化，元婴巅峰的修仙人可以说有翻山填海的威能。

至于渡劫期，更不必说，"道"逐渐完善，直至能与天道相抗，可以脱离世间生老病死的规律。

这时候，天道便降下破界劫雷，若扛过了，便飞升仙界，逍遥快活；若没过，只好重新回去投胎。

根据林疏对这个世界里的仙道有限的了解，渡劫期的人，少之又少。

如梦堂的越老堂主算是一个，其余的两三个渡劫前辈也都是镇守一方门派的老人。

而且，据说走的都是"合道"。

"合道"的渡劫期，传说中并不如"破道"的渡劫期实力强大。

但是"破道"又确凿没有渡劫期的人。

林疏觉得大小姐一定可以，萧韶也不差。

他在上一世都可以一个人默默修到渡劫期，想必对大小姐这种天赋之才来说也不是难事。

只听大小姐对真人道："就这样定了。"

真人："尚须斟酌。"

大小姐的右手按在刀鞘上，道："时不我待。"

真人拧眉，捋着胡须，沉吟半晌，道："须得请示大祭酒。"

大小姐道："好。"

随后，又道："此事不可向他人提起。"

真人道："我自然知道。"

林疏想了想，觉得也是。

人多口杂，若是不慎走漏风声，被北夏知道有人会去边境探查，设下陷阱，就有些麻烦。

然后，就见大小姐往前走了几步，走到姑娘面前。

姑娘道："你是……"

大小姐道："凌凤箫。"

姑娘轻轻"啊"了一声，又望向林疏，目光在他和凌凤箫之间转了好几趟。

林疏对这一行为毫不惊讶，毕竟学宫中但凡是不与世隔绝的人，都知道大小姐乃是林疏的饲主。

姑娘垂下眼，她本就因感染血毒而脸色苍白，此时看去，一脸黯然之色。

"师兄，我会死吗？"她道。

林疏道："要看真人的医术。"

姑娘艰难地笑了笑，又看了看倚在墙壁上慢慢擦刀，一脸冷淡的大小姐，低声道："师兄，你是被迫的吗？我知道你不是这样的人……"

林疏一时之间竟不知道她在说什么，直到注意到那欲言又止看着大小姐的目光，才反应过来，这个姑娘约莫是觉得他品行高洁，不会做出被人"饲养"这种事？

不，姑娘，不是，我没有什么品行操守。

更何况你只要看看大小姐，再看看我，就知道大小姐即使"饲养"了我，那也是纡尊降贵了。

我倒是也想"饲养"大小姐，只不过没有那么多钱。

他看到大小姐饶有兴趣地往这边望了几眼，顿时心中生出强烈的求生欲望："我是自愿的。"

姑娘："……"

凌凤箫道："走了。"

林疏便乖乖跟上，临走前看见姑娘神情复杂，约莫是痛心他如此不争气，竟选择被人"饲养"。

他没有什么可说的，反正那张婚书上红纸金字，什么都安排得清清楚楚。

走出门，他看见大小姐嘴角勾起一个饶有兴味的笑容。

不好。

自己这两年和姑娘多说了一些话，如今正主回来了，恐怕要秋后算账。

果然，大小姐道："你居然有了好朋友，看来这两年果然过得不错。"

林疏摸了摸鼻子："同桌。"

"无妨，你多交些朋友也是好的，只是不要为美色所迷。"

林疏："……"

他道："还没有美色比得上你。"

大小姐满意了，拉着他到琼林中一块青石上坐下。

"大国师还没有回话，我们先去梦境，"凌凤箫拿出玉符，"我自创了几招刀法，我们去拆一拆招。"

林疏道："好。"

他也拿出玉符，意识沉入梦境中。

当年自己用了"折竹"那具仙女壳子，一年期满后，终于可以更改形象，于是他便重新用回了上辈子自己的样貌，总算不用维持女孩子的外表了。

他来到码头，看见对面大小姐一袭红衣站在风中，打量着自己，眉尖微蹙，良久才犹疑道："……林疏？"

林疏："嗯。"

大小姐道："你怎么不用原来的躯体？"

第二章

丹朱玉素

林疏愣了愣。

然后他想起来，演武场里，大小姐只见过自己"折竹"的形象，没有见过这个。

在演武场中，一个形象绑定一个名字，他现在用的是上辈子自己的脸，名叫"不争"，是师父上辈子给自己那把本命剑取的名字。

大小姐向前几步，目光在他的脸上停留很久，又问："这是谁的脸？"

语气中带着迟疑，目光中带着不高兴。

林疏悚然。

他自然不能说自己其实不是这个世界的人，于是想了想，道："自己捏的。"

大小姐再次问："怎么不用'折竹'？"

林疏摸了摸鼻子："女孩子的装束，我不大习惯。"

"原来是这样。"大小姐道。

林疏自觉理由十分充分。

然后就见大小姐轻轻叹了口气，道："委屈你了。"

大小姐居然如此体贴，知道自己那一年穿着女装在演武场走动很难过。

林疏非常感动，道："还好。"

刚感动完，就听大小姐道："可我喜欢'折竹'的样子。"

林疏："……"

不感动了。

大小姐继续道："想看你穿裙子。"

林疏："……"

——这是什么恶劣的癖好？

他道："可我不能穿裙子。"

大小姐道："反正是在幻境之中。"

林疏感到不能呼吸。

行吧。

他默默下线了。

重新登录，来到镜子前设定形象，变回"折竹"，走回演武场。

一到码头，就看见人们纷纷往这边望，窃窃私语："折竹仙子出现了！"

与此同时，"不争"的名字消失，"折竹"的名字出现在排行榜上。

所幸他没有用"不争"这具身体和其他人打过架，这个名字被淹没在茫茫人海，没有人会注意到它消失了，自然也推测不出"不争"就是"折竹"，"折竹"就是"不争"。

而"折竹"的名字，出现在了榜首的位置。

林疏有点不好意思，摸了摸鼻子。

——谁让苍旻那人爱武成痴，非要挑战折竹，从那往后，前面几名经过新一轮的切磋，最后停留在折竹第一、苍旻第二。

而他用"折竹"身体的这一年，几乎每隔三四天都会收到苍旻的约战邀请，他不堪其扰，一年的期限一过，立刻换身体跑路，再也没有出现过。"折竹"这个名字消失的那一天，苍旻甚至伤心到约越若鹤、越若云和他喝酒，倾诉了一大番心中的失落。

大小姐隔着人群望见了他，朝他遥遥一笑。

林疏过去。

大小姐道："虽说是男是女没有什么大的差别，但我毕竟更喜欢女孩子一些。"

林疏心道，原来，大小姐在只有女孩子的凤凰山庄长大，习惯了和漂亮的女孩子待在一起，看不上外面的男人。

大小姐便拉着他找了一个无人的去处，道："给你看我的刀法。"

同悲刀出鞘，发出清越长鸣。

大小姐先是平平递出轻缓一刀，道："这一式我给你看过，名为'归舟'。"

而后刀尖上抬，行云流水，划出一道月弧般的痕迹。

这招式并不复杂，甚至没有什么技巧，难能可贵的是里面的圆融意蕴。

林疏边看边琢磨，心想，凤凰刀法大多凌厉霸道，狠绝到了极处的时候，难免会流畅不足。大小姐这两招，若是化用在其他招式之间，可以完美地解决这个问题，与人打斗的时候也会更加灵活，实在是很妙。

"这一招叫'圆月'，"大小姐道，"我想起两年前与你在江州，打算夜探江州府，假托看月亮避开驿馆眼线。后来回想，觉得那晚的月亮确实很圆。"

林疏道："是很圆。"

大小姐便笑了笑，身子向后一折，刀光如水，猝然向天激射而出，然后转而向下。

红衣飞荡，刀光极快，却不锋利，而是四处飘落折转，如同纷纷扬扬的雪花。

林疏觉得很妙，前面两招胜在圆融，这一招则胜在多变，需要极高的技巧——而动中有静，又极为漂亮。

凌凤箫舞毕，看着他，道："我闭关前的那一晚下了雪，竹海中烤鼠给你吃，觉得很快活，有了这一招'夜雪'。"

林疏道："很漂亮。"

大小姐横刀身前，闭上双眼，一手握住刀柄，另一手并起两指，在刀刃上缓缓横抹。

同悲刀发出清鸣。

林疏看见，随着大小姐手指的动作，刀身居然微微震颤起来。

这震颤微小到了肉眼难以看清的程度，林疏不解其意，正打算细细观察，就感到面前的空气极静，没有风，也没有任何声响。

然后，一滴水，缓缓落了平滑如镜的水面。

层层涟漪在水面上荡漾开来，向外扩散，灵力的波动如同春雨润夜，起先毫不起眼，随后带起了整片区域内灵力的颤动。

这一招，在灵力的控制上很精妙。

但林疏并不能想出这一招在实际的战斗中要怎么用。

正在琢磨，就见大小姐收了刀，道："这一招叫'闻琴'。"

林疏："闻琴？"

大小姐道："闭关时，夜中偶尔醒来，听到你的琴声，心有所动，如同静水微澜，故有此招。"

没来由地，林疏感觉脸上有点发烫。

他微微低下头，不太敢直视大小姐的目光。

凌凤箫轻轻笑一声，道："害羞了？"

林疏道："有一些。"

大小姐的笑声十分快乐。

林疏心想，梦先生曾说凤凰山庄的刀法过于孤绝霸道，恐怕于自身有害，故而男子不能修习。他想着，即使是女孩子，也未必不会受其所害，而大小姐悟出了方才那寂静温柔的几招，对以后的修炼一定大有益处。

只是这几招的契机都在自己身上，让他多少有点儿不好意思。

他正在出神，就被一根手指挑起了下巴。

大小姐道："不许低头。"

林疏："……"

大小姐道："这两年来，我在武学上没什么造诣，只创出了方才那几招讨你欢心。其余时间都在沉淀心境，现在修为扎实，心境亦不复往日浮躁，自忖元婴之内没有敌手，遇到'合道'的渡劫前辈，亦可以一战。"

林疏道："那就好。"

以凌凤箫的天赋悟性，理应如此。

他在上一世，这么大的时候，也是在元婴巅峰的门槛上，只差一个契机进入渡劫期。

他想了想，又问："你何时进入渡劫期？"

凌凤箫的回答，却大大出乎他的意料。

"我不能渡劫。"凌凤箫道。

林疏："为何？"

"其一，入渡劫境界后，天劫不知何日便会到来，若我飞升，南夏武力更加薄弱。因此不如压在元婴巅峰，危急关头时，用'涅槃生息'内功，也能有渡劫期的战力。"凌凤箫淡淡道，"其二，我身在尘世，无法超脱世俗。心境不够，纵使想要入渡劫，恐怕也难。"

林疏看着凌凤箫，道："那等战争结束？"

"嗯哼，"凌凤箫道，"那时候，若我还活着，便与你归隐山林，或浪迹天涯，不再理凡间俗事，一心修仙。飞升渡劫，想必不是难事。"

林疏："嗯。"

"不过，你得等我才行。"凌凤箫笑了一下，原本挑着他下巴的手转向上，轻轻摸了摸他的头发，将额前几缕乱发拂到耳后。

动作很轻柔，语气也是："若我死了，你就好好修仙，快些飞升。若我一直没死，能活下来，你不许进境过快，在我之前飞升走人。"

林疏觉得这不太可能。

他说："我现在还毫无修为，飞升大概很远。"

凌凤箫道："然而你一旦恢复经脉，先前的境界很快就会回来。"

说罢，又问："你走火入魔前是什么境界？我还未曾问过。"

林疏思忖一番，觉得不能如实说，于是把"渡劫巅峰"降了降，说："刚结元婴。"

"那个已经很高了，"凌凤箫蹙了蹙眉，"若你飞升太早——"

林疏觉得大小姐甚至有点委屈。

他安抚："我不飞那么早。"

大小姐："姑且相信。"

提起飞升，林疏就想起自己的经脉，想起经脉，就想起大小姐说有法子让他的经脉完全恢复。

林疏试探："我的经脉怎样才能好？"

凌凤箫看着他的眼睛。

林疏被大小姐看得有点慌。

凌凤箫开口，说出的却是一句风马牛不相及的话："你今年十八？"

林疏不解其意，但还是点了点头。

"虽说，若是在凡间，也够了年龄，可我觉得还是太小，"凌凤箫的声音温柔得快滴出水来，"这次血毒的事情，恐怕要去北夏境内追查，等回来，我带你回凤凰山庄见母亲，请她定下时候。过一两年，你我成亲，便无须再担忧经脉。"

林疏一头雾水："成亲可以使经脉变好？"

凌凤箫摸他头发的动作顿了顿："你不知道？"

林疏："……啊？"

他抬头，看见凌凤箫一言难尽的表情。

一言难尽过后，凌凤箫约莫是调整了情绪，语气更加温柔了，简直是轻声细语，唯恐声音严厉了，会吓到他一般。

"你房里有一本《清玄养脉经》，没有仔细读过吗？"

林疏："读过了。"

凌凤箫："那便再好好读一遍。"

林疏："……好。"

嘴上说着好，其实内心十分怀疑，他不信那本平平无奇的《清玄养脉经》能写出什么花来，自己按照那上面的方法练了两年，经脉根本没有一点变化。

"总之，成亲过后，你便会有天赋绝顶的经脉，"凌凤箫拉了他的手，道，"若你想早日恢复经脉，也并非不行，但毕竟有违礼数，我亦不舍得碰你。"

林疏越发地迷茫了。

大小姐究竟在说些什么东西？

成亲？

这两个字就更使他惊慌失措了。

他要娶大小姐？

见母亲？

这三个字更不啻晴天霹雳。

凤凰山庄的大庄主真的不会嫌弃他吗？

他的脑子如同一个过载的处理器，"轰"一下子炸掉了。

呆滞过后，林疏开始思考。

成亲。

不错，他和大小姐有婚约，按照道理来讲，确实是要成亲的。

但是，这和他之前有限的设想有点不一样。

他那时想，自己是修仙的人，大小姐也修仙，那这个婚约，就是要他们当道侣。

道侣嘛，平日一起弹一弹琴、吹一吹箫、拆一拆招、论一论道，他不喜欢和别人离得太近，但若是和大小姐一起做这些事，是可以的。

但是在这个世界，仙道和凡间好像并没有太大的差别。

——也就是说，这个婚约是真的成亲。

成了亲的人要怎么相处，他就有点不知道了。

林疏有点慌了。

他问凌凤箫："成亲？"

凌凤箫道："成亲。"

他道："成亲以后要做什么？"

凌凤箫道："与现在没有什么不同，只是亲密些。"

林疏想了想，如果是这样的话，似乎也是可以的。

凌凤箫看着他，问："为何这样问？你不想和我成亲吗？"

林疏道："没有。"

凌凤箫很满意："那就这样定下了。待解决此事，我们就回山庄。"

林疏重新慌张起来。

他问："你的母亲……凶吗？"

"她虽严厉了些，但其实很好。"凌凤箫道。

严厉。

林疏有一些不祥的预感。而凌凤箫似乎是注意到了他的神情，揉了揉他的头发："只是对我严厉了些，若是看见你，一定很喜欢。"

林疏姑且相信，点了点头。

凌凤箫像是忽然又想起什么，道："除去见母亲，还要见父皇和母后。"

林疏："母后？"

凌凤箫是南夏的嫡长公主，还是凤凰山庄的大小姐，故而林疏一直以为凤凰山庄的大庄主就是南夏的皇后。

"母亲其实不是我的生母，从血缘来讲是我的姨母，母后才是，"凌凤箫道，"南夏历代皇后都出身凤凰山庄嫡脉，若是为皇室诞下男孩，自然是皇子；若是女儿，则送回凤凰山庄教养。"

原来是这样。凌凤箫的亲生母亲是皇后，然后凌凤箫被送到凤凰山庄，由大庄主抚养。大庄主与皇后是亲姐妹，自然也对凌凤箫视若己出。

凌凤箫的出身自然高贵无比，可也不是全靠家中的权势。君不见，那枚象征凤凰山庄高高在上地位的凤凰令，没有在大庄主手中，而是在大小姐手中。

大小姐手握凤凰令，相当于有着凤凰山庄一大半的实权，更别提还有公主的身份。

林疏没有什么值得一提的出身，他自己倒没什么想法，只怕外人看大小姐嫁了一个咸鱼一样的人，会嘲笑。不过，转念一想，大小姐这样的人，天底下也没有男人配得上，无论是谁都会被衬托成"咸鱼"，就平衡了许多。

"母后性情温柔，你见了，一定喜欢，"凌凤箫望向远方，"我已经多年没有见她了，不知有没有清减。"

正说着话，凌凤箫面前忽然有一点白光闪了闪。

"梦先生叫我。"凌凤箫道。

林疏："你去吧。"

大小姐的身影便原地消失，过一会儿才重新出现在演武场中。

"大国师准了，"凌凤箫道，"我即刻启程。"

林疏道："好。"

回到现实中，向山下走去，他问："我送你？"

大小姐却忽然沉吟了一会儿。

半晌，大小姐道："我恐怕要带你前往。"

林疏："嗯？"

"若是遇到强敌，我灵力消耗过大，或心境不稳，可能再次昏倒。"大小姐蹙了蹙眉。

这确实是个值得考虑的问题。

大小姐总共昏了两次，第一次是在幻荡山上挡了天劫，又和昆山君打斗，灵力消耗甚巨；第二次是夜探江州府，知道了万鬼渊惨案的真凶乃是皇帝，心境有所有变化。

——为防万一，他确实该陪着大小姐。

而且，这两年来日夜练琴，他已经能将琴声与剑意融合，威力不俗，再加上练琴的过程中熟悉了原本并不擅长的灵力操控，自忖虽冰弦琴内含的灵力是金丹巅峰的水准，但靠着自己的领悟和技巧，对上元婴期也未必会落败，大概不会拖大小姐的后腿。

他道："我跟着你。"

"也好，"凌凤箫道，"此去不知要多久，我亦不愿意与你分开。"

时间不等人，商定好这件事，他们便立即准备出发。

凌凤箫打开一张地图，地图上标注了此次探查的地点。

在北夏与南夏的交界处，偏向南夏一点，一个叫"临郫"的村子附近，出现了游荡的、体形不同于别的同类的活死人，整个村子被屠。学宫将这种皮肤暗红的活死人称为"血尸"，发布高级任务，委托弟子前去查明情况，带回血尸肢体样本，以供术院研究。

那个姑娘的队伍成功取回样本，却感染血毒，并且血毒可能还有此前从未出现过的传染性，极为危险，若用到战场上，后果不堪设想——这就是整件事情的来龙去脉了。

凌凤箫此行，就是要彻查此事，找到幕后操纵血尸之人，乃至取到血毒样本，让术院去研究应对之法。

猫则被留在了学宫，跟着苍旻。

苍旻正在与同窗快乐地讨论"折竹仙子重现周天演武场"的话题，冷不防怀里被塞了一团黑猫。

猫很不高兴，叫了好几声。

林疏道："你看着学宫。"

凌凤箫道："带外面的吃食给你。"

猫："喵。"

这种叫声的含义是"姑且满意"。

林疏与凌凤箫出去，凭借实力，只要不是遇到实力太夸张的对手——诸如渡劫期之类，应当能够全身而退，但猫必须留在学宫。

学宫中的年轻弟子不能出事，一旦他们出事，仙道青黄不接，可谓危矣。

有陆地神仙坐镇，可保无虞。

安顿好猫之后，他们收拾了一些可能用到的符箓、阵法石头、丹药等，大小姐又放了许多东西，统统塞进一个芥子锦囊中，由林疏拿着。

准备好东西后，即刻启程。因为要去边境，照夜过于打眼，所以两人没有骑马，而是靠轻身功法御风而行。

到山下，却看见一行儒道院的人，还摆了一桌酒。

中间是熟人——谢子涉。

谢子涉见到他们，笑道："大小姐，你也来送我？"

凌凤箫："你要走？"

"我前日结业，今日动身去国都。"

凌凤箫："政事堂？"

"正是，"谢子涉道，"我一生抱负，终可以一展。大小姐，就此别过，预祝你武运昌隆。"

凌凤箫："亦祝你青云直上。"

谢子涉朝凌凤箫饮下一杯酒，长揖一下："来日国都相逢，河清海晏时，再把酒言欢。"

说罢，起身登车。萧瑟秋风中，车夫吆喝一声，车声辚辚，马车朝国都方向疾驰而去。半刻钟之后，车子转过一道弯，不见了踪影，前方只余斜阳与远山。

林疏与凌凤箫亦启程。三天两夜后，他们在一个边陲小镇的客栈里落脚。

林疏在房间里看地图。

这个方向，有点不大对，临鄄村在西边，他们所在的镇子却在东面。

他问："我们走错了？"

凌凤箫道："没错。"

"这里是新阆镇，临鄄村在……"林疏看着地图。

两个地点，差了十万八千里。

但见凌凤箫勾唇一笑："谁说我们要去临鄄村了？"

林疏："……啊？"

"临鄄村的事情，我大概能猜出真相，无外乎是一个巫师研制出新的血毒，在边境上试验效果。"

林疏点了点头。

"北夏每五年举办一次'天照会'，成名巫师都会去北夏都城斗法，得胜者得到大巫嘉奖，算起日子来，两月之后便是。"

林疏领会了大小姐的意思："你要去？"

"屠灭临鄄村的巫师研制出此等神奇血毒，又心知自己做下的事情已经引起南夏注意，必然已经动身回北夏腹地，打算在天照会上呈现给大巫。"凌凤箫淡淡道，"北夏巫术诡秘，我们寻不到他的行踪，却可以在天照会守株待兔，况且，混进天照会，也能看一看北夏这五年是否又多了更厉害的术法。"

大小姐说得不错。

林疏问："我们怎么混进去？"

"我自有分寸。"大小姐道。

林疏点点头。

大小姐自然有大小姐的法子，他只要跟着即可。

"此事连大国师都不知晓，天知地知，你知我知，其余人纵使探听到消息，也只当我们去了临鄞村，不会有人知道我们去天照会，北夏更无从得知。"

林疏赞叹大小姐行事的稳妥。

下一刻，大小姐又道："只一件事，昆山君既然能混进学宫，北夏便会知道一些消息。你我须易容改扮，不能用现在的容貌，以防他人认出。"

说着，把另一个淡青色锦囊放在林疏面前："这里是给你的东西，你看了，自然知道怎么用。"

林疏："好。"

夜已深，凌凤箫交代完便回了房。

林疏打开那枚锦囊，想看看是什么东西。

他将意识沉入芥子锦囊中，一时之间，目瞪口呆。

然后，他拿出了一件……裙子。

白色的，和折竹穿的样式差不多，甚至熏了淡淡的兰香。

第二件，也是白色的，是穿在外面的纱袍，绣着银纹。

第三件，还是裙子。

拿到最后，拿出一些钗环首饰来，都是简单又雅致的款式。

林疏："……"

他又想到装着丹药、符箓的那枚锦囊，翻了半天，终于在犄角旮旯里杂七杂八的丹药中间，翻出一小瓶幻容丹来。

他将幻容丹、衣服和簪子放在一起，心情复杂。

大小姐，你的意思是让我穿女装咯？

虽然有点不能相信，但是这些东西说明，大小姐确实是这个意思。

再联想今天在幻境演武场的时候，大小姐非要他换成"折竹"的形象——林疏合理怀疑凌凤箫就是有这样恶劣的癖好，喜欢看人穿女装。

他看着摆得整整齐齐的衣服、首饰与幻容丹，陷入了思考。

穿女装，还是不穿女装？

为了大小姐的喜好穿一下裙子？

他决定先试一试。

小玉瓶里一共有十几粒幻容丹，每粒都是花生米大小，莹然生辉。

他倒出一粒，吃掉了。

奇异的芬芳在唇齿间散开，丹药飞快地化掉了。

五六分钟后，他感觉从丹田涌出一股暖流，随后，这股暖流盘旋向上，散向四肢百骸。

又过一会儿，他浑身发热，仿佛浸泡在热水中。

他伸出手，观察自己的皮肤。

浑身上下的皮肤，此时都隐约透出那种柔和莹润的淡淡光芒，质地也有所变化，变得非常……难以形容。

林疏用右手手指触了一下手臂的皮肤，结果发现皮肤好比橡皮泥，可以被任意提拉揉捏。

这场景说实话有点可怕。

他走到客栈房间的镜子前，开始观察自己的脸。

小傻子虽然傻，但长得确实不错，经常被姑娘们夸奖。

林疏回忆自己见过的女孩子们的样貌，脸颊的线条要圆润一些，眼睛也是。

他的技艺实在是生疏，不敢做太大的调整，因此只能一点一点调。

嘴唇应当不必做什么改动，眉毛只需要细一些……鼻梁似乎需要低一点儿，可以照着折竹的样子捏一捏。

捏脸，实在是一个技术活。

林疏开始后悔为什么这个世界没有拍照技术，这样他就可以有一个模型来照着捏。

他大致改变了一些外貌特征，开始轻轻调整，让它变得自然些。

眼睛似乎有点大了，调小一些。

一眼看去，整张脸似乎在笑，不妥，眉毛不应当那么弯。

林疏对着镜子，这边折腾一下，那边折腾一下，不知不觉，竟然已经过了一个多时辰。

他看着镜中人，心情复杂。

此时，幻容丹的效用也在渐渐消退，那股暖流渐渐消失，皮肤恢复原来的状态。纵是大罗神仙在此，也看不出这张脸经过了易容。

暖流终于彻底消退的那个瞬间，林疏突然想到一件事。

怎么恢复？

怎么回到原来的状态？

估计只有大小姐知道。

林疏："……"

他只是想试一下传说中的幻容丹啊！

然而事已至此，明天是逃不过要用这张脸见大小姐了。

他自我消化了一会儿，接受了这个事实，然后默默换上了那身白色的裙装。自己这具身体并不胖，修长瘦削，因此并没有太强的违和感。尤其是散下头发，稍微用发饰束了束之后，任谁看见都会认为这是个高挑的女孩子。再加上那张面无表情、清秀漂亮的脸，以及一尘不染的雪白衣袍——活生生一株晶莹剔透的空谷幽兰。

尤其是，因为只是微调，原来的面部特征并没有非常大的改变，若是越若鹤或者苍旻突然在街上见到这样一个人，肯定会拉住她，问："你是不是林疏的妹妹？"

他看着镜中人，仿佛看见女版的自己，心情十分复杂，难以用语言来表达——万万没有想到，自己除了在演武场中穿了一年裙子，还能有这样新奇的体验。他难以接受这个事实，把镜子搬开，让它对着墙壁，不允许它照见自己现在的样子。

然而，第二天还是要这样出门。

按照以前的经验，外出住客栈时，早上起床洗漱后，下楼吃早饭，大小姐若没有在走廊等他，便是已经在大堂了。

走廊上没有人影，所以林疏直接去了大堂。

下楼梯的时候，顾及自己现在是女装的状态，仪态上须要多加注意——便一手扶着栏杆，一步一步缓缓下来。

然后，他发现大堂中几个客人的目光，齐刷刷投向了自己。

怎么回事？

为什么都在看我？

哪里不像吗？

是不是有什么没注意到的问题？

林疏一边在心中疯狂怀疑，一边维持着面无表情，一步步走下了台阶。

走下楼梯，转过去，他环顾大堂，想找大小姐。

——大小姐似乎不在。

林疏有些迷茫，再次找了一遍。

这时，大堂角落里的一张桌子旁，一个穿轻绯色衣服的姑娘抬起头来。

她面若芙蓉，眉似柳叶，眼角点了一颗红痣，眼角微微上挑，很有些烟视媚行的意思。

好一朵沾水桃花。

姑娘朝他招了招手，招呼罢，眼波在大堂其他客人身上转了一转。

林疏早已习惯大小姐的美貌，此时尚且呼吸一顿，其他客人约莫已经被这秋水横波的双目看得酥倒了。

林疏："……"

大小姐，你总是让我很意外。

他坐到桌旁，就见大小姐眼睛一眨不眨地看着自己："你好漂亮。"

林疏："……"

他念着自己此时穿着女装，放轻了一些声音，又回忆一番"异术全览"课上讲过的易声技巧，努力让自己的声音不那么像一个男孩子，对大小姐道："你也是。"

大小姐一手支着脑袋，看着他笑。

林疏很有些不好意思，摸了摸鼻子。

就见大小姐一脸着迷，又道了一声："你好漂亮。"

——然后给他剥茶叶蛋。

林疏看着放到自己面前碟子里的茶叶蛋，心中经历了一番挣扎。

虽然穿女装并非自己乐意做的事情，但大小姐居然这样开心，可见很喜欢。

那自己勉为其难地牺牲一下，似乎也未尝不可。

只盼这趟回来，大小姐不要逼他每天都穿女装就好。

他于是便没提怎么恢复原本面容，而是问："你怎么变成这样？"

就见凌凤箫那双改了形状的桃花眼又是风情万种地一转："我自有打算。"

林疏摸了摸鼻子。

实话说，大小姐这一身打扮，这慵懒的神情，实在有点像个风尘女子。

吃完饭，去结账，小二使了个眼色道："两位姑娘，那边的公子已经帮你们结了账啦。"

凌凤箫看了看那边，掩口笑道："多谢。"

——林疏也看那位公子，最难消受美人恩，那人听得这一声"谢"，俨然已经被"谢"得神志不清了，仿佛下一刻就能为她上刀山下火海。

但这并不能打动林疏，自然也不能打动大小姐。

他们上楼。

凌凤箫道："去我的房间。"

林疏一进房间，就被大小姐按在了镜前。

大小姐的笑容逐渐诡异，在桌上摆开一堆瓶瓶罐罐。

林疏："！"

林疏艰难地道："这就……不用了。"

凌凤箫道："虽说你已经足够漂亮，不施脂粉更是出尘，但依我们这几日的计划，还得涂一些东西才逼真。"

林疏屈服。

行吧。

薄涂了一层也不知是什么的东西之后，又用兔毛软刷刷了一层极其细腻的粉。

再涂抹一会儿，大小姐开始执笔为他画眉。

细小的狼毫，蘸一些黛粉，在眉尖细细描。

笔尖柔软，仿佛挠在人心里一般，兰香与冷香交融，林疏呼吸不稳，很紧张，整个人都不是很好。

大小姐轻轻道："若日日为你画眉，也算不枉此生。"

林疏："？"

大小姐，放过我。

我去学习画眉的技巧，以后日日给你画就好了，你不要折腾我。

画完，大小姐又开始摆弄瓶瓶罐罐。

林疏："还有？"

大小姐："自然。"

林疏反抗："我不想涂。"

"乖，"大小姐笑容逐渐变态，拿了一盒颜色清淡的口脂，"你总会习惯的。"

也就是说，之后天天都要涂这些东西？

林疏："我记不住。"

大小姐笑眯眯道："会记住的。"

反抗无效。

等终于折腾完，林疏看向镜中的自己。

说实话，他并没有看出和没有化妆的时候有什么区别，硬要说的话，可能是脸白了一些，嘴唇红了一些。

凌凤箫的语气很满意："如何？"

林疏戳了戳自己的脸："有变化吗？"

——除了害怕粉会掉下来。

凌凤箫："……"

"你先前是很仙气的，"凌凤箫道，"现在虽还有些仙气，却是凡人的仙气了。"

林疏仔细观察自己，还是什么都看不出："……真的吗？"

他看见大小姐的神情很复杂，立刻改口："似乎是的。"

大小姐的语气似乎很累："算了。"

林疏感到这触及了自己的审美盲区。

首先，林疏看见大小姐取出了一个也不知从哪儿弄来的、半旧的绸缎包袱，放在桌上。

接着，他眼睁睁看着凌凤箫拿刀把衣服划了几道，又把自己的也划了几下。

然后——大小姐把束好的头发抓松，使它显得有些凌乱，拿起包袱，道："我们走。"

最后，他们在镇中买了一头瘦驴，两人骑着它走出了镇子。

出镇子四百里，已经再看不到凡人城镇，道路两旁是茫茫荒野，山脉起伏，寒鸦"嘎嘎"之声不绝于耳。

忽然，远方地平线上，群山之间，出现一座灰色的关隘。

凌凤箫轻声道："拒北关。"

拒北关，南夏的边界。

过了这道关隘，再往北便是北夏。

"我们没有身份证明，先不进城。"凌凤箫从驴身上下来。

驴似乎是想叫一声，被凌凤箫手疾眼快绑住了嘴。

林疏摸摸驴头，总觉得这头驴承受了太多。几天下来，两人分明没有短了它的吃食，它却比之前更瘦了。

他又看看凌凤箫，几日赶路下来，刻意没有用任何法术、灵力辅助，也没有掩饰行踪，导致他们都是风尘仆仆的样子——简直像是一对流落天涯的姐妹。

南夏有天险。

三大天堑雄关，以拒北关为首，连成一条线，隔开南夏和北夏。

拒北关后，是拒北城。

城内的人家，原来多是在此守关的将士家属，久而久之慢慢发展起来，成了一座规模不小的边陲城市。

——城中有兵士，也有修仙人。三大雄关，每个都有近百位元婴境界的修仙者坐镇，城墙上日夜有人轮守，以防出事。

凌凤箫手中有凤凰令，可以通行所有关隘无阻，但他们此行不能对外泄露消息，还要再做打算。

林疏原本以为他们会翻越旁边的大山，直接去北夏地界，但没想到大小姐要进关——或许是有什么别的目的。

林疏问："怎么过去？"

凌凤箫道："等。"

他们便等了。

夕日欲沉，远方景色被雾气模糊，凌凤箫将这一晚的计划和林疏详细说了一遍。

"今日朝局不稳，主战、主和两党相互攻讦攀咬，司马右丞与赵尚书被罢官下狱，男丁充军，女眷流放边关，"凌凤箫淡淡道，"按日子，今晚便到拒北关。"

林疏："我们混进去？"

凌凤箫道："是。"

稍后，又道："其他法子也能够进城，但这样一来，以后出城不方便。"

林疏："？"

凌凤箫找了一处背风的地方，在地上铺了一层毛皮，和林疏坐下，把他搂住，侧身挡住寒风，接着解释。

林疏听着。

——计划是这样的，两人先混进那两家被流放的女眷中，被充入"红帐"。

"红帐"是什么地方？

军妓住的地方。

王朝自古以来便有随军的女子，她们大部分由罪臣的家眷、侍女，以及别处的战俘组成。而红帐，又称"洗衣院"。

红帐就在拒北关内，离南北边界不能再近。

"十年前，司马右丞于凤凰家有恩。朝中党争甚烈，凤凰山庄无法插手，只能任右丞被贬下狱。如今他妻女被流放边关，入洗衣院受辱，断不可袖手旁观，我此次混入红帐，是要救她们出来。"

林疏点了点头："嗯。"

"救人出来之后，你我也伪装成逃出来的军妓，去城外。"

林疏："然后呢？"

凌风箫看向远方，缓缓道："城外三十里，有一个'黑市'。北夏和南夏这些年来关系紧张，不再互市，但黑市仍然有私下的货物往来。"

北夏盛产的皮毛、金属，以及南夏的茶叶、书画，都在这个黑市中流通。市是黑市，商人自然也是见不得人的商人。这种商人往往有不凡的手段，能够将南夏的东西带回北夏而不会被扣押。

既然能带回东西，那想必也能带回人。

当然，带人，是极其危险的一件事。

然而，"人为财死，鸟为食亡"这句话并不是一句假话。

凌风箫挑起林疏的下巴，左看右看，笑道："你说，咱们两个能卖多少？"

林疏想了想："大概不便宜。"

凌风箫道："若是我们两个一起，大抵能够卖出天价，黑市商人不可能不动心，这样一来，我们便会被卖去北夏，去到北夏的权贵之家。"

林疏："……"

这个计划很好。

他们装成从红帐中逃出来的军妓，仓皇之下，误打误撞来到黑市——那种鱼龙混杂之地，想必犯罪率非常高，犯罪率一旦高了，抢个人也不算是什么大事。

然后，他与凌风箫就会落到黑市商人手中，很快流往北夏。

最后，他们会在北夏有一个用得上的身份——虽然这身份可能不大光彩。

另外，因为自己实际上是一个男孩子，林疏还觉得十分别扭。

不过想一想，靠脸被买走，这确实是进入北夏上层社会的最快手段。

然后，两人就可能有机会围观"天照会"。

——至于怎么拿到血毒样本，就是另外一件事了。

夜色渐深，城中亮起邈远的灯火。

凌风箫把林疏抱得紧了一点儿："冷不冷？"

林疏："不冷。"

虽然穿得不厚，但是大小姐一直有意识地散发出一些离火灵力，让他免受寒风的侵蚀。

若是自己没有扮作女子，一个男孩子被姑娘这样搂着，未免有些奇怪，但是此时他扮作了一个柔弱的姑娘，居然觉得可以接受了。

他靠着大小姐，除观察大小姐衣服上的刺绣形状之外无事可做。

观察着观察着，意识到一个问题。

他的女装有问题。

不是打扮的问题，是胸部的问题。

以他的认知，姑娘们的胸部多多少少是有些起伏的。

他低头看自己，一马平川。

林疏："……"

他想告诉大小姐这个问题，但是一看大小姐——

似乎也没什么起伏？

好吧。

那自己这个胸部大概也没什么问题。

他继续安静地被大小姐搂肩膀，等押送女眷的车队来。

夜幕彻底盖住整片天地，月亮升起来，天空是深浓的墨色，上面横亘一道连绵不断的银河。

大小姐道："学宫中全是竹子，没有这里的夜空好看。"

林疏："嗯。"

"嗯"完，又觉得这个回答有点敷衍，估计要被打，他又补充一句："垂星瀑没有竹子，好看。"

大小姐便一边看天，一边道："那等我们回学宫，就去垂星瀑旁看星星。"

林疏："好。"

大小姐道："我们虽能无拘无束看星星，朝中却已经闹得不可开交了。"

林疏问："怎么说？"

大小姐便给他讲故事。

事情从五年前一件丧事说起。

德高望重的秀水先生去世，两位饱学的大儒苏先生与程先生因为祭奠礼制一事起了口角，其中一位出言讥讽了另一位。

出言讥讽的那一位苏先生固然有他的道理，被讥讽的那一位程先生也未必真动了气。若是平常人，也就罢了，但这两位绝非常人，皆在朝中身居要职，被讥讽的程先生更是桃李满天下，门下学生无数，恩师被嘲，他们岂能不怀恨在心？

更何况，这两位先生政见不同，在变革新法、主战或主和上一向看不对眼，两方的学生亦是关系不大好。

过一段时间，程先生的学生，便找了一个由头，在朝堂上攻讦苏先生，状告苏先生在主持学士院考试时出的题有问题，有讽刺朝政之嫌，对陛下亦有不敬。

苏先生自然要为自己辩护，而苏先生的挚友更是上疏，指出这是明显的公报私仇，程先生那边的弟子沆瀣一气，恐怕有结成朋党之嫌，希望陛下明察。

本来，这次上疏有理有据，但坏就坏在，这位挚友，不仅是苏先生的挚友，还是他的同乡。他说程先生那边有朋党之嫌，程先生那边自然也能攻击苏先生他们拉帮结党。

新仇旧怨一并上来，两派往复攻讦，事态几近不可遏止。这些有学识的儒生的攻讦，自然不会停留在人身攻击这样低的层次，而要从政见、新法等严重的政治问题下手。你坚持主战，我便要痛陈战事的弊处；你主张变法，我便要攻击新法的弊端。

南夏的朝堂，自此乌烟瘴气了起来。

这事情本来非常严肃，但可能是因为大小姐心情很好，只以讲故事的语气娓娓道来，说到精彩的地方，甚至将两方都损了一通。

林疏不由得笑了一下。

——然后就被大小姐抱住揉捏了一通，有些喘不上气来。

大小姐于是把他放平，自己也躺下来，一起望着天上明月繁星，久久没有说话。

他和大小姐靠在一起，耳边是浅浅的呼吸声，周身都很暖，觉得这个世界很安静，挺美。

看了一会儿星星，林疏问："然后呢？"

程先生和苏先生最后怎么样了？

大小姐答，两方都没有胜出。程先生一派咄咄逼人，再加上中立派的老臣和了一通稀泥，苏先生在几面夹击之下，最终主动请求外任，暂时远离了乱哄哄一片的朝堂。程先生被贬后，亦求归故里，开坛授课，专心学问，彻底离开朝廷。

然而，苏先生与程先生离开庙堂，以他们为中心的两党却没有消停。苏先生的同乡、亲友，与程先生的学生，代替他们成为两党的中坚力量，又开始新一轮的争吵与攻讦，动辄捕风捉影，上纲上线。正所谓"欲加之罪，何患无辞"，党派的斗争中，各方极尽诋毁之能事，名为议政，实则互相打压。不少官员被冠以谤讪之罪，一贬再贬，今日的司马右丞、赵尚书便是活生生的例子。

"司马右丞出事，变法此事，算是以失败告终，"凌凤箫望着夜空，淡淡道，"不过，之前卸任的钟相不在这两派之中，却也主张变法。谢子涉是钟相心爱的弟子，又出身高门望族。她入了朝廷，与钟相的昔日旧交、同僚聚在一起，或另成一党，使朝局更加混乱，或能开辟新的局面，肃清妖氛。"

林疏也望着天，道："她很好。"

虽说谢子涉对他的态度很奇怪，但是她身为儒道院的大师姐，有超出旁人的学养，已经值得钦佩，再加上那次雪夜烤鼠，废亭中偶遇谢子涉，她说自己是来喝酒读书的。

一个冒着风雪来喜欢的地方读书的人，无论怎样，是让人讨厌不起来的。

大小姐"嗯"了一声。

然后，话锋一转："但她主和。虽说也有些道理，但我不赞同。"

这个林疏倒是知道。朝中党派之争纠缠不休，折射到学宫里，也是一样。

大小姐不在的这两年，学宫中主战与主和之争，如火如荼。谢子涉一派坚定主和，认为应当对外暂时低头，对内变革新法，以求休养生息之机，养民、富国，再谋大事。

林疏问："你怎么想？"

凌凤箫转了身，将手搭在他的肩膀上，沉默了一会儿，道："事已至此，由不得我们怎样想。我朝面对北夏，并无求和的底气，北夏亦未存过安居北方的心思，随时可能进犯，唯有秣马厉兵以待。"

林疏不知该说些什么，只"嗯"了一声。

他望着夜空，想，自己在原来那个世界时学过历史，知道一些朝代的更迭变化，也背过许多场战争的起源、结局、意义之类，而如今真正来到风云变幻的乱世，终于体会到了什么叫历史的必然。

有很多事情，身处其中的人，无论有再大的权势、再高的修为，都是身不由己的——比如南夏和北夏的这场仗，无论如何都会打，只不过是时间的早晚罢了。

他又想，若是打起来，大小姐会在哪里？

他这样想了，便这样问了。

"北夏打进来……你要去前线吗？"

"去，"凌凤箫道，"拒北、镇远、安宁三城，定有一个是我来日去处。"

林疏有些茫然地望着星空。

他想，大小姐去前线，自己去哪里？

——应当是跟着吧。

若那时自己恢复了修为，就不会拖大小姐的后腿。

他对南夏没有什么感情，但是，大小姐、梦先生、越若鹤、苍旻都是南夏之人，相逢一场，他很喜欢他们，若能在战场上帮上忙，也算问心无愧。

正想着，他就被凌凤箫牵了手。

凌凤箫的声音压得很低，近乎自言自语，道："我既不想把你留在凤凰山庄，又不想让你和我一起去战场。"

林疏："为何？"

凌凤箫道："你在战场，我怕护不住你，怕你死。"

林疏道："我的修为其实是可以的。"

"我知道，"凌凤箫道，"若你完全恢复修为，我也未必能够败你，但……"

许久之后，才继续道："但刀剑无眼，总归不能放心。"

林疏回牵了凌凤箫的手，没有说话，用动作表达"你大可以放心"。

就听凌凤箫继续道："放你在凤凰山庄，你自然会安然无恙。只是，我怕自己回不去——若是魂归故里，看见你在给我烧纸，实在不大好过。"

林疏笑了一下。

凌凤箫捏了一下他的手，语气恶劣："不许笑。"

林疏道："我跟着你。"

凌凤箫那边忽然静了静，然后侧身轻轻抱住了他，手臂搭在他的腰间。

凌凤箫道："真的吗？"

林疏道："真的。"

凌凤箫靠着他，似乎轻轻叹了口气，声音有些发涩："可你本该是离俗之人，不该卷入尘世纷争。"

林疏道："只是跟你。"

——算不上卷入尘世纷争。

凌凤箫静静看着他，看了好一会儿，才开口道："先成亲。"

林疏："……好。"

根据此人的说辞，成亲之后，便有办法让他的经脉恢复。

莫非凤凰山庄果然藏有绝世的珍宝，能让人拥有完美无瑕的经脉——但是只给自己人？

凌凤箫说《清玄养脉经》上有线索，可他翻来覆去，也没能发现什么。

那就姑且认为凤凰山庄的宝物只给自己人吧。

思绪回笼，就见凌凤箫左手支着脑袋，看着他笑，眼里好似有皓月的清辉。

笑完，问："成亲？"

林疏："成亲。"

下一刻，大小姐低下头，在他的额头上轻轻亲了一下。

被夜风吹得微凉的发丝擦过他的脸颊，只一瞬，又离开。

这一瞬间过于短暂，一触即分，仿佛只是春天的桃花瓣落在额头上，又被风吹到了远处。

林疏过了足足三秒才反应过来发生了什么。

而此时，凌凤箫已经重新躺下，望着夜空，仿佛什么都没有发生过。

林疏："！"

他感到脸上有点发烫，连被凌凤箫握着的手都有点僵了。

凌凤箫轻轻挠了挠他的手心。

林疏觉得自己心跳有点快，仿佛一条离开水的鱼，要窒息了。

他想，自己现在……算不算有了女朋友？

而且……

他感受了一下自己被大小姐握着的手。

并没有什么抵触的情绪。

再想想方才的身体接触，也没有。

他好像……在和大小姐频繁的身体接触之后，逐渐脱敏了？

但，若是换成其他人，只是想象一下，就觉得非常难以接受。

林疏谨慎地试探了一下，往大小姐那边靠了靠。

——然后被大小姐挽住了手臂，不放走了。

若换成其他人，林疏此时大约已经有多远逃多远，但是现在，居然觉得并不是不能接受。

林疏接受了这个事实。

女朋友嘛，毕竟和其他人是不一样的。

他没有说话。

大小姐也没有。

一轮上弦月渐升渐高，莹然生辉。

夜很静，只有原野上呼呼的风声、枯叶簌簌飘落的声音，以及鸟类的振翅声。

也不知过了多久，远方遥遥传来"嗒嗒"的杂乱马蹄声。

再过一会儿，能听见马蹄声中夹杂了车轮的辚辚碾地声，和几个赶车人声声喊着"驾"。

从这声音里，能听出车很大，也很沉，马很多。

大小姐起身，然后拉林疏起来，收好东西。

林疏按照商量好的计划去前面道路扔符箓，凌凤箫则前去观察车内状况，找到司马右丞的主要家眷所在的马车。

这些家眷本都是娇生惯养、平日大门不出二门不迈的官宦夫人与小姐，然而家主在党争中落败，她们就只能按照南夏律例被充入洗衣房，成为军中的普通营妓。

因此，马车中还隐隐约约传来女子的哭声。

一炷香时间后，凌凤箫回来，他们伏在路边杂草中。

车马很快行了过来，林疏引动符箓。

这是一道天雷符。

只听天空一声巨响，一道紫雷直直劈了下来。

马匹最怕突然的强光与强声，一道雷落下，马匹立刻受惊，长嘶过后，横冲直撞，四下逃窜。赶车人拼命控制局势，然而惊马又岂是那么容易控制的，一时之间，人仰马翻，场面极端混乱。简陋的大车之中，更是传来女眷的尖叫声。

火把坠地，灭了几根，趁着无人注意，这地方又黑，林疏被凌凤箫带起，从草丛中飞出，闪身精准地落到了一辆马车的车辕之上——那车夫正在和乱窜的马匹较劲，根本没有注意到他们两个。

随后，两人掀开车帘，迅速钻了进去。

他们一进来，里面的女眷看到生人，也不管是谁，就发出了惊恐的叫声。

所幸这些车上的女眷都在尖叫，没人会注意到这边。

看清来者是两个姑娘后，女眷这才不叫了。

中央一个面容富态，但此时憔悴至极的中年女子道："这……"

凌凤箫语速极快，低声道："家中曾受司马右丞之恩，特来报答。"

中年女子立刻明白了凌凤箫的意思，眼中含泪，语声颤抖："多谢！"

凌凤箫抱着林疏混进一堆女子中，道："夫人，给我们编个名字和身份。"

夫人嘴唇颤了几下，似乎是还没从惊喜中回过神来，过了一会儿才平静下来，道："你是我的外甥女丹朱，她是玉素，你们的娘亲是我家老爷的二妹，二十天前事发时投湖死了。"

——计划成功。

大小姐算无遗策，自然事事顺利，林疏已经开始同情，到底是哪个北夏的倒霉鬼会买下丹朱、玉素两个了。

车厢里，女眷们全部脸带泪痕，鬓发散乱，在不断晃动的车上抱成一团。

过了大约一炷香时间，惊马终于被全部安抚，车子重新平稳下来。

外面传来车夫骂骂咧咧的声音。

"挨千刀的女人！"其中一个道，"天打五雷劈！"

他们都是实打实的凡人，平时并未见过仙人施法，因此并没有怀疑这是有人搞鬼。

卫兵们恢复秩序，继续押送马车前行。

凌凤箫撩开帘子一角，林疏通过这一角看见了外面。

大约有三十名卫兵——这些女眷全都是手无缚鸡之力的弱女子，不必担心她们逃跑，只须要防着她们不寻死即可，故而配备的兵力非常少。

车子稳下来，女眷们齐齐看向他和凌凤箫两个，又怯生生地看向中央的夫人。

夫人作为司马右丞的正妻，显然是见过大场面的女子，此时在一众女眷中最为冷静，对凌凤箫道："两位女侠，接下来要怎么办？"

"你们不要生事，"凌凤箫淡淡道，"到洗衣院后，自然有人接应。"

夫人深呼吸几下，道："好。"

"姑娘……"夫人身边一个女孩子道，"你们是来救我们的？"

凌凤箫："嗯。"

女孩子眼中出现狂喜。

凌凤箫："别动。"

女孩子便乖乖听话，没有大声叫出来，也没有做出什么动作，只那双充满喜悦的、在凌凤箫和林疏身上来回看的眼睛泄露了她的雀跃。

凌凤箫道："继续哭。"

女眷们对视一眼，酝酿几下，假哭起来。

一时之间，车厢里又是哀声一片。

车夫在外面骂骂咧咧："号丧呢？"

女眷们哭声不停，车夫也没了别的话说——看来这样的情形一路上已经上演了无数次。

林疏看着车厢里的女人们。

虽然憔悴，但能看出身上的衣服料子价值不菲，皮肤亦是非常细腻，一看便是娇生惯养。

这样的女子，一辈子活在深宅大院，甚至碍于礼制，连外面的男人都没有见过一个——如今却横遭大难，要去边境苦寒之地做营妓，确实值得一哭。

他又想，这个世界的女孩子，实在有很多样子。

有司马家的女眷这样柔柔弱弱的贵族女子，也有越若云、凌宝尘、凌宝清那样古灵精怪的修仙人、侠客，还有谢子涉这样饱读诗书，离开学宫后立刻赴京就职，出将入相，与男人无异的文士。

当然，还是大小姐最为出挑。

不仅是在女孩子之间出挑，纵使放到整个天下，也是独一无二的。

他看着借着女眷哭声掩饰，和司马夫人低声交代着什么的大小姐，琢磨此人的为人。

看着凌凤箫那冷静到了极点的眼神，听着那毫无起伏的音调，他觉得，大小姐实在不像个女孩子，一点都没有娇娇软软的气息。

然后，他就开始想象大小姐像这些女眷一样哭哭啼啼的样子，或是像凌宝清那样娇蛮撒泼的样子。

——想象不出。

林疏默默移开目光。

他觉得大小姐这样就挺好。

要不然，还真的不知道该怎么相处。

一片哭声之间，车队终于来到拒北城下。

城头的卫兵核验通关凭证，向另一边喊：“放行！”

一阵沉闷的轴承滚动的声音后，沉重的铜门向两边打开，露出一条仅能容一辆马车通行的缝隙。

车队一字排开，挨个进入。

林疏借着月光看这座城。

寂静。

极其规整的街道向四面延伸，远处的房屋阴影幢幢，约莫是实行宵禁，没有任何人走动，死寂的夜晚，只有不知从哪个方向传来的马蹄声，像是卫兵在巡逻。

拒北、镇远、安宁三座关卡，易守难攻，守卫着整个南夏。

因此，这三个地方的防卫也最为严密——只要一个关卡被攻破，失去天险这一依仗，北夏骑兵便可长驱直入，除非南夏有两倍以上的兵力，否则再难阻挡。

马车一路向北，过了这个几里长的小小城坊，便真正到了拒北城北面的拒北关。

大片开阔的平地，一眼望不见尽头。每隔一段路便点着一支火把，照亮了拒北关大营。

中央最大的那一处营帐紧邻校场，是将帐，旁边几个稍次，应当是精锐近卫与副将、谋士等的地盘。

再往外，便是士兵们的营房。

拒北关常驻三万精兵，另有后方落雁城、勒马坡、飞石关三处蓄养的五万兵士，一旦拒北关点起烽烟，可以立刻驰援。

林疏向远处望，他先前只是从别人口中听说局势紧张，如今看着绵延十几里的将士营帐，终是真真实实感受到了战事将至的氛围。

马车往西北角去，与其他地方的肃然寂静不同，西北角的这片营帐里亮着灯火，还有人影走动。

——这就是传说中的红帐了。

女眷们望着那片营帐，神情惶恐。

凌凤箫此时已经结束了与司马夫人的交谈，回到林疏身边。

只听凌凤箫淡淡道："军中古来即有设营妓随军的惯例。说是兵士离家甚久，设营妓可慰兵士、安军心。实则兵士狎妓之财出自军饷，由红帐收取，便可再次充为国用。"

正说着，马车已驶入西北角，进入红帐所在的区域，车外隐隐约约传来些不堪入耳的声音。

车内几个年轻的女孩子局促地"啊"了一声，堵上耳朵，或被年长些的夫人搂进怀里。

林疏感到许多双乌溜溜的眼睛都惴惴不安地看向他和凌凤箫这边，仿佛在看救星。

若无他们，这些女眷今晚之后，大约就要成红帐中的人了。

入了红帐，命如浮萍，又有谁会在意她们之前的身份有多高贵？

凌凤箫落了一道结界，下一刻，外面的声音被彻底隔绝。

只听大小姐冷笑一下："因离家甚久，无妻无妾，便要狎妓行淫，折辱无辜女子，杀了也罢。"

一个女眷垂头道："天下乌鸦一般黑，天下男人都是一样的东西。"

车厢中一时静了，有人啜泣了几声。

过一会儿，凌凤箫道："……或许也有白鸦。"

林疏默默想，他觉得自己就挺白。

不过，现在不管他实质上是不是白鸦，都没有关系。

因为穿了女装，他现在和自己的衣服一样白。

女眷们看过来的目光全都十分友好，不仅友好，还带着羡慕。

一个小姑娘怯生生问："女侠，你们是修仙的人吗？"

凌凤箫道："是。"

小姑娘道："家里不让我们去考试。"

凌凤箫问："为何？"

"不能考的。"

凌凤箫道："天下人都可以参与上陵试。"

姑娘道："我爹说不能出去抛头露面。"

凌凤箫静了静，又道："你想去吗？"

姑娘说："我想。"

女眷们又都看向凌凤箫。

凌凤箫道："我能救你们出去，可出去之后，你们亦做不回夫人和小姐。"

有人道："我们知道的。"

也有人掩面道："可我们又能干什么呢？"

凌凤箫没说话，伸出了一只手。

手上停了一只蝴蝶，颜色殷红如血，甚至灼灼生光。

林疏认得这蝴蝶，当初他在鬼城里，大小姐就是凭着这"凤凰蝶"寻到了他们和凌宝清一行人。

后来，大小姐也向他解释过。

这蝴蝶只有凤凰山庄才有。凤凰山庄收容天下孤女，能学武的学武，不能学武的则在山庄的铺子、钱庄帮忙。世道不好，女子更是弱势，所以山庄里每个人都用熏香。熏香中有一味料，取自山庄后山的仙株，极为特殊，可以被凤凰蝶感知到，纵使远隔百里也能追踪到。

这样一来，山庄便不怕女孩子们失踪或遭遇不测——若真有人敢对凤凰山庄的女子下手，不论他逃到哪里都能被追查到，以山庄的武力，这人自然不会有好下场。

于是，凤凰蝶就成了山庄的标志之一。

只听凌凤箫淡淡道："你们出去之后，可以自谋生路，也可以进入山庄。若可以习武修仙，便拜入内门。若不能，擅长女红者则被派去绣坊。各房的主母常年主持中馈，可以去钱庄，总归有去处，只是比你们之前劳碌得多。"

凤凰山庄。

这些女人，显然是听过的。

夫人声音有些颤，道："我们愿意的。"

凌凤箫："嗯。"

夫人又问："那……会有人追查我们的身份吗？"

凌凤箫道："会。"

夫人道："那怎么办？"

凌风箫语气淡淡："这点面子，山庄还是有的。"

车厢中的女眷俱是松了一口气。

"但是，"凌风箫望向窗外，"陛下虽给我们面子，山庄却不能插手朝政，因此只能救你们，救不得其他人。司马右丞此事，亦无法帮忙。可使右丞免死，却不能使右丞免罪，望夫人见谅。"

夫人叹一口气："朝堂上的事情，我们不懂，也说不清。山庄能保全我们老爷，已经是天大的恩情了。"

凌风箫不再说话，靠在车壁上，离林疏又近了一点，悄悄去牵他的手。

林疏看了看女眷们，又想了想学宫的女孩子们。

说来也是，学宫之中的女孩子，多是修仙门派的弟子，然后顺理成章来了学宫。

平民出身的也有一些，而像是凡人中高官家的小姐，却实在是找不出来，约莫就是方才那姑娘所说的，家里不允许她们抛头露面的缘故了。

他来到这个世界已经三年，也算有些了解。修仙之人与凡间牵扯甚多，但终究没有完全融合，仙人自然有仙人的规矩，只要实力足够，没有人管你是男是女，凡间却仍然保存凡间的礼法。

——至于谢子涉这种选择入朝为官的姑娘，处境如何，他就不知道了，大约还须要进一步观察。

马车停下。

有卫兵在外面喊："点人了！"

女眷们依次下车。

说是点人，实际上只是点个人数，女眷们有些连名字都没有，没有办法点名。

而人数也不准——这一路下来，有许多起因卫兵没有看严，女眷自杀的事故，所以人数比起最开始时，是有折损的，只要折损不是太多，就算合格。

所以，多了林疏和凌风箫两个，并没有引起任何注意。

——好吧，也不能说没有引起任何注意。

卫兵点到他们两个的时候，意味深长地"哟"了一声，然后用手肘捣了捣身边的同伴。

同伴也"哈"了一声，走近，捏起凌风箫的下巴，左看右看。

"怎么说？"卫兵道，"老七，你看这个多少银子一次？"

老七手指摩挲着凌风箫的脸，淫笑道："反正咱们买不起。"

"啧，"卫兵又看向林疏，"这模样，花多少我都愿意。"

林疏面无表情。

"清高啊。"老七也看过来。

卫兵只是粗嘎地笑了几声："清高的，咱们见得少了？"

"嘿，"老七浑不在意地笑了一声，一只手就要往凌凤箫领口探。

林疏只觉得，这个人怕是要死了。

老七一边探，一边问："你叫什么名字？"

凌凤箫笑。

大小姐这张脸和原本的脸非常不同，原来那张脸漂亮得高高在上、凌厉逼人，这张脸却柔和不少，多了风尘的艳气。

这一笑，那老七就被迷得七荤八素："你还挺上道。"

"是吗？"凌凤箫轻轻道。

老七只当美人在调笑，回答道："上道的，在红帐里能少吃许多苦头——你叫什么？"

凌凤箫看着他，道："我只怕你没命知道。"

"哟，"卫兵往这边看了看，目光继续在林疏身上打量，"两个都挺清高。"

说着，他走近了一点，看样子，也想学老七，亲一亲芳泽。

可惜林疏没有芳泽可以让这人来亲，而这两个人也确凿是要凉了。

下一刻，他看见殷红的凤凰蝶在卫兵身后腾起，花色很陌生，并不是凌凤箫的那一只。

与此同时，旁边一座帐子里忽然发出惊天动地的爆炸声。

大火熊熊燃烧了起来，女人的尖叫声此起彼伏。

"走水啦——"

混乱中，同悲刀出鞘，一刀一个，洞穿了这两个卫兵的胸膛。

两人的身体轰然倒地，死不瞑目。

凌凤箫冷冷道："败类。"

火势继续蔓延，爆炸声持续响起，一片混乱，而西北角的城墙上，更是爆发了惊天动地的声响。

凌凤箫搂住林疏的腰，纵身往那边跃去："这边。"

林疏看着火场，然后注意到其中有好几道矫健敏捷的身影在穿梭，带走了夫人与其他的姑娘。看身法，是凤凰山庄的人。

再想想那只凤凰蝶——原来这是一次集体行动。

山庄之人早已潜伏在红帐中，制造混乱，伺机救司马家的女眷们出来。

而大小姐负责给山庄标明女眷们所在的位置，也可以借着这一次混乱合理地混入黑市。

西北的城墙被炸出了一个大豁口，凌凤箫带着林疏跃过城墙，墙下有十几匹马在等着。

大小姐翻身上马，带着林疏向北面疾驰而去。

"山庄其他人会带她们出去，红帐中的其他女子，也能逃出不少。"大小姐道。

林疏问："不会被追查吗？"

"自有人去安排妥当。"大小姐道。

林疏："嗯。"

骏马疾奔，也不知跑了多久，远方的山前出现错落的房屋和帐篷，不是什么正规的建筑，约莫就是传说中的黑市了。

凌凤箫用刀柄在马头上狠狠敲了一下，马的步子立刻乱了，歪歪斜斜就要倒地，又跑了大约一里路，彻底撑不住，就要倒下。

林疏被凌凤箫抱着，趁势往最近的一处帐篷滚倒。

帐篷里的人早就注意到了这匹马，只听一阵拔刀声，和口音十分奇怪的话："什么人！"

凌凤箫半抱着林疏，从沙砾地里艰难地支起身子来。

"壮士救我！"

其声音之娇弱，神色之凄婉，像真的一样，简直我见犹怜。

第三章

美人恩

壮士："……"

几个人走近他们。

为首那个张口，又是奇怪的口音："你们是……"

凌凤箫环顾四周，声音好似要哭出来："壮士，这是哪里？"

"边境。"

"边境？！"凌凤箫激动地对林疏道，"妹妹，我们逃出来了！"

林疏："……"

大小姐的演技，实在是天下罕有。

而他也不能拖了大小姐的后腿。

他以迷茫状环顾四周，重复："我们……逃出来了？"

几个持刀壮汉后，有人叽里咕噜说了一串话。

最前面那个道："我们大哥问你们，刚才南边有炸雷声，是不是出事了？你们是从那里来的？"

凌凤箫却没回答，而是更激动了："大哥……你们是圣族人？"

"圣族人"，这个词林疏在儒道院的课上听过。

当初南夏和北夏还没有分开，是羯族人大举入侵，南夏皇室才无奈南迁。

因此北夏有相当一部分都是来自北境的羯族人。南夏人自然称羯族为蛮族，羯族内部却认为自己是受大巫眷顾的圣族。

这些壮汉口音奇怪，约莫就是因为羯族话和夏朝官话不同。

为首那个壮汉道："你们也是？"

凌凤箫叽里咕噜说了一串话。

林疏不禁怀疑，这世上还有什么东西是大小姐不会的。

说罢，凌凤箫似乎有些不好意思，又用官话道："我和妹妹十岁就被掳到这里，家里的话只记得一点。"

汉子的态度明显放缓，将刀收回鹿皮鞘中，问："那边怎么了？"

凌凤箫抹了一把也不知存不存在的眼泪，哭哭啼啼道："我和妹妹是哈赤城人，爹爹做皮毛生意，我们跟着他来了边境大业城，在长阳城和大业城两边跑……打仗的时候，大业城被攻破了，爹爹死了。我们姐妹被他们捉住，进了红帐……"

那汉子道："贼南夏！"

凌凤箫哭着喘了一口气："红帐的日子真是牲畜不如，今日有姐妹实在受不了，不知用了什么法子，炸了红帐，我便带着妹妹偷了一匹马，终于逃出来了。只求哥哥们看在我们姐妹两个可怜，能带我们回哈赤城……"

这种时候，需要高超卓绝的演技，但林疏没有。所幸大小姐也知道他没有，一直将他死死地搂在怀里。

林疏也配合地将整张脸埋在大小姐胸口，活脱脱就是一个因为过分惊惧而不敢抬头见人的可怜妹妹。

那汉子放缓声音："妹妹们，你们不要怕，我们也是哈赤城人，你们是我们的同乡。"

凌凤箫道："真的吗？"

"当然是真的，"汉子的声音放缓后，很是温厚，"我们兄弟几个也是来这里贩毛皮，做完这一次，就回家进货，你俩跟着我们，到时候送你们回家。"

凌凤箫喜极而泣："哥哥……"

"让你妹妹也不要害怕，"汉子道，"我们这就去给你们腾一顶帐篷。"

"妹妹，你听见了吗？"凌凤箫轻声道，"咱们能回家了！"

说着，凌凤箫轻轻顺了几下林疏的后背。

林疏抬起头来，学着今天马车里那些女眷怯生生的语气："真的吗？"

"真的，"凌凤箫抱紧了他，道，"我们先起来。"

那汉子伸手："妹子别慌，我扶你们起来。"

借着这汉子的手臂，凌凤箫拉着林疏从沙地上起身，站了起来，又晃了几下才站稳："多谢哥哥。"

"一家人，不要客气，"汉子道，"妹子，你们家住哪里？"

"住在哈赤西南角的乌赫，"凌凤箫道，"我记得爷爷家在哪里，一定能找到的。"

"好，好，好。"汉子连道三个"好"字，道，"我们兄弟几个家在哈赤东南，等到了哈赤，就送你们回去。"

凌凤箫又是道谢，然后道："到时候，我们让爷爷送几大捆毛皮给哥哥们。"

"这就不用啦，"汉子笑得很憨厚，"外边冷，妹子先进帐篷吧。"

凌凤箫道："好。"

这兄弟几个果真给他们腾出了一顶帐篷，帐篷旁边堆着杂物，地上铺了一块不知是从什么动物身上剥下来的皮子，堆了一条棉被。

"没啥好东西，"汉子道，"妹子能睡吧？"

凌凤箫道："能睡，多谢哥哥。"

"快睡吧，你们姐妹俩找对地方了，他们追不到这边来。"

凌凤箫再三确认："真的吗？"

汉子"嘿"一声："他们不管这里。"

凌凤箫眼中满是感激，道："麻烦哥哥们了。"

汉子道："不麻烦，一家人，你们快睡吧。"

凌凤箫道："好。"

汉子说罢，便掀了帘子，走出去了，又将遮风的帘子盖好。

帐篷低矮简陋，毛皮也散发着一股霉味，很不舒服。但是，这些汉子确实善良憨厚，足以抵消床铺的不舒服。

唯一的问题是，他们并不希望遇到善良憨厚的人，而希望遇到见色起意、要将他们卖掉的人。

哈赤城也不知是什么偏远城市，而他们要去"天照会"，得去国都才行。

凌凤箫躺了下来，拉林疏也躺下，盖上被子："妹妹，睡吧，以后就没事了。"

——大小姐还在演戏。

林疏配合："好，姐姐。"

外面窸窸窣窣的人声和说话声响了一段时间，过一会儿，也停了。

万籁俱寂，从帐篷的小窗往外看，月光如雪。

他看到凌凤箫掐碎了一个符咒，在周围落下了隔音的结界。

凌凤箫终于恢复了原本的语气："混进来了。"

林疏道："可他们要去哈赤城。"

借着月光，他看见凌凤箫望着帐篷顶，目光放空，也不知在想什么。

过一会儿，凌凤箫道："他们不去哈赤城。"

林疏："……嗯？"

大小姐侧过身，手臂越过他的肩膀，将他整个人半抱住，淡淡道："没有哈赤城，是我编的。"

林疏："……啊？"

凌凤箫望着窗外月光，半晌才道："你……干净，自然不知道，人就是这样脏。"

哈赤城是凌凤箫编的？

可那汉子说他也是哈赤城人——难道都是假的吗？

那几个人，并不是哈赤城人，而是顺着凌凤箫的话说的？

可他们为什么要这样说呢？

林疏忽然意识到了什么，心中一寒。

他开口，声音有点发涩："他们……还是要卖我们？"

"嗯，"凌凤箫道，"黑市的商人，不精明，怎么活得下去？这一片还有其他人，他们硬来，会闹出乱子。不如顺着我们的话，让我们安心住在这里。"

林疏一时不知道该说些什么。

就听凌凤箫继续道："他们装得很好，换了别的姑娘，自然就被骗走，只不过我们也在行骗罢了。"

"我以为……"林疏道，"他们真的要救。"

凌凤箫摸了摸他的头发，温声道："我日后，必不会放你一个人在外面。不然，随随便便就被歹人拐走了。"

林疏："……"

大小姐说得对。

以他的这点斤两，现在又没有武功，若是自己一个人，真的可能被拐走。

但是，他方才还觉得那些汉子和善憨厚，颇有好感，现在就被打脸，还是有点难过。

下一刻，凌凤箫往他嘴里塞了一丸丹药。

丹药清香在唇齿间散开，是常用的解毒丹。

凌凤箫道："看。"

帐篷的门帘处，被掀起了一道缝。

白色的烟雾从缝中弥漫过来，短短几息之后便弥散在整个帐篷中。

——纵使林疏再没有行走江湖的经验，此时也能猜出，大概是迷烟之类的东西。

他收回目光，看看身边，大小姐已经闭上了眼睛，留下一个安静好看的睡颜。

于是他也把眼睛闭上，一动不动装死。

大约过了两炷香时间，门帘被掀起，杂沓的脚步声响起来。

"昏了吗？"

"早昏了。"

"咱们这次发大财喽。"

——然后就是一片心照不宣的笑声、口哨声。

"这俩小娘长得真好看。"

"军营里都是这样的货色？咱们也去南夏当兵算了。"

又是一片笑声。

林疏感觉到有人走近了他。

"吓，"一道离得极近的声音道，"长得像个天仙，胸口怎么和平板一样？"

"我这个也是。"旁边另一道声音响起。

"没吃好呗，"林疏这边那人道，"不是说十岁就进了帐子？能长成就不错了。"

几个人就又"嘿嘿"笑起来。

林疏想，这也太不科学了。

自己不是女孩子，胸部自然是平的，可大小姐竟然也是真真正正的"一马平川"——他方才在帐篷外面，被大小姐搂在胸前的时候，清清楚楚地感受到了。

难道大小姐小时候被凤凰山庄苛待了吗？——这也太不可能，大小姐锦衣玉食，怎么可能营养不良？

莫非胸部会影响出刀的速度，大小姐用了什么法子弄平？

人在紧张的时候往往会胡思乱想，林疏感觉自己的思想已经一路脱缰了。

正想着，就听到衣料声响，似乎有人要来摸他。

林疏："！"

别摸！

会露馅的！

他心脏狂跳，并感到身边的空气中凝聚了极其凌厉的灵气。

他毫不怀疑，大小姐已经被这人搞得脾气大坏，下一刻就会睁开眼睛，出刀杀人。

而且，不是简单的杀人，而是要一片一片凌迟。

所幸，下一刻，门口一道声音传来："狗牲口，你们干什么呢？"

"嘿——玩玩嘛。"

"要玩不早玩？来不及了！夜市这就开，赶紧把人弄过去，这回赚大发了！回去再玩！"那声音呵斥道。

试图摸林疏的那人恋恋不舍："那也没有这模样的了。"

"还不快点！"

"行吧。"

林疏浑身僵硬，起了一身的鸡皮疙瘩，直到那人把手收回。

然后，两人就被拖出了帐子，不知放到了什么交通工具上，颠簸向前行进。

听他们说话，好像是要去一个什么"夜市"。

夜市，就是卖东西的地方。

黑市的夜市，能卖东西，自然也能卖人。

——终于可以被卖了。

因着没有睁开眼睛，林疏看不见周围景物，只知道一路下来非常颠簸。

到最后，终于平缓下来。

风停了。

周身感觉到的不再是荒野上的干燥凉风，而是某种很沉闷的空气。

远处有人声和脚步声，杂乱无章，有回音。

林疏借此判断，自己进入了室内。

而黑市处在野外，他们来时，只看见了高低错落的帐篷，并没见什么正规的建筑。

——故而，现在应该在山里。

鼻端传来的泥土气息更加印证了他的猜想——所谓"夜市"的场所，大抵是在山体中掏出的一个空间。

继续前进后，人声逐渐大起来，可以说是喧嚣，泥土气息中混合了人体的热气与香料、酒的味道，还有一些闻不出来龙去脉的异香。

汉子道："交货。"

一道陌生的声音答道："卖什么？"

汉子道："卖小娘。"

"人呢？"

"这边。"

便有几道脚步声越来越近。

陌生声音怪笑道："哪来这么标致的小娘？"

"睁开眼还要标致十成，"汉子"嘿嘿"笑道，"怎么样？"

"拿水来。"

下一刻，便有冰凉的水泼了林疏一脸。

他听到了旁边凌风箫的咳嗽声，手也被凌风箫握了一下，知道是时候"醒来"了。

下一刻，他睁开眼，被凌风箫抱着，听着凌风箫几乎可以以假乱真的慌乱声音："你……你们……这里是……"

"啧啧啧，"一个尖嘴猴腮的男人上下打量他们，"我在夜市待了二十年，这样的货色还是头一回见，干净吗？我得验一验。"

"不用验了，不干净。帐子里的。"

"不干净？"那男人沉吟一会儿，"恐怕没有干净的卖得多，不过也不错了，够你们下半辈子。"

汉子笑："价钱怎么说？"

"这样，四百两黄金，两个小娘给我，或是送去唱卖，价钱四六分，你四。"

"四六？"那汉子大为不满，"寻常你们只提两成。"

"卖东西两成，卖人六成，"这汉子横眉竖目要讲价，那男人也不是善类，慢悠悠道，"万一卖了了不得的人，夜市要给你们兜着，还不值六成价钱吗？"

林疏一边假装惶恐地窝在凌凤箫怀里，一边想，这恐怕是这夜市成立以来贩卖的最了不得的人了。

凤凰山庄的大小姐，南夏的嫡长公主，身上的东西随便拿一个出来，都是世上罕有的宝物。

那汉子沉吟半晌："四百两！"

男人慢悠悠道："好，下去拿钱，折成银子给，小娘归我们。"

汉子狐疑地打量他们几下，最终还是道："好。"

四成与四百两，他们选了比较保险的四百两，看来是笃定他们两个人卖不到千两黄金。

林疏与凌凤箫继续抱团瑟瑟发抖——虽然并没有人在意他们有多么害怕。

只见那男人笑眯眯打量着他们，自言自语道："没眼力的蠢货，四百两就能打发。再美的小娘，也卖不了一千两，我虽没什么修为，但看人二十年，也看得准了，这里面分明有一个上好的炉鼎。"

林疏："？"

然后，他感到凌凤箫那边的动作顿了一下。

炉鼎，是双修渡灵用的。

说罢，那男人对房间外面道："请周先生来。"

过一会儿，便有一个白发老者拄着拐杖过来。

男人道："周先生，我看这个红衣服的小娘像个炉鼎。"

那周先生便拿出几块怪模怪样的石头，一共五个，其上似乎有灵力缠绕。

然后，他把这五块石头摆开，拿出一个罗盘，喃喃念着什么。

罗盘上的指针颤了颤。

周先生道："嗯？确有可能。来，取血。"

那男人从鹿皮鞘里抽出一把银刀，笑得让人心中发毛，拉起凌凤箫的胳膊，就要下刀。

下一刻，雪亮的刀光一闪。

周先生脖子上被抹了一刀，应声倒地，他还未来得及看清形势，那刀就架在了男人脖子上。

刀，自然是大小姐的刀。

林疏不知道大小姐为什么不演了，于是在一旁默默看着。

凌凤箫的刀尖在男人脖子上轻轻划来划去，问："看我像个炉鼎？"

"这……"男人声音颤抖，双腿抖如筛糠，"女侠、女侠饶命！"

"别看我，"凌凤箫淡淡道，"再看，挖了你的眼。"

男人目光游移飘忽，无处可去，只得停在林疏身上。

凌凤箫道："看他，你有两条命吗？"

男人绝望地闭上了眼。

"把我们卖掉，自然不会杀你，"凌凤箫道，"卖给北夏王都之人，身份越高越好。"

男人被那么一把杀气四溢的刀指着，也不敢点头，唯恐一动弹便被戳了脖子，只一迭声道："好好好。"

凌凤箫又道："卖我们的那几个人，砍了他们的手，再挖掉眼睛，扔进山里。"

男人脸色苍白，仍道："好好好，女侠，你先放了我。"

"放了你，你立刻便会传信夜市管事人，我傻吗？"

男人汗如雨下。

凌凤箫取出一丸紫黑色丹药，放进这男人手中："吃了。"

男人道："有毒。"

凌凤箫道："你听话，便无毒。"

男人道："我不信。"

凌凤箫道："由不得你不信。"

男人道："我不吃。"

凌凤箫笑："你拿准了我有求于你吗？"

男人道："女侠，不要下毒，我自然会帮忙。"

凌凤箫只是笑。

然后，电光石火间左手成掌，拍上那男人胸膛，将他狠狠掼倒在地。

随后，凌凤箫把这人拖到桌子上，撕开衣料，使他露出半个肩膀。

林疏不解其意，静静看着。

只见大小姐从锦囊中拿出一个黑色的石盒。

打开盒子，阴煞邪气扑面而来。

里面是一些深红的液体，被黑色盒身衬着，格外诡异。

凌凤箫已经卸了这人的关节，令他动弹不得，随后按了一下石盒，从弹出的暗格里，拿出一件很诡异的器具。

大约是针，但是比针厉害得多，一指粗的银色手柄上，固定着密密麻麻的黑色长针，针尖齐齐朝下，长且锋利，若是扎到皮肤上，立刻会戳出密密麻麻的血洞。

凌凤箫拿针尖慢悠悠蘸着红色液体，道："若你方才吃了，反而少受些苦头。"

那男人动弹不得，只能将一双小眼瞪得铜铃般大："你……你要做什么？"

凌凤箫道："自然是扎你。"

然后凌凤箫在这间房里落了一个结界，道："脏得很。疏妹，别看。"

林疏愣了愣，过了三秒钟才反应过来这个"疏妹"指的是自己。

他"哦"了一声背过身去。

下一刻，身后那男人猝然发出一声闷在喉咙里的惨叫。

这声音，太惨了，简直不像人能发出的。

林疏想不到一个人疼到什么程度才会发出这样的叫声。

但这只是个开始，惨叫声接连不断，足足响了三炷香的工夫。

那人的嗓子已经完全哑了，林疏转回去的时候，看见他如一条死鱼般，瘫在桌子上喘着气，脸色如同死灰，汗如雨下。

凌凤箫慢条斯理收起工具，道："这么点痛，没出息的东西。"

林疏看见，这人的肩头，赫然多了一个血红色的复杂符号。

这符号的颜色正在逐渐沉淀变深，接近黑色。

这形状，林疏是熟悉的。

真言咒！

和表哥身上那个一模一样。

哦，表哥就是大小姐，所以大小姐身上也有这么一个东西。

所以，大小姐方才是在这人身上刻真言咒？

那人像是终于缓过来，反驳那句"没出息的东西"道："你……你试试。"

"我？"凌凤箫将他的关节一一按回去，殷红的嘴角掀起一丝冷笑，"我一声都不会叫出来。"

那人道："吓！"

林疏却有些愣怔。

是的，大小姐身上有真言咒，所以也曾经忍受这种非人的痛苦。

大小姐给这男人刻下真言咒，让这男人保守他们并非普通人的消息。

而大小姐身上那枚真言咒，又是为了保守一个什么样的秘密？

他想不出——什么样的秘密，会以这种方式来保守呢？

须知凌凤箫本来就已经是靠谱到了极点的人，不可能做出泄露秘密这种事。

那么，那枚真言咒，是出于自愿，还是被迫？

林疏素来是缺乏好奇心的，可此时，事关凌凤箫，他却有些想知道了。

可惜，有真言咒在，大小姐永远不能说出那个秘密。

等那男人终于缓过来，凌凤箫慢条斯理问："卖不卖？"

"卖。"

"说不说？"

"不说。"

"不能分开卖。"

"不分开。"

"听话？"

"听。"

这贼眉鼠眼的男人，此刻竟是十二分的低眉顺眼，让林疏有点想笑。

若这男人早知今日，恐怕打死都不会说出"我看这个红衣服的小娘像个炉鼎"这句话了。

林疏自诩和大小姐相处了颇长时间，摸清了一些这人的脾气，猜大小姐突然不再演戏，必定有这句"炉鼎"的原因在。

不过，大小姐真的是炉鼎体质吗？

林疏心中忽然一跳，想起《清玄养脉经》中自己没有读过的一篇来。

那篇叫——《炉鼎篇》。

他的大脑一时之间有些僵硬。

那男人低眉顺眼地穿好衣服，道："我去卖您。"

凌凤箫道："去吧。"

那男人便走了，还毕恭毕敬地关上了门。

凌凤箫缓缓擦着刀。

林疏走过去，在大小姐身边坐下，观察。

他发现凌凤箫的眉目中比平时多了一分冷漠肃杀的戾气。

擦完刀，这戾气才算消下去一些。

林疏有些小心地瞧着，然后和大小姐对上了目光。

大小姐问："吓到你了吗？"

林疏摇摇头。

——河豚还是那个河豚。

"那就好，"凌凤箫道，"原以为可以顺利被卖，但我没想到这些人如此下作。他们碰到你了吗？"

林疏摇摇头。

只是拖曳了几下，没有碰到什么主要的地方，倒是大小姐被摸了几下，此刻估计要炸。

"若真碰了你，一条命恐怕不够，"大小姐收刀归鞘，道，"没有装下去，还有一个缘故。我虽可以隐藏境界，血脉却无法伪装，若被他们看破体质，恐怕会引来麻烦。"

林疏问："你是炉鼎体质吗？"

凌凤箫："是。"

林疏："很高级的那种？"

凌凤箫笑了一下："天下第一的那种。"

林疏："？"

他不太知道这代表什么意思。

凌凤箫却没正面答复，而是问他："你知道凤凰山庄为何富甲天下吗？"

林疏："我不知。"

"富贵荣华，绝不会无缘无故，"大小姐经过了这一晚，似乎有些疲惫，闭上眼睛，淡淡道，"凤凰家的嫡脉，不拘男女，都有特殊之处。其中一处便是炉鼎——实则也不算炉鼎，只是双修或渡灵之时，能给对方助益罢了，且只有初次有效。故而，每一代皇后，都是凤凰山庄的血脉——皇帝纵然不修仙，娶了凤凰家的女子，也可以延年益寿，百病皆消。"

原来是这样吗？

凤凰山庄屹立百年而不倒，泼天的富贵权势，最开始的缘由，原来是这样的。

这世上，确实没有无缘无故的富贵荣华。

凤凰山庄将天下走投无路的孤女纳入羽翼下，商铺、钱庄开遍大江南北，享有半壁江山，并不是没有代价。

不过，不会有近亲结婚的隐患吗？

林疏仔细想了想，觉得他来到的这个世界实行的是封建制度，皇帝有很多妃子，皇子也有很多母亲，最后当上皇帝的那一个，也未必是皇后的儿子，近亲结婚的隐患想来也不是很大。

就像萧灵阳，长得也算端正好看，但毕竟没有凌凤箫这么漂亮，林疏早就怀疑他们不是一个母亲了。

正在胡思乱想，不知何时，凌凤箫已经睁开了眼睛，饶有兴趣地看着他："你在想什么？"

林疏自然不能说，我在思考你们家近亲结婚的问题，只能说："没什么。"

"嗯哼，"凌凤箫别过头去，似乎有点别扭，"我以为你在想双修。"

林疏："！"

双修。

那，大小姐的意思是……

他还没活动起自己的脑子，就听大小姐轻轻道："我是凤凰山庄的嫡脉，又是凤凰血。来日你我成亲，双修渡灵之后，不论你的身体现在如何糟糕，都会变成世上最好的经脉，且绝无后患。"

林疏有点慌了。

他不知道该说什么。

大脑一片空白。

但是看看别过头去不看自己的大小姐，他就觉得大小姐此时大脑也有点空白，有点不好意思。

令人窒息的尴尬被开门声打破了，去而复返的男人道："女侠，我把您俩卖出去了。"

凌凤箫："哦？"

"卖给了一个大人物。"

"不错，"凌凤箫道，"怎样的大人物？"

"据说是王都的贵人，此次来夜市是看上了夜市今晚要拍卖的一本秘籍，想献给大巫。"

凌凤箫道："我们也会被献给大巫吗？"

"小人也不知道，"那男人挠了挠头，道，"我卖了，他们便买了。"

"嗯哼，"凌凤箫道，"带我们去吧。"

男人道："您请。"

凌凤箫便牵起林疏的手，被那人引向走廊。

路上，凌凤箫仿佛又想起了什么，问："卖了多少？"

男人："……"

林疏同情他。

被胁迫着卖了人，还要帮忙数钱。

不，不是，现在不是同情别人的时候。

双修。

他也是看过书的。

《参同契》上说："性命双修，取坎填离。一灵炯炯是也，一气氤氲是也。"

将《参同契》回忆数遍，他得出一个结论：要恢复经脉，是要和大小姐发生密切关系的。

——而这个密切关系，并不是碰一下、牵一下手、亲一下额头的那种身体接触。

他开始慌了。

走廊昏暗，两边点着灯烛，沉闷压抑，时不时有人经过。

走到一半，带路的男人道："女侠，您现在穿得有点破，来这里换一身吧。"

凌凤箫颔首道："好。"

林疏便也跟着转进这个房间。

——这个夜市恐怕没少做"卖小娘"这种事情，竟然有一个摆设齐全的化妆间，一边的墙壁上更是挂满各式衣服。男人道："四娘，打扮一下。"

"哟，"那个被称为"四娘"的女人下巴上长了一颗硕大无朋的黑痣，眼角上挑，又带了一分凶相，像个老鸨。

老鸨道："来新货了？"

凌凤箫冷淡道："让她出去。"

那男人便使了个眼色，把老鸨带出去，并关上了门。

凌凤箫开始在衣服里挑选。

——他们为了力求逼真，营造出"落难姐妹"的形象，身上的衣服不仅故意划破了几道，还在几日的奔波中沾了不少灰尘，确实该换了。

——随后，林疏面前便被放了一套白衣。

凌凤箫拿了一件正红的，道："我去另一边换。"

林疏："嗯。"

凌凤箫便转去一旁的屏风后。

林疏开始换衣服。

这衣服由极好的白绸制成，薄如蝉翼，质地仿佛流水，穿在身上没有任何感觉。

林疏与绣带和腰扣很是做了一番斗争才穿好，站到镜子前，不得不赞叹镜中这个仙女的气质出尘了。

衣服的样式很简单，流云广袖，轻银束腰，绣了云水暗纹，穿在人身上，好似月光泻地，如冰若雪。

他想了想，出于美观的考虑，把头发披散下来。

——现在就更是一个活脱脱的仙女了。

他对自己的形象很满意，但大小姐还没有出来，只能在外面等。

——现在他理解自己那个大学室友常向其他室友抱怨的，每天等女友化妆的感觉了。

又过了一刻钟，大小姐才从屏风后转出来。

房内灯光昏暗，更衬得此人熠熠生辉。

林疏有些恍惚，只觉得这世间的美色，到此已极。

鲜红华衣繁复迤逦，衣摆绘满洒金的牡丹，右眼的眼角下，以金砂点了一颗泪痣。

大小姐难得高绾了墨发，两边各斜插两支金步摇，中间一颗菱形殷红玉扣，与衣服相映生辉。

这世间的颜色，仿佛都汇聚在一起，成了泼天的艳色。

林疏想，方才那男人说再美的小娘都卖不出千两黄金——若是他看到此时的大小姐，估计就不会这样想了。

他看凌凤箫，发现凌凤箫也在看他。

就这样相互看了半晌，凌凤箫转向一边，在一件白衣上撕下一块薄如蝉翼的白色轻纱，又扯下衣饰上的银钩，拿着它们走上前。

然后，林疏就被戴上了面纱。

——下半张脸被轻纱覆住，竟然显得又出尘了几分。

大小姐道："若你果真被卖，百万两黄金又算什么。"

林疏被大小姐这样赞美，也真情实意地赞美了回去："你现在也几可以去祸国乱朝。"

大小姐笑。

"走吧。"

走出去，就看见那男人和四娘仿佛痴呆了的目光。

凌凤箫冷冷道："还不走？"

——那人这才如梦方醒："走、走。"

前面的走廊明显宽阔明亮了起来，又走一段路，转过一个弯，竟到了一个金碧辉煌的大厅。

大厅最前面，摆着一张长桌，桌上一件宝物，桌旁坐一个神态自若的华服老人。

老人的下首站了一个小厮，正在唱价。

"三千两金，第二唱——

"天字十三客人加价，三千五百两金——

"三千五百两金，第一唱——"

这大抵就是夜市的唱卖了，在林疏原来所处的那个世界叫拍卖。

男人领着他们走上楼梯，来到二楼"天字一号"雅间。

进去之后，他毕恭毕敬躬身："贵客，您要的美人。"

贵客坐在檀木椅上，全身上下被黑袍包裹，身后站了六个黑衣人。

"哦？"贵客转头望过来，半晌，道，"果然是绝世美人。"

这人声音嘶哑，喉咙里仿佛有破木头在摩擦。

"这样的美人，你们为何不放去唱卖？"

"回贵客，"那男人道，"美人皆祸水，夜市懂得分寸。"

"也对，"贵客道，"此等红颜祸水，自然有不凡的来历，不知有多少人惦记。"

男人躬身道："正是，夜市从不做烫手的生意。唯有您这样的身份，才能免去祸端。"

贵客道："那我便收下了。"

男人道："劳您担待。"

等他出去了，贵客道："东西呈上来。"

便有一个黑衣人捧了一个血玉盒到林疏与凌凤箫两人面前。

贵客道："此物我刚刚花费十万两黄金买下，名为'美人恩'，此时尚未长成。传说需绝代佳人双手照料方可开花结果。今日以后，便交给两位姑娘照料，若结了果，得大巫青眼，二位美人想要自由之身，也未尝不可。"

凌凤箫道："多谢贵客。"

贵客道："若照料坏了，你们自然知道后果。"

凌凤箫道："不敢疏忽。"

贵客便转过头去，不看他们，而是对身边一个黑衣人道："还有多少钱财？"

黑衣人道："足够。"

贵客道："甚好。"

林疏捧着那盒子，不敢照料。

天知道，他并不是什么绝代佳人，只是一个无辜的男孩子。

这美人恩说是要美人的照料，想必十分挑剔，还极有可能对男人过敏。被他一碰，万一生气死了，怎么办？

他把盒子递给大小姐："你来。"

凌凤箫沉默了一会儿，没接："你来。"

林疏道："你是美人。"

凌凤箫道："你更是美人。"

正僵持不下，忽然听贵客用那极端难听的嘶哑声音自言自语："我必将买下《长相思》……"

林疏心中一跳，险些把盒子摔出去。

剑阁的《长相思》？

自己虽然已将《长相思》的内容熟记在心，但在这个世界里丢失已久、下落不明的那个《长相思》，会在夜市上被拍卖？

他转头看凌凤箫，就见凌凤箫也蹙了眉。

但是，这种环境下，他们毕竟没有办法说话，若使用灵力传音，也可能会被高手听到——贵客身后的几个黑衣人，看起来都不是等闲之辈。

林疏决定等着。

场中开始拍卖各式奇珍异宝，大多数都带些邪气，竞价也非常激烈。

拍卖进行到一半，包厢门被叩了叩。

一个黑衣人前去开门。

来者是个灰衣的小厮，捧着一个白色锦囊，道："严主管命我送给两位美人。"

贵客道："拿来。"

黑衣人从小厮手中接过锦囊，呈到贵客面前。

贵客拿起来，以意识去看锦囊中的东西，半晌，笑了一声，把锦囊递给林疏："你戴着吧。"

林疏道："是。"

他接过锦囊，也将意识沉进去看了看。

林疏："……"

里面是一些衣物，有红色，也有白色，一看就是为他和凌凤箫准备的。

衣物之外，还有一应钗环首饰、胭脂水粉，乃至为数不少的银两。

所谓"严总管"，大概就是那个被凌凤箫胁迫的男人了，而这锦囊里的东西，综合起来就是一句话："瘟神，您安生走吧，别再来了！"

林疏继续看，看见了一些小玉瓶，瓶身贴着瓶中之物的名字。

——都是"融灵散""情丝缠"之类，不像什么正经丹药。

他将锦囊挂在了腰间，继续看场上拍卖。

拍卖场上的宝物诚然都很珍贵，但他一则已经见过了浮天仙宫中天字库的珍藏，二则身边又有大小姐，可以说见过了不少世面，并没有发现什么值得惊叹的稀世奇宝。

——这种等级的拍卖，真的会有《长相思》吗？

林疏有点怀疑，因为他知道《长相思》的水准，绝对是旷世奇珍的等级。

拍卖渐渐接近尾声。

为首的黑衣人提出了和林疏一样的疑问："主人，果真有《长相思》吗？"

贵客道："世上说自己持有《长相思》之人，不少。"

黑衣人道："不错。"

贵客继续道："我已得到消息，此次压轴唱卖的秘籍，即使不是《长相思》，也是几乎同等的绝世秘籍。大巫欲得《长相思》已久，不过，若有同等秘籍，也不错。"

林疏知道大巫为什么想要《长相思》。

他对这个世界，已经了解不少了——南夏、北夏对峙，彼此都在疯狂积累实力，获得《长相思》，好处有二。

首先，若《长相思》中有能使人渡劫而不飞升的方法，就可以造就不止一个渡劫巅峰之人，且无飞升之虞，可以大大提高北夏的实力。

若无，将《长相思》归还剑阁，获得剑阁的感谢，乃至助力，实力亦会大大增强。

须知，绝世高手，或是剑阁的力量，都足以成为扭转战局的存在。

林疏不希望那本即将被拍卖的秘籍是《长相思》，那毕竟是自己师门的东西，他有点不安。

正在不安，就感觉凌凤箫牵住他的手，轻轻捏了一下。

林疏感到大小姐在安抚自己，在说："你放心。"

他轻轻呼吸了一口气，等着。

又卖了两件奇宝，长桌旁的老者清了清嗓子，道："诸位。"

场中寂静，都在等待他的下一句话。

老者轻拍一下手。

——便有一位美人捧一本书款款而入。

——看那书的形状，是本秘籍。

"此为何物，多说无益，"老者合目道，"诸位，请看。"

但见他霍然起身，振衣站定，袍袖向前一挥！

一道阵法的光芒，以他的身体为中心，在整个场地的地面上蔓延开来。

大星斗阵！

——这是一个感应气运的阵法。

老者道："天枢。"

话音落，阵法的一角亮起白光。

老者又道："玉衡。"

另一角的某一点上，亦亮起光芒。

只见老者依次念出许多星宿名，每念出一个，阵法上与这星宿对应的位置就会亮起光来，光芒就代表着这颗星斗的气运。

念完几十个，证明这确凿是货真价实的大星斗阵后，老者双手结一个复杂的法印，打向中间的那本秘籍。

秘籍与法印相触的一刹那，爆发出耀眼的光芒来！

场中寂静，落针可闻，几个呼吸后，才猛地爆发出纷纷的议论声。

林疏亦看出来了。

秘籍——无论是内功心法，还是外功招式，说到底，记载的都是对道的感悟。越好的秘籍，感悟越深。秘籍的原本则更了不得——秘籍的创始人在写下秘籍时，都会消耗神魂、心力推演，这样一来，便与秘籍产生了联系，也与大道产生联系。

因此，秘籍的原本，是带着一些天道气运的，而这本秘籍在大星斗阵中焕发出的光芒，与天上星宿相差无几，这就代表，它是一本足以使人羽化或飞升的秘籍的原本。

贵客说得没错，这秘籍就算不是《长相思》，也已经足够厉害。

而林疏瞧着那秘籍的封面，瞧不见名字，只觉得和《长相思》颜色不太一样。

但是，江湖传说里，除去《长相思》，好像并没有流落在外的绝世秘籍了。

他静静看那不知名秘籍被拍卖。

万两黄金，已经成了最初定价，到后来，更是成了单位。

"二百万两黄金，第一唱——"

一直没有表态的，贵客抬了抬手。

便有一个黑衣人走出包厢，打了一个手势，几乎是立刻，唱价小厮道："二百五十万两黄金，第一唱——"

三百万两黄金。

三百一十万两。

三百五十万两。

这个价格，已经远远不是寻常的富商、家族承担得起的，即便是王公贵族，恐怕也非常吃力，修炼之人不染凡俗，亦没有如此多的钱财。面对这个价格，其他人已经望洋兴叹，收手不拍了，只有一个人还在和贵客竞争。

根据林疏听来的信息，夜市中，价格以黄金计，只是为了方便，实际上用来交易的却是银子。三百五十万黄金折成的银子，实在是难以想象。

贵客居然还在加价。

林疏看着贵客，心想，您家里是有印钞机吗？

也不知道和凤凰山庄的印钞机比起来哪个比较大。

贵客加到了三百六。

一直和贵客竞争的那位加到了三百六十五。

贵客加到了三百八。

三百八十五。

四百。

"天字一号雅室，四百万两黄金第一唱——"

"天字一号雅室，四百万两黄金第二唱——"

"天字一号雅室，四百万两黄金第三唱——"

三唱毕，秘籍终被贵客拿下。

不过两炷香时间，那老者就捧一玉匣亲自来到雅室，将它交与贵客。

贵客接过，道："多谢。"

老者道："贵客，宝物烫手，且多担待。"

贵客道："自然。"

老者道："如此老朽便放心了。"

钱货两讫，贵客一刻也没有多留，立刻带人离开。

——毕竟此处鱼龙混杂，夜长梦多。

林疏和凌风箫与贵客同乘一辆马车。

贵客并没打开那个匣子，故而林疏无从得知那到底是不是《长相思》，有点慌张。

贵客道："子时到，浇水。"

——便有黑衣人递上来一个白玉水壶。

"美人恩长于世间盛景中，吸纳万物灵气，成株之后可以采摘，此后由绝代佳人照料，方能开花结果，"贵客浑身上下裹在厚重衣袍里，看不清神情，只能听见声音，"美人的身上，有天地的灵气。二位姑娘倾国倾城，想必灵气充足。"

林疏听见凌凤箫问："必须是女子吗？"

"古籍未曾言说此事，但我想男人身上有浊气，恐怕不妥。"贵客道。

凌凤箫打开了盖子。

林疏站在一旁，感觉清明澄澈的气息扑面而来。

只见玉盒盛着五色土，其中插着一段白玉一样晶莹剔透的枝杈，仿佛鹿角。

他看看大小姐。

大小姐没有浇水的意思。

林疏只能忐忑地提起玉壶，浇了一下水。

贵客又道："你们摸摸它。"

林疏："……"

他在心中告诉自己，你虽然是个男孩子，却是个雪白的乌鸦，虽没有美人身上的灵气，却也到不了会因为浊气而被嫌弃的程度。

催眠完自己，他轻轻伸手碰了碰那枝杈，心想，大小姐，你一定要多摸摸它，抵消我带来的负面影响。

——可大小姐居然也只是轻轻碰了碰，一触即分。

林疏觉得不行。

这是想让美人恩死。

他觉得这东西已经有点蔫了，也不知道是不是错觉。

贵客道："如此不够，不知何年何月才开花，不若两位美人亲它一下，再时刻将它带在身边。我命人收拾一辆宽敞马车，两位姑娘便可以与它共寝。"

林疏并不想亲美人恩。

他怕美人恩死。

所幸大小姐道："我想，这草是有灵性的仙株，便要循序渐进，不可冒进。"

"也对，"贵客道："还是姑娘想得周到。"

说罢，贵客道："戊七，你先带两位姑娘去歇息。"

其中一个黑衣人道："是。"

这位贵客虽然穿一身黑，遮遮掩掩，声音又嘶哑难听，不像善类，但似乎是个很好说话的人。

戊七便带他们去了后面的一辆宽敞马车。

马车中设着宽大的卧榻，卧榻中央是一张小玉桌。

林疏立刻将美人恩放在玉桌上，避免和它有更多接触。

他刚想问大小姐这可如何是好，就见戊七也进了车厢，抱剑立在一旁，俨然是要监视他们。

车壁上点着灯烛，更衬得美人恩鹿角一样的枝条晶莹剔透、熠熠生辉。

这小植株只有两根手指头大，却有一种生机勃勃的灵力。

林疏现在只希望它能好好活着。

"夜深了，"大小姐道，"疏妹，你我宽衣睡下吧。"

说着，大小姐不易察觉地朝林疏使了个眼色。

林疏意会，知道大小姐这是要支开戊七。

——他们现在可是戊七主人的美人，宽衣睡觉若是被护卫看着，毕竟不大好。

果然，戊七默默转身离开了车厢内。

凌凤箫立刻落下一道隔音的结界。

林疏刚想说美人恩的性命堪忧，就听大小姐语速极快道："贵客不是寻常人。"

林疏："自然。"

不是谁家里都有印钞机，随随便便就能拿出四百万两黄金的。

凌凤箫道："方才的护卫叫戊七，是图龙卫的起名方式。"

"图龙卫？"林疏很是讶异，"是南夏的人？"

"并不是，皇室近卫名为图龙卫，是大夏朝的传统，南夏、北夏都在用。"

贵客是北夏皇室之人？

林疏立刻想，大小姐是南夏的长公主，贵客若是北夏皇室之人，那也着实有趣。

不，现在重要的不是这件事情。

他道："美人恩——"

话音未落，车门发出响动，林疏立刻闭嘴，凌凤箫撤了结界。

来者是贵客。

"凤夜奔驰，我亦劳累。只有这辆马车设了卧榻，两位姑娘想必不介意我借宿一晚。"贵客道。

这话说得很是有礼。

就见凌凤箫的演技立刻飙升，流波美目一转，道："贵客，您是要……"

"美人不必多虑。"贵客的声音很轻。

说着，贵客脱下身上披着的黑斗篷，然后取下面具。

是个二十岁出头的男人，长相俊秀，一双桃花眼，穿着紫色的衣袍，神态从容，眉眼间有那么一丝丝的浪荡邪气。

"我名萧瑄，"贵客的声音也变回了正常的男声，道，"如今已入北夏境内，不必再遮掩身份。"

凌凤箫道："见过殿下。"

林疏也跟着道："见过殿下。"

萧，南夏国姓。

而南夏、北夏曾经是一家。

所以可以推测出，萧，也是北夏国姓。

萧瑄笑了一下，道："我听夜市主管说，两位美人来历颇有些曲折。"

凌凤箫道："流落南夏数年，幸而今日见到殿下，得以返乡。"

萧瑄问："你们家在何方？"

凌凤箫道："哈奢。"

"正巧，我要去哈奢王都天照会，待美人恩开花结果，两位姑娘即可回家。"

凌凤箫："多谢殿下。"

直到这时，林疏才明白了凌凤箫的用心。

在黑市边缘，那几个壮汉问他们家在何处。

凌凤箫道，在哈赤城。

哈赤与哈奢，发音颇为相似。

于是，凌凤箫杜撰出一个"哈赤"来试探这几人。

若他们说没听过"哈赤"这个名字，便有可能是好人，而凌凤箫也可以改口说，是哈奢，他们听错了。

若他们表现出对"哈赤"这地方了如指掌，那就绝对是不怀好意了。

而现在，遇到了北夏的皇子殿下，自然要说"哈奢"这个正经名字。

不仅如此，听他们话里的意思，哈奢城还是北夏的王都。

——大小姐就是大小姐。

林疏回过神来，听见凌凤箫道："殿下。"

萧瑄："嗯？"

"这草好漂亮，"凌凤箫看着美人恩，问，"它可以做什么？"

"此非草，而是灵株，"萧瑄挑挑眉，道，"此株最后会结出果实，名为'月下美人'，内蕴非凡灵气。"

凌凤箫问："果实可以做什么？"

萧瑄自腰间抽出一把小巧的匕首来，右手抚摩着刀柄："世人皆知兽类可修成精怪，能够化作人形，却不知兵器亦能如此。神兵有灵，若得'月下美人'点化，可化出形体，如剑灵、刀灵。美人恩被美人照料，器灵便会长得与她相似。"

凌凤箫若有所思道："多谢殿下解惑。"

"我原是为秘籍而来，却见到这样的奇物，便顺手买下，打算与秘籍一同献给大巫，也因此买下两位姑娘。"萧瑄说着，解下外袍，笑道，"仅有这一辆马车可以睡人，我今夜便与这美人恩一起，沾一沾两位美人身上的灵气。"

林疏看他的样子，是想睡在自己和凌凤箫中间，左拥右抱，想必非常快活。

但是，自己并不是温香软玉。

大小姐搂住他的肩膀，对萧瑄道："殿下，我妹妹脑袋有点问题，夜间常惊惧，我得和她睡在一起。"

萧瑄挑挑眉，看了看林疏。

林疏放空双眼，做神经衰弱状。

"你们在南夏这些年，想必吃了许多苦，"萧瑄理解地点点头，"既如此，我便睡另一边。"

——这人长得有点轻佻，却也算一个正人君子。

凌凤箫道："多谢殿下。"

"在下是守礼之人，外面亦有护卫看守，两位美人可以高枕无忧，"萧瑄嘴角勾起一丝笑意，"不过，若是日后找不到好去处，在下亦可以接纳。"

现在就不怎么正人君子了。

看来，天下的乌鸦，仍是自己最白。

——他们便睡下了。

为了营造"我妹妹不能离开我"的假象，林疏还是被大小姐抱着睡的。

萧瑄看着林疏被凌凤箫装进被子里，再轻轻抱住，饶有兴趣道："真好。"

林疏："？"

他觉得萧瑄的笑容有点变态。

凌凤箫吹灭蜡烛，车厢内陷入黑暗。

但闻马蹄声"嗒嗒",向北一路行去。

林疏嗅着大小姐身上淡淡的香气,居然很快觉得困了。

——这些天来和大小姐抱来抱去,几乎习惯了,换到上辈子,他是打死都不会信,自己在和人如此近距离的接触下,还能睡着。

他借着月光看了看凌凤箫。

凌凤箫亲亲他的额角,右手搭在他的腰上,轻声道:"睡吧。"

不知怎么,林疏觉得凌凤箫的笑容也有点变态。

接下来的几天风平浪静,他们一路向北,深入北夏。

萧瑄这人,嘴上不太正经,"美人、美人"地叫着,偶尔调戏一下,但实际上并不动手。

——唯一不对的地方就是喜欢盯着他们两个看。

凌凤箫道:"殿下,您为何一直看我们?"

萧瑄挑眉,勾唇一笑:"一个美人已足够赏心悦目,两个美人则更加令人心神舒畅。"

说罢,他看了一眼桌上的美人恩,目光似有苦恼:"只是,这美人恩为何却不识好歹?"

林疏:"……"

这株美人恩,原本枝条挺拔,犹如一只漂亮的鹿角,此时,角的末端却有些耷拉。长了眼睛的人都能看出来,这是蔫了。

萧瑄道:"绝代美人在侧,却蔫了,真是奇事,莫非两位姑娘关怀得还不够?"

够的,很够,都要关怀死了。

林疏现在只希望它能撑住,撑到他们去到北夏王都,拿到血毒样本。

——然后自己和凌凤箫就立刻溜走,让萧瑄再去找别的美人吧,兴许还能补救。

萧瑄继续道:"两位美人,你们再摸它一下。"

林疏只能伸出右手,指尖朝它最小的那根枝条碰去。

即将碰到的时候,那个小鹿角以肉眼难以发现的幅度往反方向,退了一下。

这情形林疏已经不是第一次见到了,美人恩嫌弃男人,可以说是嫌弃得彻彻底底。

他的指尖继续向前。

鹿角继续退。

下一刻,美人恩仿佛僵硬了一样,不动了。

——是凌凤箫的指尖从反方向靠近了。

林疏心想，果然是有灵性的植株，大小姐一来，才乖了。

他用指尖轻轻碰了碰鹿角的末端。

凌凤箫也碰，正好和他对上指尖。

一触即分后，整个植株，好像又憔悴了几分。

林疏对它致以真挚的愧疚。

萧瑄过来查看，叹了口气："莫非生病了？"

是的，生病了。

它对男人过敏。

萧瑄继续叹气："莫非只能听天由命了？"

人在买下了价值四百万两黄金的东西之后，对十万两黄金的东西便不会过于在意，因此萧瑄叹气过后，也没有别的表示，让林疏松了一口气。

过一会儿，萧瑄出去透气。

凌凤箫倚在榻上，神色有些恹恹，拍了拍旁边的枕头："来睡觉。"

北地寒冷，此时又近冬天，昨夜下了一阵雹子，现在又变成冷雨，大小姐在下雨天，骨头是会不舒服的。

林疏给大小姐倒了一杯热水。

大小姐捧着杯子啜了几口，放在一旁桌子上，对林疏道："抱抱。"

林疏便过去给这人抱着。

没过一会儿，精神本来就不好的大小姐便睡着了。

大小姐自昨夜下雹子之后就没有睡好，林疏是知道的。

他拨开抱着自己腰的某条手臂，坐起身来，给大小姐压了压被子角，又点上马车里的暖手小炉，塞进被子里，往大小姐的肚子那里推了推。

做完这些，他注视着小玉桌上的美人恩。

——然后，把桌子往凌凤箫这边挪了挪，好使它多沾一些大小姐的灵气，补救自己造成的影响。

补救完，他也躺下，开始午睡。

——却一直没有彻底睡着，可能是晚上睡得太多。

半梦半醒间，也不知过了多久，听见大小姐似乎是醒了，有一些动静。

先是什么东西被推动的声音，似乎是玉桌。

然后，大小姐的声音响起，声音很低、很轻，似乎是不欲打扰他。

"你不愿开花吗？"

林疏："……"

大小姐似乎在质问美人恩。

"我不美吗？"大小姐冷淡道，"既然美，你还想要什么？"

林疏安静地听着。

"不想死，便开花。若明日还不开，我必从早到晚碰你，弄死为止。"

恐吓完，大小姐躺下，从背后抱住他，继续睡觉，很快，呼吸又绵长起来，似乎睡得很安心。

林疏则安静地闭着眼睛，默背心法。

剑阁的心法，上辈子便无时无刻不在身体中运行，来到这个世界后也没有落下背诵，熟稔到了倒背如流的地步，只可惜无法使出来。

可是一想到若要使出来，先要与大小姐双修，他就有点紧张。

生活不易，艰难总是这样接踵而至，林疏叹了口气。

风平浪静的一个下午和一个晚上过去，第二天早上，林疏是被萧瑄的声音喊醒的。

"开了！"

林疏睁开眼睛，坐起身来，看向玉桌。

男女有别，为了避嫌，晚上的时候，他们把小玉桌放在宽大卧榻的中间，隔出两边，凌凤箫和他睡这一边，萧瑄一个人睡另一边。

虽然，自己和大小姐，实际上也不是一个性别。

不过，林疏想，他和凌凤箫是正经的有婚约的人，并不用避嫌，如此也不算轻薄了大小姐。

凌凤箫也在看玉桌。

林疏望过去，惊讶地发现，小鹿角的分杈上居然生出了几片细小的、花瓣状的东西。

开花了？

萧瑄拍手赞道："两位美人，你们的照料果然有效。"

林疏端详美人恩。

枝杈还是蔫不唧的模样，花瓣看起来也十分无精打采，整个鹿角仿佛都变细了，倒像是在死亡边缘艰难地挤出了几朵小花。

大小姐昨天的威胁果真有效？

只是大小姐为何要那样威胁呢？

把它抱在怀里几天不行吗？

林疏想不通。

但是，只要开花，总是好的。

萧瑄道："终于在入城之际开出了花，想必再过些天，在天照会前，便能结果了。"

说罢，他拉开前方车帘，道："美人请看，前方便是哈奢城了。"

哈奢，北夏王城。

林疏向外望去，但见无边无际的地平线上，一座高大的黑色城池巍然屹立，城墙上耸起不知是什么材质的尖刺，在淡薄的日光下闪着冷光，仿佛庞然大兽的獠牙。

城门口有一队黑甲的士兵，戊七出示了一块令牌，士兵们立刻放行。

城内颇为繁华。

街巷、楼台、宅邸，很多都由一种黑色的不规则大石砖砌成，大都是平顶，与南夏风格迥然不同，有某种粗壮的浑朴。

而石砖上往往画着一些仿佛咒文的东西，路旁的酒旗、幡子都是黑底，绣着一些狂乱的白纹或紫纹——路上行人的衣服也大抵如此，就显得整个城池充满神秘的危险之气。

尤其是行人之中，偶尔有着宽大黑袍、脸上有刺青的北夏巫师出现，更添诡秘。

熙攘人声传来，有时候也掺杂了羯族腔调，但总体不算难懂。

马车一路前行，到了一处幽僻但气派的房屋前。

"这是在下皇宫外的住所，这几日，两位姑娘便在此处安歇吧——在下也在。"萧瑄笑得很是浪荡，"二位美人姐妹情深，不妨一同在西边侧房住下。若两位想出去走走，寻访亲人，也不会有人拦着，只要将美人恩养出果子即可。"

凌凤箫道："多谢殿下。"

然后，便有人引他们进了门，向西面去安歇，萧瑄则不知去了哪里。

进房之后，那带路的下人也告退了。

没有人监视，没有人看管，萧瑄还许了他们可以随意出去。

也就是说，他们可以立刻寻访是否有巫师研制出了可以传染的血毒，乃至天照会也可以顺利去看。

事情实在是很顺利。

林疏都有些怀疑了。

他问："没有人监视吗？"

凌凤箫拿起房间里作为装饰的一柄剑，手指抚过剑刃，淡淡道："萧瑄盼着我们搞出事情来，又怎会派人监视？"

林疏："啊？"

大小姐，你在说什么，我听不懂。

凌凤箫看着他笑，笑容无奈又宠爱，连声音都放轻了些："他可曾盘问我们的来历和姓名？"

"没有。"

"可曾询问我们家到底在哈奢城的何处，家中是做什么的？"

"没有。"

"这就是了。夜市里卖的人鱼龙混杂，除非他脑袋有问题，才会对我们如此不设防备。"

林疏："那……"

这一路下来，萧瑄的确是毫无防备，将他们视作可信之人的样子。

凌凤箫道："萧瑄身为北夏皇子，说不定还是储君，却要千里迢迢跑去黑市，买下宝物献给大巫，可见大巫权势滔天，盖过皇室。"

林疏："嗯。"

"因此，萧瑄也未必待见大巫。这一路上，我们对他没有可疑之举，他便明白，你我意不在他。若我们果真不怀好意，又并不是要害他，便是要去给大巫添堵。他乐见其成，甚至会提供便利。"

林疏再次怀疑自己的脑回路相比这些人有所简化。

第四章

万物在我

既然萧瑄给了他们自由在王都行走的便利，凌凤箫混进来又确实带着目的，不出去，实在有点说不过去。

于是，他们简单收拾了一下，便出门了。

——反正凌凤箫的脸经过了完美的易容，不会有人认出来，而林疏的脸虽然和他易容前那张男孩子的脸十分相似，却戴了面纱，也不怕有人认出。

再说，北夏王都，难道还会有他们的熟人？

出了门，果然无人阻拦。

转出这条街，前面是一条大道，通往两个不同的方向，大道尽头，道路似乎又分了岔。

该往哪儿走？

林疏陷入迷茫。

但他并不会迷茫太久。

大小姐道："这边。"

林疏便跟着。他们一路步行，拐过街头巷口，周遭的行人越来越多，最后到了一处两边皆是商铺，一看就十分繁华的长街。

林疏觉得有点眼熟，来的时候见过。

所以说，大小姐脑子里有一张精准的地图，可以完美地还原来时的路线。

凌凤箫道："找一家酒楼，你想吃什么？"

林疏往周边看了看，他不认得北夏的食物，道："都可以。"

凌凤箫："那便去最大的。"

最大的酒楼里，大堂坐满客人，小二来回穿梭，饭菜香气很是诱人。

"两位美人，坐哪里？"有小二上来招呼。

凌凤箫道："雅间。"

"好嘞。"小二麻利地领他们上楼落座。

雅间由屏风隔开，但并不妨碍里面的客人看见下方的大堂。

落座后，小二拿了菜帖上来。

南夏的菜肴以清淡为主，大多做法精致，入口回味绵长，此处的菜肴却明显重油重盐，菜名也非常直白简单。

凌风箫点了糖醋鲤鱼、四喜丸子、八仙鸭与奶汤蒲菜，不一会儿，便依次上菜。菜肴入口，味道鲜香浓厚，比之南夏，别有一番风味。

他们正吃着，就听见下面的人群有些异动，往下看，原来是进来了一个小姑娘。

小姑娘十三四岁，衣着朴素，身形瘦弱，背着一把一看就十分沉重的铜琵琶。

——更加引人注目的是，她牵着一个步履蹒跚、目光浑浊昏沉、头发花白的老人。

隔着一面屏风，林疏听见隔壁雅间的客人对自己的同伴道："赵琵琶又来弹琵琶了，她弹得倒是不错。"

同伴道："长得也行。"

就听"嘻"的一声笑："拖着个老不死，能有什么用？她爷爷前两年还能说书，现在糊涂了，只能傻站着，全靠赵琵琶养活。"

听他们话中的意思，这小姑娘叫赵琵琶，是来卖艺的。

只听小姑娘道："各位客官，我今日先弹一首《破阵曲》，请客官们赏脸。"

说罢，她在一条简陋木凳上坐下，抱起铜琵琶，左手按弦，右手弹拨。

铮铮然一声落下，石破天惊一般。

凌风箫道："弹得不错。"

林疏："嗯。"

琵琶多奏柔美之音，然而铜琵琶以铜线为弦，声音雄浑，寻常人难以驾驭。看这赵琵琶身形如此伶仃瘦弱，未承想能把铜琵琶弹得这样好。

只听那声音激烈跌宕，似乎直冲云霄，使人心神激昂；放缓时，又如同黄沙大漠，寂静悲凉，令人唏嘘。

一曲毕，赵琵琶拿一个铁钵，在酒桌间的缝隙穿行，一边走，一边道："客官，赏个脸吧。"

她弹得确实好，且她年纪小，引人同情，因此不断有铜钱落进铁钵里，虽然少，但也算足够吃饭。

外行看热闹，内行看门道，林疏在琢磨她的乐声。

这姑娘的曲子里，别有一种悲凉凛冽的气势，还有种狠劲，这是他所没有的——他只会照着曲谱弹琴，没什么情绪能掺杂进去。

他不得不承认，这样的曲子才是上乘的曲子，若是这姑娘会用灵力，能用琵琶声攻击，她的攻击力也一定很强。

凌凤箫道："没有你的琴好听。"

林疏道："谬赞。"

大小姐偶尔会梦先生附体，将他夸得天上少有、地上无双，他几乎要习惯了。

想完曲子，林疏往下看，却见赵琵琶遇上了麻烦。

"赵小娘，"一个声音粗嘎的男人道，"这破曲子叽叽歪歪，像拉锯一样，有个什么意思？你给老子弹个好听的，今天就赏你一两银子。"

一两银子，可是值二百个铜板。

赵琵琶问："您想听什么样的？"

男人目光有些涣散，像是微醺的样子，道："前几天在春风楼听几个小娘弹什么《花间醉》，老子觉着不赖，你也来一个。"

赵琵琶低下头，抿了抿嘴唇，半晌，道："……我不会。"

男人勃然大怒，拍桌喝道："青楼的小娘都会，你不会？"

赵琵琶紧紧抱着琵琶，指关节发白，又抿了抿嘴唇，声音微微发颤："我没学过，没学过……她们的曲子。"

男人又狠狠拍一下桌，醉鬼无法用逻辑来判断，看样子他似乎打算去掐赵琵琶："臭丫头，你看我信吗？"

赵琵琶低着头，一言不发。

男人恶狠狠笑一声："老子看你长得还行，可怜可怜你，想收你回府——"

赵琵琶浑身发着抖，回头看她爷爷。

她爷爷脑子确凿是不清楚了，见她看过来，只是"呵呵"地笑着，很和蔼。

赵琵琶转过头去，低着头，什么都没说。

男人道："快弹！"

赵琵琶："……我不会。"

场面十分僵硬，没有人出手或出言帮助赵琵琶。

正当此时，大堂角落传来一道声音："依在下之见，您的说法不妥当。"

林疏看见大小姐猛地蹙了眉。

他自己亦是心中一跳。

原因无他，这声音、这语气，他很熟悉。

有一种……"杠气"。

他循声望过去，只看见一个浑身上下裹在黑袍子里、看不见脸的人。

这黑袍子是北夏巫师常穿的，漆黑帽檐遮住大半张脸，只露出一个苍白的下巴，和右边脸颊上一个狰狞古怪的咒文刺青。

男人也望过去，看见出言的是个巫师，气焰顿时减弱不少，但酒意上头时，人往往已经失去理智，他没好气道："你管老子？"

"其一，你并不是赵琵琶的老子，亦不是我的老子，这'老子'一词，言辞不通，谬误甚大。"

周围的看客发出一阵哄笑。

林疏犹疑地看着那个巫师。

天下的"杠精"有千百种。既有千百种"杠精"，便有千百种"杠气"，互相之间，并不相同。

这人的"杠气"，他有点熟悉，这是很蹊跷的。

而这声音，也很耳熟，那就更加离奇。

他望向凌凤箫，就见凌凤箫眉头深蹙，目光极其凝重。

——事情大条了。

他们可能在绝无可能碰见熟人的敌国王都，碰见了熟人。

林疏虽然很少和别人说话，但并不是完全不说。

更何况越若鹤和越若云整日在中庭抬杠，他即使不参与，也听过成百上千句，早已将他们的声音、语气熟记在心，甚至能想象到他们抬杠时的神情来。

而现在，这个巫师打扮的黑衣人，俨然就是——越若鹤！

可是，越若鹤又怎么会在北夏王都出现呢？

就听凌凤箫问："我们离开学宫时，他在哪里？"

林疏想了想，道："越老堂主要羽化了，他们回家参加大典。"

——当初，正是听到越若鹤和越若云谈论回家的事情，林疏才想起给李鸭毛一家写信，随后李鸭毛出事，林疏回了闽州，再次到学宫的时候，这兄妹两个就已经回家去参加越老堂主的羽化大典了。

可这个黑衣人，确实像越若鹤，像极了。

既然这样，那就有三种可能。

第一种，这世上有那么多人，难免有两个人有些相似，而这北夏的黑衣人就恰好与越若鹤有相同的声音、语气，同时又酷爱抬杠。

第二种，越若鹤也像他们一样，有必须完成的任务，要乔装打扮，潜入北夏。

第三种是谁都不愿意看到的，那就是越若鹤其实在北夏拥有身份，和北夏有往来。而若他与北夏有往来，那么整个如梦堂也脱不了干系。

林疏相信越若鹤的为人，因此倾向于第二种猜测，但是，人总要做好最坏的打算，他看着凌凤箫的神情，就知道大小姐也是这样想的。

只是，对方即使身在敌国王都也不放弃抬杠，真是过于敬业，看来"杠气"已然深入骨髓。

他们静观其变。

只听那男人被噎了一下，片刻后，恶狠狠道："这个'老子'，不是那个'老子'！"

"也是，"黑衣人道，"这个词语含义甚多，此'老子'非彼'老子'，可以随意使用。我可以自称您的老子，赵琵琶姑娘也可以自称您的老子，乃至整座酒楼里的客人，再到外面街上的千百人，都是您的老子。"

须知这世上的骂人话语有千百句，但最狠的无非两种——骂娘，与自称为爹。那男人本来就不甚清醒，此时被这样羞辱一通，气得脸庞通红，脖子上青筋根根暴起，狠狠捶了一下桌子："狗子乱叫！"

黑衣人道："您这话，我大是不懂。我用两条腿走路，但凡有眼睛的人，都知道我不是狗子，既然不是狗子，那就不会乱叫。"

先是莫名其妙成了整条街的人的儿子，现在又变成了没有眼睛的人，那男人恼羞成怒，又无别的话可说："你听得懂人话吗！"

"人话，在下自然听得懂，只是您的话，我却有点不大懂。"

大堂中的人再次发出哄笑。

与这男人同桌吃饭的同伴见情况不妙，唯恐得罪巫师，连连对男人道："算了算了。"

然后他又对黑衣人赔罪："魔巫大人，我这兄弟喝醉了酒，不懂事，您大人不记小人过，莫与他计较了。"

黑衣人却要和对方计较："照这样说来，琵琶姑娘已说了不会弹《花间醉》，您的兄弟却还要她弹，岂不也是听不懂人话？"

那男人终于抓住了一个克敌制胜的机会，立时挺起胸脯，哼笑一声："我道你要干什么！原来也是看上了小娘！"

那同伴被他吓得不轻，连忙从座位上起来，躬身给黑衣人道歉："这位大人，实在对不住，我这就把他拉走。"

那男人被同伴拉着往外走，仍然不放弃，胡搅蛮缠道："遮遮掩掩，不就是要和老子抢小娘！"

黑衣人似乎对赵琵琶使了个眼色，这姑娘也聪明，对他行了个礼，牵着她爷爷，趁乱从小门走了出去。

林疏从上往下静静看着这一幕。

大小姐道："若他果真是越若鹤，为姑娘解围，也算是做了一件好事。只是若原本就是乔装打扮混进来，贸然出头，恐怕招来祸事。"

林疏想了想，道："他们路见不平，有时是忍不住的。"

苍旻、越若鹤、越若云这些人，都是侠客之属，看到弱女子被欺压，难免要站出来。这样一想，他不由得又偏向了越若鹤一些。

凌凤箫只淡淡"嗯"了一声，继续看着楼下。

琵琶姑娘已经离开，大概会暂避一阵子风头，那男人也已经被同伴拉走。

而疑似越若鹤的黑衣人继续坐回原来的位置，草草吃了几筷，将杯中酒饮尽，也结账走了。

凌凤箫道："我们跟上他。"

林疏"嗯"了一声。

他们也下楼结账，在黑衣人身后遥遥跟着。

林疏道："我觉得很像。"

凌凤箫道："我亦是。"

如梦堂的"万物在我"内功十分神奇，使人与万物同化，越若鹤自小修炼这门内功，虽然还称不上大成，但也算精通。

一个人修炼什么内功，就如同一棵树在什么样的土壤中长大，是可以看出来的。像越若鹤平时走路的时候，一举一动都十分舒放自然，尤其是穿一身翠绿的衣袍走在竹林里的时候——几乎要与整片竹海融为一体，确实是一条"竹杠精"。

而现在，他一身黑衣，明明是很惹眼的巫师打扮，却无端地显出某种平平无奇的意思，仿佛只要一眼没看到，就会淹没在茫茫人海中。

林疏与凌凤箫跟着他七拐八拐，最后到了一条形制极为特殊的街道上。

这条长街所有的建筑都由漆黑的大石筑成，街道旁的房屋，个个房门紧闭，分岔口的小巷子，亦是森冷幽深。

更令人毛骨悚然的是，不知什么地方响起人的惨叫声，遥遥送到耳中。

凌凤箫在林疏手心画下几个字——"天刑巷"。

这个名字，林疏在课上听到过，乃是北夏巫师聚集、交易之地，王都外面来的巫师，常常在此处暂住。

——看来，这个疑似越若鹤，并且极有可能就是越若鹤的人，就住在这里了。

表面上，天刑巷人烟稀少，十分寂静——所以，他们两人的存在十分打眼。

黑衣人在某个虚掩的大门口站定，不易察觉地往他们这边望了一眼。

大小姐挑眉一笑，演戏功力炉火纯青，十足妖魅，像个魔道妖女。

黑衣人道："二位何故一直跟着在下？"

——原来早就有所察觉。

这也不怪他们疏忽大意，两个如此美貌的佳人走在街上，难免引起许多人的注目和议论，要他不注意到，也难。

凌凤箫走上前道："大人在酒楼中救下那个姑娘，我们二人仰慕得紧，不知大人姓甚名谁？家住何方？"

那黑衣人稍微侧了一下身，没有回答任何问题，道："告辞。"

——然后他便收回目光，推门进去。

只有林疏知道，问问题并不是大小姐的目的。

方才那一下接近，大小姐已经神不知鬼不觉地将吸引凤凰蝶的香粉以真气催动到了黑衣人身上，方便追踪。

他们在门外等了等，看见陆续有别的巫师进去，便也推门进去。

门内是一道漆黑走廊。在走廊内走一阵子，前面别有洞天，乃是一个类似地下集市的存在。凡人的集市卖货，北夏巫师的集市，不仅卖货，还卖人。

有活人，也有死人。

死人的尸身自然没有什么用，这里的死人，是活死人。

每隔一段路，便能看到有巨大的铁笼装着形容狰狞、皮肤青白的活死人，其以头"哐哐"砸门，配合昏暗的光线，使人后背发寒。

而铁笼旁往往坐着一个贩卖他们的黑袍巫师。

林疏感到有沉沉的目光在他和凌凤箫身上打量。

美人往往惹人注目，而他这一身雪白的衣服，也确实和此处格格不入。

走过一段路，凌凤箫拉他转进了一个无人的拐角，从锦囊中取出一件红纱的外袍，道："换这个。"

林疏换上，觉得很是别扭。

扮女人已经足够难，如今还要扮红衣的妖女，实在是难上加难了。

他被凌凤箫支配，先是换了外袍，又将遮脸的白纱换作红纱。

凌凤箫打扮完他之后，端详了良久，没有说话。

林疏有点不安："很奇怪吗？"

"不奇怪，"凌凤箫轻轻道，"像嫁衣。"

林疏："……"

大小姐，你的癖好怎么更加变态了？

换罢衣服，大小姐拿出一盒红中带紫的口脂涂上，又勾了勾眼角，整个人妖媚中带着肃杀，成了完美的邪教妖女。

他们凭借凤凰蝶引路，遥遥跟着疑似越若鹤的黑衣人，见他在这个宽敞的地下空间中走动，偶尔停下来看看铁笼中的活死人，但并不逗留，一路穿过这片鬼影幢幢、仿佛人间地狱的区域。

接着，又经过一道短走廊，这里的灯火倒比方才那处明亮些，人也多了。

墙壁被掏空成一个一个大小不一的格子，大部分不是空的——这里倒与学宫的藏宝阁有些类似，放着东西的格子下方，都挂着一个铜牌。

"元胎妖乳，一百两黄金，或三两天珠花蕊。"

"惊情蛊虫，四十两黄金，或同价炼蛊材料。"

有的格子中则放着银钱，铜牌上写着想要购买的材料。

——显然，刚才那地方是贩卖活死人的所在，此处则是交易物品的地方。

北夏的魔巫们修炼，也需要修炼的材料，尤其是那些诡异的炼尸、炼蛊术法，条件非常苛刻，需大量的材料支撑。若是缺少哪样材料，便放银钱在此处求买；若得到了什么用不着的东西，也可以放在这里出售，或是以物易物。

那么，这个黑衣人来此，是想买什么东西吗？还是卖？

他们继续观察，发现此人几乎在每一个有东西的格子前都会稍做停留，查看格子中的物品，然后走开。

——既不见他买，也不见他卖，只是看而已。

凌凤箫低声道："他在找东西。"

眼看这人几乎把所有东西都看完，凌凤箫带着林疏上前。

"这位大人，"凌凤箫眼中波光激滟，问，"您在找什么？兴许我们能够帮忙。"

那人一言不发。

凌凤箫轻轻笑一声："您害羞了吗？"

那人生硬地转头，继续看格子里的东西，并不理睬。

林疏往周围看，看见有不少巫师的目光都投向了这里，尤其是自己和凌凤箫身上。

他因为上辈子过得不大愉快，对这种赤裸恶意的目光十分敏锐，立刻察觉到那些巫师都在用一种评头论足的淫邪、不怀好意的目光看着他们。

可见，美丽的容颜，无论放在哪里，都是会招来祸患的东西。他在夜市里，可以说是真真实实地体会到了这世间的黑乌鸦，有多么黑。若是大小姐没有武功，或凤凰山庄没有权势，恐怕也被这肮脏丑陋的世间吞得渣都不剩了。

不过，话说回来，若没有滔天的权势和绝世的武功，那也不会有大小姐这样盛气凌人的绝色了。

林疏意识到自己又在走神，赶紧把思绪拉了回来，观察那个黑衣人。

黑衣人生硬地对凌凤箫道："在下另有要事，告辞。"

"哦？"凌凤箫道，"大人，不如您把您的居所告诉我，我与妹妹来日定当登门造访。"

这话说得柔肠百转，语气十分勾人。

那些巫师已经向黑衣人投去了审视的目光，仿佛在怀疑他到底有什么特殊之处，以至于能得到这等美人的青睐。

黑衣人却并不领情，身形一滑，也不知他怎样移动，转瞬之间就从凌凤箫面前转出，向着另一边走去。

另一边是一条同样幽深的黑色长廊，布满阴影，他踏入走廊的一刹那，整个人如同消失在墙壁的阴影中，不见了踪影。

有一个巫师怪笑一声："确实有几分本事。"

另一个巫师道："这身法不错。"

凌凤箫则是与林疏对视一眼。

这个人，八成就是越若鹤了！

"万物在我"内功，与世间万物同化，用在遮掩行迹上，简直是无往不利。

此时，若再追下去，恐怕引起越若鹤的警惕，他们便没有再跟上。反正有凤凰蝶在，总不至于把人弄丢。

越若鹤在找什么？他到底是不是北夏的人？

——都须要再做探查。

不过，此时此刻，他们却遇到了新的情况。

邪教妖女既然可以搭讪巫师，那么别的巫师也可以来搭讪邪教妖女。

一个看不出年纪的巫师走过来，声音低沉嘶哑："二位美人看着面生。"

凌凤箫道："我们二人才来王都，您看着自然面生。"

"哦？"巫师道，"不知你们从何而来？"

"我们二人，都是有主之人，自然是跟着主子来。"

此话一出，场中便静了静。

养得起这等美人的"主子"，必定也不是寻常巫师，其他人想要染指，就要掂量掂量自己的分量了。

不过，他们想要放过凌凤箫，凌凤箫却不想放过他们。

只听大小姐温声细语："这位大人，借一步说话。"

那位大人便真的借一步说话了。

走廊里，凌凤箫问："不瞒大人说，我们姐妹二人此次前来，乃是为我们家主人打探消息。"

那巫师立刻意会，问："什么消息？"

凌凤箫并没有说话，而是拿出一块黑色的石头来。

这石头是罕见的阴煞石，生在鬼厉煞气聚集之地，十分珍贵，对魔巫的修炼大有裨益——说起来，还是他们当初在万鬼渊随手采集的。

普天之下，好色之人，大多也爱财，这巫师并未脱出俗套。

只见他看着凌凤箫手中的石头："姑娘发问就是。"

凌凤箫道："我家主人平时也没有别的喜好，只喜欢钻研血毒。主人最近听闻风声，说是我朝的巫师之中，有人研制出了新血毒，那尸人皮肤血红，漂亮得很，主人甚是想见，只苦于一直找不到线索……"

那巫师脸色却一下子不好了起来："恕我不知。"

果真不知吗？

恐怕不是。

不然，何以脸色如此差劲？

凌凤箫面不改色，左手一转，又从锦囊中取出一朵白骨花，并一袋沉甸甸的黄金："大人，您不妨再想想。"

那巫师沉吟许久，道："细细想来，确实有些印象。"

林疏："……"

原来是在讨价还价。

凌凤箫道："大人，请讲。"

"你家大人不在王都，确有可能不知道此事，"巫师道，"前些日子，大巫右护法和皇帝因此事起了冲突，彼此交恶了一段时间，皇帝想服软，但大巫已闭关不见他了。"

这人说着，脸上浮现幸灾乐祸的笑容。

——看来，巫师们和北夏王朝的关系，确实不怎么样。

凌凤箫："起了冲突？"

"那血毒不简单，如同瘟疫，可以以一传百。右护法言说此物可施用于战场，皇帝老儿却害怕这东西沾到自己人身上。"

果然是那个血毒！

不仅如此，北夏巫师还已经有了将它用在战场上的想法！

凌凤箫问："我家主人醉心巫术，不管这些事情，只想见识一下，却不知怎样才能见到那血毒呢？"

"难，血毒要么在皇宫大内封存，要么被右护法带在身上，你们不妨去求见右护法。"

这怕是就很难了。

萧瑄虽放他们在外面给大巫添堵，却不会傻到泄露这等重要的血毒的所在。

而见右护法，又唯恐露馅。

北夏的大巫不知修为精深到了何种程度，两个护法则仅次于他，若是对上，能不能全身而退都是个问题。

可能是看他们不说话了，那巫师转了转眼珠，又道："不过，也有别的办法。"

凌凤箫道："请讲。"

巫师往南边的格子上一指："喏。"

凌凤箫道："多谢。"

巫师怪笑一声："美人，就此别过。"

说罢，拿钱走人。

林疏与凌凤箫来到他所指的那块区域下。

林疏一抬眼，便被一个巨大的数字晃瞎了。

三百万两黄金！

夜市拍卖会上，那个能让人修到渡劫飞升的功法，也是这个量级的。

林疏问："你有吗？"

凌凤箫道："我有。"

林疏："……"

家里有印钞机的人，确凿不一样。

但是，凌凤箫道："可我没有带。"

林疏理解。

黄金，只是个单位，三百万两黄金已经能堆成一座金山，折成银子，恐怕有一座真实的山那么高。

除了萧瑄那种要带足钱财去买东西的，不然若非脑子有毛病，或是究极的守财奴，谁会随身带着呢？

这样大的数字，怕是芥子锦囊都要几十只才能装下。

林疏："真的能拿到吗？"

凌凤箫道："姑且一试。"

于是，凌凤箫便取下了格子中的物事。

是一张轻飘飘的纸，上面写着："可使'神仙手'影无踪出手一次，天下之物，手到擒来。"

也就是说，有这张纸，可以使"影无踪"出手一次。

或者，把这张纸挂在格子中的，就是影无踪本人。

影无踪是什么人？

是个名扬天下的小偷，连南夏都流传着他的传说。

传说，天底下没有他偷不到的东西。

他游走江湖中，不算南夏人，也不算北夏人；不算修仙人，也不算修魔人。名气之大，大到但凡有人莫名其妙丢了贵重的东西，都要嘟囔一句："莫不是被影无踪偷了吧！"

而且，此人不但技艺高超，职业素养也非常高，只要付出三百万黄金，指哪儿偷哪儿，绝不做假。

林疏觉得很心痛。

大小姐要出三百万两！

这个认知比他自己负债三百万两都要令他心痛。

他问："真的能偷到吗？"

凌凤箫道："据说此人从不失手。"

林疏有点窒息："三百万两。"

凌凤箫轻描淡写："嗯？"

林疏问："你到底有多少钱？"

凌凤箫笑："怎么问起这个？"

林疏道："好奇。"

"照顾你是绰绰有余了，"凌凤箫拿着那张字条，道，"我们此次是为朝廷做事，花国库的黄金，你不必担心以后吃不好。"

哦，花的不是大小姐的钱。

——不，我不是担心自己吃不好的问题。

大小姐，我并不是这样轻浮的男孩子。

出了那个地下市场后，两人又在天刑巷打探，最终得到了一个地址。

这个地址所指向的地方，在王都郊外一处大山中。

山中有一条小溪，临近冬天，小溪已经断流。

小溪的西边有一处小院落，很有意趣。

若是到了春天，万物生发，山中青葱一片，流水潺潺，可以说是完美无缺的隐居之所。

只不过，此时院子中传来一片喧哗声。

一个小童的声音道："师父！鸡找不到了！"

然后是一道男声："你是不是又偷看它下蛋？"

"我没有！"

"你有。"

"我没有！"

"出门去找！"

然后，院落的门"吱呀"一声被推开了。

里面的人正好和他们对上视线。

一个俊俏的小童道："师父，仙女！"

师父啐了一口："女人都是祸害，师父恐怕要大难临头了！"

林疏观察这位师父。

一个外貌平平无奇、让人转眼就忘的男人，三十岁上下，一身黑衣。

这就是影无踪吗？

凌凤箫道："可是影无踪前辈？"

师父打量他们几眼，语气不太好："怎么了？"

凌凤箫展开手中字条，道："我有三百万两黄金，不知前辈接不接？"

小童道："师父，财神！"

影无踪的态度这才好了一些，道："进来说。"

不知为何，林疏总觉得，影无踪一直在看凌凤箫的脸。

走过院落，一只看门鹅扑上来，"嘎嘎"大叫，作势要咬，被影无踪拨开，塞进了围栏里。

鹅："嘎！"

小童道："鹅，不要咬。"

鹅："嘎！"

小童把鹅嘴绑上了。

影无踪毫无歉意道："见谅。"

凌凤箫："无碍。"

到了堂屋，一进门就见对面墙壁上写着九个硕大的字。

"盗不可采花，采花必败"。

还是用朱砂墨写的，血淋淋一片，简直触目惊心。

看到这句话，林疏就想起凌凤箫半路上给他讲的逸事来。

说是影无踪有两个原则。

第一，一生不采有主花。

第二，一生不入锦官城。

原因是这位天下间来去自如的"神仙手"，曾于锦官城折在了一个女人手里。

他某日潜入锦官城某地去窃取某物，抬眼看见女主人仪态万方、容颜妹丽，一时间恍了神，露出破绽被擒。

结合这九个大字，看来这逸事是真的了。

他们在堂屋坐定，小徒弟倒了茶水来。

影无踪道："要什么东西？在哪里？"

凌凤箫便说了。

"这倒不是太难。"影无踪道。

不是太难？

从大巫的右护法或北夏的国库里偷东西，不是太难，可见这人的技艺足够高超。

却没想到，影无踪下一句道："你们是南夏的人。"

凌凤箫："前辈何出此言？"

再下一句，影无踪道："你姓凌，有易容。"

林疏："！"

怎么看出来的？

"前辈果然有特异之处。"凌凤箫道。

"美人在骨不在皮，"影无踪道，"你的骨相像你的母亲，但和你的皮相不合，若非易容，不会如此。"

凌凤箫道："晚辈的母亲姓凌。您莫非与我家有渊源？"

影无踪却不说话了。

他执起茶杯，缓缓地喝了几口，才道："我认得。当年一时失手，本该被处死，却被你母亲放过。今日为你去拿血毒，就算偿还你母亲的恩惠。"

林疏仔细想了想。

锦官城，是南夏皇城的旧称。

皇城中有皇宫，宫里有皇后，皇后是凌凤箫的亲生母亲。

凌凤箫是世间少有的美人，皇后自然也不会丑。

所以当年，影无踪偷的是南夏的皇宫，撞见的是南夏的皇后。

皇后出身凤凰山庄，可不是手无缚鸡之力的女人，影无踪这也算是活该了。

"我与母亲甚少见面，她未曾提起此事。"

影无踪道："十日后天照会，东西给你，两清。"

凌凤箫道："好。"

"还有一事，"影无踪啜着茶水，懒洋洋掀了掀眼皮，"我影无踪堂堂正正做贼，最见不得藏头露尾的人，你最好揭了面纱。"

——看的是林疏。

林疏看了看大小姐。

大小姐点了点头。

林疏便解下面纱。

"喀喀喀——"影无踪被一口茶水呛到，惊天动地地咳了起来，几乎要背过气去。

"师父！"小徒弟去给他顺气。

此时，外面的鹅许是挣脱了嘴套，又"嘎嘎"大叫起来，场面一度非常混乱。

林疏："？"

等影无踪终于顺好了气，一双眼睛瞪着他："你爹是不是自号'桃源'？"

林疏："我没有爹。"

"胡说，"影无踪笃定道，"你和他长得几乎一模一样。"

林疏："我师父确实叫桃源君。"

"不可能，"影无踪拍打桌面，"我记人最准，你和你爹简直是一个模子刻出来的，连骨头都不差分毫！"

林疏歪了歪脑袋。

所以，小傻子，可能不是桃源君的徒弟，而是桃源君的儿子？

可婚书上写得很清楚，小傻子就是桃源君的徒弟。

但桃源君已经这么多年没有消息，约莫是死了，讨论这些也没有意义，林疏不欲与他多做纠缠："好吧。"

影无踪并未打住，而是颇为幸灾乐祸道："那家伙一脸清心寡欲，像个神仙，没想到竟然能有个孩子，可见也是栽在了女人手里，妙极，妙极。"

这人自己栽在了女人手上，就揣测别人也栽在了女人手上，实在是不大善良。

凌凤箫："桃源君杳无音信已久，我们没有他的消息。"

"唔。"影无踪不置可否。

凌凤箫："敢问前辈是桃源君的什么人？"

"一面之缘，"影无踪看向凌凤箫，道，"他与你们家也有些渊源。"

凌凤箫一笑道："确实。"

话题就此打住，影无踪又问了问凌凤箫那血毒的详情。聊完，他们便打算告辞了。

影无踪道："慢着。"

凌凤箫："前辈有何事吩咐？"

"四人毕竟比两人多，"影无踪道，"我们出门去找鸡。"

凌凤箫："……好。"

于是，他们四人便去找鸡了。

"芦花鸡！"小徒弟道，"它喜欢往山里跑！"

找鸡，自然要散开找。

影无踪对他们大为不满："你们两人只能当一个人用，像什么样子。"

凌凤箫牵着林疏不放："我怕她走丢。"

"行吧，"影无踪嘀咕，"女人就是麻烦。"

说着，他还要教训自己的小徒弟："女人！你以后千万不要接近！"

小徒弟懵懵懂懂地点头。

鸡最后是在山深处一个干草窝里找到的。

一只黑白相间的芦花母鸡，正卧着"咕咕"叫。

凌凤箫小心接近，然后猛地把它抱起来。

鸡："——咕！"

边"咕"，边拍打翅膀，想逃，无奈被凌凤箫制住，只能绝望地继续"咕咕"。

林疏捡起草窝中的一枚白蛋，他们回了溪边，和影无踪、小徒弟会合。

此时已近薄暮，小徒弟接过鸡，十分高兴，说要请两位仙女姐姐吃晚饭。

——便拿了那枚鸡蛋，并其他鸡蛋一起炒。

于是，影无踪老神在在地守着锅里的米粥，小徒弟打鸡蛋。林疏和凌凤箫被打发去院子里摘葱。

秋冬，其余的菜没了，葱却还能长，凌凤箫握了一把水灵的小葱，抬头看烟囱里飘出袅袅的炊烟。

天空阔远，炊烟混合着暮色升起，弥散在远方天际，厨房里传来小徒弟清脆的说话声，却使这一幕显得更加宁静。

"隐居世外，不问俗事，"凌凤箫眼里有微微的笑意，"来日……你我当如此。"

林疏觉得可行，说："好。"

凌凤箫道："我还想要个女儿。"

林疏："……嗯。"

"两个吧，"凌凤箫道，"一个长得像你，一个像我。"

林疏："好。"

大小姐开心就好。

凌凤箫继续道："再养几只芦花鸡、一只看门鹅——"

话音未落，围栏内一阵喧哗之声，鸡与鹅打起架来了。

鹅："嘎！"

鸡："咕！"

一时间鸡飞鹅跳，羽毛乱飞。

凌凤箫："……算了。"

林疏有点想笑。

晚饭备好，是甜软的米粥与金黄的葱油炒蛋，虽然简单，却别有一番直来直去的风味。

吃罢，回城。接下来几天，他们除去跟着凤凰蝶探了探越若鹤到底在干什么，都老实待在居所，没再出去。

而越若鹤没有任何异常的举动，只待在天刑巷的一个暂时居所，甚至门都没有出。

在凌凤箫持续的恐吓下，美人恩终于艰难地结出了一个小水珠一样的东西。萧瑄大喜过望，给他们两人送了无数胭脂水粉、养颜丹药、钗环华服，让他们使用，说是可以促进果实的成长。

林疏把胭脂盖打开，堆在美人恩旁边，这方法果然有效，它虽然仍是蔫不唧的样子，但果然长得快了些，那枚小水滴已经有一粒黄豆那么大了。

但是，世事终究没有如萧瑄所愿，还没等瓜熟蒂落，天照会就开始了。

萧瑄有气无力道："两位美人，我们走吧，你们将这不识好歹的果子随身带着，兴许结束之前，果实还能成熟。"

林疏虽觉得不大可能，但还是带上了。

——左右天照会过后，他们拿到血毒样本就会溜了，且让这株可怜的植物再忍耐一天。

天照会的所在，是北夏王都的正中央。

在北夏，人间最盛的权势属于大巫，大巫有着极高的修为，有凡人所想象不到的力量，王朝便相形见绌了。皇室甚至到了要向大巫进贡的地步。

牢狱中的囚犯，乃至于良家百姓被提供给巫师们试验血毒，更是屡见不鲜。

这和南夏相比有很大的区别。

在南夏，修仙人的地位也很高，但修仙毕竟有心境的要求，不会去找凡人的麻烦。而且，仙道的魁首领大国师一职，甚至听命于皇帝——林疏不知道这是怎么做到的。

马车一路向前，街道渐渐宽阔。

此时正值清晨，西边天上，一轮圆月还未完全落下。

凌凤箫望着窗外，道："和而后月生也，是以三五而盈，三五而阙。'盈'字也不错。"

林疏机械地附和："不错。"

大小姐这几日来，热衷于给两个还不知道在哪儿的女儿起名字。

这人起名字的讲究十分多，什么草木之名虽美，却一则俗，二则不长久，不能用花柳药草的名字，即便要用，也要用长青之木，诸如松柏竹榕之类。若要用玉石，也要用清明灵秀的，譬如珂璃珌琅之属。

至于那些内蕴深意的字，就更多了，像什么平、宁、鸿、微、舒……

林疏这些天的生活则是呆滞地听大小姐把数量巨大的字进行一番排列组合，然后被问："哪个好听？"

其难度之大，简直相当于分辨口红颜色间细微的差别。

更难的事情是，闺女不是一个，而是两个，要起两个相互呼应的好名字才行。

当初师父为自己取名的时候，似乎也没有经过这样大的波折。

老头只是老神在在捻着胡须道："疏者，远也，分也。远人间，别尘世，绝红尘，无牵念，你名为疏。"

他又想，不知"凤箫"这两个字，又是怎么取的。

凌家这一辈的女孩子，像凌宝清、宝尘、宝镜，中间那个字都是"宝"，大小姐却不是。

莫非有一个"宝"字在中间，太没有气势？

凌宝箫？

并不如凌凤箫好听。

他想着想着，眼里就带上了一点儿笑意，被凌凤箫捉住："你笑什么？"

林疏很诚实："你名字里为何没有'宝'字？"

凌凤箫脸上的表情空白了一瞬间。

然后，凌凤箫道："不谈。"

林疏："？"

他歪了歪头："为何？"

"带'宝'字的名字，是你师父取的，"凌凤箫僵硬地道，"实在难登大雅之堂，不谈。"

林疏很好奇。

但看见大小姐仿佛要吃小孩的表情，他还是没有问下去。

难登大雅之堂？

难道还能叫"凌宝贝"吗？

不可能，桃源君总不至于比自己还没有文化。

凌凤箫道："故而，我必不可能为女儿随意取名。"

好吧，事情还是回到了取名上。

取了一路，总算是到了举办天照会的场地。

——这地方在一座直插云霄的黑色高塔前，是一个宏伟的高台。

传闻大巫就在高台之上，接受天下万民的供奉。

高台两旁，有人奏乐，骨白色的号角声音有种特殊的质地，苍茫辽远。

沾了萧瑄的光，两人的位置非常好，能够看见高台上的一切。

高台中央有一张骨质高椅，却迟迟无人。

萧瑄问旁边侍立的黑袍魔巫："大巫尚未下塔吗？"

魔巫道："大巫尚未出关。"

萧瑄的脸色立刻冷了几分，过一会儿，又道："前些年的天照会，大巫向来亲至。"

那魔巫道："闭关修炼，不知日月，若大巫无法出关，自有两位大护法代为主持。"

萧瑄："为何不告知朝廷？"

魔巫怪笑一声："朝廷不给大巫脸面，大巫又何须事事告知于您？"

萧瑄的脸色不太好。

连林疏都能猜出他脸色为何不太好。

根据先前他们从巫师嘴里问出的消息，为了要不要使用新血毒一事，北夏朝廷和大巫起了冲突，陷入僵持。

现在，大巫显然还不想搭理朝廷，即使是接受各方进贡的天照会，也没有出场。

——萧瑄之前天价拍下秘籍，准备献给大巫，正是朝廷打算向大巫服软的表示。

大巫却连面都不出，实在是使皇室颜面尽失。

而大巫的态度如此，也无怪他手下的魔巫说话如此阴阳怪气了。

林疏清楚地看到，萧瑄的手握紧了座椅的扶手，手背上青筋凸起，微微颤抖，过了半炷香的时间才缓缓放开，脸色也勉强恢复如常。

天照会照常开始，由左、右两位大护法主持。

据说，大巫的左、右两护法，都是渡劫的水准。

护法尚且如此，大巫的实力就更加恐怖。

一声角响，各个凡间商会、魔道门派、成名巫师，乃至北夏的王爷、公主之属，依序上前进献宝物。

金银财宝、天材地宝、珍奇材料，数不胜数。

大巫未必都用得着，但贡品一定要足够，不然，则近于轻慢忤逆。

林疏看着那些五花八门的宝贝，很是开了一番眼界。

但是，宝物还不够，居然有人进献了活物。

活物体积十分庞大，有一丈长，一丈高，通体漆黑，似牛非牛，似鳄非鳄。

进献活物的巫师对左、右两护法道，此乃他遍寻海内，在渤海之滨寻到的一头菱夔。

右护法问此兽有何特异之处。

巫师答，此兽可吞日月。

右护法道："请演。"

巫师便拿出一个骨哨，长长吹一声。

那菱夔听闻哨声，喉中发出滚雷一样震耳欲聋的吼叫。

刹那间，飞沙走石，天地间昏暗下来，不过片刻，四周便变成伸手不见五指的漆黑，只能听闻人们的惊叹之声。

右护法道："妙极，何时消退？"

巫师道："一炷香后。"

有人打起火折子，却发现火折子的火是点起来了，烫手，却没有一丝一毫的光。

林疏被大小姐抓住手，大约是防止走丢。

正在黑暗中发呆，他忽然感觉身侧一阵凉风吹过！

直觉告诉他，这不是寻常之风！

接下来，一道声音在脑中响起。

"货已到，就此两清，二位拿好。"

影无踪！

黑暗中，他感到自己的手被大小姐抓着，往一个地方去，然后触碰到了一个冰凉的，似乎是瓶子的东西。

血毒样本，影无踪果真拿到了。

还没来得及想别的，那道声音又在脑海中响起。

"此处还有一贼，只是技艺不甚高明，远不及我，小心提防便罢了，言尽于此，告辞。"

还有一贼？

什么东西？

还未想清楚，那风又刮起来，瞬息之后便没了。

下一刻，场中恢复光明。

右护法给那巫师赏赐。

凌凤箫捏了捏林疏的手指，林疏意会，知道这是要溜了。

恰逢下一个该萧瑄上去献宝，他一走，两人立刻寻了个由头混进人群中，打算趁右护法还未察觉血毒失窃，离开王都，越远越好。

然后——他们遥遥听见萧瑄的声音。

"听闻大巫喜爱搜集各家功法，萧瑄进献天等秘籍一本。"

天地玄黄，"天"字最高，天等秘籍即是能够修到飞升的秘籍。

右护法显然来了兴趣："是何功法？"

萧瑄答："'万物在我'。"

这四个字入耳，林疏愣了一下，并且感到凌凤箫的动作也顿了顿。

"万物在我"！

如梦堂的功法，怎么会出现在黑市上，然后被萧瑄买到北夏？

失窃了？

——对了，越若鹤！

越若鹤扮作巫师潜入北夏，是要拿回《万物在我》？

但他又不知道这功法到底在哪里，因此在巫师们交易的地方寻找，未果。

而影无踪前辈方才又说，此处还有一贼。

会不会就是想要拿回秘籍的越若鹤？

可此处巫师聚集，又有两个大护法，该如何拿到？

他们停下了脚步，凌凤箫回身，望着高台，身体绷紧，是戒备的样子。

右护法道："不妨拿出来一观。"

萧瑄便将秘籍取出。

那一刻，场中忽然狂风大作。

仿佛有一只看不见的手，将那秘籍自萧瑄手中夺去——然后秘籍忽然消失无踪！

如梦堂的内功，正是如此！

只听右护法冷哼一声："区区伎俩。"

只见他袍袖一挥，刹那间，场中弥漫重重血雾，雾中万鬼嘶叫。

几息过后有人道："那边！"

远方房檐上，出现一个影影绰绰的黑衣虚影。

林疏下意识去看凌凤箫，就见凌凤箫已取出了刀！

大小姐将右手按在刀鞘上，显然是随时准备出手相助的样子。

那刀却不是这人寻常用的"同悲"。

也是，世人皆知凤凰山庄大小姐是同悲刀的主人，若再用它，相当于暴露身份，但现在这把刀，漆黑刀身血气隐隐，煞气四溢，甚是眼熟。

乃是"无愧"！

"无愧"，他原以为已经给了萧韶，现在看来，还在大小姐的手里。

可大小姐的武功用"无愧"似乎不大适合。

但是，眼下场景，由不得再多细想！

右护法冷笑道："区区元婴期，也来王都'作死'？"

话音刚落，漫天的血雾如同有了生命一般，立时凝结起来，变成一只血红的巨大手掌，向着越若鹤拍去！

元婴、渡劫，两个相邻的境界间，横亘着无法跨越的天堑。

故而这一击之威，难以想象——甚至不亚于九重劫雷当头落下。

却见越若鹤身形舒展，在半空中若隐若现，双手向外打开，五指带起灵力的涟漪。

灵力涟漪在半空飞快向外扩散，然后化成无数如丝的雨雾。

这正是如梦堂的成名绝技之一，"无边丝雨"。

但见那血红手掌虽凝实可怖，却终究由无数血雾聚合而成，而"无边丝雨"中亦有万千雨丝与它相对，两者恰好互相克制，血红手掌虽仍成压制之势，却终究缓了缓。

趁着这一刻的喘息之机，越若鹤身体再度虚幻，朝着南边飞速弹射而去！

与此同时，右护法轻"咦"了一声，拔出武器挥舞，在周身形成一道密不透风的防御。

只听一阵"叮当"之声，仿佛有无数暗器被武器击落，却看不见实物。

这一招，林疏也知道——乃是与"无边丝雨"齐名的"自在飞花"。

自在飞花，不是暗器，胜似暗器。

正所谓"自在飞花轻似梦，无边丝雨细如愁"，这招乃是用灵力在空中凝成无数花瓣大小的小片，朝对方卷去，如同落花时节漫天花雨，无声无息，难以察觉。

每一片花瓣上凝聚的灵力却紧实到了可怖的程度，乃至于以毫无形体的灵力状态与武器相击，竟发出了金石相撞的"叮当"声响。

这一招凶险无比，却因境界差别，终究被右护法识破。

右护法显然被他这一招激怒，大喝一声："雕虫小技！"

下一刻，他身形虚空一晃，也不知用了什么类似于身外化身的神通，竟在远处凝结出一个虚影，出现在了越若鹤面前！

越若鹤去势猛地一顿，欲往另一个方向去。

然而那虚影又怎会让他得逞？两人开始近身缠斗，与此同时，右护法的真身向那处踏风奔去！

林疏心中一紧，他知道越若鹤擅长远程攻击，趁敌不备，却并不长于防御，尤其害怕近身相搏。

眼看右护法的真身与幻影即将成夹击之势，将越若鹤击毙当场，但听一声刀鸣，煞气冲霄。

"无愧"出鞘！

凌凤箫的身影在半空一闪，竟出现在高台上，一道凛冽至极的刀气当头斩下，刹那间斩去了祭出法器、正欲出击的左护法的两臂！

右护法是个光头，身形魁梧，面目凶恶，擅长近身强攻；这左护法却清瘦苍白，如同文士，擅长巫术。

但见他双目瞬间睁得滚圆，看着落在地上的两臂，目眦欲裂："……你！"

左护法念出晦涩的咒语，浓紫黑色的阴煞邪气在他背后汇聚，仿佛无数条蛇一样扭曲可怖的藤蔓，向凌凤箫席卷而去。

而凌凤箫身形凌波一转，电光石火之间，向上横劈一刀，硬生生将那些邪气全部斩断！

林疏睁大眼睛，看着高台上红衣猎猎犹如鲜血、面目冷若冰霜、手中刀缓缓滴血的凌凤箫。

如果他没有看错，凌凤箫在出刀的那一刻就使出了"涅槃生息"，将自己的实力硬生生拔到了渡劫！

故而，才能如此顺利、出其不意地斩下左护法的双臂！

而那并不属于凤凰山庄，却很眼熟的招式，竟然与萧韶的武功有异曲同工之处。

未及多想，只听左护法大喝一声，欲再反抗。

但是他失去双臂，行动不便，实力已经大打折扣，在凌凤箫的攻势下左支右绌。

那边的右护法显然察觉到了这边的情形，大喝一声："大胆！"

林疏看得分明，此时此刻，右护法若要杀越若鹤，左护法便有可能横死在凌凤箫刀下。

若来救左护法，越若鹤便有可能逃脱。

渡劫期的左护法，与一本能修到渡劫的秘籍，孰轻孰重？

林疏认为，还是左护法重，右护法必定会赶来支援。

右护法一旦赶来支援，越若鹤便可以立即逃脱。

至于他和凌凤箫要怎么对付两位护法，那就另说了，眼下越若鹤的命比较要紧。

但是，下一刻，林疏意识到自己忽视了一点。

这里是北夏的王都。

而且，这里正在举行天照会，以大巫为中心、每年一度的巨型盛会。

——这意味着什么？

意味着北夏至少一半的精锐巫师都聚集在此处！

只听右护法大喝一声："你们愣着做什么？"

方才的一系列变故，全都发生在电光石火间，此刻，巫师们纷纷回过神来，高台周围刹那间腾起无数黑袍巫师，远远望去，仿佛一群蝙蝠。

他们之中，有的去对付凌凤箫，有的则去牵制越若鹤。

不仅如此，那些方才注意到他和凌凤箫在一起的巫师，将目光望向了自己。

林疏取出冰弦琴，右手按在琴弦上，浑身绷紧，随时准备应付他们暴起发难。

眼看越若鹤被十几个元婴巫师缠住，不可能逃脱，右护法立刻往高台奔去。

而凌凤箫一时半会儿也无法杀死同是渡劫期的左护法，便立时丢下他，转瞬之间来到高台下，捞起林疏，朝越若鹤的方向去。

无愧刀的刀气所到之处，可谓所向披靡，无论金丹还是元婴，不知有多少巫师被拦腰斩断，扑通坠地。

巫师们不敢近身，只能用巫蛊法术，或吹笛，或布迷雾来干扰他们。

林疏手指按在琴弦上，铮铮连弹，使自己与凌凤箫能够维持清醒。

凌凤箫一到，越若鹤立时从巫师们的联手攻击中脱身，道："你们是——"

"废话少说。"凌凤箫冷冷道。

越若鹤点了点头。

下一刻，林疏被凌凤箫带着，和越若鹤一起，运起轻身功法迅速往南边去。

他们都把灵力催发到了极致，林疏耳边风声呼啸，转头往回望。

右护法在为左护法疗伤。

疗伤过程并不长，似乎只是注入了精纯的巫力。

然后——左护法被斩断的两臂，从创口处生出森森的白骨来。

下一刻，他们向这边追来！

凌凤箫停下了。

越若鹤不解其意，也停下了。

凌凤箫放开林疏，将血毒样本塞到他手里，对越若鹤道："我殿后，带他走。"

林疏道："你——"

只来得及说了一个"你"字，便被凌凤箫打断："五日后，黑市会合。"

说罢，凌凤箫看着越若鹤："还愣着做什么？！"

越若鹤咬了咬牙，带着林疏，飞快向南边奔逃。

林疏："！"

他猝不及防就被拉走，只来得及回头望凌凤箫。

凌凤箫对他遥遥点了点头，随后转过身去，面对着正在飞速靠近的左护法与右护法。

此处是荒野，天地之间苍苍茫茫，只见一袭红衣持刀而立，如同一点朱砂般的血，刺破了远山与天际。

越若鹤的速度快极了，转瞬之间，景物呼啸远去，雾气越远越深浓，半炷香时间后，竟连那一点红影都被吞没不见了。

林疏望着凌凤箫消失的方向，整个人几乎怔住了，微微睁大了眼睛。

两个大护法，都是渡劫期，实力仅次于北夏大巫。

还有无数的金丹与元婴的巫师，数之不尽的诡谲巫术，像蝗虫一样。

凌凤箫甚至已经把血毒交给了他。

为防不测吗？

不测……

他的手指不自觉地收紧，指甲刺痛了手心。

越若鹤道："姑娘，照这个速度，我们可以逃出。"

没错，可以逃出。

有凌风箫牵制那两个护法，越若鹤的速度又这样快，他们追不上。

明明已经逃出生天，他此时却呼吸困难，手脚冰凉，甚至微微颤抖。

他听见自己说："停下。"

越若鹤："姑娘？"

"越若鹤，停下。"

这次，他用的是自己本来的声音，并且一边说，一边摘下了面纱。

越若鹤停在空中，愕然望着他："林……"

林疏将那个装着血毒样本的小瓶放到越若鹤手中："你直接回学宫，把它交给术院。"

越若鹤道："你要过去？不可能——你疯了？"

林疏拿出了聚灵丹，打开瓶塞。

起先是吃一颗，然后是三颗，最后将那些丹药倒在手心，大口大口地吞了下去。

他被噎了一下，然后拼命咽了下去。

四肢百骸泛起剧烈的痛楚，几乎要让人失去意识，但与此同时，也涌起绵延无尽、生生不息的熟悉的灵力。

林疏收起冰弦琴，拿出折竹剑，望着越若鹤。

越若鹤望着他，收起血毒，嘴唇动了几下，但终究什么都没有说出，代之以一个点头。

这动作的意思是，放心。

林疏也对他点了点头。

下一刻，越若鹤的身影凭空消失，如同一阵风刮去了南边的方向。

林疏深呼吸几下，运起剑阁心法。

清流漱石，大浪淘沙，一切混沌随着心法运转被冲刷而去，五识五感五内，一片冷静清明。

天地之间一切声响，立刻一清二楚，眼前所见所有景物，逐渐纤毫毕现。

远处，向北二百里，灵力正在疯狂地爆发、碰撞、席卷。

凌风箫现在的实力是渡劫期。

北夏有两个渡劫期。

其实，也不算什么。

林疏握紧折竹冰凉的剑鞘，心想，我也是渡劫。

第五章

我的盈盈呢

林疏把灵力注入折竹中。

这把绝世宝剑，因他没有灵力，藏于匣中久矣，今日得饮灵力，发出清越剑鸣。

而他的灵力也在折竹剑中运转无碍——折竹剑仿佛是专为剑阁的灵力打造一般，拿在手中，就像成了身体的一部分。

他运起剑阁的轻身功法"踏雪"，向北飞掠而去。

尸体，落了一地。

紫黑色的血，也泼了一地。

但他的目光只是匆匆掠过，看向战局中央那个红影。

无愧刀挡住了右护法的银锏，凌凤箫凌空跃起，红衣飞荡，顶着右护法沉重的压力向左上横劈，刀气中煞气满溢，与左护法的法术相撞，在半空中激荡出强横的灵力涟漪，旁边的巫师被这凝实的灵力冲击，险些没有站住。

光是余波就已经如此激烈，可想而知，中央的凌凤箫，承受着多么大的压力！

右护法的右胸上被划了一道口子，犹自滴着血，却如同毫无察觉一般，狞笑一声，另一只手挥动银锏，向凌凤箫的腰间撞去。

他使双锏，势大力沉，又灵活，凌凤箫却只有一把刀，来不及回守。

林疏看见凌凤箫的眼睛。

黑白分明，冷漠又肃杀，冷静到了极点，即使是这样的生死关头也不见丝毫惶恐慌张。

凌凤箫折转身形，向右侧身，然而左护法的法术又至，将其牢牢牵制住！

凌凤箫避无可避，似乎只能生受这一击。

而生受这一击后，必定身受重伤，束手就擒。

左护法的嘴角也挂上了一丝狰狞冷笑。

旁边有巫师叫道："护法威武！"

正当此时——

天地之间，"叮"一声轻轻脆响。

林疏用余光看见周围巫师俱睁大了眼睛。

折竹剑的剑尖，对上了银铜的铜身。

仍是那一招起手式——月出寒涧，中宫直进，直直刺入战局的中心！

右护法手腕巨震。

趁着这一刻的停顿，林疏再出一剑，寒凉凛冽的剑气绞碎左护法的法术咒杀，然后揽住凌凤箫的腰，向后飘然一退。

他看见左、右护法的四只眼睛戒备地盯着自己，似乎试图判断这个突然回来之人的实力。

林疏没有管他们，带着凌凤箫落地。

凌凤箫用手背抹掉嘴角的鲜血，望着他，笑了笑。

林疏问："你还好吗？"

凌凤箫道："还好。"

对了一下目光后，他们便没有再说话，凌凤箫咳了几下，闭了闭眼睛，趁着这短暂的僵持之机调整方才乱掉的吐息。

林疏则向前一步，挡在凌凤箫身前。

他并指在折竹剑晶莹锋利的剑身上横抹，一寸一寸激发出剑意来。

剑阁的剑，有三种境界。

剑技，剑气，剑意！

只见折竹的剑身上似有霜气浮动，剑身周围似乎凝聚出一股无形却锋利无匹的力量。

三尺剑，如冰雪。

林疏忽然想起上辈子，老头问："你手里的是什么？"

他说："剑。"

"不是剑，"老头道，"是你的命！是你自己！"

林疏抬眼看向左、右护法。

不带有丝毫仇视或者审视，只是单纯地、很平淡地看。

这目光没有什么别的意思，却显而易见地激怒了左、右两位护法。

他们对视一眼，然后再次转向林疏。

只见右护法猛地闭眼，然后再睁开，双目转瞬之间涌上深浓的血色，整个人如同修罗。

他大喝一声，双铜相击，朝这边弹射而来，周身带起深红色血雾，仿佛一道血色长虹。

左护法则祭出一个幡状法器，刹那间，天地间风云色变，万鬼呼啸。

这片天地顷刻之间化为死地。

这等强横的力量，其他巫师无用武之地，只在一旁交头接耳。

林疏此时耳聪目明，明明白白地听见他们道："两位护法的成名绝技，不可能被破！"

成名绝技？

林疏不闪不避，挥剑向前。

一式"北斗阑干"，剑意轰然冲破剑身，一往无前。

右护法的攻势中，似乎有开天辟地的亘古荒芜之气；左护法的法术召唤万鬼齐出，似乎已经贯通幽冥，确实都非等闲之辈。

然而，剑阁功法，诛魔、破邪，克的就是这种法术！

只听铮然一声巨响，天地俱寂。

林疏诚然被巨大的反冲力震得右臂发麻，呼吸一顿，右护法的铜上，却已经出现寸寸裂痕！

与此同时，凌凤箫已经飞身上前，无愧刀直指左护法的咽喉！

战局扭转，从开始的凌凤箫被左右夹击，变成了现在的持平之势。

方才还说着"成名绝技"云云的北夏巫师，一下子全部变成被掐住喉咙的鸡，安静无声。

右护法一击不中，暴喝一声，周身气势暴涨！

林疏收剑回防，挡住右护法雷霆一击，然后一步踏出，引动剑诀。

清冷剑光璀璨却锋利，丝毫不逊于右护法的浑厚修为。

林疏知道，自己的境界并不低，缺乏的只是正面对敌的经验，在招式的应对上还有所不足，但幸好剑阁功法专克邪魔，因此又扳回一局，能与右护法持平。

反观凌凤箫那边，却是略占上风。

但他知道，不能这样下去！

聚灵丹是有时效的！

凌凤箫的"涅槃生息"法门，同样也维持不了多长时间！

他们必须速战速决。

对战的间隙里，两人对视一眼。

下一刻，凌凤箫再出刀！

那刀去势看似极慢，实则极快；看似秋日一片落叶一样飘忽，实则使人无法避开！

就如同秋风一起，万物飘零，不可悖逆。

这一招，林疏见过——在梦境里，由萧韶使出。

他仿佛明白了什么，但局面不等人，他收回目光，反手出剑，抬剑尖，平递剑身，动作流畅无比，角度明明平平无奇，其中意蕴却难以言喻。

正是"长相思"第一式，"空谷忘返"！

右护法的节奏，明显被这一招打乱了。

林疏没有给他丝毫喘息的机会，荡剑向右。

第二式，"不见天河"！

这一剑所向披靡，硬生生砍中了右护法的肩头。

右护法伤上加伤，吐出一口血来，被逼退了好几步。

林疏这下知道，右护法固然有强横卓绝的修为，却没有"长相思"这样绝世无双的功法。

再看凌凤箫那边，亦是如此。

他轻轻舒了一口气，心想，按照现在的势头，两人确实有可能在功力消退之前离开这个是非之地。

然而，下一刻，右护法抬头望天，大笑一声。

他不知从何处拿出一支灰白骨笛，放在唇边。

"大巫亲手制成，赐我的保命圣器，竟被你们逼出！"右护法狞笑一下，道，"黄泉路上好走！"

说罢，他猛地吹动骨笛。

一声尖锐至极的声音，仿佛响在神魂中！

林疏的脑袋猛地一痛，眼前发黑。

然后，他看见，随着刺耳至极的笛声，天地间出现一个巨大的血色囚笼，其中的力量随笛声缓缓流动，森寒无比，将他牢牢锁住，难以动弹。

笛声愈高愈尖锐，牢笼愈缩愈小。

牢笼之上，弥漫着使人心悸的死气。

——一件法器，尚且如此，这便是传说中的大巫吗？

而右护法吹奏得愈来愈专注，似乎被这笛子摄去全部精魄，牢笼也愈来愈近，仿佛下一刻就会将他们活活吞噬。

然而——就是现在！

林疏猛地全力挣开束缚，往右护法的方向踏出一步。

一步足矣。

他的右手，按住了右护法的胸膛。

两指之间，有一个黑色的尖端，下一刻，消失无踪。

而全神贯注吹奏笛子的右护法猛地睁开双眼，笛声戛然而止。

牢笼消失，林疏收手，后退。

右护法单手按在胸膛上，浑身剧颤，发出一声惨烈至极的叫声。

那是寂灭针，青冥魔君的发明，林疏有三根。

一旦入体，经脉尽废，与常人无异。

也只有方才那刻，右护法专心使用圣器，无法防守，才让林疏有了机会。

下一刻，林疏与凌凤箫同时暴起，意在呆立原地的左护法。

右护法已废，无人可以分担压力，这一战，毫无悬念。

百十回合过后，折竹剑震碎了左护法的法器，无愧刀洞穿了左护法的胸膛。

左护法的身躯，轰然倒地！

林疏看着面前的其他巫师。

凌凤箫也看，一边看，一边撕下一片红绸，慢条斯理地擦着刀。

这个肢体动作的含义很明显——愿死者，来领死。

没有人愿意来领死，故而没有人顽抗。

巫师们彼此对视，片刻过后，落荒而逃！

——左、右护法都折在了这里，他们又怎么可能取胜？

等到最后一个巫师的身影消失在北边，林疏与凌凤箫对视一眼。

没有说什么，他们即刻运起功法，向南飞掠而去！

逃！

趁着还是渡劫期，逃得越远越好！

北夏不只有左、右护法，城中还有别的高手，乃至——大巫！

一旦被大巫追上，后果不堪设想！

风声在耳畔呼呼刮过，也不知赶了几百还是上千里的路，背后的北方，一股
强悍卓绝的力量，激荡而出！

下一刻，林疏忽然被抽干了所有灵力，直直往下坠去！

聚灵丹的时效过了。

凌凤箫接住他："你怎么样？"

疼。

原来的疼已经让人几乎失去意识，现在的疼更要强烈百倍。

聚灵丹对身体损伤巨大，这话果然不假。

林疏闭上眼，手不自觉地抓紧凌凤箫的衣襟，浑身上下所有的经脉都仿佛在被铁刀刮砍，冷汗涔涔，整个人都在颤抖。

他的意识已经接近模糊，只知道自己被凌凤箫紧紧抱住，又往前跑了一段路。

然后，凌凤箫停了下来，道："我的功力也没了。"

林疏知道，"涅槃生息"法门用出后，至少有七天的时间不能动用丝毫灵力。

所以说，他们现在已经是两个废人了。

而方才感应到的那股强绝的力量，显然是大巫出关，已经在往南来。紧接着，想必是大巫震怒，追查他们的行踪，然后北夏铁骑开始搜索——

他们现在还在北夏境内，此时又相当于凡人之躯，很难不被抓到。

怎么办？

他听到凌凤箫道："我们先换装束。"

林疏点了点头，闭上眼睛。

他被放置在了一个什么地方。一阵衣料摩擦的声响过后，被人重新抱起来，脱下了外袍，披了一件什么。

他睁开眼睛，却发现眼前的一切已经模糊不清，只有大片大片的色块。

凌凤箫那边，是一片黑，自己身上是一片大红。

看不清脸，他只觉得凌凤箫比往常高了一些。

实在太疼，他说不出话来，只能听到凌凤箫的声音。

似乎不是女孩子的声音，他茫然想，莫非大小姐又干脆扮成了男人？

幻荡山上扮成表哥，梦境里又用萧韶这个壳子，也真是钟爱男装。

萧韶其实就是凌凤箫在梦境中的形象，他也是今天看到大小姐用与萧韶别无二致的刀法时才反应过来。

疼。

挨不过去的疼。

有人握住了他的手，林疏死死回握住。

然后，他听见刀刃削断头发的声音。

自己的一缕头发也被削下。

他被抱住，脱力地倚在凌凤箫身上。

他耳鸣剧烈，听得不甚清楚，依稀听见："你我不知能否生还南夏，恰你现下穿了红衣，如同嫁服，我亦不再遮掩，用真实面目。

"今日与你结发为契，此生也算了无遗憾，你愿意吗？"

林疏脑中一片混沌，只听进去一句"结发"，茫然地点了点头。

他现在痛得马上要一命呜呼，到了黄泉路上，也算是一个结过亲的鬼了。

下一刻，他被打横抱起来。

抱起自己的那双手臂，似乎十分结实而可靠，另有那声音轻轻道："不疼了。我在。"

林疏应了一声，努力让自己放松下来。

他的鼻端嗅到水汽，还有淡淡的梅花香，精神终于放松了一刻，又想到大小姐素日的可靠，终于眼前一黑，彻底失去了意识。

林疏在做梦。

梦里，他盘腿坐在剑阁大殿的中央。

殿外下着雪，北风呼啸。

他闭着眼，练心法。

有物混成，先天地生，寂兮寥兮，独立不改，周行不殆。[①]

灵力从四肢百骸生出，随大周天在体内运转不息。

很凉的灵力，连带着整个人都空空茫茫，不知今夕何夕。

他一时之间有些恍惚，觉得这种感觉，已经很久、很久没有出现过了。

恍惚间，他听见有人喊自己，在遥远的某个地方。

似乎是喊的名字，有个"疏"字。

林疏艰难地想，该醒了。

可是他浑身上下沉重无力，总是睁不开眼睛，应当是被魇住了。

林疏尝试动了动手指，然后一点一点找回身体的知觉，最后终于睁开了眼睛。

眼前，一片黑暗。

林疏缓慢地眨了眨眼睛。

还是黑的，和睁开前一模一样。

他伸手，覆在自己的眼睛上。

眼珠还在。

瞎了？

---

① 引自《道德经》，引用时有改动，原句为："有物混成，先天地生，寂兮寥兮，独立而不改，周行而不殆，可以为天地母。"

他心里一片犹疑迷茫，又用力眨了一下眼睛。

还是不行。

正在这时候，一只手握住了他的手腕。

那手稳而有力，只是有些凉。

林疏没有过敏症状，因此猜测这是凌凤箫。

只不过他猜不出这人又披了哪一张皮罢了。

"你经络尽碎，眼上有瘀血，要静养。"一个男声淡淡道。

这声音乍听之下，很缥缈，高华冷淡，像天上的孤月。

他觉得很耳熟，仔细一想，是萧韶。

他放松了些，回握住萧韶的手。

回想昏过去前的种种，排行榜的第一，果然非大小姐莫属。

这也能解释为什么萧韶从排行榜消失了——因为大小姐去闭关了。

但是……总觉得不对。

早在知道表哥是大小姐假扮的之后，他就意识到了此人演技之高超，此时牵着手，他想着自己和另一个男人这么亲密接触，觉得有点不对。

但是，他们之间的接触还不止于此。

自己被萧韶扶起来，靠在他胸前，被半抱住。

萧韶道："喝药。"

林疏点了点头。

萧韶身上有种很淡、很冷的香。

与大小姐身上的熏香不同，这香若有若无，像是踏雪寻梅，久觅而不得，缥缈的冰雪冷气中，夜风遥遥递来极淡的梅花香。

下一刻，有勺子轻轻抵住了他的嘴唇。

林疏顺从地张嘴，咽下去药汤。

苦中带着甜味，似乎是特意加了糖，因而并不难喝。

喝罢，林疏问："我们在哪儿？"

话音未落，就听见门响，一道爽朗淳朴的、似乎上了年纪的女声道："萧相公，你娘子醒啦？"

萧韶道："醒了。"

"醒了就好！"那女声道，"我去杀只鸡，给小娘子炖汤补身！"

林疏想了想，想起自己现在穿的还是女装，而凌凤箫换了男装，所以——就成了萧韶的娘子？

好吧，虽然换了一下，但也没差。

只听萧韶道："多谢大娘。"

"没事儿，你们小两口可怜见的，遭了这么大的难！"那大娘叹了一口气，"我先去了，你可得好生照料。"

萧韶道："自然。"

这大娘的口音很奇怪，不像南夏，也不像北夏。

待她走了，萧韶才向林疏说清了来龙去脉。

他们在一个村子里。

说是村子，其实也不是。

昨日，林疏昏倒，不省人事，萧韶带着他继续往南。

那处是无人的旷野，高山连绵，枯木瑟瑟，不见人烟，只一条小溪，不知从哪里发源。

萧韶缘溪而行，看见了溪边的梅花。

那时，梅花开放，极其盛美。

萧韶意识到了蹊跷。

梅花不该在这时候开放——至少要等到一二月中，天气回暖，冰消雪融，才能看见。

他便查探周围情况，觉得此处比别处要暖一些。

再探，发现溪中之水竟然微微发黄，有硫黄的气息。

萧韶立刻意识到此处有问题，便一路往溪水的源头去，愈往上游，梅花愈盛，没寻到溪流的源头，却发现在一处极其隐蔽的山坳内，溪水中汇入了一股温泉。

因有温泉，这里环境宜人，他打算在此停一会儿，给林疏治伤。

林疏出了冷汗，沾在衣服上，想必非常不适，恰好山壁上有枯藤，他便去折藤枝，打算生火。

——不料山壁之中，枯藤掩映之下，竟有一条深长的狭缝，其中有风。

两人躲避北夏追捕，自然越隐蔽越好——萧韶便抱着林疏，走入狭缝之中。

然后，愈走愈远，愈走愈深，居然看见前方有隐隐约约的光。

——然后，豁然开朗。

便来到了一处与世隔绝的村庄。

村庄处于群山环抱之中，四面皆是直插云霄的峭壁，上方又被倾斜的山体挡住，故而无论从哪个方向看，即使是天上，都难以看见它的存在。

村庄中有村民，见外人来，惊讶询问。

原来，此处在两百年前，一次极其剧烈的地动中，山体滑落，彻底堵住了往外面去的通路。

村民也没什么所谓，安居此处，自给自足，甚至免于赋税重压，衣食无忧，怡然自乐，两百年来，渐渐打消了出去的念头。

因不与外界接触，此处的人们都极为淳朴，萧韶隐藏了身份，说他们是路上遇到劫匪的落难夫妻，走投无路，意外发现了此处。

村民纷纷帮忙，收拾出了一间干净房屋，又询问外面情况。

萧韶道外面情况不好，随时会有战乱。

村民纷纷庆幸自己住在这里，可免于战乱饥馑。

林疏听着，想到了以前看过的一篇文章。

"武陵人捕鱼为业。缘溪行，忘路之远近。忽逢桃花林……"

正是《桃花源记》。

而这个与世隔绝的村庄，正像一个活生生的桃花源。

桃花源隐蔽到了极点，两百年来都无外人发现，安全无比——萧韶说，他昨夜去了外面，抹去脚印等痕迹，又将入口做了一番掩饰，确保不会被人找到。

林疏放松下来。

萧韶问："还疼吗？"

疼。

还是疼。

但是比昏过去之前好了许多，在可以忍受的范围内了。

林疏说了一声"还好"。

此时此刻，他听见外面的鸡叫声、厨房里柴火燃烧的噼啪声、远方传来的女人和孩子的说话声，觉得很宁静。

这个桃花源想必也如传说中的桃花源一样安宁。

林疏靠在萧韶胸前。

林疏觉得这个胸膛有点硬。

并不是硌人的硬，而是不像女孩子那么软，反而很结实。

虽然知道大小姐的胸口是平板，但是也太平坦了。

因为什么都看不见，萧韶还是男装状态，他反而胆子大了些，试探着把手附在萧韶左边胸口上，按了按。

并不软。

一点都不软。

仅有的弹性，是因为有一层肌肉。

脂肪与肌肉的区别，林疏还是知道的。

林疏："？"

这几乎就是一个毫无破绽的男人的身体了。

大小姐这么敬业吗？

然后，他感到手下的胸膛震动一下。

萧韶笑道："你在做什么？"

声音很低，传进耳朵里，仿佛有东西在挠，林疏几乎要打一个激灵。

他假装什么都没有发生，撤回手。

萧韶将一个东西放到他的手中，道："这个给你。"

是一个很轻的锦囊，不是修仙人常用的芥子锦囊，而是一个普通的锦囊，但锦囊表面的刺绣、花纹，光是摸着，就知道比寻常的芥子锦囊精致百倍。

林疏问："这是什么？"

萧韶道："头发。"

结发，在这里是一个很庄重的仪式。

说是："结发为夫妻，恩爱两不疑。生当复来归，死当长相思。"①

林疏觉得自己的手心有点发烫。

就听萧韶道："我们在此处休养，待到修为都恢复便回南夏。你经脉尽碎，恐怕需要……双修渡灵。"

双修，提到这个，林疏就很紧张。

而且——

他道："我看不见。"

"无妨。"萧韶道。

真的无妨吗？

林疏非常地怀疑。

但他向来十分听话，既然说了无妨，那就当作无妨吧。

他便没有再说话，握着锦囊，感觉自己很热，还有点呼吸困难。

---

① 引自西汉苏武的《留别妻》，引用时有改动，原诗为："结发为夫妻，恩爱两不疑。欢娱在今夕，嬿婉及良时。征夫怀远路，起视夜何其？参辰皆已没，去去从此辞。行役在战场，相见未有期。握手一长叹，泪为生别滋。努力爱春华，莫忘欢乐时。生当复来归，死当长相思。"

萧韶这个壳子，实在太逼真了。

他无时无刻不觉得，身旁这个人就是个男人。

大小姐素日里已经足够果决霸道，不容置疑，此时这种感觉更加强烈。

他感觉自己被萧韶支配，只能乖乖靠着萧韶，连动弹都不想动弹一下。

萧韶继续道："凌凤箫是人间皮囊，凌霄表哥是易容顶替。我常想，何日能以真容与你相见，未承想今日便是了。"

林疏："？"

他道："你在……说什么？"

萧韶道："说萧韶。"

林疏："萧韶，怎么了？"

萧韶道："是我。"

"我知道……"林疏的声音僵硬且颤抖，"凌凤箫呢？"

"我以凌凤箫之身行走江湖，有真言咒在身，无法再说更多，"萧韶的声音也多了一丝迟疑，"此事，你我不是心照不宣吗？"

"不是……"林疏的声音已经开始飘忽，"你……是男人？"

他听到萧韶的声音也有些飘忽："不然呢？你怎会和一个女孩子定下娃娃亲？"

林疏觉得自己下一刻就要窒息而亡："我不和女孩子定娃娃亲，难道要和男人定？"

萧韶道："你和男人定亲，这不是天经地义的事情吗？"

林疏的脑袋空白了。

半晌，他艰难地吐字道："你的意思是……我是女孩子？"

他感到萧韶沉默了。

下一刻，他脖子处忽然十分不舒服，剧烈地咳了起来。

萧韶一下下顺着他的背，声音有点紧张："怎么了？"

林疏边咳，边感觉有熟悉的热流游走在肩颈和脸上，和吃下幻容丹时的感觉类似。

他按着自己的脖子，感觉一个凸起逐渐冒了出来。

当初吃下幻容丹后，因为要穿女装，他把自己的喉结往里按了按，那东西原本就不是非常明显，按进去便一点都看不出来了。

现在恢复原状，大约是幻容丹的药效过去了。

林疏放开按着脖颈的手，有气无力道："幻容丹的药效过了。"

下一刻，他感到萧韶的动作停住了。

房间中充斥着令人窒息的寂静。

一时之间，林疏竟然不知道该心疼自己，还是该心疼萧韶。

他绝望地把自己埋进了被子里。

萧韶没有阻拦他。

一声门响，那位大娘进来了。

"哎，这是怎么啦？吵架了？刚才不还好好的吗？"大娘的嗓门十分大，"萧相公，这就是你的不对啦！娘子才刚醒，怎么就跟她怄气了呢？"

一阵脚步声，大娘走近，强行扒开林疏的被子，把他的左手拉出来，另一只手拉过来萧韶的右手，把两只手放在一起："为了小事发脾气，回头想想又何必！少年夫妻，哪有什么气好生的？来，到底怎么啦？说给大娘听听！"

没有，没有什么可生气的。

我只是做了个梦。

我现在该醒了。

让我醒。

大娘的语气殷切至极："说给大娘听听！"

林疏想，难道要说，他发现自己的未婚妻是男人吗？

这件事情，简直不可思议到了极点。

但是，仔细想想，那时与凌霄、凌凤箫的相处中，也有许多的破绽。

大小姐说过很多暗示性的话，他都下意识地为大小姐找好了理由。

林疏想掐死当时的自己。

但是无论萧韶是不是有所暗示和铺垫，林疏都被这个真相炸得两眼发黑。

凌凤箫是个男人！

他的未婚妻是个男人！

他们刚刚结了发，还在讨论双修！

为什么会这样？

这是真实的吗？

这无论如何都不像是真实的。

林疏在被子里掐了自己一下，却感觉到了惊人的真实。

林疏："……"

还有——

萧韶到底为什么会以为他是女孩子？

他在学宫里的时候，既没有穿裙子，也没有画眉毛，到底哪里像女孩子了？

林疏想不通。

他还在两眼发黑，只听见萧韶回答大娘道："一些琐事，我会哄好。"

声音里，强装冷静。

大娘满意地道："还算明白。娘子嘛，总是要多哄一哄的。"

萧韶道："多谢大娘。"

"不必客气！"大娘爽朗地道，"我给小娘子煮了姜糖水，放在桌上了，我去看锅，你可要记得喂糖水。"

萧韶道："记得。"

大娘又把他们的手按在一起，这才放心离开。

一声门响，大娘走了。

大娘走了，恐怕就到了细细清算的时候。

林疏不知道该说什么，也不知道自己现在到底是怎样一种复杂的心情。

这一切是真实的吗？

不过，下一刻，他的心理就得到了平衡。

因为他听见萧韶道："我不信。"

林疏道："我也不信。"

萧韶问："你怎么证明？"

这人不自证，反而要他来证明，林疏回道："你也要证明。"

萧韶静了静，又道："你却看不见。"

林疏艰难地组织了一下语言，道："……我已经不相信眼见为实。"

大小姐呢？

那么漂亮的一个大小姐呢？

是假的？

他从被子里出来，睁开眼睛，茫然地望着天花板——虽然暂时瞎了，眼前一片漆黑，什么都望不见。

然后，他感觉到萧韶的靠近。

可气的是，他已经对这个人脱敏了，虽然内心十分拒绝，身体却没有产生任何不良反应。

萧韶微凉的手指压了压他的喉结，又捏了一下。

随后，林疏感觉到萧韶按了按自己的胸膛。

他像一条在沙滩上被晾干的咸鱼，一动不动，接受检查。

——再摸也没有用，和你一样平。

终于，萧韶停住了手。

他没有继续，大约是知道，继续也不能得到自己期望中的结果了。

然后，林疏听见他道："你可以摸我。"

林疏心情复杂地再次确认了一下。

他摸索着，摸到了一个喉结，再往上，想摸一下下颌骨的时候，突然碰到了什么冰凉的金属东西——是面具，幻境中萧韶就戴着这个。自己那时还想，幻境中，大家都改换了面貌，这人却多此一举，还戴面具，遮遮掩掩，不是个好东西，远不如磊落的大小姐。

确认完，林疏收回手。

然后，他听见萧韶道："美人恩为何还能结果？"

林疏有气无力地回道："被你恐吓的。"

他现在算是知道美人恩为什么长得如此艰难了！

——成日和两个男人待在一起，还能结出果来，也真是难为它。

想到美人恩，就想到灵株不能在芥子锦囊中久放，否则会有死亡的风险。

他便将种着美人恩的玉盆从锦囊中取出。

萧韶接过去，放在了桌上，淡淡道："要熟了。"

他们原本想着临走前有机会的话，就还给萧瑄，不料事到临头，要走的时候，萧瑄去了台子上，不在他们身边，因而没有还成，只能先养着。

现在轮到林疏发问："你……为何会以为我是女孩子？"

"你若不是女孩子，桃源君怎会将你许配给我？"萧韶道，"我母亲亦是这样说，故而我从小便知道自己有一个未婚妻。"

说完这句，他顿了顿，继续道："我小时候，因为凤凰血，整日昏迷，对许多事情记得也不甚清楚，不记得桃源君的形貌，只记得是位一尘不染的仙君，又依稀记得，我那时似乎是见过你的。"

林疏："？"

既然见过，那就该知道我是个男孩子。

没想到，萧韶下一句道："你小时候穿着白裙子，还叫我等你。"

林疏道："那大约不是我。"

"我们的婚书装在玉笥里，只有指定之人的血才能打开，"萧韶道，"你能打开玉笥，便不可能是别人。"

行吧。

难道小傻子小时候也穿过女装？

"后来，我问母亲，母亲却说，桃源君来凤凰山庄的时候，并没有带着他的徒弟，"萧韶道，"果然是我病中的幻觉吗？"

林疏道："是。"

"你素日毫无表情，难道不是易容所致？"

林疏道："我一向是这样。"

"你向来乖巧，被我抱来抱去，并不像一个男孩子。"

林疏想了想，道："我……随遇而安。"

气氛一时非常尴尬。

半晌，林疏怕萧韶被气死，问："你……还好吗？"

下一刻，他听见萧韶的声音："那我的盈盈呢？"

盈盈？

林疏正在想盈盈是什么，就听萧韶问："还没有出生，便没了？"

林疏想，原来是女儿，这人终于给女儿起好了名字。

但是，已经不可能有了，他们中的任何一个，都没有生女儿这种功能。

萧韶按在他胸口上的手动了动，抓住他胸口的衣料："你把我的盈盈弄到哪里去了？"

萧韶约莫是精神已经不正常了。

也是，林疏觉得自己的精神现在也有些不正常。

他道："你也弄没了我的盈盈。"

气氛一时间非常尴尬。

尴尬被大娘和一阵鸡汤的香气打破。

"好啊！"一声重重的放碗声后，响起了大娘气势汹汹的声音，"我道是什么事让你俩怄气，还想，为何小娘子年纪不大，身体就如此虚弱，原来是小产了！萧相公，掉了孩子，你娘子已经足够伤心，你却还在这里质问，这个夫君当得可不大称职！"

林疏："……"

大娘听走了他们后半段的对话，产生了一些奇怪的误解。

热心的大娘，委实是世上最难对付的人。

此情此景，即使知道大娘搞错了什么，也只能装乖认错。

果然，萧韶道："我一时失控。"

"失控？今天失，明天失，日子还要不要过了？"光是听声音，林疏就能想象出大娘横眉竖目的样子。

这件事情，不是萧韶一个人的过错，林疏尝试去承担大娘的一部分怒火，道："是我不能生。"

"嘻！年纪轻轻，怎么会有不能生的道理？"大娘道。

不，年纪轻轻，就是有不能生的道理。

"闺女啊，你安心住下，大娘天天给你煮糖水、熬老母鸡汤，过不了几天，身体就养好啦！"跟他说话的时候，大娘的语气就非常慈祥和蔼，"说不定不等你们养好伤回外面，就又怀了一个啦！"

安慰完林疏，大娘立马回过头去批评萧韶："要是再对娘子不好，大娘绝不会饶了你！"

萧韶道："是。"

不知为什么，林疏有点想笑。

不料，大娘下一句又指向了他："闺女啊，你素日里癸水准吗？"

林疏为了符合自己生不出来的这个状态，道："不准。"

"那就有点麻烦，"大娘道，"不过咱们村有几百年的偏方，大娘给你熬药，准能调好！"

林疏："……"

他听见一声极轻的笑。

自己刚笑了萧韶，现在便被他笑，天道好轮回。

不过，自己现在没有易容，竟没有被大娘认出性别，虽说还穿着女装、修了眉毛、散着头发，以及年纪尚小，没有完全长开这四个缘故在，但也说明了这个躯壳确实是清秀好看。

以至于萧韶往日面对着一个男人的壳子，也能面不改色地亲亲抱抱。

实在是造化弄人。

好不容易应付了大娘，该喝汤了。

一个残酷的事实是，虽然林疏明白，两个人现在都想冷静一下，远离欺骗了自己感情的男人，但现在他还是失明状态，仍然需要萧韶喂饭。

萧韶开始喂饭，这个态度就比方才喂药时要消极得多了。

喂完饭，还要伺候洗漱，乃至同床睡觉。

床很小，被子只有一床，靠着感觉，林疏知道现在他们各自占据被子的一边，中间隔了一臂长的空间，两人都在掉下去的边缘反复试探。

若是大娘看到，恐怕又要横加指责，批评他们貌合神离、同床异梦。

林疏睡不着。

他知道萧韶也没有睡着。

但凡是个正常的人，在先失去未婚妻，再失去女儿的悲伤下，都会夜不成寐。

好不容易骗自己勉强睡着，他又做了一些乱糟糟、光怪陆离的梦，醒来的时候，非常疲惫。

萧韶也起了，听声音，在给美人恩浇水。

浇罢，他道："我梦见盈盈了。"

声音也非常疲惫。

林疏想，盈盈，在这个世界上，或许是存在过的。

当他在萧韶眼中是女孩子，大小姐在他眼中也是如假包换的女孩子那段日子里，不远的将来，真的有一个盈盈。

但昨天过后，他们的女儿就从世界上永远地消失了。

这是一个，"薛定谔的盈盈"。

林疏终于认识到了这个事实，自他来到这个鬼地方的那一刻起，物理学的阴影，就注定要伴随他的一生。

在这个世界，没有大小姐，没有疏妹，也没有盈盈，有的，只是两个命途多舛的男孩子罢了。

林疏叹了口气。

至少在接下来的几天里，他还要在这座桃花源里，和萧韶做表面夫妻，过一段时间的日子。

该怎么相处，这是个问题。

该怎么相处？

昨晚两人各自躺在床的两边，什么都没有说，虽说没有背对着睡，但也没有面对着，而是各自面朝天花板。若是放在往日，大小姐还是大小姐的时候，都是抱着睡的。

这个刺激，委实是过于大了。

而偏偏在这个时候，自己还瞎了，活动不便。

萧韶把什么东西放在他手边："衣服。"

林疏："……多谢。"

这种情况下还能继续照顾他，萧韶真是个好人。

他拿起那件外袍，摸索几下，找出领口，然后穿进去一只袖子，去找另一只。

衣服的料子很滑，像水一样，摸不出什么不同，他搞错了好几次，一直穿不进去第二只袖子。

正觉得很窘迫，一只手从他背后穿过去，拿起了衣料的一角："这里。"

声音很淡，听不出什么情绪，就像那缕若有若无的寒梅香气一样。

林疏便想起在梦境中见到的萧韶的形象。

高高在上，冷若冰霜。

他更害怕了，觉得自己非常无助。

无助地穿完衣服，该去洗漱了。

洗漱的地方在院子里，要用一个木瓢从水缸中取水。

他和萧韶的起床时间大致相似，都在寅末，也就是清晨五点前，这个时候，村子里还没有任何动静，想是都还没有起床。

他接过萧韶递过来的青盐与水，又拿过萧韶递过来的布巾，觉得自己完全丧失了自理能力，打算马上翻一翻锦囊，找颗无垢丹吃掉，免去这些杂事。

一个失明的人，实在有太多不能做的事情。

杂事做完，萧韶道："我带你回房。"

林疏"嗯"了一声，被萧韶握住手腕，走在回房间的路上。

清晨风凉，他的脸刚刚洗过，被风刺得有点发疼。

手腕被松松握着，感觉有些异样，不大习惯。

林疏茫然想，原来他和大小姐，不知从什么时候开始，已经习惯直接牵手，乃至有时候会十指相扣了。

——而现在直接返回陌生的、握手腕的阶段，还是出于照料盲人而迫不得已。

于是，回到房间后，他又对萧韶说了一声"谢谢"。

萧韶道："不必。"

林疏坐回床上，不知该干什么。

萧韶在他身边坐下。

林疏更不知该干什么了。

半晌，他吞吞吐吐道："这两天……有劳你照顾。"

"不必谢，"萧韶道，"你是为救我而受伤。"

林疏道："你也是为救我和越若鹤才留下对付他们两个。"

萧韶道："出于私心，带你同来北夏，使你遇险，是我的过错。"

林疏道："你……在学宫中对我照顾许多，我也不能看你孤身去北夏犯险。"

一句道谢，就这样逐渐演变成相互检讨。

林疏想，不论怎么说，大小姐也好，表哥也好，萧韶也好，都是自己被照顾，实在是亏欠良多。

——而受生理功能的限制，他也不能生一个盈盈去还。

萧韶停止了这个话题，问他道："还疼吗？"

其实是疼的。

经脉尽碎，没有不疼的道理。

林疏抿了抿嘴唇，最后还是低声道："不疼了。"

萧韶那边沉默了一会儿，也不知信没信，道："继续吃药吧。"

说罢，林疏就听见几声拔开玉瓶瓶塞的声音。

他的手上被放了几丸沉甸甸的丹药。

林疏想，自己醒来时，经脉的疼痛已经比最开始时减轻了许多，想必是萧韶已经给自己喂过丹药了。

他缓慢地一颗颗吞下丹药，有了一丝负罪感。

这些药想必都是价值连城的圣药，放在以前，用大小姐的东西，他已经慢慢习惯。

但是……萧韶的东西，林疏总觉得自己是在白吃白用，有所亏欠。

毕竟，两个人都是男人，婚约自然形同虚设。

婚约形同虚设，他们或许连朋友都做不成。

他站在萧韶的角度想了想，觉得这件事情实在不大愉快。

这样一来，面对萧韶的时候，他就更不知所措了，简直回到了当初刚刚认识大小姐的那个阶段。

他又想谢谢萧韶，还未来得及组织好语言，就听萧韶道："婚约……"

林疏不想听，但是又有点想听，最后还是支起了耳朵，仿佛一个正在等待判决的罪犯。

"婚约此事，我以为我母亲与你师父，或许知晓内情。"

林疏："嗯。"

这件事情他昨晚就想了很久。

首先，桃源君知道林疏是男孩子，而萧韶的母亲一定也知道萧韶是男孩子。

那桃源君知不知道萧韶是男孩子呢？

可能知道，也可能不知道。

换成萧韶的母亲，也是一样。

所以这个婚约有两种可能，第一种可能是双方都不知情，闹了一场巨大的乌龙，订下了一个荒唐的婚约。

第二种可能是，他们知道，并且在明知这是两个男孩子的情况下，还是订下了婚约——为什么要给两个男孩子订下婚约呢？

正想着，就听萧韶道："故而，我想，我们当年的婚约，可能另有隐情。你师父的事情，你究竟记得多少？"

林疏道："什么都不记得。"

萧韶道："那你的渡劫修为怎样练成？"

林疏："……"

糟了，一个巨大的破绽。

一个人连自己的师父都忘了，十五岁之前的记忆一干二净，怎么会有渡劫的修为呢？

他只能硬着头皮道："只记得武功。"

值得庆幸的是，萧韶并没在这个问题上多做纠缠，而是说起了他所知道的。

"我的真实身份，不可使他人知晓。因此，我母亲道，桃源君的徒弟将来可能会女扮男装来掩人耳目。这样，我既能与她完成婚约，又不必担心被父皇指婚或和亲。"

林疏："……"

他的重点放在一件事上，这人男扮女装，连他爹都不知道。

他爹都不知道，那自己不知道也情有可原。

林疏的内心平衡了许多。

然后，他道："那这样说来，你母亲的意思是，桃源君知道你是男人。"

萧韶道："的确如此。"

说罢，萧韶又道："桃源君……是隐世出尘的仙君，不会做下欺瞒之事。"

林疏想了想，觉得确实蹊跷。

总不能是双方的长辈怕孩子将来找不到对象，不管三七二十一就撮合在了一起吧？

不过，他觉得，如果婚约有深意的话，迟早会水落石出，现在更加关键的问题是，自己和萧韶到底该怎么处理他们的关系？

他望向萧韶，即使失明了，也要用眼睛来表达自己的真诚。

萧韶静了静。

过一会儿，仿佛知道了他想问什么，萧韶道："我昨夜想了许多。"

林疏："嗯。"

"此事虽非你我所愿，却也无法变更，"萧韶淡淡道，"你我暂且照常相处，待我回山庄，问过婚约来龙去脉，再做打算。"

林疏点了点头。

他还以为萧韶会被气死，要来个什么割袍断义，没想到还能保存一点摇摇欲坠的友情。

又沉默了一会儿，萧韶问："你还愿意穿女装吗？"

林疏不大愿意。

但是他在大娘眼里已经成了萧韶刚流产的小娘子，怕是穿不回男装了。

他道："我会继续穿裙子。"

萧韶却问："那你心里愿意吗？"

林疏的手指无意识抓了抓床单，道："不愿意。"

打扮成女孩子诚然是很漂亮的，但穿裙子这种事情，他还是有点不愿意的。

萧韶"嗯"了一声，拿起他身上的锦囊，过一会儿往林疏身旁放了一身衣服："换回来吧。"

林疏："可以换吗？"

萧韶："可以。"

虽说似乎是换了一个人，但萧韶和大小姐给人的感觉一样——让林疏觉得，既然他说了可以，那就可以。

林疏便换回男装了。

换好男装，萧韶道："这里。"

他被彻底支配，坐在了一个也不知是哪里的地方。

然后，萧韶开始梳他散下来的头发。

梳好，简单束了一下。

——这次是彻彻底底变回正常性别该有的状态了。

没来由地，林疏忽然想起当初在外面，自己给大小姐束发的场景，心中有些惘然。

萧韶似乎也轻轻叹了一口气，随后道："你……这样也好。"

束完发，外面鸡鸣三声，院子里陆陆续续有了响动。

萧韶道："我出去帮大娘，你在房里乖乖待着。"

林疏应了，待在房里无事可做，只能静静听整座村子的声音。

鸡叫声，远处的人声，打水声，厨房里拉动炉灶风箱的声音。

隐隐约约还有萧韶和大娘的说话声，林疏仔细听着，听见萧韶给他穿男装找了一个完美的理由。

大致是两人行走江湖，终于体会到人心险恶，须得低调行事，女子则应更加注意。娘子打算以后在外面时，做男子打扮，与他兄弟相称。这几天就尝试一下，看看能否扮得像一些。

大娘说："小娘子那样标致，是你有福，但世道不好的时候，扮作男子也好。"

又过一会儿，饭菜做好，萧韶来带他去吃饭。

甫一出门，就听见大娘拍手大赞："好俊俏的小郎君！可不能让别家的丫头们看见！"

林疏有点不好意思，只笑了笑。

大娘仿佛宝贝自己的眼珠子一样，招呼他坐下，又是盛饭，又是舀汤。

林疏想，多亏萧韶戴了面具，大娘看不清他的脸，只当个半黑不白的乌鸦对待，表现得好了便表扬，不好就批评。

不然，若是看见这人的长相，大娘恐怕又要添一个心头宝了。

——虽然他也没见过萧韶面具下的真容，但大小姐美艳至极，表哥又那样清俊潇洒，萧韶绝不会不好看。

大娘道："照我看，这个扮相没有毛病，你们喊几声'哥哥''弟弟'来我听听。"

萧韶道："疏弟。"

行吧，疏妹成了疏弟。

林疏想了想自己该怎么称呼萧韶——仙道中人没有取字的传统，只有一个名，他便只能依样画葫芦道："韶哥。"

大娘笑得极为开怀："妙极！"

闹腾完一阵子，开始吃饭。萧韶道："我喂你。"

被喂了几勺，林疏自觉这个动作没有眼睛也可以完成，不好再劳烦他韶哥，便道："我来吧。"

他韶哥就把勺子给他了。

起先，一切都进行得很顺利，林疏喝了几口粥，被萧韶和大娘分别投喂了几筷子青菜。

事情从他的勺子落错位置，撞到碗壁开始。

再下一次，他的勺子直接落在了外面，舀了一个空。

萧韶笑了一声。

林疏："……"

他韶哥从他手里把勺子拿回去了。

拿走的时候萧韶还似笑非笑说："小瞎子。"

受到了嘲笑的林疏只能继续接受喂食，并对"小瞎子"这个称谓怀恨在心。

吃完饭，大娘打发萧韶去村口小溪边打水。

萧韶道："跟我出去走走？"

林疏点了点头。

失明后行动不便，但每天的活动还是必要的，否则便会养懒骨头，不利于修炼。

此时是清晨，田间的风很清爽。

但是不知为何，这里要比外面暖和一些。

——外面已经是寒冬腊月，这里却像是早春的光景了，不知是不是这里有温泉的缘故。

他看不见东西，只能听见声音。

远处的地头上，有几个汉子边干活，边交谈些自家的鸡多下了一个蛋之类的内容，气氛很友好。

村子里面，有女人吆喝孩子回家吃饭，不要再和二狗子玩了。

可见桃花源里没有饥馑灾祸，人们自给自足，一切都很好。

萧韶道："这里很好看。"

林疏："嗯。"

光是凭借风中的青草气、树叶的沙沙作响声，以及远处的流水声，就可以想象了。

那时候，大小姐说日后想归隐山林，不知这里合不合意。

——不，不合意。

林疏想，大概是有疏妹和盈盈，再归隐山林才会合意。

他有点沮丧，默默跟着萧韶。

流水声越来越近，萧韶道："此处是北面，有冻泉，南面是温泉池。"

林疏："嗯。"

萧韶道："你只会'嗯'吗？"

林疏："……"

果然被嫌弃了。

他只能凭着感觉，茫然望着萧韶的方向，又低下头，认错道："……我不知该说什么。"

"我不是这个意思，"萧韶的声音似乎软了一点，"你没有什么话想说吗？"

林疏道："没有。"

说什么呢？

他觉得眼眶有点发涩。

下一刻，萧韶的声音也有点无措："你……别哭。"

林疏别过头去。

他也不知道自己怎么了，只觉得有点委屈。

他觉得自己仿佛一只被养熟了的仓鼠，忽然被丢掉了，找不到原来的主人，新的这个主人姑且给他提供一点食物，又凶得很。

实际上，在失明的情况下，能继续被照顾，就已经很好了，他清楚地知道，自己该感激萧韶才是。

但是……他的情绪好像出了一些问题，变得不太明白了。

静了一会儿，就听萧韶走到了自己身边。

"算起来，你我相识已有三年。"

林疏："嗯。"

"嗯"完，又想起萧韶不让他"嗯"，补充一句："是。"

萧韶的声音里有一点无奈的笑意："没有不让你'嗯'。"

林疏："……"

萧韶似乎是轻轻叹了口气，然后道："你害怕我？"

林疏摇头。

害怕倒是没有，毕竟萧韶也不会吃人。

只是害怕自己又惹他不高兴罢了。

"三年来，我已见惯你穿男装，你却一直与我凌凤箫的模样相处，"萧韶道，"故而，此事我虽惊讶，却也可以接受。想来你比我更难过一些。"

林疏道："我看不见。"

看不见。

这就是问题所在了。

他眼前一片黑暗，就经常产生错觉，有时觉得萧韶是个完全陌生的人，有时又感觉自己身边仍然是大小姐，只是大小姐变凶了许多。

有时候想想萧韶在演武场上那副拒人于千里之外的模样，轻轻松松把苍旻打退的模样，他又觉得身边这人简直是个人形自走制冷机，很是高不可攀。

萧韶道："我听闻以冻泉淬冰玉银针，刺入穴位，可导出瘀血，稍后可以一试。"

过一会儿，他又道："从学宫出来的时候，我带了许多灵药，将灵药浸入温泉，可以去泡。"

林疏："多谢。"

萧韶问："你……不高兴吗？"

林疏依然没有从低落的情绪中走出来，点头也不是，摇头也不是，只能抬头望着萧韶。

虽然不知道萧韶的具体身高，总之比自己高就是了——也比大小姐高。

所谓的"玄绝化骨功"，根本就是用来改变骨架的，亏他当时还为大小姐开脱，觉得这是女孩子的爱美之心。

萧韶沉默了一会儿，道："我不会和男孩子相处。若有什么地方，你觉得不适，我会改。"

林疏想了想，发觉，事情好像真的是这样。

萧韶是大小姐。

大小姐在凤凰山庄长大。

凤凰山庄没有男人，一个都没有。

所以，大小姐可能只会和女孩子相处？只会哄女孩子？顺便把他当女孩子哄？

再想想大小姐平时对待萧灵阳、越若鹤、苍旻那冷冰冰的态度，林疏忽然感觉到，萧韶对自己的态度，也不算很凶了——简直温和得像春风细雨。

林疏居然对萧韶有了一丝丝同情。

这人从小到大，除了乌眼鸡似的弟弟，没有近距离接触过任何同性。

但他转念一想，自己就接触过吗？

林疏于是道："……我也不会和男孩子相处。"

萧韶的关注点放在了奇怪的地方："那你会和女孩子相处？"

林疏："不会。"

他就不会和人相处。

萧韶道："我做凌凤箫时，你我相处也算愉快。"

林疏放弃思考："我只会和大小姐相处。"

萧韶道："似乎是这样。"

他又道："或者你我仍像以前那样？"

知道萧韶也很不知所措后，林疏忽然轻松了许多。

他便道："但你之前把我当作女孩子。"

萧韶道："你此前也把我当作饲主。"

韶哥，原来你一直知道吗？

林疏辩解："后来不是了。"

萧韶狐疑："真的吗？"

林疏继续辩解："真的。"

萧韶继续狐疑："我并未察觉有何区别。"

林疏持续辩解："因为我一贯乖巧。"

萧韶姑且放过了他，转开了话题："若我把你当弟弟看待，是否可行？"

林疏有点害怕："萧灵阳那样的弟弟吗？"

萧韶声音里带了一点笑意："听话的那种，不打。"

林疏想了想，觉得似乎可行，于是点了点头。

萧韶道："萧灵阳刚出生的时候，母亲告诉我，我添了一个弟弟。我想，日后要好好待他，教他练剑，看他读书，看他将来当上皇帝。他原本也是很好的，后来，他六岁的时候，我与他再见，发觉他竟然性情大变，成了现在的样子。"

林疏道："他很爱护你。"

"我知道，"萧韶淡淡道，"若在寻常人家，也就罢了，他却是储君。"

林疏发现了一个问题。

萧韶有一个弟弟，却没有做过哥哥。

连爹都不知道女儿并不是女儿，弟弟就更不知道姐姐不是姐姐了。

他忽然很好奇萧灵阳知道真相时的表情。

"不谈这个。"萧韶道，"疏弟不甚顺口，你有小名吗？"

林疏："没有。"

他家老头只自己这一个徒弟，因此不必取小名，只喊"徒弟"就成了。

萧韶似乎是思考了一会儿，问："苍旻喊越若鹤什么？"

林疏："越如杠。"

萧韶又问："越若鹤喊苍旻呢？"

林疏："……白云。"

"为何？"

苍旻并不是很白。

林疏道："白云苍狗。"

感受到了萧韶的沉默，林疏居然有点想笑了。

学宫中的男孩子们，关系疏远的，都是以"某兄""师弟""道友"相称；关系好的，就互相起诨号，千奇百怪，几乎涵盖一切飞禽走兽。

——总之，就是没有一个正经称呼。

"疏儿？小疏？"萧韶道，"还是像姑娘。"

林疏道："韶哥也并不顺口。"

"不顺吗？"萧韶道，"喊一声给我听。"

林疏："韶哥。"

"再喊一声。"

"韶哥。"

"不顺吗？"

"不顺。"

萧韶似乎沉吟良久。

终于，他开口道："可以去掉'韶'字。"

林疏迟疑了。

半响，他吞吞吐吐道："……哥？"

"可以叠字。"

"……哥哥？"

萧韶道："尚可。"

林疏却感觉浑身不对劲。

他提出申请："可以喊兄长吗？"

萧韶："并不通顺。"

林疏："？"

韶哥，你告诉我，哪里不通顺？

第六章

萧无缺

敲定了称呼问题，萧韶去帮大娘汲水，道："别动。"

林疏不敢动。

小溪边都是石头，他也怕自己一动便掉下去。

他仿佛一个等待家长来接的幼儿园在读生，等到萧韶回来，才抓住他的衣袖，小心翼翼跟着走。

事情就发生在回去的路上。

回去的时候，要经过一片田埂。

林疏看不见，但是据萧韶说，田埂两边种满麦子，眼下的时节，麦苗很嫩，踩不得。

这田埂又只能容一个人通过。

来的时候倒是很容易，萧韶有两只手可以带着林疏，让他不至于踩空。

现在一手提了水桶，就不太好操作。

萧韶道："我背你？"

林疏："桶。"

萧韶道："我抱你吧。"

于是，一个复杂的姿势出现了。

林疏被萧韶抱着，同时半拎半抱着水桶。

萧韶走了一步。

林疏："！"

水洒了！

洒身上了！

他改为把桶紧紧抱住，防止它再晃动。

萧韶："可以吗？"

林疏："大概可以。"

萧韶就继续走了。

这次走了两步。

林疏："！"

他感到萧韶的胸腔在颤抖。

这个人，在笑。

但林疏笑不出来。

水还是洒了。

由于抱着的时候，桶身略有倾斜，他被萧韶打横抱着，身体也是斜的。

水，泼了他一脸。

林疏："……"

萧韶把桶拿开，然后把他放下来。

这个过程中，他又笑了一次。

然后用什么东西在他脸上擦了几下，边擦边道："别动。"

——就连这短短的"别动"两个字，都带着那么一点笑意。

林疏："……"

继被喊"小瞎子"之后，他再次被嘲笑了。

他能确定，如果这个人还是大小姐，他还是疏妹，绝对不会被嘲笑。

萧韶擦干了他脸上的水。

林疏站在清晨的冷风中，静默。

萧韶道："你还好吗？"

林疏："不好。"

他先是因为不恰当的姿势和颠簸被泼了一脸水，然后又被嘲笑了三次。

不过，这嘲笑里面，并没有恶意。

他结合自己往日在学宫里的见闻，想起苍旻和越若鹤的相处方式。

当苍旻做出一些丑陋操作的时候，越若鹤会毫不留情地嘲笑他；当越若鹤这样的时候，苍旻也会十倍嘲讽回去。

以前读大学的时候，自己的几个室友似乎也是这样，在"爹"与"儿子"这两个称呼上孜孜不倦地互相攻击。

这就是男孩子之间的友情吗？

萧韶："继续？"

林疏："还会洒吗？"

萧韶："恐怕会。"

这个人又笑了。

林疏现在只想掐死他。

他仔细回忆苍旻和越若鹤这对好友相处的细节，打算从中学习，然后用来回应萧韶。

结果，回应的措辞还没想好，就发现了一个盲点。

林疏问："为什么我和桶不能分开？"

萧韶："分开？"

林疏："……比如桶先过去。"

萧韶那边沉默了一会儿："我没有想到。"

这其实不是一个两人一桶以怎样的姿势才能走过田埂的问题，而是一个先后问题。

只需要萧韶先把桶放到田埂的尽头，再回来带自己过去，问题便迎刃而解。

而他们却在这里抱来抱去，不成体统，甚至酿成冷水泼脸的惨案——这不是因为林疏的姿势不对，而是出自两个人共同的愚蠢。

林疏甚至怀疑他们两个的智商一定程度上下降了。

最后，萧韶先把他带到了田埂的尽头，又返回去把木桶提了过来。

大娘问："怎么去了这么久？"

萧韶说得像真的一样："玩了一会儿水。"

大娘："什么？！你竟让娘子碰凉水！"

萧韶就被大娘"制裁"了。

林疏感到了快乐。

萧韶被"制裁"后，乖乖带他回了房间，说要治眼睛。

林疏听见他用玉魄点起灵火，炙烤冰玉银针，然后将其浸入冻泉水。

"刺——"

随后，萧韶的脚步声传过来，一只手扶上了他的后脑勺。

"我要刺你的攒竹穴与四白穴。"

林疏："你似乎没有学过'医术入门'。"

萧韶："但我学过'六壬点穴功'。"

针似乎要刺过来了。

林疏有点害怕，估计着自己和针的距离，然后在想象中的针刺进自己皮肤的时候，打了一个幅度极小的寒噤。

萧韶："我还没有刺。"

林疏："……"

下一刻，有什么冰凉的东西精准地刺进了他右眼下的四白穴。

林疏还没反应过来，一秒钟后，另一根冰凉的银针刺进了右边的攒竹穴。

他冷静下来，准备着一秒之后的下一次被刺。

一秒……三秒……十秒……

林疏："？"

下一刻，当他刚刚放松警惕的时候，左边四白穴被扎了一下。

又过了随机的一段时间，左边的攒竹穴也猛地一凉。

林疏努力让自己和萧韶的相处显得自然一些，打了打腹稿，开口道："你可以有规律一些。"

萧韶淡淡道："我怕你紧张。"

真的吗？我觉得你在玩弄我。

刺了针，一刻钟之后便要拔出。

林疏感到有什么东西从针刺之处缓缓流了下来。

萧韶道："有血。"

林疏感到萧韶微凉的指腹滑过自己眼下。

"像你哭了。"

随后，指腹换成湿润的布巾，流下来的血被擦拭干净。

林疏忽然感觉眼睛舒服了一些。

依次拔下四枚针后，萧韶用一根发带蒙住了他的眼睛，道："等一会儿。"

林疏"嗯"了一声。

萧韶在他身边坐下，继续翻医书。

过了一会儿，大娘在院子里喊了一句："萧相公！"

原来是大娘在拆换被子，家中又暂时无人打下手，需要一个人帮忙。

萧韶告诉他半刻钟之后拆掉发带，然后便去院子里帮忙拆换被子。

林疏想，这人也算是个好人。

这几天发生的一系列事情都过于复杂，他有些静不下心来，一个人待在房里无事可做，便拿出了折竹剑。

剑身冰凉，使人冷静。随即，他从锦囊里取出拭剑的软布，轻轻擦拭着剑身。

先前，大小姐脾气不好的时候，就会一个人在中庭擦刀，他那时不能理解，直到现在才明白，擦刀、擦剑能够有效缓解焦虑，使人平静。

他在平静中度过了半刻钟，将折竹平放在桌面上，解下眼上的发带。

有光。

眼前有一团模糊的光晕，似乎是窗户。

——果然有效。

他转头看向房间里，大部分还是黑的，只有个别地方分布着或深或浅的光晕。

若是此后每天刺针导出瘀血，会不会很快好起来？

想到这里，林疏又想，假如用自身的灵力来冲开瘀血呢？

能早日冲开，便不用再给萧韶和大娘添麻烦。

萧韶用过"涅槃生息"后，有七天不能动用灵力，而自己的话——他的聚灵丹还剩下四丸。

用灵力破开淤积壅塞之处，这是很常规的操作。

林疏想了想，将一枚聚灵丹按碎，吃下四分之一。

熟悉的冷寒灵力在体内凝结，他运起心法，心里逐渐冰凉寂静，然后——下一刻！

林疏的四肢百骸猛地爆发出一股剧烈到难以忍受的疼痛，整个人眼前一黑，向前栽去，失去意识前，听见一些"乒乒乓乓"的物体落地声。

林疏醒来的时候，睁开眼，眼前仍是深浅不一的光晕。

有一道声音道："你的经脉已粉碎，不能再服用聚灵丹。"

声音中，带着些许严厉。

林疏想着刚刚发生的惨案，道："……我错了。"

他已经做好了很疼的准备，却没想到是这样厉害的疼。

萧韶伸手理了理他的头发，道："以后不可这样。"

林疏："嗯。"

萧韶的语气放轻了些："还疼吗？"

林疏摇了摇头。

"不必担心你的眼睛，"萧韶道，"纵使一辈子好不了，我也不会把你丢下。"

林疏有点受宠若惊。

但是，萧韶的下一句话，让他心中一跳。

"方才你昏倒在桌上，把美人恩打翻了。"

林疏："还活着吗？"

"活着，"萧韶顿了顿，道，"但果子不见了，我没有找到。"

"萧瑄是不是说过……"林疏的声音有点发涩，"果子无法存放，不能离枝太久？"

萧韶："嗯。"

美人恩差一点点就要成熟，就这样因为他吃错药……不见了？

林疏心痛到不能呼吸。

"也无妨，"萧韶，"可以再养。"

"可是，"林疏有点沮丧，"我们养了那么久的果子。"

——他还没有看见果子熟了之后的样子。

萧瑄还说过，美人恩开花结果，是极难的事情，一般来说，一株美人恩一辈子也就只开一次花，结一个果子。

果子。

林疏非常沮丧，甚至后悔当初为什么没有将美人恩提前还给萧瑄，这样，它就会在北夏安全地结果了。

萧韶安慰了他几句，说什么以后还能再寻新的美人恩植株，以及这个果子是在他的威胁下长出来的，恐怕先天不足，即使结出来也不一定有用云云。

他还把美人恩植株的小鹿角放在林疏手下，让他摸了摸。

这一次，那鹿角却不躲避他的触碰了。

难道是植株也伤心过度了吗？

他昏了颇长的一段时间，故而现在又到了吃午饭的时候。他们暂且搁下美人恩，去和大娘一起吃饭。

吃完饭，下午无事，陆陆续续有村民上门，他们对萧韶、林疏和外面的东西非常好奇，询问了不少事情。

萧韶一一回答，并说如非必要，还是不要出山为好，即使要出，也要等过些年头，天下太平时再出。

村民也都知道打仗不是好事，表示不会出去。

从他们的交谈中，林疏能听出来，这些人过了两百年安宁平静、衣食无忧的日子，没有外部或内部的纷争，个个都非常淳朴和善，说话也直来直去，很让人舒服。

一个小女孩问："大哥哥，你为什么戴面具呀？"

萧韶道："我脸上有烧伤，怕吓到别人。"

小女孩又问："大哥哥，你在外面是做什么的呀？"

萧韶道："是乐师，给人吹笛子。"

小女孩道："那你的娘子呢？"

"弹琴。"

林疏就静静听他漫天鬼扯。

一张从没有见过人的脸若能烧伤，那也是亘古未有之奇事了。

小女孩蹦跳了几下，最后问："大哥哥，你们怎么没有宝宝呢？我姐姐和你一般大，已经有两个宝宝了！"

林疏："……"

快住口。

萧韶好不容易不提盈盈的事情了，现在问话的却是一个活泼可爱的小女孩，这下恐怕又要触景伤情，想起自己"夭折"的女儿来。

就听萧韶继续淡然胡扯："我娘子需要照顾，暂时无暇顾及孩子。"

小女孩道："大哥哥真好。"

林疏心想，我信了你的邪。

两天前发现彼此是男人的时候，萧韶反应最大的一件事就是盈盈没了。那天晚上，他甚至没有梦见疏妹，而是梦见了盈盈——虽然林疏很好奇，这一对连面都没有见过的父女到底是如何在梦中相见的。

他突然发现自己现在不仅很无助，还很暴躁，总是对萧韶有意见。

这样不行。

他深呼吸一口气，努力让自己平和下来。

又过了半天，送走了一应村民与小女孩，院中终于清静下来。

村民们诚然十分和善，但林疏还是不擅长和人打交道，这半天下来，被嘘寒问暖了一番，神思不禁有些昏昏然。

萧韶道："你还好吗？"

林疏："不大好。"

萧韶："去睡觉吧。"

说罢，他又仿佛想起了什么："泡温泉亦可以解乏。"

他们便去泡温泉了。

越往南走，越感到暖和，方才还是初春，此时却像到了夏天——这座村子也果真奇异。

林疏被拉着走了不少山路，据说，南面这座山上，有数个大小不一的温泉池，颜色各异，雾气蒸腾，一眼望过去，如同仙境。

到了地方，萧韶开始往温泉池中放药草。

接骨续脉的银霜花，放十几朵；专治外伤的麒麟髓，倒一大瓶。

小还丹，没什么副作用，一股脑倒进去；大还丹则要斟酌一下，放上七八颗。

紫霄存续丹，放十来颗。

因为林疏上过"外丹精通"，萧韶没有，他还要询问一下林疏药性是否相冲。

林疏越听，越觉得这不是药浴，简直是要造药人。

就算是一个重伤濒死的人，被放在了这样一个池子里，也能立马生龙活虎；一个四肢尽断的人，泡了这样的水，也能重新长出肢体。

放好药，萧韶道："可以了。"

林疏按住自己的领口。

泡温泉，那自然要脱一些衣服。

若此时他身边还是大小姐，就麻烦一些。

萧韶是同性，按理说，一起泡温泉也没有什么逾礼之处，但还是有点不好意思。

偏偏这时候萧韶又道："你自己能脱吗？"

林疏："能。"

他解开束带，然后脱下外袍。

脱到一半，林疏的动作停住了。

他道："你是不是在看我？"

萧韶道："是。"

林疏看向萧韶的方向——纵然那只是一团模糊的黑影，但并不妨碍他直觉有人在看自己。

他道："你为何看我？"

萧韶道："这是最后一次机会。"

林疏："？"

"若你今日是个男孩子，那就确实是一个男孩子了。"

林疏："……"

他残忍地脱下了外袍，又脱下中间一层御寒用的羽织中衣，以此掐碎萧韶脑海中不切实际的幻想。

此时，他全身上下只剩下一层雪白的蚕丝里衣，被风一吹，有些空空荡荡。

萧韶道："我带你下去，当心。"

温泉池的周围是天然形成的岩石，形状多变，崎岖不平。

林疏刚一下去就踩空了。

萧韶手疾眼快，捞住了他的腰。

林疏手忙脚乱间抱住那只手臂，然后被往回带，整个人扑腾了一会儿，最后以后背紧紧贴住萧韶的姿势停住了。

肌肤相贴，温热的触感让他有点头皮发麻。

萧韶又笑了。

林疏："……"

他这辈子的脸，恐怕就要在这短短几天中丢光。

"我往日怎么没有发现……"萧韶放开他，道，"你这么好玩？"

一点都不好玩。

林疏深呼吸一下，小心翼翼地往前走。

但是，他只能保证自己走得足够小心，而不能预料到脚下的池子中，石头的分布有多么险恶，更别提水的浮力还会让人脚下不稳。

连续发生了几次事故后，萧韶笑道："算了。"

然后把林疏从水里捞出来，打横抱着往温泉另一边去，寻了一个深度合适、石头又平坦光滑的地方，把人放下。

水很深，林疏好不容易才控制住自己的身体，坐稳。

萧韶问："这样可以吗？"

林疏："嗯。"

池水很热，微微发烫，药力已经起效，使他四肢中有热流涌动。

他想起剑阁的后山也有一个温泉池。

小时候练基本功，每天挥剑、收剑，将基础剑招演练上万次，于身体有损，要每三天泡一次灵泉。

只是，那口泉是很凉的，泡在里面，浑身的血液都好似换成了雪水。

林疏屈起双膝，用手臂环抱住，发呆。

这是他以前在剑阁泡灵泉时惯有的动作。

他又感到萧韶在看自己。

林疏歪了歪脑袋。

然后被萧韶轻轻拍了一下头。

林疏："？"

韶哥，你以前不是这样的。

你以前都是刮鼻子。

萧韶收回手。

"我有一事不解。"他道。

林疏："什么事？"

"昔日我把你当作姑娘，只想爱重你，时常告诫自己，不可逾礼，不可轻薄，"萧韶道，"如今你变成了男孩子，不知为何，我的心境有所不同。"

林疏一惊，心想，你不愿意轻薄疏妹，难道想轻薄疏弟？

这人恐怕有点奇怪，他移动了一下身体，远离萧韶。

然后被萧韶捞了回来，按回原来的地方。

萧韶道："就像此时，我就很想欺负你。"

他的声音里带着笑。

林疏看不见他的脸，可听着这声音，眼前却浮现了表哥的样子。

那一双总含着笑的桃花眼，微微弯起的时候，仿佛开屏的孔雀。

表哥这样笑，林疏觉得很温柔好看，但换成萧韶，联想到此人多次嘲笑自己，现在还直言想要欺负自己，他就有点牙痒痒。

他道："我也很想打你。"

萧韶道："此时你我都没有修为，你可以尽情来打。"

林疏道："我并不傻。"

他拖着一身几乎碎成粉末的经脉，手无缚鸡之力；萧韶虽然也暂时不能用灵力，却不妨碍他手有缚林疏之力。

萧韶道："真的吗？"

林疏磨了磨牙。

他道："你若愿意让我打，可以等我恢复修为。"

萧韶道："你身为渡劫前辈，欺压我区区元婴，好不要脸。"

林疏道："你区区元婴，却能和两个渡劫巫师打得不分胜负，我觉得这个元婴有待商榷。"

"嗯？"萧韶道，"你怎么牙尖嘴利了这么多？"

林疏不说话，想了想，发觉自己方才说话确实流利了不少。

——大约是因为萧韶过于恶劣。

萧韶道："我家的小哑巴呢？"

林疏道："我即使哑，也不是你家的。"

萧韶："父母之命，媒妁之言，你即使不能做我的娘子，恐怕也暂时不好轻易分开。"

林疏："那你不娶娘子，不生盈盈了吗？"

萧韶："盈盈若不是疏妹所生，还有什么意思？"

林疏想，韶哥才二十岁的年纪，就"丧妻丧女"，实在好不凄惨，自己应该包容他、安慰他。

再一想，自己何尝不是"丧妻丧女"，同样凄惨，还是不安慰了。

两人一时陷入寂静。

过了一会儿，萧韶道："奇怪。"

林疏道："嗯。"

萧韶："你也发现了？"

林疏："发现了。"

有人在看他们。

一道目光从背后射过来。

他转过头去。

那个方向，是他们下水前放衣物的地方。

忽然，朦胧间一道白影"嗖"的一下过来，带着破风之声，直直落进温泉池的中央。

林疏："……什么东西？"

现在，他感到那道目光又从池中央看过来。

萧韶道："你的剑。"

林疏："折竹？"

萧韶道："我去看。"

大概是药力的作用，林疏感觉自己又看得清楚了一些，能看出是一个人影往池中央去了。

眼看着萧韶即将走到池中央，忽然有一道嫩脆但充满怒气的声音响起。

"走开啊！"

奶声奶气的，但仍能听出其中的崩溃。

萧韶停下了。

林疏想了想，也起身朝那边去。

近了，能看见中央的温泉水中，隐隐约约有一片白光。

不，不仅如此。

温泉池的中央似乎卷起了一个漩涡，水流波动十分剧烈。

此时此刻，池子里又发出了绝望的声音："啊！"

林疏："？"

方才萧韶说，飞进去的是折竹，那么现在这个正在号叫的，应当也是折竹。

折竹成精了？

怎么成的精？

林疏忽然想到了一个可能——

果子。

美人恩的果子原本的作用就是点化器灵。

而他上午昏倒的时候，倒在了桌上，打翻了美人恩。

与此同时，折竹也在桌上。

折竹把果子吃了？

萧韶显然也注意到了这一点，对那边道："果子？"

温泉池内，波涛汹涌。

这时，林疏注意到，鼻端嗅到的药味竟然在逐渐变淡。

萧韶道："住手，这是给林疏的。"

那声音道："那我呢？"

萧韶道："你是谁？"

那声音气急败坏道："我难道不是盈盈吗？"

即使看不清，林疏都能想象到萧韶头上浮起了巨大的问号。

只听萧韶道："出来。"

说着，就往那边走过去。

"走开啊！"那个声音道，"我不要看见男人！"

林疏："……"

这是果子无疑了。

普天之下，讨厌男人的人不少，这么讨厌男人的，估计也只此一个。

萧韶道："我不相信你是盈盈。"

"谁生的我？"光是听着声音，林疏就感到了果子的愤怒，"谁生的我？是你们两个男人！"

萧韶："你是想说，我是你爹吗？"

"我不接受！"那声音仿佛哭了出来，"我不要男人当我爹！"

林疏："？"

"你的声音，似乎不像女孩子。"萧韶淡淡道。

那边静默了一刻，下一刻，爆发出绝望的哭声。

"难道你指望两个男人生出一个女孩子吗？"果子道，"你不知道狗嘴里吐不出象牙吗？"

真是一个比喻的鬼才。

但林疏想，这个理论其实不太对。

根据生物学理论，两个男人，假如技术允许，是可以生出女儿的。

但是，显然果子不是女孩子。

确定了果子是个男孩子后，萧韶失去了耐心。

林疏看着他上前，从温泉池中拎出了一个白色的东西，放在岸上。

那团并不大的白影挣扎："我不允许男人碰我！！"

萧韶道："假如你是女孩子，我会顺着你。"

"我难道不是女孩子吗？"果子道，"是你们把我摸成了男孩子！"

说罢，果子大叫："你不要上岸！我不要看到男人的身体！"

萧韶的声音毫无波动："我穿了衣服。"

果子继续大叫："穿着衣服也不行！"

萧韶道："你为什么穿着女装？"

果子疯狂大叫："难道不是因为你们摸我的时候穿着女装吗？"

场面一时间很尴尬。

林疏默默开口："折竹呢？"

果子道："难道不是我吗？你难道不认得我了吗？"

林疏发现了果子的说话方式。

我难道不是盈盈吗？

难道你指望两个男人生出一个女孩子吗？

我难道不是女孩子吗？

我难道不是折竹吗？

所以，果子，你到底是盈盈还是折竹，是男孩子还是女孩子？

而且，林疏认为这不是折竹该有的性格。

即使化成了剑灵，折竹也应该安静、清冷，而不是变成一个哇哇大叫的果子。

他问："你究竟是不是折竹？"

果子道："我当然是！你这个没有良心的男人！"

林疏摸了摸鼻子。

他大概知道事情的来龙去脉了。

美人恩本来固有的属性就是，跟着谁长大，就会像谁。

但是，他没有想到，这个果子跟着男人长大，就会变成男人，跟着姑娘长大，就会长成姑娘。

这其实没有什么所谓，但是，这个果子这么讨厌男人，却又生成了男人，命运也着实叵测。

萧韶："总而言之，你不是我的女儿，你是个男孩子。"

"我不是！"果子道，"我是女孩子！"

萧韶："一个有了男孩子躯体的女孩子。"

果子道："我难道不希望我有女孩子的身体吗？"

"眼见为实，你事实上是男孩子，"萧韶道，"我为女儿准备了很多名字，却没有给儿子准备。盈盈是盈，你就叫缺吧。我允许你在'林缺'和'凌缺'间选择。"

林疏险些要笑出声来。

韶哥，你对男孩子这么不认真的吗？

"我不缺！"

"名字而已。"

"我要叫盈盈！"

"你不叫。"

"我要叫！"

萧韶的声音极端平淡："无愧就在你右手边，自己切。"

果子为萧韶的冷漠所震惊，带着哭腔抽了几口气："你就是这样对待你女儿的吗？"

萧韶："切了，就是我的女儿。"

林疏听得瑟瑟发抖。

萧韶，是个狠人。

对自己狠，对别人也狠。

多谢他没有在发现自己是个男孩子的时候说："切了，就是我的未婚妻。"

但果子，不是一般的果子。

可以说，它是一个被吓大的果子。

果子道："我是灵体，切不掉。"

萧韶道："那就不要叫唤。"

果子："……"

它委委屈屈地哼唧了一声。

林疏看着那一团白影，问："你真的是折竹吗？"

他知道折竹是什么样的剑。

冰凉的，剔透的，拿在手里，重量是轻的，而寒意是沉的。

怎么变成了这么一个哇哇乱叫的果子？

果子道："我不是折竹。"

林疏居然松了一口气。

果子下一句道："但我暂时住在折竹上。"

林疏："？"

和他说话时，果子倒是好声好气了一些。

说是它点化不了折竹。

美人恩的作用是夺造化之功，给原本不该有生命的器具赋予魂魄和灵体。

但是折竹，它做不到。

果子听声音也就是一个五六岁的小孩，说话逻辑有点混乱。

大体意思是，折竹少说也存在了千年，其本身的力量过于强大，一时半会儿还养不出魂魄来。果子只能点化一下，能不能成，要看以后的机缘。

它完成点化的操作之后，按照天性，会自然而然地用这些天来吸收的灵气塑造出一具灵体。

但是折竹还没有产生魂魄，灵体只是个躯壳。

灵体想找魂魄，就像植物的根想要水一样。

这时候，意外的事情发生了。

由于果子在生长的过程中是被两个男人养大的，吸他们的气息长成，怨念十分之大，已经不是个简单的果子。

它是个有意识的果子了。

——然后，它被那个灵体吸进去了，一睁眼，就有了躯壳。

还是个男孩子的躯壳。

果子崩溃。

但是，一切都已经铸成，它再也不是那个单纯的果子了。

他是一个男孩子了。

一个男孩子。

果子说到这里的时候，几乎要背过气去。

"嗯哼，"萧韶道，"所以你是要叫林缺还是凌缺？萧缺也可。"

果子道："我难道想让自己缺吗？"

萧韶道："你想缺。"

果子抽噎一声："即使不能叫盈盈，我难道不能叫无缺吗？"

萧韶道："可以。"

果子说："你们皇室的姓，有人皇的气运，我想姓萧。"

萧韶道："你若喊我爹，自然可以姓萧。"

果子屈辱地喊了一声"爹"。

萧韶道："听话。"

果子屈辱地转身，往一边去了。

林疏想，虽然萧韶失去了女儿，但是有了一个儿子，也算可以平衡一些。

然后就听果子道："那我喊林疏什么？"

萧韶道："你也可以喊爹。"

果子："难道人不应当只有一个爹吗？"

萧韶："你是人吗？"

果子道："爹。"

林疏猝不及防也成了爹，感觉自己年纪还小，不应当这样。

但是果子的成长是他和萧韶一同促成的，果子也确实能够算是他们两个的儿子。

林疏："……"

他正在消化这一声"爹"，就听萧韶道："你也吸了萧瑄的气息吗？"

林疏心道不好，当初他、大小姐、美人恩和萧瑄共处一个车厢，那果子严格来讲，算是他们三个的孩子？

这关系就有点混乱了。

果子没好气道："他又不美，难道我长得像他吗？"

林疏又想，这样说来，果子吸了谁的气息，就会长得像谁。

——他开始好奇综合了自己和凌凤箫长相的果子是什么样了。

说罢，果子去一边自闭。

林疏和萧韶又泡了一会儿温泉，觉得已经泡够，脑袋发昏后，收拾了一下，从温泉池中出来。

换好衣服，萧韶给他擦头发。

擦到一半，萧韶问果子："无缺，你有灵力吗？"

果子说："有，我元婴期。"

——于是，果子就被剥削了。

果子一边用灵力把林疏的头发弄干，一边对萧韶道："我劝你好好对我。"

萧韶："哦？"

果子道："你难道不想有更多的器灵吗？你难道不想让你的无愧、你的其他刀化形吗？只有我心情好了，我的本体才能再结出更多的果子。"

萧韶："我不想。"

果子："……"

萧韶继续剥削："你可以用灵力，那么也可以让林疏的眼睛恢复。"

果子："……"

林疏感觉有一只手按在了自己的额头上，一股清凉的灵力流进来，疏导着他的气血。

用灵力化掉瘀血，并不是一件很难的事情，因为现在他和萧韶都没有灵力，他才须要靠药物慢慢调理。

现在有了果子，一切问题就可以迎刃而解了。

微微的刺痛从眼眶周围传来，刺痛过后，是发热。

他看到眼前的事物晃了晃。

果子说："不要见光，过一会儿就好了。"

萧韶用一条发带蒙住了林疏的眼睛。

他们打算离开了。

林疏的手被什么牵了一下，似乎是一只柔软的手。

萧韶问："你为何不牵我？"

果子道："你坏。"

萧韶又道："你不是不碰男人吗？"

果子道："但折竹是林疏的剑。"

萧韶："哦。"

林疏笑了一下。

于是，整个情况变成萧韶扶着他，他牵着果子。

离开温泉的区域后，水汽散去，空气变得干燥清爽起来。

果子一边走，一边和萧韶拌嘴。

山路不好走，故而他们的速度十分缓慢，林疏走着走着，发现自己差不多能看清蒙住眼睛的那根发带的花纹了。

黑绸的质地，绣着暗金色云水。

他道："我可以看见了。"

那两个人停止了拌嘴。

萧韶转过身来面对着他，伸手去解发带。

两人离得极近，林疏再次嗅到了邈远清冷的梅花香气。

发带被揭开，日光突然刺进来，然后他的双眼被萧韶的手指挡住。

手指的缝隙透过些许光，林疏适应了一会儿，道："可以了。"

萧韶放下手。

林疏抬头看。

只在梦境里见过寥寥几面的萧韶，此时活生生地出现在眼前了。

还是那样的华美黑袍，修长身形，通身的高华冷淡，像极了那缕冷冷清清的梅花香。

这人以银色的面具覆了上半张脸，因而看不出相貌，只能看见线条优美的下颌。

他与萧韶对上了目光，一时不知该说什么。

萧韶亦是静了一会儿，然后淡淡道："走吧。"

——林疏想，萧韶当下倒是很淡然，很有气质了，一点都不像是刚才还在和果子拌嘴的那个人。

正想着，他的袖角被扯了扯。

林疏低头看。

映入眼帘的是一张花瓣一样漂亮的小脸。

果子披着及肩的柔软的黑发，穿一条白裙子。

像不像自己，林疏不知道，但似乎是像的。而那双墨黑的眼瞳，和眼角微微挑起的那个小弧度，像极了大小姐。

果子仰头望着他，扁了扁嫣红的嘴唇。

林疏觉得心里有点软。

但是，谁能想到，这样漂亮的一个小姑娘，居然是个男孩子呢？

这样漂亮的小姑娘，难道还不够资格成为盈盈，而要被叫缺缺吗？

看完了果子，他又忍不住去看萧韶。

——然后就见萧韶也正在看他，神情莫测。

萧韶道："回去吧。"

林疏点了点头。

——就见萧韶顺理成章地牵起了果子另一只手。

果子哼唧了一声。

林疏笑。

那么现在问题就来了。

他们该怎么向大娘解释？

出去泡了一趟温泉，就多了一个这么大的女儿？

林疏问："你还能变回去吗？"

"不能的，我和折竹剑不契合，不能随意变化，"果子拽住他们两人的手荡秋千，"要等回去，我回本体，把剑还给你。"

果子的本体是美人恩，此次化形，机缘巧合，折竹没化成，倒是让本来不该化形的果子化成了。

而按照果子的说法，折竹也不知道什么时候才能化出形来。

所以说，果子无法凭空消失。

这就有点麻烦了。

两人回村子，肯定是要被村民们看到的。

凭空多出来一个女儿？

天知道，林疏在大娘眼里，还是一个刚刚流产、身体虚弱的小娘子。

萧韶拿出一个符箓来："用这个。"

那是个简单的隐身符箓，在有修为的人眼中形同虚设，但对付凡人，也足够了。

不必担心怎么向大娘交代后，林疏把目光从果子身上移开，看四周景物。

他们此时在一座山上，从山上往下望，有一大片形状规整的绿色农田。

南面，一条波光粼粼的小溪绕过村子，隐没在浓绿色的林中。

最中央是村落，隐约能看见活动的人影。

山上的密林之中，传来啁啾的鸟鸣。

很宁静，也很美。

果子撒开他们的手去前面走，在山间蹦蹦跳跳，像一只小白蝶。

林疏就和萧韶在路上慢慢走。

从他的角度，能看见萧韶的侧脸。

他问了一句："你的脸上，真的有烧伤吗？"

萧韶道："没有。"

林疏问："那为何要戴面具？"

萧韶的左手轻轻放在了暗银色的面具上。

林疏以为他要摘下来，但他没有，似乎只是在触碰其上的纹路。

"只是告诫自己，"萧韶望着远方，淡淡道，"这张脸并不存在。"

这张脸不存在，也就是说，萧韶在这个世上不存在。

世上没有萧韶，只有凌凤箫。

林疏觉得，自己领会到了萧韶想要表达的意思。

他想，或许，也只有在与世隔绝的桃花源，萧韶才会这样长时间地以本来面目出现。

到底是为什么呢？

他要一直这样吗？

第一个问题，萧韶身上有真言咒，不能说，他便只问："那什么时候会有萧韶呢？"

萧韶放下那只手，道："等他们不需要凌凤箫的时候。"

这句话说得隐晦。

他们是谁？

王朝吗？还是凤凰山庄？或者其他的人？

虽然不能完全清楚萧韶话里的意思，但林疏能猜出，这件事情背后，或许牵扯着一些很大的事情。

而萧韶一边身为皇室中人，一边又是凤凰山庄的继承人，身处王朝与仙道的中心，其中的事情与纠缠，就不是他这种"咸鱼"可以理解的了。

说罢这个，一时无话可说。

林疏觉得萧韶与表哥不同。

表哥很温和可亲，萧韶的存在感却很强，这种存在感很具有侵略性，让他又有点不知该说什么了。

过一会儿，萧韶道："我亦有一事想问你。"

林疏道："什么事？"

"你打算回剑阁吗？"

林疏望着前方，有些出神。

对剑阁师门，他感觉很亲切，若能回去，自然是想的。

只是之前他打算跟着大小姐，也就打消了这个念头。

而现在，大小姐是个男人，婚约也就形同虚设。

他说："我不知道。"

"你若愿意回去，我不会阻拦，"萧韶道，"战乱中，剑阁遗世独立，也会安全许多。"

林疏道："我会考虑。"

随后又想到，自己这个样子，即使回了剑阁，也没有办法修炼。

他又道："但我没有修为。"

萧韶道："若是我与你双修，似乎不成体统。"

林疏："嗯。"

他和大小姐做道侣，然后双修，是比较正常的。

但是和萧韶双修，确实不成。

典籍中，双修须阴阳和合，顺应天地，是一种很轻松的修炼方法。

但现在显然不可，他们中没有一个是姑娘，说不定就会出什么岔子。

萧韶道："或许我们可以直接渡灵。"

"渡灵"这词林疏并不陌生，渡灵即灵气渡换，相互补益。但人与人的功法不同，道心天差地别，灵力难以相合——正因为此，才有了双修的法门，利用男女体质的互补，降低渡灵的门槛，使修为快速增长。

但真正的渡灵并不容易。首先，渡灵双方分为渡灵者与接收者，用通俗易懂的话来讲，就是炉鼎和受益方。双修法门与一些邪门的魔道功法自然是捷径，但正常的渡灵是两个修仙人功法道心乃至神魂的沟通交流。为防止走火入魔，需要彼此道心相合、灵力互补、功法适宜，这几点也不难办到——难的是，渡灵需要相互将灵力游走四肢百骸千万遍，继而印证功法，神魂相合，这意味着你所有功法、道心、修炼的习惯都会为对方所知，也就是说，对方必须是极为亲密和值得信任之人，否则轻则走火入魔，重则横遭背叛，或是先横遭背叛而后走火入魔。

人与人之间相处容易，交心却难，百年来，已经很少有人提到"渡灵"一词，只余"双修"二字。

若是渡灵，那他与萧韶，会不会成功？

大小姐的脾气，他已经差不多摸清了，平日相处时，也有诸多亲密的举止。

而萧韶却仿佛是很遥远的人。

遥远，并且很神秘。

萧韶道："我们可以试试，我是炉鼎，我渡你灵力。"

林疏道："你不介意我不是女孩子吗？"

萧韶："你呢？"

林疏："我……不知道。"

萧韶道："可以慢慢试一下。"

林疏模棱两可地"嗯"了一声。

萧韶不在意的话，他也可以尝试一下。

但若果真渡灵了，恢复修为之后，他又要去哪里呢？

正想着，就见前面的果子停了下来，回到这边。

果子怀里抱了好几株草，对他们道："这里有好多灵草。"

——果子是有灵性的植物，找起别的灵草来，自然也很迅速。

萧韶接过那些草，林疏也看了过去。

他上过辨认灵草的课，一眼就看出了羽花株、鳞草等珍稀的灵药。

这些东西长得平平无奇，若非被挑出来，在丛林中确实不易发现。

果子道："这难道会是一座平常的山吗？"

灵草需要灵气充足的土壤，确实不会密集出现在普通的山林中。

萧韶问："还有吗？"

"难道会只有这几株吗？自然还有许多，"果子道，"你要吗？"

倒是不需要。

但是这山似乎不普通。

凡人的地界，灵气缺乏，地脉不兴，很少长出灵草、仙药。仙道中的珍奇材料，都是在洞天福地中培养、采摘的。

在凡间山林，仅仅走了这么几十步路，果子就采到了好几株仙草，明显是有异常的。

难道说桃花源并非凡人的居所？

但是，村中显然都是寻常的凡人，没有什么特殊之处。

仔细感觉，也没有察觉空气中有充裕的灵气。

萧韶道："待我恢复修为，可以来查探。"

林疏点了点头。

果子便没再找别的灵植，一路蹦蹦跳跳到了村口，要进去的时候，被拍了一张隐身符。

——他们便顺利地回了村。

林疏和果子回了房，萧韶被大娘留了下来。

大娘身材微胖，穿一身花布衣，面色红润。

她正在纫被子，萧韶帮她引线。

林疏透过窗子，暗中观察萧韶。

没过一会儿，眼前出现一个小脑袋，果子也来到了窗边，踮起脚来看。

萧韶的态度非常端正，不见丝毫不耐烦，甚至在大娘讲话的时候温和地回了几句。

林疏觉得，萧韶应该是很喜欢这种安静的生活。

只是身不由己而已。

他想，若有一天，天下事了，萧韶会不会选择回到桃花源？

那时候，自己又在哪里？

他忽然觉得未来之事，十分莫测。

而天地之大，自己竟然不知道该去往哪处。

一天就这样平静地过去。

果子化成一团白光，没入美人恩中，片刻后美人恩消失，果子又出现了。

果子回到本体，林疏便拿回了折竹剑。

折竹剑与往日相比，有了些许不同，剑锋上，流转着一丝璀璨的光芒，似乎更加具有灵气了。

林疏按照往常的习惯，把它放在枕侧。

果子觉得自己当了人，就应该遵循人的习惯，试图和他们一起睡，导致这张窄床过于拥挤，便被萧韶拎了出去。

果子挣扎："我难道不是你们的女儿吗？"

萧韶："不是。"

林疏托腮看着萧韶欺负果子，觉得这两个人的相处很有意思。

被欺负后，果子化成美人恩本体，委屈地待在床头桌上。

萧韶道："过几日，有大床的时候，你再过来睡。"

萧韶对果子的态度十分残忍，但是，也算不错了。

——都答应有了大床就可以一起睡了，现在这张床实在过于窄小。

但是果子并不领情，道："呸！"

林疏笑。

萧韶给他压了压被角："睡吧。"

林疏："嗯。"

林疏觉得，萧韶似乎在观察自己。

林疏因心中有事，有些睡不着，转过身去，轻轻抚着折竹发呆。

折竹剑身忽然颤了一下。

下一刻，他感觉到萧韶握住了无愧。

万籁俱寂。

再下一刻，地面忽然震颤起来，伴随着巨大的轰隆声。

村中一片狗吠声，夹杂着人的叫喊声——"地动了""山塌了"云云。

果子在房中现身，望着北边，道："那边有人来了。"

有人？

外面的人？

林疏的第一反应是，北夏的追兵到了这里。

他们怎么能够找到这里呢？

刹那之间，又是一声巨响，整个房子都在剧烈震颤，屋顶落灰簌簌。

萧韶倾身过来给林疏挡住了屋顶上落下来的小石子，然后给他披上衣服："出去看看。"

果子突然变回美人恩，回到了桌子上，下一刻，是大娘推门进来，对他们快速地道："地动了，你们别怕，咱们出去！"

林疏应了一声，拿了剑，又把美人恩抄进怀里。

大娘跺脚："都什么时候了，还拿草！"

然后，他们离开房屋，到了院子中。

村子里的家家户户都跑了出来，灭掉房中火烛，点起火把，一同看着北边——那巨大的轰鸣声正是从北边传来的。

大娘道："就北边有动静，这也不太像地动啊，上一回地动，房子都快塌了。"

稍后，她又软下来语气安抚他们："这里常有地动，有时候大，有时候小，你们俩刚来，别怕，啊。"

萧韶问："经常有吗？"

"嗐，"大娘道，"隔个三五年，总有一回。"

林疏回想自己学过的"南夏风物考"这门课，也说过有些地方会地动频繁，但三五年一次，确实有些多了。

而且，不论桃花源是否会频繁地动，果子已经说了，那边有人。

大娘也说，声音只有一边有，不像是地动。

他和萧韶对视了一眼。

萧韶对他轻轻点了点头，然后对大娘道："我与娘子在书院读过书，懂得一些天文地理，打算去看看。"

大娘道："这怎么行！万一出事了怎么办？"

萧韶道："我们只远远望一下，《述异志》中讲，有一种特殊地动名为'地龙翻身'，由一处开始，慢慢波及周围，威力甚大，若确定此次地动是'地龙翻身'，村子恐怕要遭害，我们去观察一番，若是情况不好，就告诉大家往南撤。"

——说得像真的一样，大娘倒真被他哄住了。

萧韶道："我们很快回来。"

大娘点点头，又跑回屋里，拿了一件厚披风，披在林疏身上："快点回来！当心别冻着！"

林疏拢了拢衣服，对大娘点点头。

大娘又摸了摸他的头，眼中满是关切。

林疏心中一热，大娘待他们实在一片真心，如同对待亲人一般。

萧韶把手搭在他的肩膀上："走吧。"

出了村子，萧韶道："无缺，带我们过去。"

果子现身，"哼"了一声，抓住他们两人的手，往北边飞去。

北面的山在颤抖，夜色中，如同一只在移动的巨兽。

颤抖时，山的北面，时不时爆发出刺眼的强光。

萧韶道："法术。"

林疏："嗯。"

他感受到了强烈的灵力波动。

——有人在用法力轰击这座山。

会是来搜查他们的人吗？似乎不太可能，若是追杀自己和萧韶，飞过来就好了，何苦费力轰击这座高山？

但是，无论如何，这都不是一件好事。

桃花源被高山环绕，与外界隔绝，一旦屏障被打破，这片净土就会出现在世人眼中，回归世俗。

他们愈飞愈高，离山越来越近，最后停在了山顶上。

往下看，火把绵延，人影走动。

他们以山上的灌木遮掩身形，观察下面。

借着月色和火光，隐约能看出，那些人中有的穿着黑袍，是北夏巫师，除此之外，还有数百的骑兵。

巫师正用法术轰砸着山前的空地，导致整座山的震颤。

果子双手并在一起，结了一个法印，然后将双手缓缓分开，两掌之间出现一个莹白的光点。

光点如同一只萤火虫，向山下幽幽浮去。

与此同时，果子双手再次结印，他们面前出现一个如同镜子的平面，展示着光点附近的景象。

据说天地灵气生成的妖精，往往有一些特殊的法术，看来这就属于其中之一了，用于追踪监视，倒是用处很大。

林疏正这样想着，就听果子道："它会自己去找美人，假如里面有女巫师，就会停下。"

林疏："……"

所以，这个法门只对美人有效吗？

林疏不得不怀疑这个法门真正的用途了。

过了半刻，光点停住了。

镜面上出现两个颇为貌美的女巫师。

一件值得庆幸的事情是，她们在聊天。

一旦在聊天，就不可避免地会泄露这些人到底在做什么。

其中一个道："法术果真能够轰开吗？"

"难说，"另一个道，"眼下并无进展，巫使已邀请擅长阵法之人来此，大概快要到了。"

"若它果真是上古大魔的洞府，以我们的能耐，恐怕无法打开，只有大巫亲至方可。"

"这便是你不懂了，"那巫师道，"但凡上古魔神、仙人的洞府，大多不会彻底封闭。"

"此话怎讲？"

"前辈魔神钻研一生，往往收集无数宝物，写下无数功法秘籍，放在洞府中，等待有缘者继承。大巫在魔神洞中得到的功法与宝物，也属于此类。"

"轰之不开，可见洞府并不愿让你我进去。"

"考验罢了。大魔洞府被发现，哪一次不是死了无数人才能拿到宝藏？若这里真是青冥魔君的洞府，即使死掉上千人，能有一人拿到继承，也算值了。"

林疏怔了怔。

青冥魔君？

这不是他的便宜师父吗？

萧韶显然也听到了这个名号，道："你二师父？"

林疏："是。"

过一会儿，他又补充："如果不是重名的话。"

青冥魔君听到仇敌月华仙君被杀的消息后，不仅没有拍手称快，反而怒从心头起，一时之间没有控制住自己，杀了前来报信的徒弟。他没了传人，只能默认拿到《寂灭》秘籍的人是他的徒弟。

若这里真是青冥魔君洞府所在，也真是机缘巧合，而山上的异草、桃花源温暖如春的气候，以及时常产生的地动，也都能解释了——上古大魔的洞府，总要有一些特异之处。

"若是他的洞府，"林疏想了想，道，"这些人破不开。"

青冥魔君这个人，很有意思，他写《寂灭》，简直不像是写秘籍，而是写自传，里面有一部分内容，写他如何布置自己的洞府"青冥洞天"。青冥洞天的最强之处便是防御，其原因使人啼笑皆非——魔君在《寂灭》中写道："世人皆道月华品行高洁，不染纤尘，独吾知此人道貌岸然，极不是人。吾于青冥洞天闭关前，设下九道守阵、九道迷阵、九道困阵、九道杀阵，再布九层结界，青冥洞天自此以后，便是普天之下最安全之处，勿论千年万年，若月华狗贼寻到此处，欲借吾闭关之机暗下黑手，必定尸骨无存，快哉！"

如此铺垫完之后，青冥魔君才开始介绍这九道守阵、九道迷阵、九道困阵、九道杀阵的阵法。

而提到阵法，他又提起月华，说此人修为虽然不及天下第一的本君，但在世上，也算是值得一提了，单纯的护山大阵恐怕拦不住他，要下狠手。

他写道："本君便钻研阵法典籍，做出四九三十六道阵法，必定能将狗贼拒之门外。若狗贼一心想对本君下黑手，一路破阵，殒身杀阵中，那也是咎由自取，怨不得别人。"

"此三十六道阵法，天下独本君一人会布，精妙之处，无法形容，本君不忍此法失传于世，便教给你吧。此阵法与本君的寂灭神功无干，你愿学便学，不爱学就丢给别人，卖掉也可。"

魔君在此处括弧注释："但本君留下许多财产，想必你不至于沦落到要卖秘籍求生之地步。"

林疏便如此这般从头到尾对萧韶说了。

萧韶轻轻笑一声："魔君确实是性情中人。"

镜面中，那两名女巫师继续讨论。

"若能打开这座洞府，纵是缉拿不回那两人，大巫也必定重重有赏。"

"眼下已经过去数日，那两人大抵早已离开边境，我等只能尽力打开洞府，将宝物献给大巫，将功折罪。"

"可惜大巫震怒之后，仍然继续闭关，不然，以大巫之能，早已打开洞府。"

"大巫甚少这样长久闭关，必然有大进境。"

"自然如此。"

所以说，这些人是为了追捕自己和萧韶，一路往南来到此处，然后发现蹊跷，误打误撞发现了青冥洞天？

看他们现在的进展，仍然被九道守阵中的第一道挡住，要破开四九三十六道阵法，实在无异于天方夜谭。

萧韶道："我们暂且回去，待我恢复修为，再来此处一探。"

林疏点点头。

他们两个现在毫无修为，即使有元婴修为的果子帮忙也无济于事，根本没有办法接近入口。

"涅槃生息"的后遗症还有四天，四天之内，那些人并无可能破开阵法。

青冥魔君，可不是一般的魔君，这一点林疏深有感触——《寂灭》中的很多理论，高深至极，远远高出现在仙道或魔道的水准。

他们原路返回，并拿出符箓，给村子周围布下了重重防护结界，确保那些人即使往这边查探，一时间也发现不了村子的存在，然后又布下一层隔音结界，减少村民们的恐惧。

回到村里，安抚罢村民，他们回了房间。

小桌上，点了一盏油灯，林疏拿出《寂灭》，萧韶和他并肩坐着，两人一起看其中类似自传的部分。

果子没有挤进去，在对面托腮坐着，两条腿晃晃荡荡，百无聊赖。

萧韶给了他一面小镜子，一堆胭脂水粉。

果子大喜过望，开始学习化妆。

林疏："……"

怕是十年之后，又是一个凌风箫，不知道会不会还有像自己这样无辜的男孩子为其所害。

他继续低头看书。

越看越觉得青冥魔君前后矛盾，心口不一。

这人被月华仙君废了全身经脉，恨得咬牙切齿，跑回青冥洞府闭关写书，布下三十六道阵法，要搞月华仙君。

结果没有搞成，出关之日，徒弟送来喜报，说月华仙君被杀了，他居然气到把徒弟拍死，然后去给月华报仇。

他报完仇，又回青冥洞天继续写书——这下倒是知道自己没徒弟了，又懒得出去收，就这样让林疏成了便宜徒弟。

青冥洞天，若要进入，也简单。

要么破开三十六道阵法、九道结界，直接闯入——青冥魔君说，若有人能做到，那他技不如人，甘拜下风。

要么以寂灭针叩门三下，再对上魔君设下的暗号。

至于暗号是什么，魔君说，到时你自会知道。

林疏心道，不会是给"月华"两个字，然后要对"狗贼"吧？

萧韶翻到最后一页。

最后一页上，青冥听说月华诈死，立刻弃书寻仇，书也不写了，到此戛然而止。

"他……"萧韶道，"这一去，便没再回来？"

林疏道："会不会是被月华仙君杀死了？"

萧韶笃定道："不会。"

林疏："？"

萧韶道："若月华想杀他，早在废他经脉后便杀了。"

林疏觉得有道理。

"况且……"萧韶往前翻，道，"青冥被废经脉后，与月华怄气，选择不恢复经脉，而要以经脉全废之身去废月华的经脉，这说明月华废他经脉时，并未下死手。"

林疏想了想，觉得也是。

月华是废了青冥的经脉，但是，这经脉是可以恢复的，只是青冥不愿意恢复。

能恢复的"废"，叫"废"吗？

林疏疑惑："那魔君为何一去不返？"

萧韶看着书页，没说话。

林疏侧头看他，看见烛火幽微之中，萧韶唇角勾起一抹很轻的笑。

再转头，看见果子不知何时放下了手中的小镜子，看着这边，乌黑漂亮的眼睛一转，脆生生道："黑乌鸦之心，黑乌鸦才知，呸。"

第七章

遂迷，不复得路

萧韶笑得不明不白，让林疏很费解。

不过，青冥魔君没事，那自然是好的。

他们又从头到尾翻了一遍，了解了青冥洞天的具体细节，这才重新回到床上。

窗外，明河在天，繁星闪烁。

狗吠声和人声渐渐平静下来，寂静又像潮水一般涌上。

萧韶道："我打算恢复修为后，与村民告辞。"

林疏："嗯。"

桃花源的生活很平静，村民们都把他们当亲人对待，邻居家的孩子很活泼，连灰狗子都仿佛比外面的看家狗顺眼许多，更别提还有一直照顾他们的大娘。

但是，他们不可在此处久待。

一是如今局势千变万化，他们要回学宫；二则两人被北夏追捕，在此处待久了，恐怕会连累他们。

萧韶道："来日我无牵无挂时，便来此处隐居。"

林疏看着窗外的月亮。

他想，自己前路渺茫，姑且随波逐流，没有什么地方可去，但与世隔绝、四季如春的桃花源也不失为一个归处。

他便应了一声："我也想。"

萧韶道："多年后，你我或可于此处重逢。"

林疏道："我不知道要去哪里。"

萧韶道："到时候便知。"

林疏想，也是。

车到山前必有路，船到桥头自然直，他已经这样过了很多年，怎么这些日子忽然迷惘起来了？

他把自己往被子里埋了埋，打算睡觉。

临闭上眼睛时，看见萧韶正在看自己。

往日，大小姐虽然脾气不好，又没有多少表情，但是至少脸上没有遮掩，通过细微的神情，总能让人知道他在想什么，心情好不好——萧韶却被一张面具掩住所有情绪的变化，仅剩一双墨黑的眼瞳，显得冷沉沉的，让人猜不透。

林疏努力想从萧韶脸上发现些情绪的端倪，然而还是像之前的无数次一样失败了。

萧韶道："你在看什么？"

林疏看着他，又想起果子的脸来。

说来也奇怪，大小姐易容而成的"丹朱"，外貌与原本面容并不相同，可果子却有一半长得像极了大小姐。

林疏道："你易容了，为何果子仍长得像凌凤箫？"

萧韶道："美人在骨不在皮。"

林疏想了想，那果子应该是透过了皮囊，按照自己和凌凤箫的骨相长的。

可是——凌凤箫也不是真的脸啊。

他问："萧韶长得像凌凤箫吗？"

萧韶勾了勾唇角："不给你看。"

林疏："？"

萧韶道："我小时候想，萧韶的脸，第一眼，要给我的娘子看。"

林疏："……"

他把自己裹进被子里，背对萧韶，闭上了眼睛。

下一刻，萧韶靠过来，声音里带一点笑意："生气了？"

林疏假装进入了睡眠。

萧韶先是拍了拍他的肩膀，然后倾身过来，声音放轻："乖，不生气，我错了。"

林疏睁开眼睛。

萧韶道："你要看吗？"

林疏想，无非是大小姐与表哥的混合，这时候再说看，就坐实了方才萧韶所谓的"生气"，仿佛有点丢脸，于是道："不看。"

"我很好看，"萧韶道，"你真的不看吗？"

林疏："不看。"

萧韶就笑，笑声很低，带着气音，直直钻进他耳朵里，和着那缕冷冷淡淡的梅花香，显得整张床上都是他的气息。

林疏把自己彻底埋进被子里。

萧韶就扒开他蒙住脸的被子："闷。"

林疏被从被子里扒出来，放弃抵抗，假装死亡。

萧韶没有说话，过一会儿，才道："渡灵之事，你考虑得如何了？"

林疏道："你不留给你娘子吗？"

萧韶道："我'丧妻'了。"

林疏："还可以再娶。"

萧韶："不娶了。"

林疏闭着眼睛，听萧韶道："我想，这辈子是不会再有娘子了，身上的血脉，放着也无用。与你渡灵，你可以恢复修为，我也算是完成了桃源君的嘱托。何况……"

林疏支起耳朵等他的下文，半晌，才听萧韶继续道："何况你也算可爱。"

林疏："……"

他没有提出自己的想法，而是提出了一个现实的问题。

"我们，"他迟疑道，"修得起来吗？"

萧韶那边也沉默了一下，才道："故而上次我说，可以慢慢尝试一下。"

林疏有点绝望，想，我还没满二十岁，为什么要面对这些？

正想着，他激灵了一下，感觉萧韶的手指扣在自己手上。

起先是指尖，然后是手指，之后是手掌，手指再向上，若即若离地握住手腕，搭上经脉，灼烫的灵力在萧韶指尖流淌，却未进入。

这羽毛一样的触感让他有点呼吸困难，他道："我觉得不行。"

声音有点抖。

"嗯，"萧韶放开手，道，"睡吧。"

林疏觉得，方才被碰到的地方，仿佛被火烧了一下一样，渐渐地烫了起来，过了好一会儿才消退。

他不是不过敏了吗？

明明平时和萧韶接触，也没有产生过这种状况。

他对萧韶道："你也睡吧。"

萧韶："被子。"

林疏："……"

这张床上本来就只准备了一条被子，还不是很宽。方才他裹住自己的时候，把整条被子都用上了。

他往旁边滚了滚，分出一半被子给萧韶。

萧韶睡过来，他们不可避免地再次离得很近。

然后，萧韶没有动，他也没有动，困意渐渐上来，这次是真的要睡了。

虽然闭着眼睛，但林疏总觉得，萧韶在看着他。

第二天，他们随鸡鸣而起。

他们用结界挡住了外面的动静，桃花源又恢复了宁静。

他们出去给大娘汲水，然后浇菜，打理院子里的瓜棚。

隔壁的灰狗子喜欢跟着他们，在一旁地面上蹲坐着，摇尾巴。

偶尔回过头，看见窗户边露出一颗小脑袋，是果子在暗中观察。

天上流云漫卷，日子仿佛过得很慢，但不知不觉，四天的时光如同流水一般从指缝淌走了。

这间房子里的床十分窄小，比起学宫竹舍的单人床，也大不了多少。

大娘并没觉得两个人睡这么窄的床不对，毕竟，这个宽度，对夫妻两个来说是足够了。他们两个人，前几天貌合神离、同床异梦，在既不碰到对方又不会掉下去的边缘疯狂试探，睡得十分辛苦，如今关系有所缓和，便稍微靠近了一些。

林疏发现自己的身体已经养成了习惯，也并不反感，就由萧韶去了。

这期间，他们往北边去了不少次。

巫师又增加了不少，还来了专研阵法的大师，但青冥魔君的守阵依然稳如泰山，连第一层都没有被破。

这一天，他们被大娘指派去溪边抓鱼，要炖鱼汤。

萧韶取出无愧刀，屈指在刀身上连弹几下，无形的灵力波动被激发出来，溪中的水颤了几颤，便有三条鱼在水里翻了白花花的肚皮。

他们把鱼放进篓子里，往回走，路上和遇到的村民打招呼，还试着骑了骑小牧童家的牛。

"这么快！"大娘夸赞了他们的抓鱼速度，然后拎起鱼进了厨房。

鱼汤白且鲜美，香气四溢，大娘撒下些许小葱花，翠绿的葱花被鱼汤一衬，如同碧玉。

林疏啜了几口鱼汤。

大娘问："好喝吗？"

林疏："好喝。"

大娘便笑得很开心。

厨房里忽然传来什么东西被翻动的声音。

大娘："刚才是不是有动静？"

萧韶："没有听见。"

林疏："没有。"

大娘："哦。"

——林疏心知肚明，一定是果子悄悄进去了，这小东西化成人形之后，活得人模人样，甚至开始学吃东西。

他继续喝鱼汤，眼前的碟子忽然一动，是萧韶放了一块剔好了刺的鱼肉。

他觉得陌生又熟悉——往日和大小姐一起吃鱼时，也是时不时便被这样投喂，那时他也想给大小姐剔鱼刺，但技术不太到家，把鱼肉剔得七零八落，不大好看，就还是自己吃掉了。

鱼肉晶莹，入口温软鲜美，林疏原本饭量不是很大，这次却吃了不少。

吃罢，帮大娘收拾好碗筷，按照前几天的习惯，是该回房了。

萧韶没有动。

林疏也没有。

大娘看了看他们。

萧韶道："我和小疏打算走了。"

大娘一愣，道："……这么快？"

"外面还有事情，"萧韶拿出一瓶丹丸，轻声道，"没有什么能留给您的，只有这个，您以后若是生了病，服下即可痊愈。来日若有机会，我与小疏再来找您常住。"

大娘静了静，最后叹一口气。

"我看你们也不是寻常人，拦也拦不住，"她道，"到了外面，千万照顾好自己，莫再出事了。"

他们应下。

走的时候，不少村民来送别，连灰狗子都依依不舍地汪了几声。

萧韶道："来日再会。"

——便向北而去，使了法术，隐入山林雾气中。

他们又确认一遍结界十分结实，不会被外人闯入，这才放心离开。

翻过那座山，巫师们仍然焦头烂额。

绝世宝藏就在眼前，却不得其门而入，这种感觉，想想也知道，必定十分难受。

果子继续用法术追踪，看到的仍是那两名女巫师。

"这阵法玄奥至极，恐怕只有孔歇、万灭大师这样的人物方能解开了！"

"可恨的是去往几位大师洞府的邀函，也不知怎么了，都没有回音。"

"唯有尽力罢了。"

他们自去进行无效的"尽力"，林疏这边也并不是一帆风顺。

青冥魔君说，以寂灭针叩门三下。

门是山侧几块形状奇异的石头，已经被巫师们发现了，而且他们就驻扎在不远处。

林疏他们自然不能堂而皇之去叩门，只能寻找机会。

子夜，大部分巫师歇息了，骑兵则在外围驻扎。

他们潜入营地，萧韶放倒几个哨兵，又悄无声息打昏守夜的巫师。

林疏则根据《寂灭》中的记录，找到迷阵的几处阵眼，将其触发。

淡淡的白雾从地面升起来，仿佛只是普通的夜雾。但既然是青冥魔君的手笔，必定有其独到之处——这样一来，即使他们被发现，有了迷阵阻挡，也不会落到被围攻的境地。

林疏来到门前，拿出一枚寂灭针。

寂灭针的材料极其难寻，当初炼制，也仅仅炼出三枚而已。

前些日子用来对付左护法，已用其一，今天拿出来的是第二枚。

林疏以寂灭针叩门。

针尖与石块相触，竟发出奇异的脆响。

三下之后，寂灭针消解，化作丝丝缕缕的黑烟，隐没在石块中。

山体微微震颤，镶嵌其上的那些石头竟缓缓游动起来，最终组成一块光滑的石幕。

月光照在石幕上，偏右边隐隐约约露出两个字。

——并不是林疏想象中的"月华"，可见魔君虽然不靠谱，但也算没有被月华仙君彻底冲昏头脑。

这两个字是"寂灭"。

寂灭。

该对什么呢？

林疏思索一番，并没有记起《寂灭》中，有哪里把"寂灭"二字单独拎出来讲了一通。

魔君，说好的一看便知呢？

——林疏宁愿他被月华仙君冲昏了头脑。

最起码，答案是可以猜出来的。

但是现在只有"寂灭"二字，就显得很棘手。

魔君留下来的秘籍名叫"寂灭"不假，但是其中有太多地方提到了这"寂灭"二字，像什么寂灭针、寂灭剑、寂灭灵虚功……且并没有什么特殊的说明。

林疏看着这块石壁，开始揣测魔君的意图。

寂灭针叩门三下，证明得到了《寂灭》中的传承。

而对上"寂灭"二字，又该是为了什么呢？

林疏想，这应当是考验弟子的悟性，毕竟只要有了相应材料，寂灭针就能被炼制出来，并不能证明得到这本秘籍的弟子真正领会了魔君的绝学。

林疏仿佛回到了上辈子，在期末考试的考场上对着一张试卷猜测出题老师的意图。

他道："我不确定。"

萧韶道："你既然学完了《寂灭》，必定能够对上。"

林疏："真的吗？"

萧韶道："在武学一途，你向来很聪明。"

林疏："……"

萧韶的意思是他在其他方面仿佛一个笨蛋，他晓得的。

他在想"寂灭"，想这个词本身的意思。

"寂灭"的字面意思便是消亡。

而魔君创出的这门功法，正是瞬息之间散去对手的所有功力。

而使用此功法之人，同样毫无修为，丹田气海空空如也。

他抿了抿嘴，手指停在石壁上，半炷香时间后，手指在石壁上滑动，写字"虚无"。

石壁一阵波动，如同涟漪，原本的"寂灭"消失，出现了两个新的字，"天道"。

这个林疏知道。

这可是《寂灭》中的核心思想。

他写"无稽之谈"。

石壁又动，这次换成"仙魔"。

萧韶轻轻笑了一声。

林疏也笑了一下，原因无他，这个词，他们昨晚翻书的时候也看到了。

他写"一丘之貉"。

石壁再动，是"寂灭灵虚功"。

林疏写"无中生有"。

- 184 -

石壁继续动。

这次出现了四个字，赫然是"青冥魔君"。

林疏："……"

师父，超纲了。

他道："是要我们猜吗？"

萧韶道："我猜是'天下无敌'。"

林疏道："我也是。"

他伸手在石壁上写下四个大字"天下无敌"。

一阵剧烈的波动后，石壁光滑如初，片刻后，缓缓浮现出青冥魔君的字迹。

他的字铁画银钩，汪洋恣肆，很好认。

"道法领悟，尚且不足。念及承认本君天下无敌，姑且放你进去。"

林疏："……"

这行字迹消失后，又出现另外一行。

"青冥洞天禁外人进入，除家眷与亲传弟子外，不可带入。"

林疏看看萧韶，又看看果子。

家眷，也算吧。

这行字迹消失后，石壁解体，再次成为原来奇形怪状的几块，隐于山体中，而他们面前出现一个黑色的旋涡。

那旋涡不像现实中会有的，极黑，仿佛吞掉了一切光线，使人觉得，踏进去，就会踏入森罗地狱。

萧韶道："进去吧。"

林疏："嗯。"

果子伸手牵住了他的手。

萧韶观察他们两个，观察了一会儿，伸手拉着林疏另一只手的手腕。

林疏就这么"拖家带口"地跨入这个黑洞。

一步，场景倏忽变化。

他身处伸手不见五指的漆黑中，看不见任何东西，但清楚地感觉到手边忽然空了。

"萧韶？"他喊了一声。

没有人回应。

他又喊了一声"果子"，也没有人回应。

失散了？

林疏定了定神，向前走。

这黑，黑得深浅不一，走着走着，似乎化成了无形的雾气，渐渐散了。

他面前有一块巨大的石碑。

石碑上是青冥魔君的字迹，"青冥洞天，生死勿论"。

林疏抬头看前方雾气弥漫的道路，感觉很险恶。

青冥洞天，生死勿论，意思是在洞天里面还有考验？

果然论起不靠谱，还是青冥魔君独占鳌头。

可想而知，萧韶和果子，此刻也被单独送往了别的什么地方。

萧韶虽然恢复了修为，可毕竟没有学过魔君的功法，而果子还小，不知是否应付得来。

林疏拔出折竹剑，加快脚步往前走去。

四周一片寂静，只能听见自己的脚步声，他穿过雾气前行，忽然看到遥远的前方出现一道白影。

——似乎是一个人。

他继续往前，那道白影越发清晰，确实是一个身着白衣的人。

愈近愈眼熟。

等终于到其近前，林疏的脚步顿住了。

前方那人一身如雪的白衣，似乎是剑阁的样式，一手空着，一手握剑。

剑，是折竹剑。

而那张脸，是林疏自己的脸。

但是，那是一张面无表情的脸。

林疏与他对视。

那人也望着他，眼中清清冷冷，似乎空无一物。

背景是一片雪原，与雪原上连绵的高山，细碎的飘雪中，这人站在高山之巅，雪白的衣袂轻轻拂动，仿佛随时会随风归去。

林疏向前一步。

那人没有反应。

他再往前，却一下子撞了头。

林疏："……"

他伸出手来，摸到了横亘在自己和那人之间的，一道光滑的东西。

这触感使他想起了镜子。

此处是青冥洞府，自然不会出现一个和自己长得一模一样的人。

可若是一面镜子，为什么又会照出来这样一幅画面呢？

下一刻，他听见自己背后传来一阵脚步声。

脚步声越来越近。

林疏回头看。

来者穿一身黑袍，黑袍上有很妖异的红色花纹，眉间有一道深红色图腾标记，长眉微向上挑，很有几分邪气。

林疏原本不知道这是谁，但是此人周身散发着"我天下第一"的气息，觉得这应当是自己的便宜师父。

那人看着他，挑了挑眉："徒弟？"

林疏："是。"

青冥魔君打量了他几下，道："还行。"

林疏受宠若惊。

魔君继续道："交代你一件事。"

林疏："……好。"

魔君的语气十分懒散，同时又非常不着边际，林疏答应他之后，他没有直入正题说是什么事，反而扯起别的事情来："为师和狗贼打架，把仙界小半边天弄塌了。"

林疏："……师父厉害。"

看来魔君的生活过得十分充实，在仙界还有架可打。

不对。

都飞升仙界了，没有国仇家恨，没有正邪不两立，不是说一笑泯恩仇吗，怎么还能继续打起来呢？

什么仇什么怨？

魔君道："陈公子就把这个差事丢给我，要我将功折罪。徒弟，为师不想去补天，只能让你在凡间跑腿。"

林疏："……好。"

"你知道绝世功法吧？"魔君道。

林疏："知道。"

像是"长相思""万物在我"，都是能修到大乘且负有非凡气运的功法。

据说整个南夏，也不过四五本罢了。

"随便找到两三个原本，烧给为师。"魔君懒洋洋道。

林疏："？"

他道："怎么烧？"

魔君道："火烧啊。"

林疏："就……直接烧？"

魔君道："难道还能不直接地烧吗？"

林疏："烧原本？"

"唔，"魔君发出一个意义不明的语气词，道，"烧就行了。"

好吧。

林疏道："但我要先找到。"

魔君大为不满："我青冥的徒弟，还拿不到区区几个原本吗？"

林疏辩解："它们都在名门大派中……"

"抢啊，"魔君的语气十分理所当然，"抢完，再昭告天下，这是青冥魔君的亲传弟子所为，若是不服，可以找魔君讨要说法。你我是邪魔外道，行事何须束手束脚？"

我不是。

我没有。

我并不是邪魔外道。

但是，一旦成为魔君的弟子，似乎就真的一脚迈入了邪魔外道的深渊。

林疏道："我修为不足，抢不到。"

"怎么可能？"魔君打量他几眼，"你经脉碎得很好，很漂亮，比我当年还要碎一些，想必寂灭灵虚功也练得不错了。"

林疏几乎窒息："您没写完。"

——他从哪里去学寂灭灵虚功？梦里吗？

魔君蹙眉："我似乎确实没有写完。"

林疏："没错。"

但魔君下一句就是："你不会自行领悟吗？"

林疏："？"

他道："徒儿……愚钝，领悟不出。"

"确实很愚钝，"魔君道，"书房里有我的草稿，你拿去看吧，字丑，不太好认。"

林疏道："您为何要功法？"

"说了是差事，"魔君懒洋洋道，"不急，你慢慢来，飞升前弄好即可。"

这话说得没有一点转圜余地。

魔君不是说"徒儿，愿意给为师跑腿吗"，而是"徒弟，给为师跑个腿"。

也不是说"徒儿，量力而行，不行就算了"，而是"飞升前弄好即可"。

林疏思考完成这件事情的可能性。

南夏的功法，他动不了，出于道义，也不能去动。

但来日若打起仗来，北夏那边的绝世功法，或许有机会拿到。

青冥魔君摆摆手："行了，走吧，为师的洞府就给你拿去玩了。"

林疏："怎么走？"

问出这样的问题，他感觉现在的自己是真的笨蛋。但前面是镜子，后面是黑洞，他确实不知道该怎么走。

"绕就得了。"魔君道。

说完，他看了看镜子。

"徒弟，"魔君看着镜中人，道，"你这个功法有点不行吧。"

林疏："？"

他也看向镜子。

镜中的自己，还是那样冰凉寂静地站在雪山之巅。

其实，上辈子，他就经常这样在山里发呆。

至于功法……"长相思"难道会有问题吗？

他说："我觉得很行。"

"也行吧，"魔君道，"只是我看你连孩子都有了，有点麻烦。"

说到这里，他仿佛来了兴趣，又偏离了重点："小姑娘挺漂亮，你俩谁生的？怎么生的？"

林疏："捡的。"

魔君："哦。"

林疏："儿子。"

魔君："……"

"行吧，"魔君道，"有人喊我，为师走了。"

林疏："您慢走。"

魔君的身形刹那间消散，即将消失的时候，林疏仿佛出现了幻听，听见魔君用不耐烦的语气说了一句："滚滚滚。"

林疏想，可能魔君是对喊他的那个人说的吧。

上次在幻荡山，和玲珑洞天的那位公子下棋——那位公子也是仙界的。

仙界的人从没有下界的先例，看来是不能下来，即使要和凡间交流，也只能通过幻身，没有法力。而且，只能在特定的地点。

公子就说过，他的幻身只能在幻荡山出现。

林疏忽然想起一个可能。

如果……如果他当时没有失败，那么他可能就会飞升仙界。

然后，他就会在仙界遇到公子、青冥魔君，以及月华仙君。

乃至于……萧韶。

萧韶会是什么样子的？会和现在一样吗？会有别的仓鼠吗？

他和萧韶，也许会在仙界成为点头之交，或者根本不相识。

而自己来到了这里，便和他们用另一种方式相识相见了——他和公子下过棋，当了魔君的徒弟，和萧韶一起"丧过妻"。

这种时空交错、世事无常的感觉让他一时间惘然了。

哦，不仅和萧韶一起"丧妻"，还尝试过渡灵，还有了一个不知道是女儿还是儿子的小果子。

他停住自己往什么奇怪的方向狂奔而去的思绪，回到眼前的镜子上。

镜中的自己仍是那副模样。

这镜子的原理是什么？为什么会呈现出这样的场景呢？

魔君又说"长相思"有点问题，但貌似不是大问题，而且居然似乎还和孩子有关。

令人费解。

但是，怀疑自己的功法是大忌。

林疏决定日后再观察。

魔君说，要绕过去，于是他用手指触着镜面，往一边走。

走了大约一百步，光滑的镜面消失了，他摸到了粗糙不平、似乎镌刻着花纹的边缘。

林疏绕过去。

镜后，忽然换了一个天地，灯火通明。

——是一个类似大殿的地方，正中央挂了一幅巨字，写一个"灭"字。

殿里，萧韶牵着果子，在看挂在墙壁上的一面镜子。

林疏倏然回头。

哪里有什么镜子，后面是一排屏风。

萧韶道："你来了。"

果子："真的来了！"

萧韶："我们与你失散，想是青冥魔君接引你去了什么地方。"

林疏点了点头，走近他们。

镜子里面，还是那个场景。

他问："你们看到了什么？"

果子道："我和一堆美人在一起！个个都像你们穿裙子时那样美貌！"

果子看见美人，这也真是情理之中。

林疏看向萧韶。

萧韶却没说话，而是问他："你呢？"

林疏如实说了。

萧韶道："我没有看见人。"

林疏："嗯？"

萧韶："我看到很多血。"

说罢，他伸手将镜子自壁上摘下，翻转过来。

背面是一些粗糙的纹路，中间镌着一行字。

　　分离聚合，莫非前定。

这镜子，透着一股不同寻常的气息，而且，似乎每个人看到的东西都不同。

萧韶道："我不曾见过这种法术。"

林疏道："那时候的很多法术，都和现在不同。"

像是青冥魔君的阵法、功法，都是现在的仙道、魔道很难做到的东西，那么，出现一些他们理解不了的法宝，也算正常。

萧韶问："魔君传你功法了吗？"

林疏："魔君要我自己去书房看。"

萧韶问："他还好吗？"

林疏不知萧韶为何有此一问，据实以告："他好像很忙。"

才说了几句话，就被叫走了。

林疏又道："魔君已经在仙界了，月华仙君也在，似乎不久前还打过架。"

萧韶道："这就是月华仙君的不对了。"

林疏："未必是月华仙君先动的手。"

不知为什么，见了青冥魔君本尊后，他觉得，和月华仙君打架一事，很有可

- 191 -

能是魔君单方面无事生非。

果子拿着镜子问："这里的东西都是你的了吗？"

林疏道："都是了。"

果子十分快乐地把镜子抱到怀里："我要这个。"

林疏："好。"

萧韶道："你连一声'爹'都没有喊，怎么就要起了东西？"

果子对他做了一个鬼脸："讨厌鬼！"

萧韶勾了勾唇。

林疏发现，这两个人在他在场的情况下，常常以互相攻击为乐——明明方才他刚来的时候，还看见萧韶牵着果子看镜子，关系十分融洽。

果子得到了允许，抱着镜子不住地看，一会儿说看到了自己和许多漂亮姐姐在一起，一会儿又说美人变成了一个小姑娘，在陪他看月亮。

林疏觉得果子的行为应该得到谅解。

毕竟，身为美人恩成精，每天却只能和两个男人待在一起，很不符合天性，也只能靠着镜子缓和一下了。

萧韶却蹙眉看着这面镜子："此物不祥。"

果子道："镜子上有因果之气。"

萧韶："怎么说？"

果子在很多方面都有特殊的触觉。

"今日之因，昨日之果；昨日之因，今日之果。"果子说得煞有介事，"你们遇到萧瑄是因，有了女儿是果；来到村子是因，发现洞府是果；今日之前所有之因，决定了今日往后所有之果。故而我觉得这面镜子能窥到你们身上之因，投射来日之果。更何况这上面还写了'分离聚合，莫非前定'八字。"

萧韶道："也算通顺。"

果子就得意扬扬："我乃吸收天地灵气结出的果子，自然非同凡响。"

说罢，果子便抱着镜子跑开，去看别的地方了。

两人一路跟着果子。

——果子直奔藏宝库。

实在有很多奇珍异宝，但大多是稀奇的丹药玉石，没有什么攻击力强劲的法宝。

这和魔君的性格不符——所以林疏想，大概是被月华仙君没收了吧。

先废掉经脉，再没收危险物品，魔君就没有攻击力了。

奈何青冥魔君就算没了经脉也要搞事情，硬是创出了寂灭灵虚功。

想到寂灭灵虚功，便想起魔君让他去书房。

果子待在藏宝库整理财产，并不想去，只塞给林疏一大块淡青色的玉髓："这个可以喂给折竹，剑灵就会快一点出来了！"

林疏接下，收好。

书房很大，点起灯火后，柜子一直高到殿顶，密密麻麻放满书籍。

地上与案上散着许多宣纸，有的有字迹，有的没有，有的是一些毫无意义的线条。

要在这成千上万张纸中找到寂灭灵虚功的踪迹，也着实不易。

林疏觉得自己以后有事情做了。

萧韶抱起一摞，和他坐在一起，挑出其中有意义的纸张来，放在一边。

没了果子在一旁叽叽喳喳，房间里变得很静，只有呼吸声和纸页翻动的声音。

过一会儿，林疏听到萧韶淡淡道："镜中之物，我耿耿于怀。"

林疏手中动作一顿。

说实话，果子那番话——

他看到了雪山中的另一个自己，而萧韶看到了血。

这是他们的"果"吗？

他道："我也是。"

萧韶道："你记得万鬼渊的鬼相师吗？"

林疏："记得。"

那时，萧韶还是表哥。他们在万鬼渊崖底那一战，遇到了不少鬼相师。

鬼相师由无数因怖惧而横死之人的怨气凝聚成，可以看破人心中最怕之物，靠动摇人的心境来取胜。

"我们在万鬼渊时，他说过一句话。"

林疏："嗯？"

他回忆了一下，想起，那时鬼相师确实说了话，是什么"彩云易散，琉璃松脆"云云。

萧韶道："鲜花着锦，烈火烹油，风光能几时？"

林疏接上："过刚易折，智极必伤，彩云易散，琉璃松脆……好自为之。"

鬼相师这话，说的是谁？要去摇动谁的心境？

萧韶道："我常觉得，此话是在说我。"

林疏眼前没来由地出现大小姐的身影。

夜里，自竹舍的窗户往外望，时常能看见大小姐，或在中庭独坐，或吹箫。

箫声呜咽，常常低到无以为继，又从头开始。

他那时常常想，大小姐为什么会吹这样的曲子？

而现在知道了萧韶，他便知道这人身上有许多说不出的秘密，保守秘密往往是不轻松的，更何况这秘密非同寻常。

他想，其实，自己觉得前路渺茫，不知该往何处去，萧韶呢？

萧韶是否也会有这样惘然的时刻？

他望着萧韶，不知该说什么，最后道："镜中的东西，我也看不懂。但是……到了那天，自会分晓。"

船到桥头自然沉，今天不沉明天沉。

林疏小时候常常因为一些事情后悔。

比如学了飞花剑法，飞花剑法和天云剑法不能共存，从此就不能练天云剑法了。

他后悔的时候，就这样告诉自己，假如回到当初，在飞花剑法与天云剑法之间二选一，他还是会选择飞花剑法。

这样一想，就不后悔了。

其他许多事情都是这样，所以他想，自己不论遇到了多么坏的事情，都是之前所做的事情的后果，而之前所做的事情，是不能改变的，即使重来一次，在当初的情况下，其选择也不会改变。所以这件事情是自己应当遇到的，没有什么后悔的余地。

说是"死猪不怕开水烫"，假如你时时刻刻都把自己预设成"死猪"，也就没有什么烦心的事情了。

萧韶伸手摸了摸他的头发，抓了一缕在手中："你说得也有道理。"

林疏看着萧韶，见他正看着自己的头发。

"虽有不祥之兆，但我觉得，萧韶此生未行有愧之事，无愧对之人。不论最后如何收场，都心甘情愿。"

萧韶似乎释然了，但仍没有放开那缕头发。

林疏道："我想也是。"

他想，自己想错了，像萧韶这样的人，是不会有迷惘的，即使有，也很短暂。

萧韶笑了一下："你怎么想？"

林疏道："你……自然有你的想法。"

他想了想，又补充："以前，我觉得世上没有大小姐做不到的事情。萧韶大概也一样。"

萧韶道："嘴甜。"

林疏有点不好意思地笑了一下。

萧韶道："我以前觉得林疏是个挺乖的小东西，安安静静待在身边，招人疼。后来觉得他道心清明，很有仙气，仿佛永远都不会变。现在亦是如此，虽说变成了男孩子，但其实无甚变化。"

林疏道："我没有变成男孩子。"

同理，他们其实也没有丧过妻，没有丧过女。

不存在，都是不存在的。

萧韶笑。

笑完，他道："我脾气不好，但觉得你在身边的时候，总会安稳许多。心中有郁结之事，同你说过之后，也觉得轻快。"

林疏不知道话题怎么变得这么快，但既然萧韶这样说了，他也要恰当回应："我没有什么用，多谢你一直照顾。"

萧韶看着那缕头发："萧韶道心不稳，路有迷障，以后还有劳仙君点化。"

点化，也成。

林疏觉得当萧韶的树洞并不辛苦。

但是，萧韶为什么对一缕头发情有独钟？

林疏想，这人恐怕不再想和他割袍断义了，而是想发展一下长期的友谊。

萧韶放开那缕头发。

头发轻轻滑落回肩侧，不知怎的，林疏感觉自己的脸有些发烫。

萧韶虽放开了那缕头发，却伸手去拨他另外的头发。

林疏半垂着眼，看着萧韶衣服上银色的暗纹发呆。

终于，萧韶的手停下来了。

他找到了一小缕明显比其他地方要短的发丝。

林疏看着整齐截断的发尾，回忆了一下，觉得这恐怕是他们二人从北夏王都逃出来时，萧韶剪掉的那缕头发。

萧韶淡淡道："你怎样想？"

林疏："我不知道。"

萧韶让那缕头发一根一根从指间落回原本的地方，说："我想也是。"

过了一会儿，他又道："但你若十分反感，恐怕早已逃去。"

林疏："……"

他觉得萧韶说得在理。

萧韶没有再说什么，给他理顺方才被拨乱的头发，又回到青冥魔君数不尽的草稿纸中。

草稿纸大概分为三类。

第一类是正经的修道感悟，或者是从某本书中抄录的奇门术法。

第二类是魔君勾画的阵法草图，大都是半成品，没有用，还有一部分完全是没有意义的线条，或者乌龟涂鸦——魔君很喜欢画乌龟，总共有百十来张，大部分的乌龟壳子上都顶着"月华"两个硕大的字。

第三类大概是魔君的日记，以单字为主，有时候是满页的"烦烦烦烦烦烦烦"，有时候是整张的"哈哈哈哈哈哈哈哈哈哈哈"。

将草图与单字日记堆放在一旁，林疏开始看正经功法。

翻了许久，终于在密密麻麻的字里行间，发现了蛛丝马迹。

青冥魔君用几千字复盘了自己和月华的打架过程。

说是月华出剑时，有清风明月的气韵，让人仿佛置身朗月繁星中。他觉得这种道貌岸然之人不应当有如此气象，便开始研究原理。最后得出结论，月华闭关静坐时，感悟到了阴晴圆缺的大道，出剑时，对此道的感悟便自然而然出现在剑中。

而他自己的剑法，因着杀过许多人，带着血气煞气，每次想教徒弟，徒弟都被吓得双腿发软，说："师父，放过我，我不想打。"

魔君是一个追根究底的人，别人研究剑法，理解到剑如人、人如剑就可以了，他非要研究为什么人如剑、剑如人。

——魔君说，人在天道中，是天道的一部分，人的心境，是天道的一部分，人的剑法，也是天道的一部分。

所以一个人，和他的剑，在天道里面，是统一的。

所谓仙家和魔道的功法，不过是靠着自己的几丝感悟，用那么几句心法口诀，借来了天道的一小部分力量。

而他偏不要借。

此事，他尝试已久，可总是囿于功法中，不得脱身。直到那一天，被月华废了全身经脉，对灵力再无半点感应，整个世界终于清净了。

魔君为了悟道，吃下使人丧失一切触觉的丹药，将自己关在无光、无声的囚室中，不吃不喝，命徒弟十年后再来喊他。

徒弟十年后敲囚室门："师父，你还活着吗？"

魔君道："本君真正活了。"

从此以后，他有了使人闻风丧胆的"寂灭灵虚功"，只消轻轻一指，敌人的全部修为便瞬间湮灭。

魔君也因为对十二天魔说的那一句话，再度闻名于世。

他说："五步之内，你命由我，不由天。"

寂灭灵虚功，没有功法口诀，没有技巧招式，唯有两个字——"出世"，彻彻底底地出世。

一个在天道之内的人，是无论如何不能与天道对抗的，就像一个人不能用抓头发的方式将自己提起来一样。

——只有从天道中彻彻底底脱离出来，才能这样。

魔君就做到了，他杀人，杀的不是这个人的肉身，而是直接抹杀此人所依附的那一部分天道。

魔君在此处括弧注释："当然，为此，我也很惨，挨了不少雷劈就是了。"

林疏翻来覆去读了很久，最后不得不承认，自己只是个小垃圾罢了。

他费力琢磨着所谓的"彻底出世"，感到自己已经灵魂出窍，想得头疼。

萧韶把他拽了过去，有一搭没一搭地揉着他的太阳穴。

也不知过了多久，房中忽然响起一道幽幽的声音："师弟！师弟！"

林疏睁眼，看见自己面前飘浮着一个灰白色半透明的人，依稀是个年轻男子，长得清清秀秀。

他问："你是……"

"我是师兄啊！"那人道，"当初师父失手把我拍死，事后又后悔了，把我的魂捞回来，让我当了看房鬼！"

林疏："……师兄好。"

师兄激动地搓了搓手："师弟，你看完了吗？看懂了吗？看不懂也没关系，我也看不懂。"

林疏："……"

"方才看你看得认真，你俩又聊得火热，师兄没好意思打扰！"鬼师兄道，"不过，师兄还是得把钥匙给你。"

火热倒也没有，这师兄说话有些过于夸张。

林疏："钥匙？"

鬼师兄用手掌虚虚托着一枚青铜骰子。

林疏伸手去接。

拿过了骰子，师兄说："这东西须要炼化到你的丹田内，从此以后，青冥洞天内的所有事物，都可以随你的心念变动，还可以随时探知外面的情形。"

——整座青冥洞天居然还不是个不动产，用了须弥芥子的法术，可以随身携带，个中好处，无法形容。

这一炼化，就是四天。

林疏拿到青冥洞天的控制权之后，和萧韶达成了一致。

既然青冥洞天可以随心控制，那么他们就可以移动这座洞府，引开外面的巫师，最大限度地保证桃花源的安全。

他感受着丹田内的骰子虚影，操纵整个青冥洞天浮出地面。

华美巍峨的宫殿浮在空中，贴地向西北方移动过去。

而他透过骰子看外面景象，此时此刻，十几个阵法大师刚刚解开了第一道守阵，目瞪口呆地看着冉冉浮起的宫殿，半晌才反应过来："追！"

追了几百里，林疏停下，将宫殿沉入一处地下，把四九三十六道阵法依次设下，然后——收起了青冥洞天。

整个洞天化为一枚青铜骰，轻巧无比。

他和萧韶带着果子从另一侧的山中出来——带着青冥洞天。

至于那些阵法，让巫师们慢慢解去吧——他们可以回南夏了。

只不过，还有一事要做。

藏宝库中有几个十分厉害的防御法宝，他们决定顺路回桃花源一趟，给桃花源扣上。

这样，就可以彻彻底底不必担心桃花源的安全了。

于是他们原路返回。

环绕桃花源的高山外，梅花开得正盛，穿过林子，走过狭缝，就可以看见这个与世隔绝的人间仙境了。

只是——

空气中传来了一阵血腥气。

林疏低头看山隙间流出的泉水。

桃花源中的溪水，是清澈的，即使混了温泉水，也只是微微浑浊。

而此时的水，却有一丝暗沉的红。

萧韶抓住了他的手腕，握紧。

林疏感到自己手指发凉。

萧韶什么都没有说，带他拨开山隙外的枯藤，走入狭缝中。

狭缝逼仄，深而黑，只有水声在耳边回荡。

林疏听到水声，就想起了血。

他甚至本能地不愿往前走。

萧韶道："别怕。"

转过一个弯后，一线天光露了出来，渐近渐明渐耀眼。

萧韶伸手捂住了他的眼睛。

林疏知道，萧韶这是怕等一会儿出山缝后的强光刺到他的眼睛。

出了狭缝，风吹过来，血腥味又浓了一些。

林疏被萧韶带着往前走，然后停下。

他伸手去拨萧韶盖住他眼睛的手。

萧韶不放开。

林疏道："我没事。"

萧韶道："你的手很凉。"

林疏："你也是。"

萧韶道："你真的要看吗？"

林疏："我能……接受。"

萧韶道："很像。"

林疏："像什么？"

"镜子。"

林疏脑海中一片空白。

萧韶轻轻移开了手指。

血。

很多血。

深褐色的，浸在土里，翠绿的野草也被溅上了斑斑的血迹。

他抬头向前望。

村子还是那个村子，只是安静得可怕，连平日里啁啾的鸟鸣也听不到一丝。

小溪边有很大的几摊血。

他的手有点抖，勉力维持住身体的平衡，往巷子里走去。

巷子寂静得只有他们两人的脚步声。

邻居家的院墙上也溅了一大摊血，淋淋漓漓几乎涂了满墙，在日光下微微发亮。

旁边地上还有一摊小的，不知为何，林疏想起了灰狗子。

萧韶推开了大娘家的院门。

院子里，平素只有大娘一个人在，因为家里的男人清晨便会下地干活，到下午才回来。

林疏一眼就看见院子里的菜地上，淋淋漓漓许多血迹，不知是不是鸡鸭。

水缸外面有一半被染成了深褐色，里面的水是红的，地面上湿了一大片，旁边还有一个打翻在地的水瓢。

果子不知什么时候现身出来，费力踮起脚，扒着水缸沿，呆呆地望着水面，又望向厨房门，清凌凌的一双眼，蓄满了泪。

萧韶低声道："为何……"

林疏也想这样问。

为什么？

他们出去时，布下了所能布下的最结实的结界，离开时，也确保把所有巫师都从此处引开了。

谁屠灭了桃花源全村？

而……为何又是以这样的手段？

没有骨骸，没有尸体，只有血。

整个村子，外面的田野，全是血。

——而血迹已经不新鲜，凝固了，还没有凝固时，又是怎样一个血流成河的景象？

林疏眼前一晃，忽然想起上辈子看见一场车祸。

现场已经被清理了，但血没有被擦干净，一大摊深色的血迹不规则地淌在路中央，显眼极了。

他那时想，人的生命，也不过是这么一摊血。

可是现在，看到这一摊摊的血迹，他眼前却浮现起大娘、邻居的容貌，乃至灰狗子"汪汪"的吠叫声。

厨房的门是关着的，仿佛大娘下一刻就会推门出来，一手端一碗雪白鲜美的鱼汤。

他眼眶发涩，一时之间，恍惚得几乎要站不住。

萧韶道："是很阴邪的巫术。"

林疏点点头。

不仅阴邪，而且非常厉害。

他去看萧韶。

萧韶看着那摊血，许久无言。然后，他往房间走去。

房间还是他们离开时的样子，整整齐齐，桌上陶瓶里甚至还插着一枝未萎的白梅。

桌面上，多了个东西。

他们走过去。

萧韶拿起它——那是一枚珠子。

一枚留影珠。

桃花源里，自然没有这样的东西。

只可能是——屠村的那个人留下的。

萧韶将灵力注入。

他们面前的空气虚幻了一瞬，凝结出一个画面，然后——

刺耳的尖叫声、痛呼声在这一瞬响起，仿佛从四面八方而来。

画面是由上往下的，照着地面。

一个人体忽然化成了一汪浓稠的血，"噗"一声泼在了地上。

一个声音道："尊主，要收拾吗？"

"不必。"这声音有种奇异的腔调，与一种神秘莫测的沙哑。

一双脚踩过这摊鲜血，深紫色的靴子，染上了殷殷的血色。

这人的衣摆是同样的、近乎黑的深紫，其上有一些纠缠不清的、狂乱的巫咒纹路。

他的声音似乎带着一丝不知从何而来的笑意："世间……本无清净之地。"

第一次出现的那个声音继续道："尊主，要去青冥洞天吗？"

尊主道："无趣。"

影像戛然而止。

留影珠化为碎屑，从萧韶的指间漏了下去。

林疏道："是谁？"

萧韶："大巫。"

北夏有一位陛下，一位尊主。

陛下是北夏的皇帝，尊主……是北夏的大巫。

大巫出关了吗？

大巫将这枚留影珠放在了他们房间的桌上，又用意何在？他知道他们会回来？是为了让他们看到吗？

而那些惨呼、尖叫之声，是在拷打折磨吗？

林疏不能去想，一想，眼前就看到大娘化成了一摊黏稠的血。

会痛吗？

会……非常恐惧吗？

他的心脏被什么揪了起来，一抽一抽地痛。

这是他从未体会过的感觉。

桃花源没了。

所有人与物，都成了血。

而他们的死，是不是，和自己脱不了干系？

若是自己和萧韶从未踏入桃花源，从来不知道桃花源的存在，这个与世隔绝的人间仙境，是不是就会这样，永远、永远地存在下去？

他的手指掐进了掌心。

他眼前一片血海，听见自己的心跳声。

咚，咚，咚。

震耳欲聋。

林疏从未像这一刻这样清醒地意识到，他无所忧虑、无所念想的少年时，在这一天，在这片血海里，彻彻底底宣告结束了。

他的，和萧韶的。

他从没有真正出世，从前出世，只因不曾入世。

他在那条清溪里汲了水，捧着瓷碗喝了大娘熬煮的汤，便已是这世中的人了。

人在世上，逃不过七情五感，也逃不过造化弄人。

萧韶轻轻拍了拍他的背。

他伸手抓住萧韶的胳膊。

萧韶道："会有一个交代。"

林疏道："大巫不是为青冥洞天而来。"

萧韶："亦不是为追捕你我。"

若是为了青冥洞天，大巫不可能不进。

若是为了追捕他们，他们现在却还有命在。

萧韶道："拒北城。"

大巫出关，一路南行，不可能没有谋划。

而桃花源上下几百条人命……

他们走到村口，向南行去。

出了山，寒风扑面，外面落了细碎的雪，而桃花源就这样隐于连绵起伏的山脉中，再也寻不到踪迹了。

林疏回头望隐隐青山，又想起《桃花源记》。

"及郡下，诣太守，说如此。太守即遣人随其往，寻向所志，遂迷，不复得路。"

遂迷，不复得路。

十二月，天寒地冻。

出了桃花源的地界，眼前便是一片荒芜。

万叶凋零，枯木林立，上面覆了一层薄薄的白霜，时有寒鸦栖息。

林疏闭上眼，眼前是血流成河的桃花源。

他此前二十年的生命中，从没有经历过这样的事情。

即使是当年，接到师父去世的消息，他也只是觉得天地寥落，世上只剩自己孤身一人。

因为师父的仙去是不可避免、终会发生的事情，而桃花源不是。

生离死别，竟在顷刻间。

而这桩血案，虽是大巫一手造成，却与自己脱不开干系。

他正出神，忽听萧韶道："大巫这人，阴沉叵测，行事诡奇，不可以常理揣度。"

大巫在屠杀全村时，说，世上本没有清净之地。

是因为他厌恶清净之地吗？

不然，桃花源中的人们，又何辜呢？

杀人对这位大巫来说，似乎是一件轻描淡写的事情，他想杀，便杀了。

萧韶道："南夏与大巫，终有兵戎相见之日，或许已经不远。来日……必将手刃此人，告慰村人。"

听了这句话，林疏忽然觉得，自己已经无法脱离南夏了。

闽州鬼村里的大娘、李鸡毛、李鸭毛，对他照料诸多，梦先生、秀照先生、碧麟真人，都是他的授业恩师，此乃恩。

萧韶、越若鹤、越若云、苍旻，都是他的朋友。他和萧韶，更可以说是曾共患难、共生死的知交，此乃情。

大巫屠灭整个桃花源，此乃仇。

上陵学宫山门的那副对联说"神仙事业百年内，襟带江湖一望中"，山下的尘世便是纷纷扰扰的江湖。

他终于不可避免地，进入江湖的恩怨情仇中，而恩须报，仇须偿，只有将这些全部了结得干干净净，才能再次与尘世斩断一切联系，栖身物外，追求仙道。

两年前，雪夜烤鼠那一夜，谢子涉说，仙道没落久矣，确实如此。

这些修仙人，生在南夏，长在南夏，在南夏上陵学宫中习得仙法武艺，国仇家恨，日日记在心间，怎能与尘世脱开关系？

他们不是仙，修仙是获得力量的手段。

乱世中，没有仙。

他张了张嘴，声音有些发涩，道："我……和你一起。"

萧韶道："戎马为战，非你所为。"

林疏道："我也想问心无愧。"

萧韶沉默许久，道："好。"

四野寂静，没有人追捕，他们御气直接往南去，行了整整一天，深夜时，在某个不具名小镇的一家客栈暂时落脚。

萧韶道："你觉得大巫此行目的是什么？"

他说着，展开了一张北夏的地图。

林疏一怔。

这还是萧韶第一次在这些事情上征求他的意见。

此前，无论是萧韶，还是大小姐，抑或是表哥，都没有这样过——往哪里去、事态怎么样、该怎么做，全都由他全权决定。

自己完全是一只被带在身边的仓鼠。

而如今的询问，是因为他方才的表态吗？

他看向地图。

桃花源大概在北夏王都与南北边境的中点，而他们现在已经接近南北边境，离拒北城还有一天的脚程。

大巫来到此处，可能的目的有三个。

一是追捕他们，拿回《万物在我》。

二是探查青冥洞天，获得宝藏。

事实证明，这两个都是不成立的。

那么就只剩下一种可能——大巫只是一路往南，顺便追查一下《万物在我》罢了。

而一路往南……

再往南，便是边境。

林疏道："我们拿到了血毒样本，但大巫手中一定还有。"

萧韶："的确。"

血毒，只要有研制的方法，要多少有多少。

越若鹤将血毒样本带回了学宫，也只不过使术院能够尽快研究出对策而已。

"而且……大巫此前在闭关，连天照会都没有参加。左、右护法被我们杀死，他也没有反应，"林疏看着地图道，"我觉得他这次闭关很重要。"

萧韶道："我认为，他又有了进境，或是研究出了新术法。"

林疏点了点头："所以他往南去，极有可能是去南夏。"

"大巫亲至边境，途中又留下痕迹，使我们知道他的行踪，他必定有完全的把握，"萧韶望着地图，语气沉沉，"拒北关……"

他道："战事或许将至，我传信国都，我们立刻赶往拒北关。"

林疏点了点头。

萧韶道："你回青冥洞天休息。"

林疏："嗯。"

修仙之人，非常时刻，不吃不喝不眠不休也可以支撑，但林疏是凡人之躯，还是需要睡觉的。

他便回了洞天所在的青铜骰内，由萧韶带着。

一回洞天，师兄便飘了出来："师弟，你回来啦！"

林疏道："师兄好。"

师兄道："师弟，你闺女真可爱。"

林疏道："是很可爱。"

果子喜欢青冥洞天，所以没有出来，一直待在里面研究各种宝物，还有师兄做伴。

他问师兄："师兄，有地方可以住吗？"

师兄道："你要住师父的卧房吗？"

林疏："有别的吗？"

师兄道："有客房。"

林疏便被师兄带去了洞天的客房。

客房陈设十分华丽，但他现在无心去看，又睡不着，只望着折竹剑发呆。

折竹仍是那样晶莹剔透，遍体清寒。

果子不知什么时候跑到了他身边，道："可以用玉髓了。"

林疏拿出那枚淡青色的玉髓。

果子接过来，用灵力化开，玉髓化作淡青色的汁液，一滴一滴落在折竹的剑身上，然后渐渐消失不见。

根据果子的说法，折竹已经被点化了，只是它要化形还需要极大的气运与极多的天地灵气，要慢慢来方可。

果子抱着林疏的胳膊，对他道："折竹是男孩子。"

林疏："嗯？"

"所以我是男儿身！"果子道，"兵器化形，要看本身的雌雄！是折竹害了我！"

林疏："不是因为我和萧韶是男人吗？"

果子道："也有你们的缘故！"

林疏："萧韶没有盈盈了？"

果子道："萧韶坏。"

林疏："嗯？"

果子说："他要美人恩再结一个果子，要给同悲用，同悲是女孩子。"

林疏："……"

他问："那你，结了吗？"

"我在努力结了，"果子抱他的脖子，"要多吸林疏的灵气，不吸萧韶的，盈盈就只像林疏，不像萧韶了，气死他。"

果子的身上，有种清淡的果香。

果子长得像大小姐多一些，有种很鲜妍骄傲的漂亮。

林疏摸了摸他的头发。

果子吐了吐舌头，钻进被窝里，给自己盖好被子，闭上眼睛。

那么小又漂亮的一只，实在是很招人疼。

林疏转头看折竹。

吸收玉髓之后，折竹的剑光似乎又清亮了一些。

他握住剑柄，忽然有一种玄妙的感觉。

仿佛自己与这把剑忽然灵犀相通。

他心下一阵恍惚，眼前一黑，转瞬之后，发现自己竟然置身一片无边无际的雪原。

雪原的中央有一块剔透的冰。

他走近。

长方形的冰仿佛一方冰棺，冰棺中，躺着一个人。

一个身量未足的少年，穿着白衣，披散着黑色的头发。

除此之外，一切都看不清晰，仿佛隔了一层纱一样的雾气，看不清他衣服的细节，也看不清他脸庞的轮廓。

滴答。

冰棺的一角，一滴水珠落了下来。

林疏抬头看雪原的天空，一轮苍白的太阳悬挂在西北。

这少年就是折竹的剑灵吗？

是不是当冰块融化的那一天，他就能够化形？

他伸手触碰那块坚硬的寒冰。

那种玄妙的感觉再度涌上心头，心跳忽然漏了一拍。

他遍体生寒，寒气从骨头缝里蔓延至全身，仿佛此时此刻，躺在冰棺之中的就是他自己一般。

林疏将手又靠近了一些，贴在冰棺上。

这一次，他清楚地感觉到，寒凉的灵气在体内流动，游走过每一寸经络，走过许多个大周天与小周天。

很冷，但很熟悉。

前世的许多个日日夜夜，这样冷的灵力就这样在他的经脉中流转不停。

那时并不觉得冷，而现在习惯凡人之躯后才发现，它居然这么寒凉。

他上辈子没有什么喜欢吃的东西，因为菜肴入口，仿佛都是一个味道；没有喜欢的音乐，万籁入耳，不过是一些单调的起伏。

他现在却知道，江州的烧鸭很好吃，大娘煮的鱼汤很鲜美，大小姐的箫声很动听。

林疏的手离开冰棺，一时间竟有些惘然了。

他转头看四周茫茫的雪原，远山含雾，细雪飘飞，上下一色雪白。

他似乎见过这里。

在那面镜子里见到的，也是一片雪原。

但天下雪原大抵相似，并不能确定就是同一片。

他不知道该怎么出去，便往前走，边走，边回忆方才发生的一切。

剑阁的心法，剑阁的灵力。

此前，他吃下聚灵丹后，灵力也在自己的身体内运行过，无一例外都非常寒凉，然后对身旁一切事物都失去知觉。

他便想起上辈子来。

被人欺负了，也不知自己到底是什么感觉，总之是难受的，便把自己埋进被子里发呆。

师父进来，说："徒儿呀，你怎么了，今日怎么没有练剑？"

他说："不想练剑。"

师父说："剑，还是要练的。"

他说："我不想活。"

师父说："活嘛，也还是要活的。"

他想了想："说，为什么我和他们不一样？"

师父问："他们是谁。"

他说是欺负自己的那些人。

师父说："不过是一群凡人，凡人愚昧，不必与之计较。"

他说："我也没有什么特殊之处。"

师父说："你不一样，你有剑呢。"

他说："我还是很难受。"

师父叹一口气："徒儿，你心境不大稳，恰好现在也认得很多字了，是时候学我们剑阁的心法。"

他说："学了心法，我就不会难受了吗？"

师父说："自然，剑阁心法澄明通透，你学了，便再也不会在意凡间种种了。"

他道："好。"

便学了，从此以后，每天除了练剑、背剑谱、走大小周天，又多了一样背心法。

背得多了，便不由自主地在呼吸吐纳的时候用上，出剑的时候，也大有不同。

师父抚须笑道："徒儿，你天资聪颖，心法已成。"

他说："哦。"

练了心法，便不难受了吗？

林疏仔细回想，觉得，确实是不难受了。

世人的千百张面孔，或笑，或哭，或关切，或嘲讽，不过是眼耳口鼻形状的变化，于他，似乎也没有什么影响。

到后来，欺负他的那些人长大了，明白了些道理，倒也不再主动欺负他。

他便与这个世间相安无事了好多年，在门派里便好好修炼，在外面，就恪守一个凡人的本分，日子风平浪静，修炼也毫无阻碍。

林疏忽然想，假若、假若自己恢复了修为，当寒凉的灵力再次在周身无止无休地运转时——

他会变回上辈子的样子吗？

他抬头望天空。

灰白天穹飘散着细碎的白雪，落在发梢或眼上。

他仿佛从寂静的远山与白雪中得到某种冰冷的喻示，突然明白了什么，心中漫上一阵茫然的悲哀。

雪原并不大，它原本就是幻境的一种，林疏走了几百步便到了尽头。

尽头是灰色的虚空，他试着走进虚空中，然后心神恍惚，又回到了现实世界，仍是那个握着折竹的姿势。

果子不知什么时候睁开了眼睛："你发呆了哦，是不是折竹找你说话了？"

林疏道："是。"

果子的眼睛便亮了起来，问："折竹好看吗？"

林疏："没有看清脸。"

果子道："漂亮的剑，就有漂亮的脸。"

说罢，果子把身体往床的一边挪了挪，拍拍被子："我们睡觉吧。"

林疏应了一声，解下外袍躺过去。

果子便往他这边滚了滚，脑袋靠在他胸前，伸手抓住他的衣袖。

林疏问："你不是讨厌男人吗？"

果子"嗷"了一声，道："林疏也不算很讨厌。"

林疏笑了笑。

果子说罢，闭上眼睛，打算睡觉了。

林疏伸手抱住果子，看着那张漂亮的小脸，感觉孩子这种生物，还是可爱的。

他和萧韶人生的坎坷，在果子身上得到了体现。

世人大多是相识，订婚，结婚，有孩子，离婚。

他和萧韶是"订婚"，相识，"离婚"，"有孩子"。

胡思乱想了一番，他也闭上眼睛，尝试入睡，然而心中有事，过了很久才睡过去，睡得也不好，乱糟糟做了许多梦，梦见许多东西，大小姐、萧韶、果子，乃至学宫中的同窗们。

半梦半醒间，他想，自己的上辈子，原是极少做梦的。

又一个梦做完，林疏隐隐约约觉得有人站在床边，便睁开了眼睛。

此时，他抱着果子，果子还在熟睡中，林疏轻轻抬了抬头，往床边看。

——便撞上了萧韶的目光。

虽然隔着面具，看不清他的神情，林疏却觉得，萧韶此时的目光，是很温和的。

他轻轻放开果子，果子哼唧了一声，没有醒。

他起身下床，萧韶已拿好了衣服，帮他穿上，又顺理成章地伸手从他双臂下绕过去，系好束带，一系列动作轻车熟路，仿佛做过许多次——实际上也做了许多次。

林疏不禁怀疑，若有一天萧韶不在他身边，他还能不能维持正常的生活。

出了房间，萧韶道："我们到了。"

林疏："外面怎么样？"

萧韶道："并无异动。"

他们走出青冥洞天。

边境上，寒风扑面。

拒北关巍然屹立，城墙坚实，防守严密，固若金汤，仿佛不可撼动的巨兽。

风中遥遥传来关内士兵操练的呼喝声，没有大巫，没有北夏军队。

他们往前走了几步。

就在这一刻，风云忽变！

林疏猝然回头，看见他们方才离开之地，猛地升起了一道浓黑的屏障！

屏障仿佛由漆黑浓雾组成，并不仅限于此处。

四面八方，此时此刻，同时被这黑雾笼罩！

仿佛一口漆黑的铁锅扣住此方天地，周围一切顿时昏暗下来。

拒北关城墙上，响起整齐快速的脚步声。在这种明显反常的情况下，数千名士兵上了城墙，或持强弩，或架火炮，防备着可能到来的敌人。

气氛如同绷紧的弓弦，天地寂静，然后，不知是什么方向，也许是四面八方，突然响起一阵有规律的脚步声。

与此同时，一道声音响起。

这声音有种幽冷的低沉，微微沙哑，带着某种奇异的腔调。

——正是大巫的声音。

"我向来无意与南夏为敌，"大巫语调很轻，仿佛叹息，"然而时势所迫，不得不如此。"

城楼上的守将大声道："贼子，你欲何为！"

此时此刻，大巫终于现身。

谁也无法说清他是怎样出现的，城楼的正前方，忽然出现一行人。

四个皮肤血红、形貌狰狞的活死人抬着一把雕镂极尽华丽的灰白色座椅，似乎是以骨头制成。

四名黑袍巫师侍立在侧，座椅上那人穿一身浓紫发黑的巫袍，从林疏的角度，看不见他的脸。

"在下不欲何为，"大巫轻缓道，"劳烦将军传信锦官城……三天之内，请南夏陛下献书于我。《寂寥》《万物在我》《幻也真》《鲸饮吞海》四本不可少，其余，若愿献，亦可。"

将军没有说话，只做了一个手势。

悠长的号角声自城内响了起来，其中有肃杀凛冽的音律。

这角声的意思是，迎战！

大巫轻轻叹一口气。

空气中仿佛有某种奇异的波动，林疏睁大了眼睛。

下一刻，刺耳的惨叫声响起。

城墙之上，士兵的身体齐齐爆开！

血泼了下来，半个城墙被鲜血染红。

"话未说全，是我的过错。还请将军添一句，"大巫轻轻道，"逾一天，屠十城。"

第八章

无情道

林疏的第一反应是，这位大巫好大的口气。

然而联想到他神秘莫测的实力，这口气到底大不大，也不好评判。

这位大巫……转瞬之间，杀掉上千人，再联想到他正是这样灭掉桃花源全村的，可见确实残暴至极，不是一个能够以常理揣度的人。

还有一点就是，青冥魔君要他找绝世功法，而大巫也在找绝世功法。不同的是，魔君要他找两三本烧掉，大巫则显然是想将南夏所拥有的四本绝世功法一网打尽。

甚至早在许多天前，萧瑄就提到过，大巫甚喜收集功法。

这二者之间有什么联系吗？

萧韶道："你看到了吗？"

林疏："看到了。"

这令上千人在同一时间生生爆开，化为血水的法门，除去一些巫术的成分，更多的是强横灵力的绝对压制。

在极短的时间内，那片区域的灵力被压到极致，宛如固体——而凡人的肉身凡体……毫无抵抗之力！

换成物理学的方式来解释，那就类似于一个人原本在陆地上，忽然被投入万丈深的海底，在恐怖的压强下，整个人被挤成一点，然后，压力瞬间消散，他整个人也就生生炸开，尸骨无存。

但同时，这也是一个好消息——

这法门对修仙人是无效的，或者至少会打个折扣，因为修仙人同样能够操纵灵力，能察觉到灵压的变化，也能及时做出反抗。

但是，这个好消息也并不怎么好。

能够在一瞬间将灵力压缩到这种地步，大巫的灵力掌控能力可见一斑。

林疏自忖，自己修为巅峰的时候也是做不到的。

但他修剑，在灵力一途并无长处，或许不能这样比较。

可无论如何，大巫的实力都在渡劫的巅峰。

至于这个巅峰能高到哪里去，没有参照物，也无从比较。

林疏道："我们要怎么办？"

"等，"萧韶道，"拒北城有渡劫期的人。"

林疏稍微松了一口气。

说来也是，拒北关乃是边境的咽喉要道，若是只有元婴期的人镇守，强敌来袭时，实在太过危险。

正想着，就见城墙上，缓步上来一个老人。

这老人身材不高，外貌平平无奇，穿一身褐色布衣，仿佛只是街头所能见到的千百个普通老人中的一个。

但听他缓缓道："阁下突然造访，以屠城为要挟，未免过于视我南夏无人了。"

大巫的语气懒懒散散："苍无极，别来无恙。"

这一声"苍无极"倒让林疏想起来了。

南夏有四本绝世功法，也就是说，一般情况下只有四个门派能够有渡劫期的人物——某些惊才绝艳的天才除外。

凤凰山庄有《寂寥》，越若鹤所在的如梦堂有《万物在我》，幻海楼有《幻也真》——这个门派人数极少，但幻海楼的圣女也在学宫读书，常穿一身紫衣，戴面纱，林疏见过许多次。除去这三个，剩下一个则是拥有《鲸饮吞海》的横练宗，也就是苍旻所在的宗门。

这位老人，俨然是横练宗的老宗主，苍旻的祖父。

苍老前辈持一把古朴重剑于身前："请赐教吧。"

大巫仍斜倚在座椅上："十五年前，孟繁尚且不敌我，如今之你，比起十五年前之孟繁，又如何？"

"老夫空长年岁，诚然无法与孟将军相比。阁下率千军万马围攻他一人，却实在为人所不齿。"

大巫笑一声，道："孟简驰援来迟，他独守孤城，怪不得我。"

林疏忽然睁大了眼睛。

什么叫"十五年前，孟繁尚且不敌我"？

还有，"千军万马围攻他一人""驰援来迟"——

凌霄曾对他说起一桩往事。

说是十五年前长阳之战，北夏大巫亲至，大军驰援来迟，有一个人，夜守孤城，万箭穿心而死。

那个人，似乎是……梦先生。

他看向萧韶。

萧韶点了点头。

陈年旧事，原来如此。

原来桃花源惨案，并不是他们与大巫之间唯一的恩怨。

只见天地之间，灵力鼓动翻涌，风云变色。

大巫道："你尚不知皇帝如何作答，何必与我作对，自取其辱？"

苍老前辈道："此事与王朝无关。"

"哦？"大巫轻轻笑，"你们四个门派，竟能决定自家秘籍的去留，我竟不知道。"

林疏一时之间竟不知道他们在说什么。

四本绝世秘籍，是四个门派的镇派功法，难道还能被别家的人左右去留？

他想了想，觉得此事存疑。

大巫要四本秘籍，并没有直接向四个门派施压，而是直接喊话南夏皇帝，这本来就有点问题。

他想问问萧韶，但萧韶在这之前道："去梦境。"

对，去梦境。

这是最快的传讯方式。

上陵梦境连接学宫中的所有人，就相当于连接了仙道全部门派。一旦梦先生知晓了此事，就相当于大国师知晓了。大国师一旦知晓，王朝自然也就知道了。

萧韶道："我已告知梦先生你我在北夏所见，你去告知梦先生现在的状况。"

林疏点点头，拿出玉符，将意识沉进去。

这是最快的方法。首先，梦先生严格来说并不能算是一个活人，他的神念可以分作无数化身，同时处理不同的事情，两人分开说事，可以极大地节约时间。其次，萧韶对南夏、北夏政局的掌握显然远超自己，向梦先生阐述北夏的现状，会比他去讲效果好得多。

下一刻，他来到了梦境。

依然是那座山巅，那个小亭，以及小亭中背对着自己站立的一袭蓝衣。

梦先生转身："道友，你来了。"

他的面目依然那样年轻清隽，带着温和的笑意。

片刻后，他似乎察觉到林疏神情有异，问："道友，可是有事发生？"

"是。"林疏道。

然后，他将大巫布下黑色结界，困住整座城，然后要挟拒北关向皇帝传信，索要四卷秘籍——然后又一念之间屠杀千人，继而与苍无极苍老前辈对峙这一系列事件，完完整整、原原本本地告知了梦先生。

他一口气说完，中途梦先生并未出言打断，而是微蹙眉，静静听着。

直到他说完，梦先生看向远方云海，道："我怕这一天久矣。"

他双目半合，背影似乎萧索落寞。

林疏看不懂梦先生的神情。

"只是未曾想到，仅仅过了十五年，此事便成真了。"梦先生拢了拢衣袖，再次睁开眼睛时，已经目光清明，沉静如水，"方才小凤凰也已将北夏近况告知于我……二十年前，大巫曾于一处上古大魔墓地得到秘籍传承《浮禅图录》，诛杀前任大巫，掌控北夏，五年后向南进兵，吞我朝两千里河山，止于长阳。"

梦先生顿了顿，道："那时，他的'浮禅图录'仅仅小成，便使两千里河山血流成河。此功法诡怖离奇，大成之景，无法想见。"

林疏问："那他此时……大成了吗？"

梦先生道："尚未得知，然而据你形容，他已可弹指间取数千人性命，即便未大成，亦是有了极大进境。"

说完，梦先生转头看着他，郑重地道："道友。"

林疏望着梦先生。

只听梦先生道："四本秘籍，我朝决不能给出，此事我已告知上陵简。劳烦道友前往探查那道黑煞结界是否有可能破开。"

林疏道："好。"

——南夏这是要来硬的了吗？

"若能破开，两天之内，我等必定遣人增援。"梦先生道。

林疏与梦先生对望，忽然发现梦先生素日总是温和清明的眼瞳里，缠绕着极为复杂的情绪。

"若不能……"梦先生轻轻闭上眼睛，道，"你与小凤凰，无论见到何等惨状，谨记保全自身，万勿动手。"

林疏怔住了。

他问："为何？"

"大巫修为卓绝，然而他年岁并不长，长阳之战时，也未到三十，"梦先生道，"我朝面对北夏，虽并非全无胜算，但仍处劣势，究其原因，不在精兵多寡、国力盛衰，而在于没有这样的惊世人物。"

林疏想了一下有名有姓的渡劫期人物。

南夏是有渡劫期的人，也不算非常少。

但是无一例外都像越老堂主那样垂垂老矣，甚至，绝大多数都是修的"合道"，而"合道"的杀伤力，比"破道"，大有不如。

而在有修仙人、巫师参与的战场上，决定成败的，往往又是顶尖的那几个人，甚至是顶尖的两个人。

梦先生道："这样的人，百年未必会有一个，而你与凌凤箫，正属此类。"

林疏想，他知道梦先生的意思了。

只见梦先生缓缓道："此事，虽非我愿，乃至将使我抱憾终生，然而，拒北关之血可流，你二人不可有闪失。道友，你明白吗？"

林疏不知该如何作答。

他没有作答，而是问了一句："留下《浮禅图录》的大魔，飞升了吗？"

青冥魔君要找秘籍，大巫也要找秘籍，难道大巫也是被仙界之人下了命令吗？

梦先生却答："并未。修魔人渡劫，多数走火入魔而死，罕有成功，那位大魔已殒身劫雷中。道友何来此问？"

"有些好奇，"林疏道，"大巫为何要秘籍？"

梦先生只道："四本秘籍乃仙道立足之基。"

林疏点了点头。

出梦境前，梦先生再次叮嘱了一句："道友，《浮禅图录》中有身外化身之法，大巫未必是用真身前来，即使他攻破拒北城，仙道高手聚集，亦有一战之力，你二人切记保全自身。"

林疏出梦境，与萧韶对上目光。

他们又看向城墙。

城头，飞沙走石，风云变色，就在他们去梦境这短短的片刻，大巫与苍前辈已经动起手来。

苍前辈与苍旻一样，用一柄重剑，长于防守。

而大巫——

林疏看不出他的路数，乃至连风格都看不出。

原因无他，大巫对灵力的掌控太过可怕，仿佛只要简简单单催动灵力，就能将这片天地玩弄于掌心。

——这场景甚至有些熟悉，当初演武场擂台上，萧韶正是这样轻易打败苍旻的。

苍老前辈，支撑不了多久。

林疏死死望着那里。

梦先生说，切记保全自身。

说是留得青山在，不怕没柴烧。

说是青山不改，绿水长流。

他与萧韶确实有自保之力，假如实在无路可逃，进入青冥洞天，也能保全自身。

可若是如此……若是如此！

桃花源血案，将在拒北城活活重现。

而梦先生绝不会只叮嘱他一人，萧韶又怎样想？

他会选择保全自身，以待来日吗？

大巫诚然是惊世人物，可十年之后，甚至五年之后的萧韶，又岂是池中之物？

若是韬光养晦，未必不能有一日与大巫正面相抗。

林疏忽然想到那"杀一人，救十人；杀万人，救十万人"的王道。

他看向萧韶。

然后看到，萧韶五指缓缓握紧了手中刀柄。

萧韶的刀，名叫"无愧"。

林疏忽然间有些出神了，心想，所以说，萧韶从来都是个复杂的人。

世人期望此人走的那条道，并不是他手中那把刀。

城墙上，苍无极将重剑立于身前，就地一拄。

浑厚凝实的灵力如同惊涛骇浪向外延展，然后高高涌起，在他头顶上空形成一个旋涡。

半空之中，仿佛一头巨鲸饮吞海水，将天地间所有灵气纳于腹中。

这是《鲸饮吞海》中的看家术法"鲸吞北海"，昔日苍旻使出来，那鲸似乎有点年幼了，还有些肥，尚没有足够的火候，今日由渡劫期的苍老前辈使出，神完气足，仿佛天道就横亘半空之中，使全城之人如同被泰山压顶，无一不体会到浓重的压力。

当然，这只是灵压外溢的一部分，最主要那一部分，是冲着大巫去的。

大巫拂袖一挥。

袍袖飞荡间，林疏看见大巫的脸。

他对于这人的外貌并没有什么期待，因为师父曾经说，相由心生，心由道定，见了一个人的招数，就能想见他的容貌。

这短暂的一瞥之间，他看见一张肤色苍白的脸，半张脸颊蔓延着诡异的刺青。

五官很鲜明，倒不是说不好看，只是有点神经质，目光里有点偏执的意味，放在他原来那个世界，那就是精神病院的潜在病人了——林疏上辈子怀疑自己精神有问题，因此看了不少相关的资料。

而有问题的人，往往有特殊之处。

说时迟那时快，只见一条紫黑的细线随着大巫的动作向前激射而出！

汪洋大海的惊涛骇浪上，忽然有一叶小舟逆流而上，抵达风口浪尖。

——然后，那条细线四散开来，化作浓黑紫色的弥天大雾。

雾中，万鬼嘶叫。

雾是无孔不入的，而这雾不轻也不软，每一粒都如同无坚不摧的利器，刺破苍无极仿佛固若金汤的灵力屏障。

那紫黑色的细线，与紫黑色的武器，不是天地间灵力能够聚成的模样，而是大巫自己的术法，里面有大巫自己的道。

他以此奇崛尖锐的"道"所向披靡，即使苍无极设下那般浑然天成的屏障也无法阻挡。

——这或许就是"破道"与"合道"的区别了。

合道最圆融，最无缺，最有可能修到渡劫。

而以破道渡劫者，百年难有一个，一旦有了——与合道不可同日而语。

只见雾气弥漫四野，猛然一合，化作滔天洪流！

苍无极浑身一震，吐出一口鲜血，握住剑柄的手微微颤抖。

大巫再挥袖。

雾散云开，仿佛一切都没有发生。

他意兴阑珊地收回手，道："若孟繁还在世，倒还有点意思。"

拒北关的将军搀住了苍无极摇摇欲坠的身体。

大巫则再次安坐椅上，闭目假寐，意态从容。

苍无极望着大巫，目眦欲裂。

那目光说不清是愤怒多些，还是仇恨多些。

林疏看着苍无极，心想，大巫弹指之间可以灭杀千人，此刻却不对苍无极下死手，俨然是极大的羞辱。

而大巫居然……还能够提起孟繁。

那人正是死于他手，此时此刻，他却还能说出"若孟繁还在世，倒还有点意思"这样的话来。

而一想起梦先生……

梦先生，是很好、很好的人。

他正出神，忽见萧韶转身往回走。

林疏跟上，两人走向那道黑色结界。

这道结界仔细看去，也是由无数浑浊雾气组成，看似松散，实则无懈可击。

林疏虚虚触上，感到一股令人窒息的压迫感。

这感觉就如同一只蚂蚁站在一堵墙前。

他虽无修为，却尚存一点眼力，知道这结界，若非有大巫同等的修为，不能破开。

萧韶道："破不开。"

林疏点了点头。

拒北城仿佛一座孤岛。

大巫封闭它，以整座城为要挟，要南夏交出四本秘籍。

拒北城乃是南夏至关重要的天险，若是此城被破，南夏大半江山将暴露在北夏精兵铁蹄之下。

而四本秘籍则是仙道的根基，仙道的根基，即是南夏在武力上的依仗。

秘籍的原本，是不可以复制的，即使全文默写也毫无意义——因为只有原本中才带有写下秘籍者的灵力真意，也只有阐述了某一部分"道"的原本上才携带着莫大的天地气运。

按照梦先生的意思，南夏——无论是陛下的意思，还是大国师的意思，都是绝不会交出四本秘籍。

领土失，仙道在，来日或有东山再起之时。

仙道没落，无渡劫，无各大门派，王朝的覆灭也只是时间问题罢了。

为了东山再起的这一丝可能，拒北城的几万条命，可以不要——乃至其他几十座大大小小的城池中的百姓，也是可以做出的牺牲。

林疏看向萧韶，看见萧韶触摸着漆黑的结界，不知在想什么。

边境寒风刮起他黑色的袍袖，在昏暗天际下成了一个寥落的剪影。

世间有许多条道，且各不相同。

他自己不久前才刚刚做出决定，由出世变为入世，萧韶如今就要在另外两条道中做出抉择。

选王道，权衡利弊，而后韬光养晦以待来日。

抑或侠道，路见不平，拔刀平之，无愧于心。

不知为何，他不想让萧韶去面临这样的选择，这选择过于艰难，而且无论选择哪一个，都要失去一些非常非常重要的东西。

林疏望着萧韶的侧影，忽然想，假如自己没有失去修为就好了。

片刻过后，萧韶转身，右手按在刀柄上。

林疏听见他淡淡道："你留下，保护好自己。"

林疏："你要去吗？"

萧韶道："我要去。"

他没有说别的。

只是说，我要去。

林疏便也没有问，他为何要去。

他只是问："我要做什么？"

萧韶望着他，道："我亦是'破道'，且凤凰刀法遇强则强，未必不会有胜算。即便身死，至少可以逼出大巫的真正修为招式……若你能记，便记着，来日有用。"

林疏垂下眼，望着脚下的地面。

萧韶："嗯？"

林疏道："你必定会死。"

萧韶："……"

林疏想咬掉自己的舌头。

但这是实情。

萧韶道："我总有一天会死在战场。"

林疏道："可你现在去死，来日便……没有人去对付大巫。"

萧韶轻轻道："你会吗？"

林疏想了想。

过去不会，现在，或许是会的。

他还没有说话，就听萧韶放轻了声音，道："你我二人畏葸不前，道心受阻，余生皆不能到修为巅峰，或我一人去死，你代我活一下，我以为后者要好一些。"

林疏道："我没有办法代你活。"

萧韶淡淡道："明年此时，在心里缅怀一下韶哥哥，就算是代我活了。"

若不是真的在讨论死不死的问题，林疏都要被他逗笑了。

萧韶道："我去了。"

林疏下意识道："不去。"

萧韶："？"

林疏低下头："我可以和你一起去，我们一起……胜算会大一些。"

他的大脑一片空白，直到说完，才反应过来自己说了什么。

萧韶沉默了一会儿："你的意思是要和我渡灵？"

林疏也沉默了一会儿："……权宜之计。"

按照书上所说，渡灵也不过是许多种正常修炼途径的一种。眼下的情况十分严峻，他和萧韶可以暂时抛下前嫌，走一下正常程序，合法地提升一下修为。

萧韶道："我不想这样逼你。"

林疏："并不是逼我。"

萧韶："你不是不愿意与我关系过于密切吗？"

林疏很窒息："我克服一下。"

萧韶："你……让我冷静一下。"

冷静的结果是，外面风沙太大，两人回青冥洞天冷静一下。

师兄和果子过于聒噪，回房间冷静一下。

卧房只有一把椅子，并肩坐在床上冷静一下。

死或合作修炼，二选其一，这应当是一个容易做出的选择才对。

萧韶："没有。"

林疏："嗯？"

萧韶道："我从未想过……会与你这样。"

林疏想了想，问："应该是怎样？"

"应该等到那时——那时我想清一切，与你志同道合，你亦如此待我。而后，仙途漫漫，你我愿意结伴而行，共同求索，"萧韶道，"继而告知师长、亲友，之后举行典礼，祭拜天地，最后合道渡灵。"

林疏："？"

萧韶："我不知你我现在究竟算不算志同道合。"

哦。

在这人详尽的打算里，第一步都还没完成。

林疏破罐子破摔："可能渡完就知道了。"

总之，他不是很想让萧韶死就是了。

但萧韶若是宁愿死都不愿意渡灵，那他也只能目送，然后每年缅怀一下韶哥哥了。

所幸萧韶还是比较理智的："……也好。"

林疏道："那就……渡？"

萧韶："你会吗？"

林疏："或许吧。"

萧韶："我也是。"

林疏把《参同契》默默回忆一遍："然后呢？"

萧韶似乎也刚刚回忆完，道："你凝神静气。"

林疏眨了眨眼睛："好。"

下一刻，萧韶握住他的手。

一缕灵力试探地进入他的经脉。离火之气，炽烈滚烫。

一个人修行惯了，别人的灵力实在是太过陌生。

林疏感觉自己浑身的毛都乍了，险些要跳起来，但是被萧韶按住了。

"别动。"萧韶道。

林疏有点不能呼吸。

萧韶开始和他聊天："你原来的境界是什么？"

林疏："渡劫巅峰。"

萧韶与他掌心相扣："你们剑阁之人个个冷若冰霜，你也会变成那样吗？"

林疏："或许吧。"

——他是真的不知道。

他有点犹疑，问萧韶："若我真的变成那样了呢？"

萧韶说："我如常待你就是了。"

似乎可行。

林疏道："那你会很累吗？"

萧韶再次道："凝神。"

陌生的灵力猛地涌入经脉，林疏感觉自己过敏症急性发作，浑身都在发颤，呼吸也不大能够自主控制。

"哐当"一声，是什么东西落地的声音。

林疏往地面上看，看见了萧韶的银色面具。

银色的面具，林疏从没见萧韶摘下过。

虽然……他是有点想看的，但萧韶半真半假地说第一面只给以后的娘子看，他也就放弃了。

此时面具却落地了。

不知是不小心碰掉的，还是萧韶自己摘掉的。

林疏有点小心翼翼，问："我可以看吗？"

萧韶没有说话。

林疏很是惴惴。

过了一会儿，他才听见萧韶轻轻道："本来便是给你看的。"

萧韶松开手，起身向前走，然后转头看他。

林疏抬头。

——他看到了。

那一刻忽然万籁俱寂。

林疏怔了一下，刹那之间，觉得自己跌落在万丈红尘、明月繁华里了。

他看着萧韶的脸，很久没有说话，直到萧韶走近，问："怎么不说话？"

林疏摇了摇头。

萧韶摸了摸他的头，然后微微俯身。

林疏看着萧韶的脸。

奇异的是，他没有感到一丝陌生。

萧韶就是这个样子的，在他的潜意识里，就是这样的。

那是一张轮廓很鲜明的脸，足以使人过目不忘。修眉凤目，鼻梁高挺，嘴唇有些薄，但形状很好看。

萧韶的眉眼，很像凌凤箫，但是在具体的轮廓上，又有许多不同。

也有些像表哥，五官里能找出一些影子，但主要还是像大小姐。

林疏用幻容丹把自己变成"玉素"，只是在原本的五官上做了微调，只要有人见到，就会认为这个女孩子是林疏的姐姐或者妹妹，这种情况换到萧韶和大小姐身上也是一样。

没有大小姐那种盛气凌人的艳丽，而是单纯的好看，像天上的月亮，又有些冷淡。

也像他身上似有似无的寒梅香气。

这一刻，林疏忽然分不清萧韶与大小姐了。

他抬眼看见萧韶。

如同踏雪寻梅的夜里，他循着香，在雪地里找，没有寻到，然后一抬头，看见云端的圆月。

萧韶道："好看吗？"

林疏："好看。"

萧韶便勾唇一笑。

他此时眼里好像有皓月的清辉，是很温柔的一种光，使原本很冷淡、很高高在上的眉眼生动了起来，让林疏不自然地抿了抿唇。

萧韶道："你也好看。"

林疏闭上眼，感觉萧韶微凉的手指尖再次扣住他的手。

萧韶道："可以继续渡灵吗？"

林疏很小声地"嗯"了一声。

一小缕灵力钻进他经脉里，很缓慢轻柔的动作。

林疏没有动。

萧韶道："你怎么这么乖？"

林疏别过头去。

萧韶继续。

林疏："！"

他："不……行……"

萧韶："你的反应好大。"

当然。

我对人过敏，外来的灵力比外人还要厉害。

这就好比和别人血液相融。

林疏像一条被海浪拍到了岸上的咸鱼，绝望地想，以前没有反应是因为我对你脱敏了，现在不知道怎么又开始过敏了。

他解释道："我……一直这样。"

萧韶道："渡灵确实需要两人全然信任接纳，不过我想……"

你想什么？

林疏很好奇，但萧韶并没有接着往下说，只是改口道："乖，放松一点，你经脉阻滞，渡灵无法顺畅进行。"

不存在的。

放松是不可能放松的。

萧韶的灵力多释放一丝，他就想立刻逃走。

逃出这个房间，或者钻进被子里，远离这个萧韶——然后被萧韶按住。

萧韶最后也不按了，在他身边躺下，笑。

林疏："？"

韶哥，你笑得有点可怕哦。

他支起身子，问萧韶怎么办。

萧韶道："除非我强行将灵力渡入。"

林疏破罐子破摔："那你渡吧。"

萧韶道："虽能起效，但你的经脉亦会再受重创。涸泽而渔，焚林而猎，我不舍得。"

林疏："……"

他看着天花板，感受到了人生的迷茫。

就听萧韶叹了一口气。

"你还记得在学宫的时候，我纵马带你出山，一同去找越老前辈吗？"

虽不知这人为何偏离了话题，但林疏还是顺着他的话回道："记得。"

萧韶："那时为尽快抵达，你我共乘一骑。"

林疏："确是如此。"

"便是在那时，我发现，若我与你接触，你便会隐有抵触，而后远离。你猜我那时在想什么？"

"其实，"林疏说，"我并不是很想知道。"

"我在想，未婚妻不愧是桃源君的高徒，冰清玉洁，举止端庄。"

林疏："……"

只听这人继续道："从那以后，我也格外注意自己的一言一行，若原想牵你手腕，便改牵衣袖，言行举止，没有丝毫逾矩之处——我做得怎么样？"

林疏刚想回答，却忽然察觉不妥，他蜷了蜷手指，动作绵软无力。

原来是萧韶在说话时趁他分神，以些微灵力渡入，封住一处穴位。此处被封并不影响行动，只是会致人浑身发软，不想动弹。

于是，他虽然还是过敏，但没有了扑腾的力气。

对外界一切，他本应随时戒备，然而萧韶方才举动，他却毫无察觉。

那一刻若萧韶封的是他的死穴，或许他已悄然毙命。

他看萧韶，萧韶就笑，眼里有桃花一样，明媚得很。

笑完，萧韶道："看，其实你已信我了。"

说罢笑意又渐渐敛去，取而代之的是极为认真的神情："我亦早已信你。若你站在我身后，定可随意取我性命。"

林疏："我不会。"

"我亦如此，"萧韶说，"此心日月可鉴。"

林疏看着萧韶的眼睛。

他不知道该怎么形容，但是知道，这是很在意的眼神。

不是轻浮的在意，是很爱惜的，像是看着一件很喜欢也很重要的东西。

他从来没有被人这样对待过。

林疏伸手又碰了碰萧韶的脸，感到心里很软，还有点想哭。

萧韶把他捞起来，两人靠在床头。

林疏看着萧韶。由于容貌过于相似，他几乎要误以为此时身边的人是大小姐了。不，本来就是，这两个根本就是一个人。

萧韶问："厌烦我吗？"

林疏摇摇头。

萧韶问："不厌烦我吗？"

林疏没说话。

萧韶道："你不厌烦的。"

林疏抬头看他，对上他的目光，他的目光很温和。

林疏又有些想哭了。

没有人像这样对待他，他也没有想过会有人这样对自己。

上辈子，这辈子。

萧韶道："渡灵是神魂印证，你以后就要一直和我同道修仙了。"

他的语调很平淡，不是商量，倒像是告知。

"上战场，战败也好，战胜也好……都和我一起，"萧韶轻轻道，"以后找一个漂亮的地方，隐居也在一起，能飞升，就一起飞升，不能飞升，黄泉路上也一起。若你愿意，转生的时候再求一下来生。

"我不欺负你，对你好。"

说完这句，这人怔了怔："你……怎么哭了？"

林疏伸手碰自己的脸颊，触到温凉的眼泪。

他喉头哽了哽，把脸埋进胸前。

萧韶拍着他的后背："乖，不哭了。"

说完，又问："小时候是不是被人欺负过？李鸭毛吗？我回去收拾他。"

林疏摇摇头："不是李鸭毛。"

萧韶："是谁？"

只这一句，让林疏险些崩溃。

他哭得止不住，闷闷道："都欺负我……"

"不会有了，"萧韶道，"以后只有我能欺负你。"

林疏："？"

然后就听萧韶下一句道："但我不欺负你，所以世上没有人欺负你。"

他转过身和林疏面对面坐着，道："不哭了，渡灵呢。"

林疏想了想，苍老前辈还在外面被打，他们在里面修炼，先是萧韶笑场，后是自己失控哭出来，实在有点不大像话。

灵力再次进入他的经脉。这一次，他未有抵触。

熟悉的冷冷香气在他鼻端缠绕不去，又仿佛变成无处不在的幻觉，将他整个人包裹、淹没。

他仿佛一个在雪地里深一脚浅一脚走了很久的人，天地间下着茫茫大雪，将发梢都冻上了冰，彻骨的冷，每走一步都发疼。

——可他一直都是这样的，所以不知道什么是冷，什么是疼。

直到后来，漫天的大雪变成雪白轻软的羽毛，凛寒严冬一天天过去，花发枝头，他才终于知道温暖是何物。

直到方才萧韶说到小时候，他才终于知道，什么叫委屈难过。

身下的水绸很滑，床软得仿佛要让人陷进去，一切都很舒适，凤凰离火，天地间极炽极盛之物，此刻却温润柔和，如夜中灯火。经脉里泛起暖意，可还是比不上萧韶的眼睛。

萧韶拨开他额前的乱发。

林疏被渡进灵气，微蹙着眉，对上萧韶的目光。

萧韶说："我还不知怎么喊你。"

灵力进入经脉，待林疏适应后，终于展露真意。离火灼烧，林疏虚软地吐一口气，说："随你。"

他觉得自己的声音哑得很，带一点哭腔。

萧韶便道："你有字吗？"

林疏摇摇头。

仙道中人大多是没字的，取字是儒道院的规矩。

儒道院的学生到了及冠之年，会请德高望重的先生长辈赐字，而仙道中人修为有成的时候，大部分会给自己取道号，倒是没有取字的讲究。

萧韶说："那我随意喊吧。"

林疏说好。

萧韶便在他耳边低声道："仙君。"

仙君。

干干净净的一声，带些温和的敬慕。

林疏觉得脸颊一片冰凉，似乎是又掉了眼泪，但没有忍住，翘了翘嘴角。

他觉得自己此刻的样子该是有点狼狈的。

但如果是在萧韶面前，似乎也不算什么。

萧韶道："别哭。"

林疏就努力克制住，不哭了。

萧韶又道："也别忍着。"

此人前后矛盾，林疏被他折腾得也不想哭了，甚至有点想笑。

萧韶说："还记得功法吗？"

林疏点点头。

《参同契》里的句子，在脑海中默念。

"人所秉躯，体本一无。元精云布，因炁托初。阴阳为度，魂魄所居。阳神日魂，阴神月魄。魂之与魄，互为室宅。"①

他现在体内没有灵力真气，因此并没有实质的作用，只是清心罢了。倒是萧韶那边，果真有灼热的灵力传了过来。

"乾动而直，炁布精流；坤静而翕，为道舍庐……"②

经脉里传来微微的痛，细微但绵长，像是有一把火在经脉中烧了起来，先是在一个地方点燃，继而成燎原之势，行经四肢百骸、奇经八脉。

他闭上眼，默念功法，在身体中感受那团灼热的、仿佛要把碎掉的经脉烧得干干净净的火——然后想象灵力的运行。

"刚施而退，柔化以滋。九还七返，八归六居……"③

无物可烧之时，他身上一片清明干净，经脉的滞涩感奇异地消失了，剩下一片寂静空灵。

"原本隐明，内照形躯。闭塞其兑，筑固灵株。三光陆沉，温养子珠，视之不见，近而易求……"④

来自萧韶的灵力，由经脉向外，丝丝缕缕融入林疏体内。

仿佛一场春风化雨，万物生发。

---

① 引自东汉魏伯阳的《周易参同契》，简称《参同契》。

② 同上书。

③ 同上书。

④ 同上书。

凤凰家的血脉，在第一次双修或渡灵时，是绝世的炉鼎，得此布施者，涅槃而重生，拥有世上最无可挑剔的顶尖经脉根骨。

林疏闭上眼，有什么东西在他体内生根发芽。

督、任、冲、带、阴跷、阳跷、阴维、阳维，奇经既通，八脉自成。

他缓缓呼吸吐纳，纳入身周的天地灵气化为己用。

灵力流转，他不陌生，只是恍如隔世。

剑阁高山之巅，冰河雪谷之畔，经年记忆，如在昨日。师父殷殷教导，藏书阁万千典籍，剑冢前人遗风……一切都在他眼前浮现。

大小周天，顺利无比。

接下来是剑阁的心法。

然后是《长相思》的前篇。

功法运行到一半，他忽然感到丝丝缕缕的寒气自丹田中生发，开始向全身蔓延。

他说："萧韶，我冷。"

萧韶问："怎么了？"

林疏茫然看向上方天花板。

他说："萧韶，我不要修了。"

萧韶道："你怎么了？"

"冷。"

这便是冷了。

他从不知道这是冷，直到他知道什么是暖。

可他刚知道什么是暖，就要回到那片冰天雪地中去了。

林疏喃喃重复道："我冷。"

萧韶说："我不知道渡灵会这样，不怕，马上就结束了。"

又说："凤凰山庄的灵力分明是离火，怎么会冷？"

林疏摇了摇头，身体蓦然一阵刺骨剧痛。他闭上眼睛，抓住萧韶的手臂，心中忽然泛起无边无际的空茫。

他忽然想起从前。

那时候剑阁终年下着雪，他翻看典籍时偶尔抬眼往外看，天地间一片素白，空无一物，翻过下一页，心中无喜无悲，无爱无恨。

他只觉得，世间本是这样。

林疏怔怔看着萧韶。

雪又下起来，纷纷扬扬。

林疏咯出一口血来。

萧韶帮他把血擦掉。

林疏向前凑近了萧韶的颈间。

他闻不到那缕似有似无的冷香了。

不，不是闻不到，他还可以闻到，他知道这里有香。

可他嗅着这清淡的气息，却再也想不到雪夜、梅花和月亮了。

他望着萧韶。

还是那样好看的五官，可他——

他伸手，描摹着萧韶的五官。

萧韶握住他的手腕，语气有点迟疑，问：“林疏？”

林疏闭上眼睛。

这个世界忽然安静了。

相融的灵力，在那一刻忽然不复存在，冰面碎裂，他坠入湖底，缓缓下沉，天上的星星与月亮愈远愈模糊，耳边一片绵长亘远的寂静。

额上先前出了一层薄汗，此时没了，微微发着冷。

耳边传来模糊缥缈的声音，是萧韶在喊他。

他努力想回应一声，想睁开眼睛，却睁不开，无效的挣扎后，坠入了很多、很多年前的记忆中。

师父说：“你该学咱们剑阁的心法了。”

师父说：“徒儿，你天赋异禀，乃是千年难得一见之才，寻常心法、剑法，已无大用，今日起，便修习我剑阁镇派功法‘长相思’吧。”

师父还说：“徒儿，这功法即使在我剑阁，也是不能轻易使出的，你修炼时，千万小心。”

那时候他快十岁。

也正是从十一二岁开始，他便不再觉得自己被人欺负了。

——也不再觉得旁人肮脏可厌了。

不过是一些会动的躯体罢了。

春夏秋冬、阴晴雨雪、五音六律，全都没有什么意义。

他按部就班地做一个不起眼的凡人，渐渐地，很多东西都不在意了。

他不委屈了，不难受了，也不想死了。

死或不死，没有大的区别，那就先活着。

原来，都是因为功法吗？

这就是剑阁的心法。

这就是剑阁的人。

从一开始——就是这样的，他上辈子用将近二十年，用这样冰凉薄情的心法修到了渡劫的修为，如今，要把修为拿回来，就要重新回到这样的心法中去。

不可能有第二种选择，这件事情是不能改变的，只是他先前不知道罢了。

师父没有告诉过他，也许告诉过，但他那时太小，还不懂得。

现在他终于懂得了，可是已经晚了。

萧韶呢？

他该怎样和萧韶说？

心法不受他控制，在体内疯狂运转，霜雪一样的灵力，已经流遍刚刚被修复好的奇经八脉。

随着灵力一遍又一遍冲刷，先前还有些涟漪起伏的心绪，也渐渐平静下来了。

修为恢复小半的时候，他睁开了眼睛，与萧韶对上目光。

萧韶看着他，没有说话。

他眼里有种林疏无法形容的情绪。

林疏也没有说话。

就这样对视着，萧韶终于道："你的手好凉。"

林疏这才发觉，他和萧韶十指相扣。

他看着相扣的手指，有些出神，但连他自己都不知道到底是在出什么神。

他说："萧韶。"

萧韶道："我在。"

他说："我的心法是无情道。"

萧韶握住他的手收紧了，甚至握得他有些发疼，过了一会儿，才缓缓放开，道："……没关系。"

"我不知道，"林疏道，"刚刚……才知道。"

他顿了顿，垂下眼，说："……对不起。"

他觉得自己好像是哭了，但是没有丝毫感觉，也没有丝毫情绪，伸手一碰，脸颊一片湿凉。

"别哭，没事，"萧韶道，"是我没有想到。"

林疏摇摇头："不是你。"

他在学宫里上了三年的课，从来没有一位先生教过无情道相关的知识。

它只是个名词，仅仅在人们回顾仙道历史的时候会被一笔带过，没有具体的含义，更没有修炼方法。

而剑阁远在极北之地，隐世已久，没有任何一个组织或势力能探听到它的消息，不会有人知道剑阁具体的功法，更别提是无情道此类东西了。

"桃源君并不是这样，"萧韶道，"所以我没有想到你会这样。"

桃源君……不是这样吗？

但桃源君也是剑阁的弟子，按照萧韶的说法，也和他一样，修炼"长相思"功法。

但是，现在事情已经发生了，讨论什么都没有太大的意义。

林疏抬眼看萧韶，看到他的眼眶微微有一点血色。

萧韶道："我们先出去，以后再说……不哭了。"

林疏点点头。

在他有限的记忆里，从来只是看别人哭，自己从没有哭过。

可是今天在萧韶面前，他却仿佛一碰就能哭出来，怎么都止不住。

然而，也是与此同时，他不知道自己为什么会哭了。

他怔怔望着萧韶，感到一种超出了情绪的、淡漠的悲哀。

萧韶道："穿衣服吧。"

林疏点点头。

萧韶拿出了新的衣物。

林疏穿上的时候，看见自己手腕上有一个红色的印记，是萧韶方才握得太紧留下来的，此刻正在肉眼可见地变淡。

其实并不是很严重，只是几道浅浅的淡红。此时此刻，它已经在慢慢消失了。

灵力运转，气血亦流转无碍，若受了伤，会比凡胎肉体的愈合速度快十几倍。

何况……是这样浅的痕迹呢。

他望着那片痕迹出神，虽然愈合了，却觉得自己永远、永远地失去了什么东西。

萧韶道："我去换衣服。"

林疏："……嗯？"

"多看几眼，"萧韶道，"又要好久见不到萧韶了。"

林疏问："什么时候会有萧韶？"

萧韶道："没有人的时候。"

林疏："南夏的人还是北夏的人？"

萧韶勾唇，讳莫如深地笑："或许都有。"

他此刻衣服穿得很随意，只披了外袍，领口露出大片胸膛，以及好看的肌肉线条，这一笑，显出些许神秘与不羁。

林疏点了点头。

萧韶道："我去了。"

他便去了石刻屏风后。

林疏从床上起身，拿起折竹剑，将灵力注入其中。

恍如隔世。

他眼前闪回无数场景，年少时练剑的石台、剑阁空旷寂静的大殿、十二月里落在松树上的大雪，乃至漫无边际的雪原、雪原里睡在冰棺中的折竹。

折竹剑本就是出自剑阁的宝剑，自然与剑阁的灵力无比契合。

他挽了几个剑花，小时候每天挥剑万次，记忆早就刻进了骨子里，即使来到这个世界后，有三年没有真正用过剑，仍然没有丝毫生疏。

过了约莫一刻钟，萧韶从屏风后转出来。

不，不是萧韶了，是大小姐。

乌黑的头发随意披散，红衣灼眼，面无表情，却艳色惊人。

林疏看着凌凤箫的脸。

和萧韶极为肖似的一张脸。

自始至终，大小姐的脸，都有一种奇异的美丽，它并不来自鲜明好看的五官，而是来自某种颠倒错乱的感觉，仿佛逼近审美的极限。

现在他终于知道，这种漂亮来自两种性别的杂糅，与所有单纯的好看都不同。

凌凤箫朝他走过来，道："出去吧。"

林疏："嗯。"

他们谁都没有说话。

走到大殿的时候，看见果子正在和师兄玩。

果子一转头看见他们，欢快地冲着凌凤箫扑过去，伸手要抱："你终于穿漂亮衣服了！"

凌凤箫把果子抱起来。

果子在凌凤箫身上蹭来蹭去，然后"呸"了一声："没有胸。"

果子转向林疏，道："也想要林疏穿。"

脆生生、娇滴滴的声音，说到一半，戛然而止，变成："林疏，你怎么了？"

果子歪了歪脑袋，伸手去碰他的脸："你看起来好冷哦。"

凌凤箫按住了果子的手："现在不许闹他。"

果子扁了扁嘴："好吧。"

凌风箫把果子放回地上，看着师兄："我与他出去，若是回不来，烦请前辈照顾无缺。"

师兄说："师弟的女儿，就像我的亲女儿一样，一定会照顾好的。"

果子在师兄看不到的地方做了个鬼脸。

出洞天，放好青铜骰，凌风箫看着林疏，问："需要多久？"

林疏道："两刻钟。"

凌风箫道："好。"

林疏便在一块岩石上打坐。

青冥洞天是封闭的，与天地灵力不相通。林疏想完全恢复修为，要在这里才行。

天地灵气如同百川归海，涌入他的身体，在丹田内汇聚。

他需要很多、很多的灵气。

渡劫修为，岂是容易达到的。

灵力的涌入越来越疯狂，乃至在此方天地掀起狂暴的龙卷。

这是掩盖不住的。

远处，苍老前辈再次被打落城墙，吐出一口鲜血。

大巫收回手，看向凌风箫和林疏所在的方向。

声音遥遥传来："两位道友隐匿已久，终于愿意现身与在下一晤。"

凌风箫抽刀出鞘，同悲刀，刀光如水，一袭如血红衣风中猎猎，缓步向前，道："久闻尊驾大名。"

大巫道："过奖。"

城墙上的苍老前辈显然看到了凌风箫，并认出了凌风箫。

他道："不可！"

凌风箫恍若未闻，朗声道："凉州凌风箫，前来领教。"

"美人携宝刀前来请教，在下自然不好推脱，"大巫低声一笑，"只是，你身后的那位朋友，怎么不来见我？"

凌风箫道："你要见他，须先杀我。"

大巫道："在下向来怜香惜玉。"

说罢，却是猛然袍袖一翻，凌厉杀机，席卷而来！

没有一丝一毫"怜香惜玉"的影子。

凌风箫不退不避，周身气势节节攀升，挥刀迎上！

林疏看着这一幕，闭上眼睛，意识沉入丹田经脉中。

虽是毫无防御打坐在无边旷野之中，他却知道自己不会被大巫伤到一分一毫。

或许是因为，挡在前面的人是凌凤箫，是萧韶，而不是其他什么人。

仙道有丹术。

丹术分两种，一曰外丹，二曰内丹。

外丹术是使用天材地宝，在丹炉内炼制成灵丹妙药。

内丹术，则是以自身为炉鼎、丹田为真火、天地灵气为丹液，再以道心为材料，炼出一颗浑然天成的金丹。

金丹一成，灵力流转生生不息，吐纳呼吸皆百倍于前，可以算是真正的修仙人。

此时此刻，林疏体内便流转着无尽的天地灵气。

运行，凝聚，压缩。

他的丹田彻底放开，江流入海，磅礴的灵气原本并无形体，此时却渐渐凝结，变成金色的雾气。

林疏以自身对"道"的感悟继续催发这个过程。

天地万物，不过一气所成。

气之所聚，万物相生。

当所有的灵气化作雾气后，新的变化又悄然开始。

一滴。

两滴。

三滴。

十滴。

千百滴。

缥缈的雾气，一滴一滴，化作淡金色的液体，为丹田所盛。

林疏默念口诀，以剑阁心法引导。

心法，如同丹火。

淡金色的液体渐渐收了起来，变成黏稠的液体，颜色也因而产生变化，呈现出耀目的赤金。

丹液愈浓愈精纯，在丹田中缓缓上升，凝成一个浑圆的球，继而光华大盛，自行旋转起来。

金丹境界已成。

接下来是元婴。

金丹虽内含磅礴灵气，吐纳真气，可贯通奇经八脉、丹田气海，却终究是有形之物。有形之物便是凡！

修仙，所修是心，是道，怎可依附于有形之物中？

林疏缓缓呼吸，放空心神。

万物，一气之所生。

人亦属万物。

于是物即是我，我即是物。

于是我与万物同一。

于是我即是天地之间一缕气脉。

于是我即是天地。

他心中口诀未停，丹田中变化亦无一刻停止。

那枚刚刚凝成的凝实坚硬、色泽耀眼的金丹，竟然逐渐虚幻了起来。

灵力渐渐消散开来。

金丹变为淡金色的液体，再变为浅金色的雾气，然后消弭于无形，仿佛从来没有存在过。

丹田的虚空之中，仿佛有一个人形若隐若现，最后也彻彻底底消散。

——消散了吗？

没有。

林疏此时仍闭着眼，却能看到外面的一切。

他仿佛化身为天地间无尽的虚空，在短暂的一个片刻，将天地万物尽收眼底——这便是元神，因为还在雏形，又叫元婴。

金丹是现实存在的事物，元神则不是，它已经脱离了肉身，在天道中存在。

所以，有的修仙人肉身虽死了，但靠着虚空中的元神转生，便还能有一线生机。而修成元婴也意味着一件事——你能够与天道沟通，天道也认得你了。

当元婴随着修为的增长、对道法领悟的加深，彻彻底底长为成熟的元神时，这个人就有了一部分可以和天道抗衡的力量，也在天道那里挂上名字了。

这便是渡劫。

进入渡劫期后，修仙人的实力继续增长，到了某个力量的临界点，即渡劫巅峰的时候，天道便会在某个时间点降下劫雷。劫雷之下，要么打破天道，飞升仙界；要么渡劫失败，下辈子再来。

林疏的境界还在，所以元婴很快长成完整元神，只是道法的某些感悟，一时半会儿似乎并不能完全回归，又无法在短暂的时间内汲取足够的灵力，因而只是到了渡劫巅峰前的一点儿。

但是也足够了。

到了这样的境地，这样的修为，世间的许多事情，不过一剑而已。

一剑不成，也不过是两剑罢了。

他睁开眼睛。

盘旋在他头顶的灵气龙卷，刹那间轰然散去。

林疏站起身来，向前走去。

他的耳目从未像现在这样清晰，感知也从未像现在这样敏锐，甚至静下心来时，能感受到天道的潮涨潮落、一呼一吸。

正前方，煞气正浓重，刀气正纵横。

黑紫色的是大巫，没有用兵器，纯粹靠巫术，全然是不择手段的打法，招招毒辣，取人性命。

他的巫术煞，凌凤箫的刀也煞。

唯杀能止杀，唯煞能止煞，镇得住"无愧"冲天肃杀戾气的人，又岂是温良和善之辈？

只不过大巫的煞气来自诡秘巫术，阴森冷寒；凌凤箫的煞气源自凤凰刀法，酷烈肃杀。

虽是僵持不下的局面，可林疏能看出——凌凤箫，完全是不要命的打法！

若向前平递一刀，便能伤到大巫右臂，可若是伤大巫右臂，自己右边身体便是防守薄弱的空门，势必会被击中。

凌凤箫不退，向前一挥刀。

三尺刀，刀光如秋水。

鲜血飞溅。

他的身上已大大小小受了许多伤，有的无伤大雅，有的是重伤。

林疏想，他安心恢复修为，是因为相信凌凤箫必定会在这段时间内拦住大巫，而凌凤箫与修为深不可测的大巫缠斗，又何尝不是因为相信林疏能够在他被大巫重创乃至杀死之前醒来。

林疏拔剑。

折竹清鸣。

大巫变爪为掌，向这边狠狠拍来！

磅礴压力如同天河倾泻，几乎让人喘不过气来！

林疏手腕一转，挺剑上前，中宫直进。

剑阁剑法的起手式"月出寒涧"。

出剑，直进，这一剑招，几乎在所有剑法秘籍中都有迹可循。

所以，这个剑招，平平无奇。

然而——

若一个人心中只有剑，那么即使是再平平无奇的剑法，也能平地起惊雷！

电光撕开乌云天幕，沉沉有如实质的压力被彻底破开，剑尖直指大巫咽喉。

尖锐鬼啸传来，一道巫术咒文朝这边打来。

林疏激发出剑意，以透彻清气破开巫术，然后向左变招"杳杳寒山"斜划下去。

与此同时，凌凤箫横刀，一式"惊鸿"横劈而下。

两面夹击，大巫若不为林疏的剑气所伤，便必定会被同悲刀砍在左肩，若护住左半边身体，又无法避免被林疏刺伤右边胸腹。

却见他不闪不避，在空中缓慢折身。

这动作看起来非常慢，可又确确实实是在片刻之中完成的。

大巫的身体完成了一个不可思议的折转，右臂前屈，压下林疏的剑尖，左手横扫，正对上凌凤箫的刀刃，刹那之后，从两人围攻下脱身，整个人后飘一步。

他身体的质地完全不像活人的身体，与兵刃相击时发出了金石敲击的声音。

刀身与剑身被震得嗡鸣不绝，两人齐齐被逼退一步，然后对视一眼，继续上前。

而大巫以一敌二，居然只是稍落下风！

刀光，剑影，刀剑的鸣声，呼啸的风声，余音尚未消散，就为新的声音所代替。

百招，千招，快极了，由不得人思索。

然而就在这一瞬之间过招千百次，快到令人目不暇接的战斗中，林疏忽然发现了大巫的破绽！

不，不能说是破绽，大巫的身法和法术都趋于完美，没有露出过丝毫的破绽。

不能称作破绽，那便只能说是——蹊跷！

慢。

他的动作，慢。

慢了那么微妙的零点零零零零一拍。

不是某一招如此，而是招招都如此。

他明明可以做得更好，却偏偏慢了那么千万分之一秒，被剑气划破了紫绸的衣袖。

林疏与凌凤箫对视。

凌凤箫朝他点了点头。

话不必多说。

凌凤箫那边刀光陡然暴起！

林疏亦飞快变招，使出剑阁剑法中最快的一套"贯珠"。

大巫慢，他便快！

他甚至闭上双眼，摒弃一切杂念，心中只有一把无往不胜、无坚不摧的剑。

剑招飞快变化，没有花哨的技巧，只有流畅到根本不需要思考的变招。

林疏终于知道，当年每天挥剑的那一万次，究竟带给了他什么。

凡间说书读百遍，其义自见，而剑招演练万遍，已经深入骨髓，永志不灭。

快，再快。

剑快，道也快。

大巫所慢的那零点零零零零一拍所带来的弱点，终于在这样狂风急雨般的攻势下出现，然后迅速扩大！

破绽！

不需要任何思考，林疏折身向前，抬剑尖，递剑身，转向下，轻横扫。

正是"长相思"第一式"空谷忘返"。

他眼前刀光一闪，"叮"一声清鸣，剑刃竟是与凌凤箫的刀刃相击。

嗡鸣不绝于耳。

他心中一怔，仿佛这把刀与这把剑忽然灵犀相通。

凌凤箫那一招玄奥精妙至极，正是他此前见过一次的、出自凤凰山庄镇派刀法"寂寥"的第一式"悲秋"。

他们两人出招都没什么错误，角度也不可能选错，怎么就偏偏撞在了一起？

然而眼下的情形由不得多做思考，就着刀剑相击一刹那的灵力爆发，他们一同将兵器向前一送！

大巫的脖颈，陡然血流如注。

下一刻，林疏变招"长相思"第二式"不见天河"。

凌凤箫用"寂寥"第二式"飘零"。

合招向前，那灵犀相通的感觉再度上涌。

这一次，大巫退后五步，并咯出一口血来。

他的身影，却在慢慢虚化。

——这是为什么？

梦先生说大巫所修的上古典籍中有身外化身的法门，莫非这真的只是他的幻身？

可也只有"幻身"才能解释大巫那蹊跷的缓慢，因为幻身毕竟不如真身灵活迅速。

但幻身功力尚且如此，真身功力究竟会是怎样？

"二位刀剑合璧，在下多有不敌，来日相见，定再请教。"大巫朝他们勾了勾唇，露出一个含义莫测的笑。

此时大巫在中间，林疏在他身前，凌凤箫在他身后。

林疏正欲再出手，忽对上大巫的目光。

森冷、奇异的语调，与带着笑意的语气。

大巫一字一句道："抓、到、你、了。"

下一刻，他的身影忽然涣散！

原本活生生的一个人体，刹那间化作无数漆黑飞灰随风散去，在晦暗的天幕下消失无踪，下一刻，随行之人亦一同化作飞灰散去。

日光照破乌云，转眼间，天地干干净净，仿佛什么都没有发生过。

唯有那句话回荡在耳畔。

林疏抬头，看见凌凤箫薄唇紧抿，正望着自己，仿佛从那句话里知道了什么。

第九章

一叶孤舟

大巫说，抓到你了。

何出此言？

抓到他，抓到了什么？

大巫幻身已经消散，拒北关的危情便彻底解除，林疏落回地面。

凌风箫落在他身边。

林疏嗅到了血腥气，凌风箫受的伤并不轻。

但是，此人并没有立刻包扎伤口，而是道："长相思？"

林疏点点头。

他没有什么特殊之处，也没有什么值得人觊觎的地方。若非要说有，那只能是剑阁的镇派心法"长相思"。

大巫既然想要南夏拥有的四本绝世功法，又怎会不对《长相思》有心思？

更何况，《长相思》的背后是剑阁，得到它，对北夏或许有非同寻常的意味。

昔日他们混进黑市，黑市上拍卖绝世功法，萧瑄正是以为被拍卖的功法是流落世间的《长相思》，才花四百万两黄金买下，却未想到是如梦堂的《万物在我》——由此，又引发了另外的一系列事件，就是后话了。

而大巫——

林疏忽然想到一个可能。

天照会上，他和凌风箫杀死大巫的左、右护法时，已经显露出一部分武学，虽然他没有使出"长相思"，凌风箫也没有使出"寂寥"，但剑法和刀法的意蕴是藏不住的，未尝不会有人看出蛛丝马迹来。

而若是大巫从那时起就盯上了他们——

大巫用拒北城满城人命作为威胁，居心已经叵测，而若做这一切，只为引他和凌风箫使出真正压箱底的绝学，从而印证他确实是剑阁的弟子，并且会用"长相思"，其心就更加可诛。

而凌风箫听到那句话后忽然变化的神情，也是因为他立刻想通了其中的关窍。

"先不要担心，"凌凤箫道，"若是为了《长相思》，他路上就该动手。"

林疏点点头。

虽然他知道，这可能只是凌凤箫的安慰，但是大巫的行为确实有许多蹊跷之处。

比如，若怀疑他是"长相思"的传人，为何不路上就将他捉住，严刑拷打，而非要等他恢复修为，变得不易控制？

总而言之，此事还须再参详。

凌凤箫咯了一口血出来。

林疏："包扎。"

凌凤箫点了点头。

自己恢复修为前的近半个时辰，都是凌凤箫在抵挡大巫，他受的伤要比自己重上百倍，更何况受伤之后，又继续与大巫打斗，伤口被扯动，血流如注，也多亏有这一身如血的红衣，才不至于太明显。

林疏正准备拿出伤药与灵丹，就见城墙上乌泱泱下来一堆人。

拒北关的将军道："两位仙君高义，救满城将士于绝境之中，我等感激不尽，感激不尽！"

凌凤箫道："不必。"

后一个过来的是苍老前辈，老前辈亦是受了重伤，被童子搀扶过来，将他们两个看了又看，叹息道："你二人竟有这样的修为底蕴，着实是英雄出少年。"

说罢，又道："凤凰山庄的大小姐，我早有耳闻，只是不知你身边这位少侠是何方人物？"

凌凤箫道："是晚辈的夫君。"

"夫君？"老前辈慈祥地道，"果真是一对璧人。"

那边的将军耳目敏锐，从他们的交谈中抓到了蛛丝马迹，立刻反应过来凌凤箫就是凤凰山庄的大小姐，而凤凰山庄的大小姐就是王朝的长公主，一行人立刻山呼"拜见殿下"。

凌凤箫的声音有些乏力，让他们起身，并要将军安排一个安静的地方。

将军立刻吩咐下去，当即便有人引凌凤箫和林疏回城养伤。

凌凤箫的身份何其尊贵，虽受了重伤，但无论是修仙人还是王朝将士，都无人敢上前搀扶照料，唯恐逾矩。

林疏扶住他。

就见凌凤箫往自己这边靠了靠。

林疏将这人打横抱起来。

有了修为，便脱出了肉身的限制，先前，大小姐昏倒时，他怎么都抱不起来，如今却是轻而易举了。

凌凤箫抓住他的手臂，靠在他胸口，闭上了眼。

深红的宫装，红纱织金线，花纹繁复，衬着一张美艳不可方物的脸。

到了住处，他把凌凤箫放到床上，然后调配伤药。

凌凤箫望着他。

一双墨黑的眼瞳，还是那样漂亮。

可是，不高兴。

林疏将药调好，处理了他后背上一处最大也最要命的伤口后，凌凤箫便说："我自己来吧。"

剩下的伤，要么在胸口，要么在肩臂，都是不难处理的地方。

林疏便将药给他，自己在一旁递纱布。

上好药后，再喂几颗治内伤的丹药。

房内寂静，一时无话。

当林疏接过下人呈上来的养身粥汤，要喂给凌凤箫时，忽然看见凌凤箫红了眼眶。

并不是明显的红，只是眼底一点微微的血色。

他问："疼吗？"

凌凤箫摇了摇头，接过他手中的碗勺，小口小口极缓慢地喝着，似乎是咽不下去的样子。

到第五口的时候，终于将碗勺在案上一搁，再也不喝了。

林疏问："难喝？"

凌凤箫摇了摇头，望着窗外。

他仿佛是望着窗外，又仿佛是望着虚空中的一点，带着些许茫然和空洞。

林疏从没有在凌凤箫眼中见过这种神情，在他的认知中，萧韶虽然有许多张脸，可无论哪一张，都是时刻冷静清醒的。

凌凤箫忽然道："你以后便不会在意我了。"

"也罢，世上许多人，许多事，你本就不在意，"这人又笑了笑，声音微哑，"可是……"

可是什么，未说全。

林疏看着他。

这是一个他现在无法谈论的话题。

甚至，在意或是喜欢，这类词语，已经和他没有任何关系。

　　他想回忆往日和凌凤箫或萧韶相处的一点一滴，回忆那时的心情和思绪，却如同雾里看花，与往事隔了一层厚重的白膜，无论如何都再抓不到一点一滴，只如做了一场梦一般。

　　短短一天之间，恍如隔世。

　　他张了张嘴，想说些安慰的话，最终只出来一句："我不走。"

　　他不知道该怎么解决无情道的问题，也不知道日后该怎样和凌凤箫相处，但是，如果凌凤箫愿意，他便不会主动离开。

　　一年，两年，十年，甚至更长的时间。

　　凌凤箫先是眼里微微有一些笑意，继而却摇了摇头，眼中那一丝笑意也变成无边的怅惘。

　　他的头发滑了下来，落在林疏手背上，微凉的触感。

　　林疏说："别哭。"

　　"没哭。"凌凤箫眼底的血色似有加重。

　　他坐到床边，与凌凤箫离得极近。

　　熟悉的气息。前世、今世的许多年，他难以和他人过分靠近，唯独慢慢接受了凌凤箫在身侧的感觉。

　　他听见凌凤箫闷闷地道："你现在是什么状况？"

　　林疏想了想，发觉自己现在的状况根本无法用语言来形容，又努力组织了一下措辞，最终说："只知道自己该做什么。"

　　没有想做之事，没有想见之景，没有想亲近之人，如同前世重现。

　　凌凤箫问："那你该做什么？"

　　林疏想，自己似乎也没有什么该做的事情，除了一件。

　　他说："你想要我做什么，我便该做什么。"

　　一般来说，一个人有了一个身份，才有该做的事，比如将军应该驻守拒北关，越若鹤应该为如梦堂拿回秘籍。

　　他无亲无故，两个师父都不在人世，也没有值得一提的朋友，只剩一个与尘世还有联系的身份。

　　他是大小姐的未婚夫。

　　还和萧韶有事实上的渡灵关系。

　　凌凤箫就笑了一下，说："其实你以前也是这样的。"

　　以前也是吗？

或许。

"你修为恢复，从今往后便是渡劫的仙君，是好事，我该高兴才是，"凌凤箫道，"只是无情道冰凉寂静，怕你难受。"

林疏道："还好。"

毕竟上辈子也过了十几年这样的日子。

他顿了顿，又说："我也……怕你难受。"

凌凤箫就把他往后拉，林疏全依着他，于是两人并肩躺在床上。

凌凤箫向上望着雪白纱帐，道："落花随波，流水无情，世间常有之事，我并非不能接受。"

林疏看着他。

诚然，萧韶是个不折不扣的男人。

但是凌凤箫这个壳子，又是天下第一的美人。

而天下第一的美人正在他身边，长眉微蹙，温声软语。

真正是如花的美眷。

林疏想，自己的人生，也算是十分传奇了。

不仅修了无情道，还有一个"未婚妻"。

"未婚妻"同时又是志同道合的好友。

还都非常好看。

日子仿佛真的没有什么变化。

三天之后，他们的伤都好得七七八八，可以动身回学宫了。

虽说了不必送，可将军说殿下万金之体，若自己回学宫，他恐怕要受罚，执意派出了一队轻骑护送。

南夏风光似乎比他们来时更加萧瑟，即使行经城镇，也都是一片荒凉凋敝，一条长街上见不到一家开门的铺子。

快要开春，是最缺粮的一段时间，何况去年秋天的收成并不好。

傍晚的时候，恰行至荒野，一队兵马找了一处道观借宿。

兵士自在外围简单扎营安歇，林疏和凌凤箫在观里。

观里有一个约莫八十岁的老道士，年事已高，法力也不剩多少，有些糊涂了，说话下句不连上句，前言不搭后语，但见到他们两个年轻人，还是修仙人，似乎很高兴，说天冷，给两个孩子煮粥暖身。

他们便在观中的天师像前生了火，支起架子，上面吊一个煮粥用的瓦罐。

水中放粗米，水一开，便散发出甜香，和着火焰的暖意，照得天师像脸颊发红。

老道士盘坐在蒲草垫上，与他们说话，说："我的徒儿没得早，一看见你们，就想起他啦。"

又说："徒弟，你脾气不好，今天为师看见两个孩子，想收徒，怕你吃醋，还是忍痛不收啦。"

凌凤箫静静听，偶尔搭两句话，或是嘴甜一下，老道士极为高兴，几乎合不拢嘴。

说到兴头上，他说："我养了两尾好看的鱼，给你们看看。"

正要起身，他又仿佛想起了什么，说："哎呀，冬天水冷，怕水缸里的水全冻上，我把它们放回大河里去，看不见啦。"

凌凤箫倚着林疏，哄老道士说："开了春，它们就回来看您了。"

老道士说："哪有这种事情！"

他搅着粥，叹了口气，说："这人间，就是那条大河啊。我把鱼放进去，鱼就离了我，也离了另一条鱼，再也不回来啦。我徒弟离了我，也像鱼进了大河，回不来啦。你俩明天一走，也是进了大河，老头儿这辈子也见不到你俩的影子啦。"

正说着，观门口一阵响动，似乎是黄鼠狼经过。

黄鼠狼不是什么好动物，凌凤箫抬手，要解决了它。

老道士忙道："别打狐狸，别打狐狸。"

他许是眼花了，将黄鼠狼也认作狐狸。

但这一阻止，黄鼠狼已经跑远了。

老道士见它没有被打，眯起眼睛，很惬意的样子，说："阿翠年轻的时候，长得就像只好看的小狐狸。"

凌凤箫说："阿翠是您的徒弟吗？"

老道士说："阿翠不是，阿翠是个小姑娘，那是我十几岁时候的事情啦。"

说罢，又道："阿翠后来嫁人啦，我是全真派的道士，不是正一派的道士，正一派让结亲，全真派不让。阿翠叫我把她忘了，好好修道。我说忘不了，阿翠就说我的修道书上就是这样说的。"

说着，老道士拿出随身的《南华经》，借着火光辨认出那一句，给他们两个看。

"鱼相造乎水，人相造乎道。相造乎水者，穿池而养给；相造乎道者，无事而生定。故曰——"①

---

① 引自《庄子·内篇·大宗师》，《庄子》又名《南华经》，引用时有改动，原句为："鱼相造乎水，人相造乎道。相造乎水者，穿池而养给；相造乎道者，无事而生定。故曰，鱼相忘乎江湖，人相忘乎道术。"

故曰……

凌风箫喃喃念：“故曰，鱼相忘于江湖，人……相忘于……道术。”①

他念得慢，似乎艰难生涩。

话音落下，一片寂静中，只听老道士长叹一声：“真想我是正一派的道士啊。”

说罢，他又看向窗外，叹了一口气，道：“也不知道阿翠还在不在世上。”

又道：“我进全真教修道，就不该认得阿翠。我认得阿翠，就不该进全真教修道。可我既修了道，又认得了阿翠。”

既修了道，又认得了阿翠，结果会如何呢？

或选择不修道，与阿翠在一起；或继续修道，和阿翠分开。

选择了什么，老道士没有说，可他们已经知道了。

没来由地，林疏看向了凌风箫。

既是无情道，又和凌风箫同路，结果又会如何呢？

凌风箫道：“粥好了。”

当下分粥，喝粥，又听老道士天南地北说了当年云游四方的事情，便散去睡觉。

躺下之后，凌风箫靠着林疏，闭上眼。

天地寂静，一时间，林疏耳边只有凌风箫轻轻浅浅的呼吸声。

林疏便也闭上了眼。

一夜无梦。

第二天早上，两人与老道士道别。

老道士昨晚说，人在天地间的分离就像鱼游入江河，一旦分开，这辈子便不会再碰面了。

天地阔大，他们与老道士的缘分，或许也就止于昨夜围炉的夜谈，此生不会再见。

而他与其他人呢？

林疏不知道。

这一路，走得颇为太平，一行人一路向南。南边春早，边境还是北风呼啸的季节，上陵山周围却已经是春回大地的景象了。

---

① 引自《庄子·内篇·大宗师》，《庄子》又名《南华经》，引用时有改动，原句为：“鱼相造乎水，人相造乎道。相造乎水者，穿池而养给；相造乎道者，无事而生定。故曰，鱼相忘乎江湖，人相忘乎道术。”

到了山脚下，大祭酒上陵简亲自前来迎接。

凌凤箫少不得又将此前发生的事情原原本本交代一遍。

他并没有提林疏乃是剑阁弟子，而只说他是渡劫修为。

上陵简却在凌凤箫叙述完毕后，对林疏作一揖："道友能与凤阳殿下刀剑合璧，击退大巫，想必非等闲之辈。"

林疏道："过奖。"

上陵简又道："不知道友师承何处？"

林疏道："师父只传了我剑法，未说门派。"

这是他一天前和凌凤箫商定好的说辞。

那时，凌凤箫道："北夏诚然居心叵测，南夏也并非清净之地，你有'长相思'功法，难保不会招致他人觊觎。"

他现在是渡劫的修为，并不怕别人觊觎，但若是像蝗虫一样咬上来，也有些让人不快。

林疏说："可能瞒不住。"

剑阁的具体剑法，旁人可能没有见过，一时之间认不出来，但若有人仔细揣摩，未必不能从招式的风格和独一无二的剑意中猜到一二。

凌凤箫说："我知道，只是不想让你卷入纷争之中。若能拖上一时，我便可以多做些布置。"

林疏想，他想得还是过于单纯。

诚然，或许会有宵小之辈觊觎绝世功法，但主要的窥探，应当还是来自大门派，乃至来自王朝。凌凤箫的意思是，他可能会被卷入多方势力的纷争中。

多方势力的纷争，林疏自然是不想卷入的。

但是有一句俗话说，嫁鸡随鸡，嫁狗随狗，以此类推，娶鸡也应当随鸡，娶狗也应当随狗。

虽然他和萧韶的关系非"娶"也非"嫁"，但凭这知己、道友之谊，还是要随的。

他不知道南夏的政局或仙道中有多少暗流汹涌的纷争，但他知道大小姐一定处在这些纷争的核心，并直接参与。

——他不明就里，也不想知道这些人究竟在搞什么，不过，只要配合凌凤箫就好了。

上陵简听了这个"我不知道我的门派"的说辞，也不知道有没有相信，但面上仍然和气有礼："尊师想必是隐世高人，不知现在在何处？"

凌风箫道："他的师父是不问世事的仙君，与凤凰山庄有些渊源，早在十五年前就已四海云游，不知去向了。"

上陵简道："原来如此。"

然后，他便没有再问林疏师父相关的事情。

林疏觉得，上陵简应当是想拉拢他的师父，也就是桃源君。

毕竟对于南夏来说，多一个高人，就多一分胜算。

但凌风箫先是说桃源君不问世事，表明他不会被拉拢，又抬出凤凰山庄来，上陵简即使想再探究这件事，也没有余地了。

与上陵简交谈完毕，两人便回了住处。

碧玉天竹海依旧，甚至冒出了一些早春的新笋，一阵风吹来，竹叶沙沙作响，恍如隔世。

惊风细雨苑的陈设也没有什么变化，只是他们一进来，便看见一个翠绿的影子扑到面前。

"林兄、大小姐！"

乃是越若鹤。

越若鹤十分激动，激动的情绪使这个条理清晰的"杠精"也说话颠三倒四起来，不过中心意思还算明确。

当日凌风箫断后，让林疏和越若鹤先走，后来林疏又留下，让越若鹤先走，越若鹤心知自己要带着血毒样本和《万物在我》回去，责任重大，当即御风疾奔，一路回了南夏，没有遇到险情。回到学宫后，他将血毒样本交给术院，秘籍还回家中，立刻派人潜入北夏暗中探查二人的踪迹，屡寻不得，担心至极。

凌风箫说："为何不在梦境中问？"

越若鹤："你二人在梦境中没有姓名。"

林疏："……"

在梦境中，他们一个是折竹，一个是萧韶，要是越若鹤能在梦境中找到他们，那才有鬼。

凌风箫也有点尴尬，转移了话题，问越若鹤秘籍是如何失窃的。

原来那日越老前辈羽化大典，如梦堂上下齐聚大典上，各大门派也都派人祝贺，秘籍所在之处防守略有松懈，便被人用难以想象的高超手段窃走。

如梦堂四处寻找，多方探听，没有找到自家秘籍的下落，却听到了黑市将拍卖一本疑似《长相思》的绝世功法的消息。

绝世功法就那么几本，一本刚失窃，另一本就被卖，哪有这样巧的事情？

然而消息传到如梦堂这边，已经有些滞后，越若鹤赶到黑市的时候，功法已经被卖出——于是他便潜入北夏王都寻找线索，才有了遇见凌凤箫、林疏二人的事情。

说罢，越若鹤道："虽追回了秘籍，但我觉得此事过于蹊跷。"

凌凤箫："确实。"

然后他望向林疏："你怎么想？"

怎么想？

除了蹊跷，还能怎么想？

既然偷窃的人能以高超手段把秘籍偷到手，为什么不自己吞掉，而是放在黑市上卖掉呢？

若是求财，卖也就卖了，怎么还假托《长相思》的名义？

林疏道："有人想引剑阁出来。"

凌凤箫点点头。

林疏蹙了蹙眉。

先是拿到《万物在我》，绝世功法上都有特殊的气运，能够被辨认出来，如梦堂丢失秘籍的消息又藏得严实，没人知道，所以大家都会认为，这就是《长相思》。

而想买《长相思》的人……除去南夏、北夏的各方势力，还有一个，就是剑阁！

而北夏，从好几年前，就对剑阁有想法。

那……他和凌凤箫，算不算被引出来了？

林疏感到事情并不简单。

他看了看凌凤箫，就见这人也微蹙眉头，感觉事情确实不简单。

交谈罢，林疏被凌凤箫拉去了房间。大小姐的房间依然像以前那样暖软华丽。凌凤箫一点上香炉，窗户外就蹿进来一个黑影。

猫迅速地爬到林疏身上。

又沉了。

林疏顺了顺猫毛，它又跑到凌凤箫怀里，谄媚地叫了几声。

凌凤箫也抱住了它。

下一刻，果子从青冥洞天里出来，喊："清圆！"

猫："喵？"

果子抱起它，开始撸毛。

凌凤箫问："你认得它？"

果子说："折竹认得，我有一点点折竹的记忆。"

林疏想，果子虽然不是折竹，但化形的时候是借了折竹的躯壳，所以有那么一点来自折竹的模糊意识。

而猫原来住在幻荡山上，曾经是叶帝的猫，被叶帝养过，折竹又是叶帝用过的剑，也怪不得果子能喊出猫的名字来了。

果子得意地道："我身上一定也有一点点折竹的气息，你看，它亲近我！"

话音未落，猫就从果子怀里溜走，重新爬到了林疏身上。

果子："……"

凌凤箫笑出了声。

果子："不许笑！"

他到林疏身边："猫猫抱。"

猫不理睬。

果子："……"

气氛正十分尴尬，越若鹤象征性地敲了敲门，然后推开虚掩的门进来："苍旻听说你们回来了，也过来看——"

房间内一片死寂。

林疏把目光从猫身上移开，往房门那边看。

越若鹤和苍旻站在门外，一动不动。

林疏便又顺着他俩的目光往回看。

这两个人在看果子。

精确一点来说，是在看果子的脸。

林疏便也看果子的脸。

果子长得漂亮，而且漂亮得没有一点创意。

一半像凌凤箫，一半像他。

是那种一眼就能看出来的，铁板钉钉的像。

他又看向苍旻和越若鹤两个。

就见苍旻艰难地开口道："你俩……的孩子？"

果子正在和猫拉拉扯扯，闻言随意地道："是啊。"

苍旻咽了咽口水。

"你们……这两个月在外面有奇遇？"苍旻两眼无神，"去了那种，外面一天、里面一年的地方？"

越若鹤也两眼无神："大小姐，你之前闭关，难道是……"

凌凤箫制止了他们的幻想："并非你们所想。"

越若鹤："……哦。"

越若鹤难道是认为大小姐闭关的那两年不是闭关，而是去生孩子了吗？

林疏想，两年前凌凤箫才十八岁，那自己也太不是人了，怪不得刚才越若鹤看他的眼神都变了。

解释完果子的来历，那两人这才将信将疑地点了点头。

送走来慰问的两个人，又陆陆续续来了一些。

——多亏凤凰山庄的那些女孩子去外面做委托了，不然场面会更加热闹。

果子很不高兴。

原因无他，不想和男人说话。

林疏和凌凤箫在学宫中交好的朋友本来就寥寥无几，还大都不是女孩子，这让果子十分难受。

但没有人同情他。

果子绝望地回青冥洞天，顺便把猫也捞走了。

房中又只剩下林疏和凌凤箫。

凌凤箫说："虽然婚约是空中楼阁，但没有明面上的理由，还是不明言废除了。"

林疏道："嗯。"

"但若有婚约而不履行，是否对你名声有碍？"林疏问。

这个世界对女孩子的约束还是不少的。虽然萧韶不是个女孩子，但凌凤箫这个壳子毕竟还要遵守一些凡间的礼数。

"我以前名声便好了吗？"凌凤箫道，"好事之徒嚼舌根时，往往说凌凤箫守望门寡——如今我可是你三媒六聘、三茶六礼的'未婚妻'。"

"不想上学，"凌凤箫把玩着一个精巧摆件，"我同级之中，已有数人成亲，向学宫请了一年假。"

林疏想，上辈子，人们说早恋有害学习，果然不假。

连修仙世界的学宫弟子都不能免俗。

他张了张口，想劝解凌凤箫不要因为与臆想中未婚妻的成亲愿望破灭而厌学，忽然看到凌凤箫的眼神。

是很空旷寂寥的眼神。

他便说不出话来了，良久，道："抱歉。"

"无妨，我也没料到世界上会有这种事情，"凌凤箫道，"你非凡尘中人，若是有情有欲，才是妨碍。现在就很好。"

"倒是你……"他笑了笑，继续道，"仙君，我这样，会不会损你修为？"

林疏："我不知道。"

凌凤箫道："但我看你修为颇为稳固。"

林疏："嗯。"

事实上，他的修为不仅没有损害，甚至因为一直在缓慢吸收着天地灵气而持续增长，不出一年，就能回到原来的水准。

说到修为，凌凤箫似是来了兴致："你那两招'长相思'，玄妙无比。"

林疏道："你亦是。"

他们二人现下也没什么别的事情可做，凌凤箫当即拿出纸笔，要与林疏拆招。

林疏画了"长相思"的前两招"空谷忘返"与"不见天河"，凌凤箫则画"寂寥"的前两招"悲秋""观河"。

凌凤箫看着林疏的招式，道："这两式苍茫寂静，像是你能悟出的。"

又道："'长相思'开篇两式便已如此，此后的招式，也果真只有无情之人能够使出了。"

林疏道："我眼下只能悟出两式。"

凌凤箫便道："北方多雪原冰川，天地寂寥，很合'长相思'的意境。我陪你去参悟天地，或许会有进境。"

林疏："多谢。"

凌凤箫便道："不必谢。"

他们便又讨论了一下"长相思"的第三式"壁立千仞"。

这一式，在原有的苍茫寂静中，又多了无边的孤高。

"此式与前两式相较，多一分居高临下。而你眼下的修为，已然可以一览众山小，"凌凤箫拿笔在纸上推演，"练成指日可待。"

林疏顺着他的推演想象招式。

前世练第三式，总是不得其法，眼下却果真有了些头绪。

凌凤箫武学上的造诣与天赋，实在非常惊人，初次接触剑阁功法，便能迅速入门。

推演完三式，各自都有许多收获，这才收起纸张，准备看凌凤箫的刀法。

凌凤箫却突然道："这样绝情的剑法，为何要叫'长相思'？"

"据说是前辈有其深意，"林疏回答他，"若弟子心境不够，看到'长相思'此名，便会心思浮动，恰好与剑法映照，可以明了自己心境不足。"

"是这样吗？"凌凤箫眼中有思索之色，却另提了话题，"'寂寥'最后一式名为'天意如刀'，'长相思'最后一式叫什么？"

林疏答："黯然销魂。"

凌凤箫似乎怔了怔，良久才道："果然。"

林疏："嗯？"

凌凤箫便说起一段往事来。

说是他小时候凤凰血发作，幸而有桃源君搭救。

"桃源君是很好的人，我那时一天之中，有时会清醒一两个时辰，便总是缠着他，他也从不生气。"凌凤箫望着窗外，似乎有些出神，"我听母亲说，桃源君修为绝世，剑法无双，我便对他说，要看他的剑法。他总顺着我，便给我看了'长相思'。"

林疏想，怪不得当初萧韶在演武场中与他过了那一次招，便认出了"长相思"，原来是见过的。

"具体剑法招式如何，我已忘了，只记得最后一招，"凌凤箫微微垂下眼，"那一招，使我心动神摇。他舞毕许久，我仍不能回神，只觉怅然若失。后来长大一些，看到'黯然销魂'四字，觉得仿佛又看到那一式，只是那时，他已杳无音讯。"

林疏说："待我练成，可以给你看。"

凌凤箫就笑，说："那我等着看。"

说完了"长相思"，又看"寂寥"。

两相对照，林疏立刻看出了这两个功法的不同。

"长相思"是孤冷高寒，空无一物，没有任何感情色彩，"寂寥"却不同。

若用一个字来形容"寂寥"，那就是"悲"。

秋风一起，万叶飘零，而人非金石，百年之后，亦同归尘土，是"悲秋"。

登高而观，江流东去，逝者如斯，不可追溯，是"观河"。

世间繁华美艳，欣欣向荣之物，终归尘土，的确可悲。

而唯有曾钟爱此物之人，才会感到"悲"。

但天行有常，美好之物的消失是不可挽回的过程，这便是"天意如刀"的道理。

在这一刻，林疏突然明白了梦先生的那番话。

梦先生说，宁愿你们一辈子都不能用出这样的招式。

他不由自主地看向凌凤箫。

凌凤箫在很专心地画图。

很漂亮。

这人没有不好看的时候。

可林疏觉得，初见时那个目中无人、高高在上的大小姐，漂亮得最耀眼。

但那时的大小姐，也并不是毫无烦忧。

他问："你何时会的这两招？"

凌凤箫道："很早便会了。"

他语气平淡，但这并不是平淡的一句话。

很早便会了，即很早便懂得"悲"为何物了。

林疏想起凌凤箫手上那枚凤凰令。

凤凰令，世上只有一枚，代表凤凰山庄的无上权势。

而这仅有一枚的凤凰令，不在大庄主手中，却在凌凤箫手中。

所以，凌凤箫虽是凤凰山庄的大小姐，事实上却是山庄的实际掌权人。

大小姐终究不是大小姐。

凌凤箫问他："在想什么？"

林疏："没什么。"

只是在想，若大小姐真的只是大小姐，每天都那样骄傲漂亮，横行霸道，百无禁忌，那也不错。

凌凤箫就放下图纸，抓住他的手腕。

很紧，仿佛一松开，他就会离开一样。

此后的日子也是这样。只要可以，凌凤箫没有一刻离开过他身边，甚至与图龙卫议事，都要他陪在身边。

林疏总觉得，凌凤箫在害怕什么，或者是想抓住什么。

这一天，好不容易凌凤箫有事不在身边，林疏带猫出去晒太阳。

恢复修为后，他耳聪目明，能听见一里开外的虫叫，也隐隐约约知道了学宫中现在的流言。

大小姐栽在了林疏身上，林疏到底是何方人物？

有人说林疏长得好看，气质也出尘，和大小姐很配。

有人说："传言林疏没有修为，这就和大小姐不大配了。"

又有人说："你们难道不知道林疏从三年前和大小姐的关系就很不一般吗？"

还有人说："呸，你们没见他们的女儿吗？一个模子里刻出来的，我看过不了多少时日，林疏就要登堂入室了。"

他觉得挺有意思。

然后又听见有人说："蓝颜祸水，蓝颜祸水，当年大小姐和大殿下还为了此人大打出手，姐弟阋墙来着。"

林疏："……"

"登堂入室"可以，"祸水"就别了。

而且萧灵阳哪里是为了林疏和大小姐大打出手？那是因为他找林疏麻烦才会被大小姐打。

林疏正出着神，被一阵钟声打断。

这是合虚天的大钟，平日里充当下课铃，有时也传递消息。

比如连敲三下是让全部弟子到合虚天集合。

而这次，钟响一下后，又响了一下，显然不是平常的下课铃。

他在心里数着钟声。

一，二，三，四，五。

钟敲五下，贵客来访。

不过，这就与他没有关系了。

林疏继续发呆，直到视野中出现一个杏金色的身影。

林疏："……"

看那只杏金色生物的行动轨迹，是直冲着自己来的。

杏金色生物靠近了，来者不善。

"你！"萧灵阳径直走到他面前，倨傲地朝他抬了抬下巴，开门见山，语气恶劣，"今日，你必须给我解释清楚，你和凌凤箫到底是怎么回事？"

林疏平平淡淡道："无事。"

"我听说你们连女儿都有了！还住在一起！"萧灵阳看起来生气到几乎窒息，话都说不出来了："你……你……你，是不是欺负她了？！"

林疏继续平平淡淡说道："没有。"

"我不信！"萧灵阳大声道，"你……无耻之徒！"

林疏："……"

萧灵阳以扇柄疯狂敲击石桌，气到胸脯起伏不定，道："我必不可能允许你娶她！"

林疏道："嗯。"

萧灵阳更生气了："你'嗯'什么？难道我不允许，你很高兴吗？你难道想对她始乱终弃吗？"

林疏想敲开萧灵阳的脑袋，看看里面到底装了多少水，若是倒出来，能不能灌满星罗湖。

萧灵阳跳脚："你说话！"

"并无始乱终弃，"林疏淡淡道，"你不允许，也无用，所以我'嗯'。"

萧灵阳看样子快要被气死了。

根据林疏对付萧灵阳的经验，一般这个时候，他会采取物理攻击。

果然，萧灵阳欺身上前，打算动手。

但是今日的林疏，已经不是往日的林疏了，而是渡劫期的林疏。

萧灵阳的动作便被一层无形的灵气墙挡住了，施展不得。

以林疏的经验，物理攻击不成，此人便会开展人身攻击。

果然，萧灵阳道："你凭什么娶她？

"你有钱吗？有势吗？凤凰山庄要你吗？

"你只是有一张脸罢了！连门派的出身都没有！"

林疏慢吞吞喝了一口茶，安静地听着他叫唤。

"南海剑派的少主，我觉得他很好，我建议你去和他比一比，到那时候，你就会知道，自己不过是个废物罢了！"

林疏想，有点进步，学会举例了。

"安将军的长子也很好，凌风门的少主也不错，"萧灵阳大举其例，"你仔细想想，你有他们有钱吗？有他们英俊吗？有他们修为高吗？有他们出身显赫吗？你难道不感到羞愧吗？不感到你不适合与凌风箫在一起吗？即使有了女儿，我告诉你，你——"

他喋喋不休，直到林疏抬头，视线越过他，看向前方。

萧灵阳约莫是以为凌风箫来了，如同受惊的兔子一样转身。

但并不是凌风箫。

林疏看见了一行正在向这边走来的白衣人。

为首那个，他认得。

是在幻荡山有过几面之缘的云岚，剑阁弟子。

而他身后十几人，个个身着如雪白衣，气质清寒，也都是剑阁弟子的模样。

云岚在亭前站定。

"剑阁弟子，云岚。"他道。

他右侧一个女孩子道："弟子灵素。"

左侧一个少年道："弟子灵枢。"

云岚右手握剑置于身前，剑尖朝地，左手覆于右手手背，微低头，行剑阁的侍剑礼。

其余的弟子也是一样的动作。

只听云岚与其他弟子对着林疏，齐声道："拜见阁主。"

林疏环视了一下这个亭子。

亭子里的活人，只有他自己，和萧灵阳。

剩下那个活物，猫，从他怀里出来，坐在桌上，直视着萧灵阳，趾高气扬叫道："喵。"

而萧灵阳正僵硬地转头看向他，难以置信道："你……？"

林疏："……"

别问我。

我不知道。

阁主？

其实，林疏还真的是剑阁的阁主。

但是，是不知道多少年以后的那个剑阁的阁主了。

他师父在的时候，自然师父是阁主。

师父没了，整个剑阁上下，就剩下林疏一个活人，林疏自然是剑阁阁主。

但是，现在显然不是这样的。

剑阁乃是遗世独立，实力超绝，南夏、北夏极其想要拉拢，却总是不得其门而入的强大势力，弟子甚多。

林疏觉得不对。

不，他不可能是剑阁的阁主。

这些人可能是在喊猫。

毕竟，这猫来历奇特。

他便看向了猫。

猫正在骄傲地挺起胸脯看着萧灵阳。

萧灵阳则满脸僵硬地看着林疏。

林疏又看向云岚，见云岚的目光始终停留在自己身上，并没有看向猫或者萧灵阳。

他警惕了起来。

于是，他问："你们找谁？"

云岚再行一个侍剑礼："回禀阁主，我等前来迎您回山。"

他身旁的少女灵素道："阁主，两位长老尚在合虚天与上陵先生交谈，我等见阁主心切，故而贸然前来。"

林疏还没说话，萧灵阳先叫了起来："他是剑阁的阁主，我怎么不知道？"

林疏心说，我也不知道。

云岚并未因为他是南夏的大殿下而特殊对待，假以辞色，只是冷淡地道："此乃我剑阁之事。"

言下之意是，外人不要说话。

但萧灵阳岂是这样容易打发的，道："你们认错人了！"

云岚道："并未认错。"

萧灵阳如丧考妣："我认为这并不可能。"

云岚道："此乃既定之事。"

萧灵阳道："他连修为都没有！"

正当此时，又来一行人，中间是两个白衣男子，一个白发老者，并大祭酒上陵简。

上陵简对林疏道："林道友，当日你以渡劫修为，与凌凤箫击退大巫，在下还在揣测，你的师门该是隐世的大仙门，未承想正是剑阁。"

萧灵阳："……"

林疏则看向那两个白衣男子，看外表，他们应是四五十岁，身上气息浑然，俨然是渡劫，另一位白衣老者比起他们来，修为又更加深厚些。

他们衣服的制式，林疏认得，是剑阁长老的着装。

老者看向林疏，作一揖："老朽见过阁主。"

林疏："……不敢当。"

云岚对老者道："回长老，阁主尚不知道他乃是剑阁阁主。"

老者道："当年事出突然，阁主自然不知。"

林疏问："我为何是阁主？"

"十五年前，剑阁曾有变故，不便详谈，"长老看着林疏，目光中有一丝丝慈祥，然后道，"阁主眼下只须知道，修炼'长相思'者，便是剑阁阁主即可。此中曲折，老朽将来会交代于您。"

林疏问："为何知道我修炼'长相思'？"

"回阁主，十日前，剑冢万剑齐鸣，为无情剑意出世之兆，我等立刻下山追寻踪迹，来到拒北城，继而得知您俗世中的身份。"云岚道。

十日前，正是他和凌凤箫一起打大巫的日子。

原来"长相思"剑法用出来，剑阁那边是会有感应的。

林疏："……"

如果以"长相思"而论的话，那他确实是阁主。

他看向几个长老。

长老都慈祥地看着他。

他又看了看年轻弟子们。

年轻弟子都用很敬慕的眼神看着他。

林疏觉得自己须要静一静。

你们不是无情道吗，为什么还能如此慈祥、敬慕？

再一想，"长相思"是阁主修炼的，其他人可能无情得并不是很彻底，只是比正常人冷清凉薄一些。

而白胡子长老又道："不知阁主是否须要收拾行装？若不，我等即刻就可回山。"

不。

不行。

他们是来接他回剑阁的。

凌凤箫呢？

无论如何，林疏都觉得自己要等凌凤箫回来。

凌凤箫往日是一直在他身边的，但昨日晚上收了一封急信，说是都城有变，第二天凌晨他便赶往王都，临走前说尽量早日回来。

"我……"他道，"可以考虑一下吗？"

上陵简笑了笑，对那位长老说："仙师，此事太过突然，林疏需要时间消化一下。"

长老道："自然。"

长老说罢，便走上前端详林疏许久，和蔼地道："阁主一看便是我剑阁中人，绝不会有假。"

猫也谄媚地道："喵。"

长老便道："可是清圆？"

猫："喵。"

林疏："……"

哦，传说中的叶帝，也是剑阁的某一任阁主。

都是一家的。

长老更慈祥了。

他是剑阁中人，没有假。

但是……

林疏不知道自己在"但是"什么，但他知道不能这样猝然做出决定。

长老便开始和林疏交谈，中心内容是剑阁寻阁主已久，阁主乃是剑阁的主心骨，不可缺少，还说什么只有剑阁所在的雪原适宜修炼"长相思"云云。

等到天色已晚，上陵简说安排剑阁各位仙师住下。

长老依依不舍，并说明日再来与阁主商议回山之事。

萧灵阳一直处于恍惚的状态，离开时脚步有些踉跄。

林疏也有点飘忽。

上陵简说送他回惊风细雨苑。

路上，上陵简道："道友。"

林疏："先生。"

上陵简道："道友似有心事，不妨一说。"

林疏说："我不知该不该走。"

上陵简道："道友，你想走吗？"

林疏茫然地摇了摇头："我不知道。"

剑阁是师门，他从小便是剑阁的弟子，在剑阁长大，虽然那时的剑阁只有师父一个人，可他所学的心法、所练的剑法、所用的秘籍与丹药，全都来自剑阁的先辈。从某种意义上来说，剑阁也算是他的家。他刚来到这个世界的时候，是很想能回到剑阁的。

而云岚说，剑阁需要阁主。

长老也说，只有他是剑阁的阁主。

他是应该回去的。

但是，南夏还有凌凤箫。

上陵简下一句话便是："道友可是在南夏有什么牵挂？"

牵挂？

或许是。

林疏点了点头。

"剑阁乃是隐世门派，一心只问剑道，从不插手世间纷争。"上陵简道，"我是南夏之人，自然心向南夏，希望道友能留下，襄助南夏。然而，平心而论，江湖纷乱，世道无常，常扰心境，倒不如剑阁适合道友。"

"剑阁……"林疏想了想，问道，"怎么样？"

仙道中人很少提起剑阁，但每次提起，都十分景仰——但没有人真正评论过剑阁的实力或地位。

"剑阁自然极好。"上陵简道，"上陵学宫倾天下之力培养仙道弟子，学宫数万弟子，能至渡劫者，不过寥寥数人。而剑阁不过几百人，元婴、渡劫之人，却可与整个学宫相比，乃至胜之。更遑论剑阁心法、剑法，自有其独到之处。"

"故而……"上陵简缓缓道，"剑阁向学宫要人，学宫拦不住，亦不能拦。道友要走，亦是如此。"

林疏没有说话。

他看了看上陵简，暮色中，轮廓有些许模糊，使得上陵简与梦先生更像了。

说话的语调，也像，甚至都喊"道友"。

许是知道他难以做出选择，上陵简叹了一口气："道友愿意听个故事吗？"

林疏："好。"

上陵简缓缓道："那时在下名为孟简，还未做大国师，也未做学宫的大祭酒，而是驻守南方。十五年前，闽州叛乱时，我奉命前往平乱。"

林疏心中忽然一动。

十五年前……闽州叛乱，王朝派兵镇压，将满城人口，尽数屠灭。

这……不就是闽州鬼城的由来吗？也正因为这件事，李鸭毛一家和小傻子才会在鬼村中被困许多年。

而那屠城之事，竟然是上陵简做的吗？

只听上陵简道："闽州叛乱，叛军非虎狼之师，故而虽然紧急，却并不严峻。当时只须徐徐图之，消耗叛军兵力，便可拿下叛军，甚至直接劝降。"

林疏听着他的话，心想，那为何会有屠城一事呢？

就听他下一句道："只是，就在那几日，北境惊变，北夏大军压境，我兄长……驻守长阳城，北边精锐兵力，尽在此城，仍左支右绌，情形严峻。他那时不知南方叛乱之事，向王都求援，而……我朝兵力有限，能与北夏正面相抗的军队，唯有我麾下一支。"

上陵简似是云淡风轻一笑，可这笑中又似乎有无边的怅惘："若向北驰援，南方必乱；若留在闽州，长阳城便凶多吉少；若将兵力一分为二，两边胜算便都不足三成。我那时左右为难，便先以精锐兵力强攻闽州城，意图速战速决，然后向北救援。然而独孤诚亦非等闲之辈，僵持一天一夜后，我决定引动禁术。禁术无法控制，一旦引动，便会屠灭闽州全城人口。"

"闽州之乱就此平定，此后，在下立刻驰援长阳城，然而……"上陵简轻轻道，"大巫亲至，我带援军来到城下那刻，正是他身死之时。"

梦先生的身份，林疏是知道的。

梦先生与上陵简有血缘关系，他是能猜出的。

梦先生如何身死，他也是知道的，只是，他不知道，原来这背后，还有这样一段造化弄人的往事。

"援军来后，长阳城虽然守住，他却无法复生，闽州上下几万百姓，亦因我而死，化为冤魂厉鬼。"上陵简道，"世事难以两全，终究是我那时当断不断，致使……终生之憾。"

他说罢，自嘲般笑了笑："此乃风马牛不相及之事，今日提起，全因道友你亦与当日之我一般，须尽快做出抉择。若留便留，不留便不留，若因摇摆不定，思虑时间过久，而使剑阁疑你立场，或是王朝为留你与剑阁冲突，甚至北夏得知消息，乘虚而入，便是得不偿失了。"

林疏点点头："我知道。"

上陵简道："道友是在等凤阳殿下吗？"

林疏说："是。"

他只是……须要见一见凌凤箫。

上陵简道："以在下所见，殿下未必会让你留下。"

林疏："为何？"

上陵简却没解释，只道："猜测罢了。"

回到竹舍后，林疏立刻拿出玉符，进入演武场，向萧韶发出了约战。

萧韶许久没有回复。

林疏出梦境，放下玉符，望着窗外发了好一会儿的呆，玉符这才闪烁起来，萧韶应战。

林疏进入演武场。

萧韶对着他笑了笑："想我了？"

林疏看着他，不知道该如何提起。

萧韶布了个结界，隔住其他人的目光，对林疏道："来打一架。"

林疏便和他拆了几招。

萧韶起先刀法酷烈，后来逐渐平和，林疏也收手，最终萧韶的刀插在结界壁上，林疏身侧，把他圈在一个狭小的空间里。

林疏知道自己是萧韶的一个人形自走情绪安抚机，萧韶找他打架，有时候单纯是想拆招，有时候则可能是有点事情。

林疏问："你怎么了？"

"我今晚便回来，然后带萧灵阳回国都，"萧韶道，"父皇急病，国都大乱，恐怕……很难压住。"

林疏怔了怔。

林疏问："你父皇……还好吗？"

"不好，"萧韶淡淡道，"以仙药续命，少则三月，多则三年，但已不太清醒了。"

说罢，又道："谢子涉入朝后，主和派势大，正在攀咬主战派大臣。拒北关之事后，又有几位大臣转而主和，朝中亦是一团乱麻。我倾向主战，萧灵阳自然随我，主和派便不会想让他当皇帝。"

朝堂倾轧，林疏不懂。

但他知道，萧韶面对着的是非常非常复杂的局面。

涉及朝堂的事情，都是牵一发动全身，不能简单地用武力解决。

萧韶主战，主和派便会让他很烦。

——文人没有什么武力，一刀就可以解决，解决了，就清净了。

但是以后呢？

这些大臣个个是股肱之臣，都有非同一般的谋略与才学，南夏的民生糟糕成了这个样子，半数的百姓还能勉强维持生计，各个受灾之处的赈灾工作还能维持，全靠他们一次又一次的变法革新。没了他们，整个朝廷的运转都会出问题，朝堂立刻乱掉，而朝堂一乱，离天下大乱就不远了。

所以，对付文人，只能权衡利弊，小心制衡。

萧韶这个壳子还比较内敛，不太能看出情绪，若是换了大小姐的壳子，林疏估计他早就烦得要命，当场多成河豚了。

林疏拍了拍萧韶的背安抚。

"我这边还有一点事情，"萧韶揉了揉他的头发，道，"半夜才能回来，你先睡。"

他似是想走。

林疏拉住了他的衣袖，开始组织语言。

但萧韶似乎是以为他在不安，道："图龙卫和凤凰山庄都在我手里，不会出事情。"

林疏道："那你……很烦吗？"

"迟早有这一天，"萧韶道，"只是现在很乱，再过些天，仙道也要乱了。"

"我有时想，怎样可以传信剑阁，让剑阁接你回去。"

林疏愣住了。

半晌，他问："为什么？"

"王朝动荡，"萧韶道，"有些事情，很脏，不想让你看到。大巫那天意欲屠城，又对你留话——不知在谋划什么，或许与《长相思》有关。你的情况很危险，我始终放心不下。若回剑阁，他便不敢染指。"

林疏问："那你呢？"

"我得做该做的事情。"萧韶道。

林疏看着他的眼睛，道："但他们已经找到我了。"

萧韶："他们？"

林疏："剑阁。"

萧韶的动作顿住了。

良久，林疏听见他低声道："林疏。"

林疏"嗯"了一声。

萧韶："你要走吗？"

林疏："……我听你的。"

良久的静默后，萧韶道："等我回去。"

林疏道："好。"

萧韶收了刀，又注视他许久，才下线了。

林疏靠在窗边，等萧韶回来。

他脑中没有什么东西，什么都没有想，只一下一下机械地摸着猫。

早春夜晚，凉如水，只有这猫毛还有些温度。

凌凤箫推门进来的时候，正是月上中天。

林疏与他对望，问："我要走吗？"

凌凤箫没有说话。

林疏嗅到他身上的气息。

清寒的，还带着外面的冷气。

他忽然被抱住。

其实是很好反抗的动作，但是他的身体似乎习惯了这么一个人的存在，并没有做出及时的反应。

凌凤箫的手臂收紧。

没有什么拒绝的余地，仿佛压抑着许多难以言表的情绪。

林疏不知道还能这样。

抱了很久，这人才放开，林疏轻轻喘了几口气。

凌凤箫没有说什么，但他已经知道了。

他问："果子跟谁？"

"跟我，"凌凤箫的声音有些哑，"他太吵，又爱无理取闹，会妨碍你。"

果子在房间里凭空出现，大声道："不行！"

林疏道："跟我……也可以的。"

果子眼里好像汪了水，声音也哽了哽："林疏不走！"

凌凤箫面无表情道："你跟我。"

果子"哇"地哭了，自闭状回到青冥洞天，或许是对着师兄撒泼去了。

林疏抱猫过来，放到凌凤箫怀里："猫跟你。"

他回到剑阁，有那么多渡劫期的长老在，无论如何都不怕大巫了，但凌凤箫这边没有了自己，也会很危险。

有猫在身边，就会好很多了。

猫细声细气叫了一声，想往林疏怀里爬，又被林疏塞了回去。

林疏对它道："你的因果还没还完，跟着他。"

猫窝进凌凤箫怀里，看样子，似乎也自闭了。

林疏觉得自己也要自闭了。

但是想了想，凌凤箫肯定比他还要自闭。

"我没什么东西可以给你，"凌凤箫道，"只有这个。"

林疏手上被放了一个冰凉的东西，他借着灯光一看，是个殷红如血的令牌。

凤凰令。

林疏问："你不用吗？"

"有凌凤箫的脸就可以，"凌凤箫道，"算是送你结道友之谊的礼物。"

林疏收下。

大小姐终究还是大小姐。

从今以后，凤凰山庄的所有钱庄、铺子、镖局，都任他支取、派遣了。

"北夏之人，不要接触。"凌凤箫道，"南夏亦有用心险恶之徒，不可回应。你到了剑阁，一心修炼即可，天下之事，只当没有发生。"

林疏："嗯。"

他说："若打仗呢？"

凌凤箫只道："你是世外之人。"

林疏没有说话。

凌凤箫也没有。

终于，他轻轻道："是我不好。"

林疏："嗯？"

"若王朝安定，或我有护你万全之力，必定不会让你走，"凌凤箫望着窗外皓月，道，"若有那日，我去接你。"

林疏说："好。"

但他想，凌凤箫已经做得很好了。

论修为，论谋略，换成别的任何一个人，都不可能像凌凤箫一样优秀。

凌凤箫今年才二十岁。

他觉得，凌凤箫来接他的那一天，是会有的。

而他若留在凌凤箫身边，则给凌凤箫添了一个麻烦。

这人要义无反顾跳进王朝纷争的大墨水瓶里了，随身带着一"只"林疏，还要费心让这"只"林疏保持白色。他不能当这样的拖油瓶。

大巫的阴谋也不知到底是什么，凌凤箫随时随地都要担心自己的仓鼠出事。

林疏努力让自己走出自闭，心想，自己一走，凌凤箫就可以无所顾忌地在大墨水瓶里搅风搅雨了。

他看向凌凤箫。

凌凤箫望着窗外，神色沉沉，不知在想什么，总之不是什么愉快的事情。

许是察觉了他的视线，凌凤箫又俯下身去，用手指梳了梳他的头发。

动作温柔许多，但林疏觉得这温柔里有点悲伤的意思。

凌凤箫说："睡吧。"

又说："明日我先走，你再走，若看着你走，我怕我又想把你留下。"

林疏自然依他。

于是便睡了。

但他没有睡着，并且知道凌凤箫也没有睡着。

尽管如此，第二天早上，凌凤箫起床的时候，他还是假装在睡。

有微凉的手指在他脸侧稍稍停留，继而压了压被角，这才离开。

凌凤箫一离开，林疏就起床悄悄跟上了。

他也不知自己究竟在做什么，只是暗中看着凌凤箫不顾萧灵阳的反抗把人拎出来，继而不顾萧灵阳的反抗把他塞进马车，空气中久久回荡着萧灵阳喊的"我不回去"和"凌凤箫你不是人"与零星的"我要让林疏把你领走"。

林疏觉得有点意思，心想这个时候萧灵阳倒知道谁是"姐夫"，不再举出南海剑派少主、安将军长子与凌凤门少主等例子了。

可等到马车在官道上远去，继而不见踪影，他又觉得挺没意思。

回到学宫，林疏告诉长老他要回去。

长老自然很欣慰，弟子们也很快乐。

林疏觉得自己面无表情，跟这快乐的氛围着实格格不入，没想到最后还被长老夸"果然有我剑阁阁主的风范"。

他们便启程了，向北而去，走一段陆路，到望南津的渡口，换水路。

离渡口不远处，有一个小亭，一处酒肆。

这酒肆平平无奇，酒旗也半新不旧，原本引不起任何的注意。

可林疏的心神仿佛忽然被牵住，注视着那间酒肆，直到在窗口看见一片红色的衣摆。

他对云岚说："停下。"

云岚便停了。

林疏下了车驾，来到酒肆前，推开木门。

凌凤箫看着他，桌上摆了一个酒壶、两个空杯。

厅堂内空无一人，只有掌柜在柜台里打盹。

"我想了想，"凌凤箫斟上酒，"还是想来送你。"

林疏走上前。

凌凤箫站起身来，向他一举杯。

林疏拿起桌上另一杯酒，缓缓饮了下去。

从前，凌凤箫不许他喝酒，故而他是第一次喝这样的酒。

酒很辣，顺着喉咙下去，像一团冰冷的火。

凌凤箫将酒一饮而尽，对他道："珍重。"

林疏："你也是。"

凌凤箫的眼里仿佛漫上一层雾气，咬了咬嘴唇，持杯的手有些微的颤抖。

这或许是情绪不受控制的表现，林疏想，这人下一刻约莫是像话本中经常描述的场景一样，要将酒盏摔在地上，来做一次干脆利落的决绝。

但是凌凤箫没有。

他只是轻轻地将酒盏放回桌上，杯底与桌面触碰时甚至没有发出什么声音。

他道："我再送你一程。"

外面下了极轻软的雨，像沾衣欲湿的烟。

凌凤箫递给林疏一把竹伞，自己亦撑起了一把。

剑阁一行人在渡口旁等着。

送至渡口前，凌凤箫道："就此别过。"

林疏道："保重。"

凌凤箫："嗯。"

林疏便向前去，由云岚领着，上了船。

船身晃了一晃，便顺流而下了。

南国三月，烟雨空蒙。隔着浩渺烟波，林疏望向来时路。

凌凤箫一身红衣，撑一把红伞，明明是天地间唯一的亮色，在茫茫柳色中，却艳丽得有些寥落了。

凌凤箫似也在望他。

待到烟雨与江雾彻底模糊了面容，他看见凌凤箫手中伞被风吹落至地面，打了几个转，然后不动了。凌凤箫则转身往回走。

林疏依然看着，直到那一点红影愈小愈淡愈邈远，最后消失在江天一色中。

此一去，天涯路遥。

林疏亦转身从船尾走至船头。灵素侍立在他身侧，说："阁主，水路走两天，过风陵津，转向北，自天河溯流而上，便到流雪山下了。"

林疏道："好。"

灵素问："阁主，不回舱里吗？"

林疏道："你先回吧。"

灵素道了一声"是"，便退下去，返回船舱中。船头剩林疏一人。他望向两岸，只见碧天无际，江水长流，仅这一叶轻舟乘雾而去，遁迹尘中。

他忽觉天地之大，遥无尽头。

而人生天地间，忽如远行客。

一叶孤舟而已。

第十章

有盈盈了

江上，雾色凄迷，冷寒彻骨。

林疏回了船舱。

灵枢与灵素就在舱门等着，见他来，灵素道："阁主，随我来。"

剑阁的船，很素雅，虽然外表气派，船身大且结实，但内部只有一些必要的陈设。

林疏是明白的，剑阁的祖训里，五色五音五味，皆是红尘浮埃，只会妨碍心境，没有任何意义。

灵素引他来到舱内主室，道："阁主，我与灵枢为您更衣。"

林疏："我自己来。"

灵素道了一声"是"，然后将一应衣物捧上。

在先前与长老的交谈里，林疏知道灵枢与灵素并不算是剑阁真传的弟子。

他们的心性自然极好，但天赋资质略有不足，便做"剑侍"。

剑阁弟子平日沉心修炼，难免不大会打理自己，故而资历高的师祖、师叔、阁主、长老，都有随身的"剑侍"。灵枢与灵素则是阁主的剑侍。剑侍打理主人的起居饮食乃至一切杂务，而主人只要心无旁骛修炼即可。

剑阁这一辈的真传弟子以"云"为首字，例如云岚；剑侍则以"灵"为首字，例如灵枢与灵素。

然而，即使是剑阁弟子中资质较次的剑侍，也都是元婴的修为。

灵素是个清秀漂亮的少女，看起来不过十六七岁，但已经是元婴初期，气质清明沉静，目光湛然，若放在外面，已经可以被称赞天资出众了。剑阁其他弟子的水准，可想而知。

林疏收回目光，拿起灵素呈上来的衣物。

这是剑阁阁主的着装。

长衣雪白，以浅银的腰封束起，外面是冷白的广袖长袍，没有多余的花纹或装饰，只有隐隐的银光流转。

他在镜前坐下，灵素执起玉梳为他束发。

束发也并不复杂，额前留两缕碎发，其余长发半束半散，最后以一根流云白玉簪固定。

林疏看着镜中的自己。

这具身体的五官，向来是好看的。

只是眼里有了冰雪，使他竟有些不认得了。

他只是忽然想，若是凤凰山庄的女孩子在这里，或许又要嘻嘻笑着打趣："好漂亮的仙君！"

又或许打不出趣来——镜中人神情那样寡淡，像极了他前世每一日在镜子里看见的自己。

灵素将东西收起来，递给灵枢，微微有些笑意，眼中是很干净的敬慕，道："阁主果真是阁主。"

林疏问："剑阁此前没有阁主吗？"

灵素倒是知无不言："《长相思》丢失后，阁主之位便空了，我们一直在等您归山。"

《长相思》。

林疏想，剑阁的镇派功法《长相思》，已经丢失许多年了。

各方势力觊觎《长相思》，也已多年。

他虽会"长相思"，可那是上辈子学的，这辈子并没见过《长相思》的踪影。

长老为何不问他的"长相思"是从哪里学的呢？又为何不对他的师承、身份有任何怀疑？

他便问："不找《长相思》吗？"

"不找，"灵素道，"鹤长老曾对我们说，怀璧其罪。剑阁乃清净之地，但凡《长相思》在一日，便一日不能脱离俗世纷扰，故而，剑阁假称《长相思》遗失，实则是多年前动乱之时，一位无名前辈携秘籍飘然隐去，无人知其在何处。"

鹤长老，即是那位白胡子长老。

林疏从昨日的交谈中知道，剑阁现下一共有六位渡劫长老，其中鹤长老资历最深，阁主之位空悬时，是他掌管剑阁一应事务，所言应当不假。

所以，是剑阁中人将《长相思》转移出去，让外人永远无法找到？

既然秘籍已经销声匿迹，为何又认定他是剑阁阁主？那个与他一样修炼"长相思"的桃源君又是何许人也？

林疏这样想了，便也这样问了："此事距今多久？"

"已过百年。"

"那位前辈的称号是'桃源君'吗？"

"回阁主，我并不知晓，"灵素道，"此事阁主可以询问鹤长老，但此名字不像剑阁中人。"

林疏："嗯。"

灵素说她不知道，但根据她的话，林疏觉得那位前辈并不是桃源君。首先是两人出没的时间不同；其次，前辈携秘籍隐去是为保护剑阁，桃源君却把剑法给凌凤箫看过，露出了行迹。

那桃源君现在究竟身在何处？又从哪里学会了"长相思"？

死了吗？

可是据凌凤箫所说，这位桃源君，是能从头到尾使出"长相思"的人物，其武学造诣之深、修为之高，可以想见。这样的人，只会飞升，不会死。

那可能就是飞升了吧。

而《长相思》不论怎样隐去，最后都会回到剑阁。

——否则，自己上辈子的师父何以能够掏出一本《长相思》来让他学习？

想明白了这些，林疏便不再想了，反正不论如何想，自己都免不了要名正言顺地当剑阁阁主了。

木已成舟，他并没有太多的好奇心。

日子就这样过去，林疏深居简出，剑阁并不提倡吃东西，由辟谷丹来解决，也不提倡睡觉，用静坐观冥来代替，他日常的生活便全是修炼，恢复灵力。

船上有法术，行得极稳，若非出了船舱，根本察觉不了自己是坐在船上。

但是，这一日，船忽然停了。

林疏睁开眼睛，看向舱门外。

灵枢、灵素原本在一旁静坐冥思，也在这一刻倏然睁开眼睛，拿起各自的长剑。

灵枢道："我出去看。"

灵素："好。"

外面传来鹤长老的声音："阁下江中相候，所为何事？"

另一道声音回答道："在下仰慕剑阁已久，听闻阁主行经此地，特来相邀，欲与阁主一叙。"

这声音林疏认得。

大巫的声音。

他想了想，自己一行人已经走了两三天，算着日子，确实该到北夏的地界了。

北夏自然有大巫。

但大巫想见他，这很没有道理——他们不久前还打了一架，并且，大巫还明显别有用心道"抓到你了"。

抓到是不可能抓到的。

剑阁来接他，排场甚大，来了三位渡劫期的长老。而林疏自己，也是渡劫的修为。

这时，出去的灵枢回来，对林疏道："阁主，鹤长老让我问您，北夏大巫想要见您，您是否想见？"

林疏："不想。"

灵枢便出去传话。

就听鹤长老道："阁主不欲见，阁下请回吧。"

大巫此时的声音十分温文有礼，道："我有要事与阁主相商。"

灵枢再次传话。

林疏说："我与他之间没有要事。"

大巫听完传话，沉默了。

灵素轻轻笑了一声。

林疏面无表情。

这是真的。

剑阁是隐世门派，南夏、北夏都和剑阁毫无关系，剑阁也不必仰仗他们行事，他和大巫之间能有什么要事？

除非大巫居心不良，又有所图谋，要给他挖什么陷阱——这就更不能见了。

沉默过后，大巫道："既如此，在下有一信，烦请阁下转交。"

鹤长老道："好。"

然后道："阁下，告辞。"

大巫道："来日再会。"

灵枢便将信呈了上来。

信是封好的，信封漆黑，似乎是某种动物的薄皮，其上刻着深红色的巫纹。

林疏打开，里面只有一张薄宣纸。

三年后，四月廿七，请君遥望诸天星辰。

再三日后，在下于中洲大龙庭静候君。

大巫倒是字如其人，这字并不难看，甚至颇为美观，但透着一股阴森寒气。

这信的意思，是要他在三年后特定的那一天看星星。

那就三年后再说。

林疏把信折起来。

灵素道："阁主，我收起来。"

然而，就在交接的一刻，林疏看见这信的背面还有字。

是一句诗。

此时相望不相闻，
愿逐月华流照君。①

林疏："？"

大巫想说什么？

林疏看不懂。

情诗？

对不起。

我是一个没有感情的剑修。

暗号？

他和大巫没有什么暗号可对。

林疏便没有再想，将信递给灵素，不再提起此事。

除去这一段插曲，剩下的路程都一帆风顺，过了风陵津，他们沿天河逆流向上。

天河不是寻常的江河，地脉不同寻常，河的上段灵力奔涌，莫说凡人，就算修仙人、巫师都是能避则避，不会轻易渡河。到了天河发源处，剑阁的地界，更是有无比强横的结界保护，将剑阁与外界彻底隔绝开来，也只有剑阁允许之人能够进入。

穿过结界，激起一片冰雾雪花，雾气散尽后，呈现在林疏眼前的是一望无际

---

① 引自唐代张若虚的《春江花月夜》。

的雪原，与连绵不绝的雪山。

剑阁，就在雪山中最高的一峰上。

流雪山，九千道长阶，拾级而上，便能到达山巅。

山巅有剑阁。

鹤长老道："阁主，随我来。"

林疏便随鹤长老去了。

但这路，他很熟悉，甚至走过许多遍。

上辈子，他在这里长大，此后，在外面上学，但每年都要回来这里两次。

冰天雪地里的九千道长阶，若是凡人，身体弱一些的，甚至走不上去，修仙人，也要费些修为。

林疏只是认真地走着。

忽然，面前的长阶上出现了淅淅沥沥的血迹，是新鲜的。

他抬头往上看，见有一个麻衣少年，正在缓慢地往上走。

一步，一叩首，再走一步，再叩首。

他的额头已经磕破了，膝盖亦是，在每一个台阶上留下血迹，延续向前。

天寒地冻，每磕一次头，便留下三道血迹，寒风中，血很快止住，然后在下一个台阶，再次因为皮肤与粗粝台阶的碰撞涌出血来。

他的额上已经血肉模糊。

灵素似乎是注意到了他的目光，轻轻解释道："阁主，这是求拜师之人，剑阁每隔十年，都有长老到世间亲自挑选弟子，但若是有少年人主动前来，亦不会拒绝。无论资质如何，若能一步一叩首，走完九千长阶，便是我剑阁弟子。"

鹤长老抚了一下雪白胡须，道："一步一叩首，并非要弟子尊敬剑阁，而是考验弟子心志。能上九千长阶者，必有坚韧不拔之志，这样的心性，已然是超世之才，无论根骨如何，剑阁都会将其收下。"

林疏："嗯。"

他们越过那少年。

林疏注意到那少年在看他。

眼睛里，是很灼热的仰望敬慕。

他对那少年轻轻点了点头。

那少年本已经失去力气的、缓慢无比的动作，像是重新被注入生机一般，又快了起来。

前面还有五千道长阶。

林疏走过这五千道，剑阁山门便呈现在眼前了。

山门左侧，有一块巨大的青石，上书八字——"精诚所至，金石为开"。

这八字乃是剑阁祖训第一条。

剑阁的日子，是很清苦的。

习剑、问道、冥思，日夜不歇。

然而世间事、修仙事，若是精诚所至，便也好像不是很难了。

剑阁之所以实力超绝，恐怕也有这八字的功劳。

林疏走过上辈子走过无数次的道路。

青松、白雪、石台、空地。

不同的是，有白衣的练剑弟子，见他来，收剑行礼，道："见过阁主。"

灵素道："阁主，您的寝殿在这里。"

这是最高处的一间独殿，据灵素说，是阁主所居之地。

林疏便走进自己上辈子的房间。

白石做桌，寒玉为床，连陈设都没有一丝一毫的变化。

从这间殿里出去，过一道铁索，便到了另一座峰头。

——那是他练剑的地方。

灵素说，剑阁的历代阁主，都是在此处练剑的。

他便就此住下了。

剑阁的阁主，似乎并不须要做什么事情，上辈子如此，这辈子亦是。他大部分时间只是在练剑。

——在这雪山绝顶，一切情思杂念尽数沉寂，只余眼前万里江山，手中一柄长剑。

流雪山下忘返谷，一片空茫，使人忘我，继而忘归。

浓雾起时，云海升腾，远方天河失去形迹，滔滔水声亦随心境下沉渐渐消失，万籁俱寂。

问剑峰山高万仞，登临绝顶，居高临下，看见茫茫尘世，不过山下一寸。

"长相思"第一重。

第一式，空谷忘返。

第二式，不见天河。

第三式，壁立千仞。

而此后，不再看山下，不再看身周，寂然无所思，只觉天地浩大——便至第二重。

第四式，万古云霄。

第五式，天地无情。

第六式，湛然常寂。

天地已尽，复返归自身，是第三重。

光阴如流水，三年间，他练到第七式，一叶孤舟。

林疏收剑。

他的修为已经全回来了，甚至比上一世更深厚，只是迟迟没有渡劫的动静，在直觉里，也还很远。

大巫所说的四月廿七，似乎快到了，要回去看一看日子。

风声。

天地间，连绵不断的风声。

他就这样站着，到夜晚，山巅离天很近，夜空向下压，星光扑面而来，又在乌云中隐去。雪渐渐大了，他闭了闭眼，几片雪花拂在脸上，又落下去。

灵素走上前，为他披了羽氅。

其实，他并不冷。

他已经想不起冷是一种怎样的感觉了。

七情五感，前尘往事，也都渐渐雾一样消散了。日复一日，就这样过下去，也不觉得有什么。

只是深夜里偶尔觉得，他的寿命随修为无限延长，而他的生命就这样被寒暑日月渐渐剥夺。

每到这个时候，他都会想，不知凌风箫睡得好不好。

四月廿七。

这一天，倒是有了别的事情。

灵素说："阁主，新近入门的弟子经过了考核，正式拜入我剑阁，众弟子与长老在大殿相候。"

剑阁的规矩，每一个新入门的弟子都是记名弟子，记在某位资历高、修为也深厚的师叔、长老乃至阁主名下。记名之后，除了学习基础功法和剑招，他们大部分主动学习记名师父这一脉的武学，日后便有可能成为亲传弟子，被师父带在身边教导。

——另有一部分弟子并不想有亲传师父，而是自己悟道，那就另当别论。藏书阁中典籍浩如烟海，全是前人心血，也不怕弟子无人引领，最后蹉跎岁月。

今日就是弟子们被分派给记名师父的日子，称为"入门典礼"，多数弟子已经在长达三年的考核里选定了要跟随的师父，所以典礼并不长，只是走个形式。

林疏来到大殿，长老们坐在大殿主座下首，新弟子则整齐地站在大殿中，旁边有几个师兄师姐带领。

见林疏来，弟子们齐齐行礼道："拜见阁主。"

六位长老则微笑致意。

许是因为他的年纪小，这几位长老对待他的态度中虽有对待阁主的恭敬，但更多的是亲切关怀。

林疏在中央主座落座后，入门典礼便开始了。没有什么繁文缛节，只是弟子阐述自己对剑道的认知，三年来武学上的感悟，若有师父想将其收入门下，便针对性提问几句，然后顺理成章收入门中。

这些弟子有的是长老专门在世间寻访到的绝世天才，有的是硬生生一步一叩首，爬上九千道长阶，心志坚定，远超凡人的孩子，都是可造之才，所以一般不会出现没人要的弟子。

林疏就在上面静静看着弟子拜入各自的师门。

上辈子，大约剑阁已经没落了，他没行过这样正式的拜师礼。

但自家的老头，虽然剑法平平，却确实是个称职的好师父。

那时候的大殿，比现在要破败一些，殿中也很冷清，夜深人静的时候，在大殿打坐悟道，能听见自己心跳的声音。

世间的盛衰便也是如此了，剑阁这样的仙门都会逐渐消失没落，遑论山下熙熙攘攘的人世了。

一阵沉默使他回过神来，只见大殿中央直挺挺站着一个少年弟子。

这少年五官端正，但不会给人留下深刻的印象，林疏只觉得眼熟，想了想，才想起这正是三年前，他回剑阁的路上，见到的那个正在攀登长阶的麻衣少年。

原本，阐释完自己的剑道感悟，便会有师父提问，将他收入门下了。

可没有人向他提问。

他就那样在中央站着，微微低下头，神情有些许不安。

大殿中落针可闻，过了许久，才有一个长老问："你为何而学剑？"

少年道："我……无处可去。"

长老轻轻叹了口气。

叹气的原因，林疏是知道的。

在剑阁，学剑，可以有很多理由。

可以为求道而学剑，可以为学武而学剑，可以单纯为剑而学剑。

偏偏不能，因为走投无路而学剑。

或者说，在一开始进入剑阁的时候，你可以因为走投无路而学剑，但握了三年的剑，再这样说，就有些不妥了。

——今日因走投无路而学剑，来日便会因有路可走而弃剑，这样的人，长老们是不喜欢的。

长老这一叹气，几乎等于放弃了这个弟子。

殿中空空荡荡，只这一个十五六岁的少年，他微微咬紧了嘴唇，在众人的目光中流露了几分窘迫和惶然。

这窘迫和惶然不知为何在虚空中忽地触动了林疏的某些回忆，而就在这心念微微一动的瞬间，他与这少年对上了目光。

还是那样单纯的灼热向往，与当时爬九千长阶时如出一辙。

他听见自己问："为何无处可去？"

那少年说话的语气，比面对长老时不稳了一些，道："回阁主，我当初……没有亲人朋友，也没有想做的事情，不想活，只是想来剑阁……试试。后来……"

他顿了顿，低下头："我当初在台阶上，已经坚持不下去了，但是阁主您……看了我一眼，还……对我点了头，我便想，若以后，我也能成为阁主这样的人……"

他说到这里，声音渐渐低下去，过了好一会儿才重新恢复正常："我便不想去别处了。"

听完这话，弟子们有些异动，个个都在看他，使他的头低得更厉害了。

林疏没有想到当初无心插柳，竟使这原不该上剑阁的弟子上了剑阁。

而这少年自那以后，便不想去别处了，这也是他的过错。

他便道："你留下吧。"

少年难以置信地睁大了眼睛，然后声音颤了颤："多谢师尊！"

林疏一时间有些惘然，心想自己竟也有被喊"师尊"的一天。

这原是一念之差，但他心想，上辈子没有侍奉师父终老，始终有憾，今日收一徒弟，尽一下做师父的责任，也算因果相偿。

灵素便把那少年领下去了，直到典礼结束，林疏去练剑，然后结束练剑，到了晚上，才又将他带上来。

少年有些局促。

林疏也只是公事公办，问："你叫什么？"

少年似乎有些不好意思，道："葫芦。"

林疏的动作顿了顿。

自家的老头，道号就是葫芦道人。

世间因缘，果真冥冥中有些定数吗？

但转念一想，凡间起名字，一向很随意，譬如李鸡毛、李鸭毛兄弟，而叫"葫芦"的，想必也有不少，或许只是巧合。

但"葫芦"此名，毕竟不雅，要改。

剑阁二十年为一辈，这一辈比云岚等弟子低一辈，以"清"为首字。

林疏道："你叫清卢。"

清卢眼中亮了亮，道："谢师尊赐名。"

林疏目光越过他，看向窗外。

今日四月廿七，是大巫所说的日子。

他望向浩瀚夜空，试图找到些许的幺蛾子，未果，感觉自己被大巫"驴"了。

清卢问："师尊？"

灵素轻声说："阁主常有静心悟道之时，莫要打扰。"

清卢："哦……"

就在此时，南方七宿，朱雀位，忽然光芒大盛。

灵素显然也注意到了，"啊"了一声。

林疏走出大殿，灵素跟上，清卢不明就里，但也跟上了。

这一晚没有下雪，星月甚是明亮，此处又位于群山之巅，一出殿门，四面八方都是夜空。

因此，星辰的异象也就更加明显。

林疏抬头看南方七宿。

诸天星辰，分为二十八宿，东、西、南、北四方各七。井、鬼、柳、星、张、翼、轸处于南方，对应朱雀位。

而此时此刻，这七宿，明显比其他二十一宿亮了许多，若仔细看去，甚至发着微微的红光。

观星之术，剑阁并不擅长。

但是，星辰异动，显然不是好事。

灵素立刻传讯给灵枢，不消一会儿，灵枢便自藏书阁带了许多星象相关的典籍上来。

灵枢与灵素开始翻找，清卢左看右看，没有其他能做的事情，便开始帮忙。

过了三四炷香的时间，灵枢道："我找到了。"

只见那页书上写着："朱雀赤辉，凤凰于飞，天下动乱，十年不息。"

对于星象的描述，显然是符合的。

但是它所预示的事物着实不祥。

"凤凰于飞"，这四个字比较中性，看不出什么来，但是"天下动乱"，就是很严肃的问题了。

不过，灵素说出了真相。

她道："可是，天下本已十分动荡了。"

灵枢道："或许会更乱。"

灵素说："南夏和北夏要开战了吗？"

灵枢："或许。"

他们的语气很平淡——毕竟南夏和北夏打起来，与剑阁并没有关系。

林疏继续看天。

他觉得自己还是被大巫"驴"了。

他并非忧国忧民之人，即使出现了天下大乱的征兆，也不会因为这个去见大巫。

而且，严格来说，他并不太相信这些东西。

与其相信星象，还不如相信物理学。

而就在此时，南方七宿那异常的闪光，缓缓暗淡下去。

仿佛一切回归正常。

下一刻，一颗流星划破天际。

两颗。

三颗。

十颗。

千百颗。

夜幕上，划过无数璀璨的流光，整个山巅仿佛置身于绮丽的雨中，这雨并不是水珠构成的，而是流星。

或者说，陨星。

林疏甚至听到很远的地方，陨星落地的声音。

这成百上千颗陨星，将分散落在世间的各处。

林疏看见身边的清卢已经目瞪口呆。

灵素也颤声道："这……"

与此同时，远处的一座山谷忽然发出剑鸣声！

是剑冢的方向，剑阁历代先辈身殒或飞升后，往往把佩剑葬于剑冢。

剑冢有灵，上次林疏用出"长相思"剑意，就是被剑冢感应到，然后剑阁才寻到了他的踪迹。

而此次剑冢再次长鸣，又是因为什么？

林疏往山下看，看见不远处长老们的独殿也纷纷有了响动，几位长老向这边飞来。

鹤长老拱手道："阁主，剑冢长鸣，天象有异，恐怕有事发生。"

林疏自然知道有事发生。

另一位松长老道："依据记载，这样的鸣声意为示警。"

鹤长老道："此事……并非第一次发生。"

林疏道："何事？"

鹤长老便道："在不可考的很多很多年前，剑冢的剑，鸣过几次。

"而每一次剑鸣，天下都将有一场大难，剑阁亦难免被卷入其中。

"有时是人祸，有时是天灾。不过，都与妖魔怨鬼之属有关。"

这要从上千年前说起。

鹤长老说："现在的世上，至多有一些巫师，已经很少有邪道妖魔了。"

林疏点头。

鹤长老继续道："但是数百年前，乃至千年前，这世上还是仙魔并立的情形，许多魔修、浊物、大魔为祸人间，剑阁那时也没有完全隐世，而是时常入世斩妖除魔。"

"斩妖除魔时，一些斩不了的妖、除不了的魔，就带回剑阁，镇压在剑冢下面。其余仙道门派若无法自行镇压，也会求助剑阁。千百年间，被封入剑冢下的妖魔不计其数。"

林疏觉得有些耳熟，想了想，自家的师父也讲过类似的故事。

鹤长老继续讲故事，说是千百年后，仙道繁盛，妖魔已经很少出没，剑阁更是逐渐不问世事，再没人提起这些事了。

但是那一年，万剑齐鸣之时，忽然有陨星不偏不倚落在剑冢上，把剑冢砸开了一道口子，镇压之地松动了。

那地方已经多年没人注意，甚至以为魔物已经全部被镇化，但没想到居然滋养出了一只绝世大魔，就连剑冢的剑也被魔气侵染——不过仅仅是沾上了一些气息，剑阁之剑，岂会被妖魔同化。

说到这里，鹤长老看向林疏："剑阁剑意诛邪破魔，专克邪物。魔物、怨鬼自然视剑阁如仇敌，逃脱镇压之后，大魔直奔藏书阁，意欲毁去剑阁传承，尤其是我剑阁的镇派功法《长相思》。剑阁弟子，自然不能让其得逞。"

鹤长老道："那可是一场恶战，剑阁弟子折损无数，老朽到现在仍心有余悸。"

那时剑阁众弟子力战不支，眼看就要全军覆没，没想到居然绝处逢生。

一位无名前辈横空出世，不知究竟从何而来，但剑若霜雪，风华绝代，其湛然剑意正是剑阁最正统的法门。前辈以无上修为战胜大魔，使剑阁逃过一劫。

鹤长老继续道："那一战中，原阁主力战身亡，诸多长老亦是元气大伤，剑阁实力大减。"

尘世间有一个颠扑不破的道理，那便是——怀璧其罪。往日，无人敢觊觎《长相思》，可剑阁实力大损之时，外界的窥探便渐渐多了。

于是无名前辈携《长相思》离开剑阁，不知多少年过去，杳无音信。坊间渐渐流传起秘籍失踪的传言，而剑阁也得以全身远祸，继而在接下来的时间中迅速恢复实力，恢复完了，忽然发现没了《长相思》，就没了名正言顺的阁主。

"没有阁主，剑阁诸事依然如故，然而终究有所缺憾，"鹤长老道，"千百年来，虽无明文规定，但剑阁一向只认修习'长相思'者为阁主，料想无名前辈不会置剑阁于无主境地，必然会携秘籍寻访传人，终有一日，传人将会出世，剑阁便迎他归来。"

林疏："……"

事情的经过，原来是这样的。

有人用出"长相思"剑意，好的，无名前辈已经将未来的阁主培养好了，接回来吧。

说完了当年的事情，话题回到现在的事情上。

剑冢长鸣，是不祥之事。

当年剑冢之剑沾染了些许魔气，此后，一旦世间将有大魔作乱，它们都会有所感应，继而长鸣示警。

鹤长老怀疑这世间又将有什么可怖的变故，而若有妖魔，其或许又会忌惮或觊觎《长相思》。

林疏说："我不知道《长相思》在何处。"

鹤长老大喜，说："无人知道，才是好事。虽未见秘籍，但你身具无情剑意，亦足以斩妖除魔，无名前辈果然安排严密。"

林疏："……"

行吧。

按照鹤长老的说法，那位突然出现的"无名前辈"，以及无名前辈传承下来的《长相思》，或许与桃源君有关？

"桃源君身在何处"与"为何所有人都想要《长相思》"现在并列成为林疏心中两大未解之谜。

而"为何所有人都想要《长相思》"又可以扩展成"为何所有人都想要绝世功法"。

他想，大巫没有"驴"我。

天下大乱，他或许不会去关心。

但在其位而谋其政，剑阁的事情，他是不能不去管的。

他当下便与众长老商议一番，敲定了明日启程，去大巫所说的地方。

而为了找到这个地点，他们又花了一番工夫。

"中洲大龙庭"并不是一个现存的地点，灵素和灵枢翻了好久的典籍，才在一张古地图上找到了。

千年来沧海桑田变化，这地方现在位于南北交界处一座大山里。

确定了地点，诸长老这才散去。

清卢、灵枢、灵素依次告退。

林疏在殿中静坐，没来由地，心境有些波动。

他手中握着连通上陵梦境的玉符。

陨星是一回事，朱雀七宿又是一回事。

朱雀，凤凰。

凤凰，凤凰山庄。

还有那个卜辞，"天下大乱"。

他便忽然想，不知凌凤箫过得好不好。

握着玉符，沉默许久之后，他将神念沉了进去。

三年没有进来，梦境为了节省大阵运行的灵力，已经把他的角色信息删了。

林疏便重建了一个，没什么遮掩，就用了现在的脸。

他进入演武场。

远处的擂台上围着一群人，弟子们兴高采烈地议论着什么。

说是"飞鸾仙子"与"焰公子"的约战，精彩异常。

三年时光如流水，演武场上的名字换了一轮又一轮，大家喜欢的仙子也换了几个，看着全然陌生的名字，林疏难免会有些流光易逝之感。

但这都和他没关系了。

林疏来到石屏前，萧韶这些年都没有与人比试过，名次不知掉到了哪里。他终于在一个犄角旮旯里找到萧韶的名字，却又静静站了很久，才发去了约战的请求。

石屏上跳出："林疏约战萧韶。"

没有人注意到这条消息。

算上闭关的两年、分别的三年，"萧韶"这个名字想必已经五年没有出现在弟子们的视野中了。

他们总是忘得很快。

而根据名次，这次约战不过是两个排名几千的"菜鸡"的互啄，也没有看的必要。

于是，林疏得到了一个无人围观的擂台。

下一刻，石屏跳出消息，"萧韶应战"。

林疏原以为他很忙，会迟些才回复的。

他默默组织着语言，眼前忽然红影一闪。

林疏以为是萧韶用大小姐的壳子上线了。

但，并不是。

站在他对面的是个小姑娘。

一个红衣服的小姑娘，五六岁的样子。

小姑娘好奇地打量着他，然后走上前来，继续仰头打量他，目光很清澈。

这绝不是凌风箫。

重名了？

可是……

可是这姑娘的眉眼，像极了……他自己。

若林疏是个女孩子，五六岁的时候，约莫就是这样了。

他问："你是谁？"

小姑娘却摇了摇头，去拉他的手。

林疏："你不会说话？"

小姑娘点了点头。

林疏把手给她，她开始在林疏手心上写字。

"你和我长得好像呀。"

林疏问她："你叫什么名字？"

她低下头，玉琢一样的小手指，指尖泛着晶莹的粉色，在林疏手心一笔一画开始写字。

"盈盈"。

林疏怔住了。

他继续问："你……认得萧无缺吗？"

小姑娘点点头，在他手心写："是哥哥。"

萧无缺，是她的哥哥。

而她的名字，是盈盈。

写完，她仰头望着林疏，漂亮的黑眼瞳里，仿佛有皓月的清辉。

许是见林疏没有回答，她在林疏手心继续写："你是谁？"

你是谁？

他是谁呢？

是林疏。

盈盈不会说话，林疏便没再开口，而是在她的手心上写下"林疏"两个字。

他以为，盈盈便会知道他是谁了。

但盈盈没有什么特殊的表示，而是对他笑了笑。

精致的小脸上，眉眼弯弯，眼里好像有一泓漂亮的清水。

盈盈在他手上写："林疏哥哥。"

是哥哥吗？

林疏看着盈盈的脸。

如果他没记错的话，有一次果子过来说萧韶的坏话，说萧韶要自己再结一个果子。

果子当初还说，萧韶坏，为了气死萧韶，自己要多吸林疏的灵气，好让未来的果子长得只像林疏，不像他。

那现在……是那枚果子结出来了吗？

给同悲用了还是给无愧用了？

但是……盈盈并不认得他。

也不认得"林疏"这个名字。

她只是像遇到了一个陌生人一样，写了"林疏哥哥"。

但她，严格来说，是林疏的女儿。

林疏想，或许这三年来，萧韶都没有提过"林疏"这个名字，所以，盈盈也不知道有这么一个人存在。

正想着，就见盈盈朝他伸了伸胳膊。

这个动作，林疏是熟悉的。

当初果子就喜欢这样要人抱。

他便俯下身，把盈盈抱起来了。

小小软软的一具身子，身上穿的红色衣服，是凌凤箫常用的那种布料，梦境中没有气味，但林疏鼻端仿佛闻到清清淡淡的奶香。

被抱起来后，盈盈眼里的笑意很满，搂紧了林疏的脖子。

她的发梢扫过林疏的肩膀，像是猫爪在轻轻挠。

林疏在她手上写："为什么不能说话？"

盈盈回他："天生。"

天生吗？

是果子结的果子出了问题，还是刀出了问题？

提到不能说话的问题，盈盈好像有些黯然，闷闷地窝进他怀里。

林疏在她手心写："不可以对陌生人这样。"

盈盈写："我知道的。"

然后顿了顿，继续写："但是想让你抱抱。"

林疏看着她的眼睛。

漂亮的、墨黑的眼瞳，清清亮亮，眼里全是无条件的信任依赖。

果子、盈盈，都由天地间的灵气聚合而成，对很多东西有非同寻常的敏锐感知。

而此时此刻盈盈想被他抱着，或许就是感受到了某些熟悉的气息。

比如果子，有事没事就喜欢赖在他或者萧韶的身上。

抱了一会儿，盈盈写："我们去水边玩吧。"

林疏写："好。"

演武场并不是一个单纯的由擂台组成的地方，擂台在一座大湖上星罗棋布，而湖边虽很少有人来，却有许多好看的景色，也坐落着不少小建筑。林疏依稀记得，当初他和凌凤箫偶尔也会在湖边走走。

他便牵着盈盈在水边走，盈盈好奇地看浅滩里的白鹭，或是折一两枝芦苇花。

红色的身影像只小蝴蝶飞来飞去。

玩累了，找一处栈桥，在栈桥边坐下，盈盈又安静地窝进了他的怀里。

林疏问她："不睡吗？"

虽然梦境里是白天，但外面已经很晚了。

盈盈写："房间里没有人，睡不着。"

林疏写："一个人？"

盈盈回："还有猫猫。"

林疏："一直一个人住吗？"

盈盈："不是的。"

然后写："有时候无缺在，有时候……"

写到这里，她停了停，似乎在思考措辞，最后写："有时候爹爹会陪我。"

林疏心想，也幸好是他在问，换了别人，恐怕盈盈就把自己爹是个男人这件事给暴露了。

不过，如果是别人，她恐怕不会这么轻易放下戒心。

他写："无缺呢？"

盈盈写："离家出走了。"

林疏："……"

他问盈盈："多久了？"

盈盈写："无缺经常离家出走，过两三天会回来。"

行吧。

林疏想，经常离家出走——这莫不是单亲家庭的孩子会出现的心理障碍？

但是再一想，造成单亲家庭的，不正是他自己吗？

他便有些理亏了，没有再问，而是问："你爹爹呢？"

盈盈回："还没有回来。"

林疏："去做什么了？"

盈盈："他刚走，很忙的。"

林疏便不知道该说什么了。

良久，他在盈盈手心缓缓写："他身体好吗？"

盈盈写："还好吧。"

但是，小姑娘的话匣子就此打开了。

她继续写："但是他经常不睡觉的。"

然后写到了重点："刚刚好多流星，他咯了一口血，但是咯完就没事了。"

接着写："还经常出去和人喝酒。"

以及："也没有好好吃饭。

"好多人都怕他。

"他有时候好凶的。

"他上一年去守边关，无缺说那里很冷很冷。"

漫长的控诉几可与当年萧灵阳的皇皇巨著《痛陈凌凤第十二恶状书》比肩。

盈盈写下了最后一句："他不高兴的。"

林疏没有说什么，只是轻轻抱紧了盈盈。

他此次来梦境找萧韶，也不过因着那个"朱雀赤辉"的不祥异象，想问一问萧韶是否还好。

据盈盈的回答，还好，但也不好。

而咯血此事，显然与星辰异象有关。

他沉默了很久，在盈盈手心写："劝一劝他。"

写完，又有些惘然。

盈盈还小，甚至不能说话，又能劝什么呢？

然后他又写："如果再咯血，告诉我。"

盈盈点了点头，继续窝在他怀里看白鹭。

林疏算着时间，觉得确实是深夜了，在盈盈手心写："该睡了。"

盈盈扁了扁嘴，点点头，又写："你明天还会来吗？"

林疏原本想说不来了，可是对上那双漂亮的眼睛，鬼使神差地点了点头。

盈盈便笑得很开心，在他手心写："那我明天等你哦。"

写完这句，又写："爹爹不让我和男孩子玩，我不告诉他。"

林疏摸了摸她的头，送她下线，然后控制自己的神念也离开梦境。

站在窗边，望向外面的夜空，他想着盈盈那句话。

"他不高兴的。"

有了最想要的盈盈，萧韶还是不高兴的。

林疏也不知自己在想什么，就此站了一夜，黎明方回。

到了第二天清晨，他稍做整理，便下山南行，取道天池岭，向大龙庭而去。

随行的有鹤长老、松长老，并灵素与清卢二人。

清卢习剑很刻苦。

但他的资质着实很差，悟性不好，这可能就是当初诸位长老都不大愿意要他的原因之一了。

林疏便让他先背剑谱，背熟以后开始练习基础剑招，每天挥剑三万次。

三万次，这个数目，着实很大，连灵素都有点被吓到了。

清卢问他："师尊，大家都是这样练吗？"

为了维护这个徒弟的自尊心，林疏没有说这是因为你资质太差，而是点头："是的。"

清卢："好的，我这就去练。"

他走后，灵素试探地问了一句："他才习剑，是否有些多？"

林疏："无妨。"

他小时候，老头就是这样要求他的，说三万次是剑阁的规矩，是基础中的基础。

三万次，很多，他因此吃了许多苦。

但如今在剑阁一看，大家都是挥剑万次，没有三万次的——他竟是被老头"驴"了。

清卢自去勤奋背剑谱不谈，两天后，他们一行人到达大龙庭。

世间有很多凡人不愿踏足的地方，因为世上有仙，有魔，很多地方对凡人来说，充满了危险。

但是对修仙人来说，这些危险的地方，往往存活着奇异的妖兽，或是生长着效用神奇的奇花异草、有助修行的天材地宝，他们很愿意去这些地方涉险。

林疏去过的万鬼渊就是其中之一。

但还有一种地方，既处处透着古怪和危险，又没有相应的奇珍异宝，不仅凡人不愿去，就连修仙人都甚少涉足。

大龙庭就是这样一个地方。

方圆几百里，荒无人烟，本就不会有人来——更何况关于它地址的记载已经消散在历史中，多亏了剑阁有许多陈年典籍才能翻到。

等终于到了，他们看见大龙庭处在群山环抱中，乃是高山峻岭间的一个深湖。

但与众不同的地方是，四周的高山虽气势雄浑、巍峨高峻，却全是玄黑色，且寸草不生。

而这个深逾百丈的大湖，却是干涸的，一眼望下去，有如万丈深渊。

这湖也有名字，叫"潜龙之渊"。

林疏带着灵素走到湖边。

湖底有东西。

在那几不可见的深处，蜿蜒横亘着一具骸骨。

鹤长老抚须道："这是……龙吗？"

若说是龙，很像。

只见这具白骨有数十丈长，十几人合抱那样粗，形状类似蛇骨，蜿蜒盘在湖底，因着光阴侵蚀，呈现微微的灰白色，却又泛着一点金石般的光泽。

若只是这样，还能解释成"蛟"，可是再看骸骨顶端那类似龙角的枝杈，他们便不得不怀疑这是传说中才存在的异兽真龙了。

再联想到这地方的名字"大龙庭"……

还真的有那么点儿意思。

为了找到"大龙庭"的所在，林疏翻了不少古籍，其中一本古籍说，大龙庭，乃是人间君王封禅之所。

人间的君王，确实热衷于以龙自比。

大巫在当年那封信中说，四月廿七看星星，三天后，他在大龙庭等林疏。

今日是第二天。

但是林疏放眼望去，深湖的对岸，似乎有一点青影，像个人。

他便踏风飞过去。

对岸有一方石台。

石台上，设了桌椅，桌上有一个酒壶、两个酒杯，俱斟满了酒，桌前坐着一个青衣人。

那人抬起头来，淡淡道："你来了。"

他的声音带着低低的嘶哑，是大巫的声音。

但是，他的人，却让林疏险些没有认出来。

简直像个手无缚鸡之力的书生。

一身素淡的青衣不谈，脸上的巫纹也没有了，露出苍白的皮肤与颇为端正的五官来。

唯一让他不像个书生的，就是眼瞳的转动间，流转着的那一分若有所思的暗光——使他整个人阴郁了许多，又有那个拒北城外，弹指间杀千人而不眨眼的大巫的影子了。

他说："你来了。"

若是其他人，林疏便回一句"我来了"。

但他实在不大待见大巫。

就只道："嗯。"

大巫掀唇一笑。

下一刻，他陡然打翻桌上酒杯。

水珠迸溅！

千百粒水珠化作锋利的箭镞，裹挟风雷之势，齐齐向林疏激射而来！

几乎在同一时刻，林疏拔剑出鞘。

既是要面对杀人不眨眼的大巫，他又怎会不时时绷紧心神。

风声呼啸中，只听一阵"叮叮"声响，水珠如万箭齐发，不可阻挡，而剑气纵横飞掠，与它们直直对上！

"叮"。

最后一粒水珠撞上了折竹剑的剑尖，落在石桌上。

它很快浸入桌中，先是暗色的一摊，继而不见了踪影。

大巫气定神闲，扶正被打翻的杯子，续上酒水："阁主剑法卓绝，在下自愧不如。"

林疏收剑："过奖。"

他落座。

大巫饮一口酒。

或许是为酒水所激，他原先毫无血色的嘴唇，隐隐约约变得鲜红起来，透着一股诡异的邪气。

喝罢，他问林疏："阁主……为何不喝？"

声音很轻缓，一半说出来，一半似乎含在胸腔里。

林疏淡淡道："我不喝酒。"

大巫挑了挑眉，将林疏面前的酒杯移开："是在下忘了。"

林疏并没有说话。

他在等大巫切入正题。

大巫不说话。

大巫只是喝酒。

终于，一杯酒饮尽，大巫道："阁主可知大龙庭有什么讲究？"

林疏道："君王封禅。"

大巫朝一个方向望去。

他望向的是一条长长的道路。

道路年久失修，已经破损，两旁有各色的雕像。

"这条路名为掉阖道，一统四海者，走过掉阖道，来到潜龙之渊前，得天道认可，方能册封为人皇。"

他所说的内容，与林疏在典籍中所见相符。

林疏以为，此事不过是虚无缥缈的传说。但听大巫的语气，确有其事。

大巫继续道："不过，天下欲为人皇者……何其之多。"

林疏在思考。

思考大巫是不是就是其中之一。

然后，大巫说："不过，只有一人能被天道认可罢了。"

嗯。

然后呢？

大巫仿佛知道他心中所想，继续道："后来，便有人斩断龙脉，废弃大龙庭，使人间与天道不再相接，使天下人，有壮志者，任意割地称王。"

林疏："然后呢？"

大巫道："虽意在斩断龙脉，不过，一旦人间与天道不再相连，仙道气脉亦全数断绝。阁主……世间原有很多精妙的法术、上乘的剑招，只不过，现在使不出来了。"

林疏微微蹙了蹙眉。

大巫所说的，也不是假话。

他见过两座洞天。

一个是猫脖子上挂着的白玉铃铛，里面装着浮天仙宫。

一个是自己带在身上的青铜骰，是青冥洞天所化。

当初把猫带回学宫后，他和凌凤箫研究了很久，一座仙宫是怎样被装进这个指头大小的白玉铃铛里的，但是一直没有得到结果。

同理，仙宫里的那些宝藏，全是现在的仙道制造不出来的东西。

不谈其他，只说自己那把冰弦琴，就不是现在世上能做出来的东西。

青冥洞天里的宝物也是如此，那面刻着"分离聚合，莫非前定"的铜镜，无缺说上面有因果的力量，但林疏从来不知道因果还能成为一种力量。

但是，即使这是客观存在的情况，大巫告诉他，又是要做什么呢？

这个消息会和昨夜的星辰异象有关系吗？

他不动声色，淡淡道："那又如何？"

"其实，也不如何，"大巫的手指有节奏地一下一下轻点着桌面，"只是想告知阁主一声，小凤凰要死了。"

小凤凰……要死了？

"凤凰"这两个字，林疏只能想到萧韶。

他看向大巫："为何？"

大巫漫不经心一笑，望向"潜龙之渊"湖底。

潜龙之渊里，躺着一具真龙的森森骨骸。

林疏能体会到大巫的意思。

龙已经死了，死了上千年。

那个小凤凰，恐怕也扑腾不了多久。

林疏问："为何会死？"

"气脉断绝，仙道传承中落，诸多与天道相连之异兽、神君，尽数灭亡……不过凤凰一脉倒是有一样好处，可以涅槃。"大巫道，"血脉融于人世，代代传承，渐渐复苏，可复苏之后，若是没有天地气运的滋养，又能活多久？"

林疏道："昨日朱雀赤辉，是何意？"

他记得那个卜辞，"朱雀赤辉，凤凰于飞。"

"此时你倒能与我多说些话了，"大巫勾唇笑了笑，道，"朱雀赤辉，凤凰于飞，乃是凤凰血脉渐渐复苏之兆，然而，气运枷锁挣脱不开，一旦复苏，便离死不远。而凤凰流血，天地齐悲，故而卦象属大凶。"

林疏问："如何解？"

大巫把三本书放在他面前。

一本写着《风雷真谱》，一本写着《慈航》，一本写着《春山剑》。

是功法，且功法的名字平平无奇。

可仙道上，有一些众所周知的道理。

名字愈是花里胡哨的功法，愈是胡言乱语，于道无益。

真正的绝世功法，都是大音希声，平平无奇。

而大巫放到他面前的，正是三本身负无上气运的绝世功法！

"大道三千，世间无数功法，每一篇，都可窥见天道一鳞半爪，不过世间八本绝世功法，窥见得格外多些。"大巫笑得很诡秘，"阁主，您的《长相思》，加上南夏四本，并在下这三本，恰恰就是天道立身的基石。劳烦您将其集齐，再上幻荡山，重召天道，那时，小凤凰的性命……自然可以无虞。"

他的说话声越来越小，整个人的身影也越来越透明，最后化作一缕青烟，消散在天地之间。

林疏便知道，方才与自己说话的那个大巫，也和拒北城外的大巫一样，只是一个幻身而已。

幻身虽然消散，那三本绝世秘籍，却确确实实地，留在了他面前的桌上。

他将手放上去，便能感受到那磅礴的灵力，与浩瀚的气运。

秘籍是真的。

所以，大巫所说的话，也是真的吗？

要确定是否为真，首先要去看萧韶。

林疏茫然地想了想，发觉自己快要记不得萧韶的样子了。

而大巫"小凤凰""小凤凰"地叫着，让他脑海里出现了一个无助的小鸡崽的形象。

林疏："……"

他忘掉那个形象，将事情简短地告知了鹤长老，便自己御风一路往南去了。

到南夏皇都的时候，正是深夜。

他问了路，然后掠进皇宫。

——渡劫巅峰的修为，要避过守卫，进南夏皇宫，还是容易的。

他循着声响，一路到了最热闹的地方，然后隐身在旁边宫殿高大的檐角后，往下望。

这是一个大型的宴会，灯红花摇，丝竹声响，觥筹交错，也不知在做什么。

最靠上的地方，他一眼看见凌凤箫。

凌凤箫一身华丽厚重的红衣，还是那样高高在上、盛气凌人的漂亮，仿佛一枝秾丽的深红牡丹，半倚在金色的高座上，漫不经心看着下方歌舞，偶尔啜一口杯中酒，旁人与他说话，他有时"嗯"一声，有时只当作没听见。

一曲终了，一个面目普通、略微肥胖的中年华服男子站了出来。

"殿下，微臣寻访四海，得一宝，特于牡丹宴上献予殿下。"

凌凤箫略微抬了抬眼皮，漫不经心道："哦？"

中年华服男子拍了拍手。

但见影影绰绰的层层牡丹屏风后，转出来一个白衣飘飘、抱着琴的漂亮少年。

很漂亮，很出尘，万里挑一。

尤其是……

林疏想了想，觉得这个男孩子，恐怕和自己长得有一点像。

华服男子满意地看了看那个男孩子，又看向凌凤箫："殿下，这……"

他"叽叽叽"说了一通，林疏懒得听，只打量那个男孩子。

模样和神态都很乖巧，像只可心的仓鼠。

然后他看向凌凤箫。

凌凤箫在看那个男孩子。

林疏冷眼旁观。

第十一章

狼烟已起

中年华服男子终于"叭叭"完了，以一句话作为结语："雪羽极善弹琴，殿下可愿一听？"

凌凤箫放下手中的酒杯，淡淡道："不用了。"

那男人似乎有些慌了。

凌凤箫又抬眼看了看那个名叫雪羽的男孩子："你过来。"

中年华服男子喜形于色。

周围的另外几个中年华服男子也都对他投以羡慕的目光。

林疏继续冷眼旁观，心想，约莫是前面那些人献上来的歌舞、演奏等节目，没有得到凌凤箫的欢心，而只有眼前这位献上来的礼物与众不同，甚至连琴都不用弹，就被凌凤箫喊过去了。

那些华服男子开始交头接耳，以林疏的耳力，听见他们交谈的内容大致是："原来，殿下喜欢这个。"

"……似乎有传言，殿下还在学宫上学的时候，就喜欢可爱乖巧的男孩子。"

"原来如此，原来如此，殿下一向喜怒无常，未料到还真有喜欢的物件。"

当然，也有不和谐的声音："楚兄，你看，她不论如何掌权，终究还是个女人……哼！"

楚兄道："陈兄，你说得很是，这女子终究是女子……"

他们说着，那名叫雪羽的男孩子，抱着琴，怯怯地看了凌凤箫一眼。

凌凤箫又说一遍："你过来。"

声音冷冷淡淡的，带一点清寒的沙哑，听不出喜怒。

雪羽咬了咬颜色偏淡的、质地柔嫩的嘴唇，走上前，放下琴，在凌凤箫面前顺从地跪下。

凌凤箫从旁边萧灵阳的手边拿了一把描金的折扇，面无表情地挑起了这个男孩子的下巴。

雪羽被迫仰起脸看他。

林疏继续冷眼旁观。

十六七岁的男孩子，身架难免还有点荏弱，再加上那张五官精致的脸，实在很乖巧漂亮。

——更别提仰起脸的时候，旁边的灯烛光芒在其墨黑的眼瞳里跳动，增添一层暖黄的色泽，也助长了那双眼睛里隐隐约约的不安神色，像只受惊的小兔子。

林疏仍然冷眼旁观。

凌凤箫挑起了男孩子的脸，似乎在上下左右仔细看。

看了一会儿，他勾起色泽殷红的薄唇，笑了笑。

这一笑之后，男孩子漂亮的眼里像是化开了一汪水，细细叫唤了一声："殿下……"

然而下一刻，凌凤箫的脸色陡然变化！

那柄折扇被他狠狠掼在地上！

折扇滚了滚，从玉台阶上掉下去，声音清脆。

男孩子更像只受惊的小兔子了，瑟瑟发抖。

底下面目普通、略微肥胖的中年华服男子也开始瑟瑟发抖。

但是，做出这样举动的凌凤箫，并没有什么暴怒的表示，甚至连说话的音量都没有抬高。

只是，很冷。

像空谷里不化的寒冰那样冷。

他轻启唇，缓缓道："你……算什么东西？"

男孩子被吓得不轻，说话都不利索了："殿……殿下，我……"

男孩一边说，一边还往中年华服男子那里看，向他求救。

林疏看着这个男孩子。

假如是表哥，或者萧韶，兴许不会这样，可惜，这个可爱的男孩子，面对的却是凌凤箫。

凌凤箫的脾气，向来不好。

何止不好，简直是差到了极点。

这个男孩子向原主求救，恐怕是无效的，甚至连原主，都要自身难保了。

他默默想着，就见男孩子缩成一团，嘴里不住喊着"殿下"。

而凌凤箫原本为了看他，是微微倾身的，此时将上半身收回去，重新半倚在镏金的高座上，一手支着脑袋，灯影交错间，林疏看见他轮廓分明的脸，半垂的眼睫下是毫无波澜的瞳孔，流露出触目惊心的冷漠。

他的声音也如他的眼神一样冷漠，对着已经哭到梨花带雨、抖成了风中雪梨枝的男孩子，只说了一个字。

"滚。"

男孩子还不知道发生了什么，正"嘤嘤"哭泣着。

底下的卫兵却很有眼色，上前把他架了下去。

但凌凤箫的表情没有丝毫的缓和。

又一个有眼色的卫兵把男孩子先前留下的琴拿走了，小声道："烧了烧了。"

凌凤箫的表情还是没有缓和。

几个卫兵对视一眼，走向了面目灰败的中年华服男子，不顾他的叫喊求饶，把他也拖了下去。

剩下的华服男子们噤若寒蝉。

就见凌凤箫重新拿起玛瑙杯，将里面的酒液轻轻晃了晃，缓缓道："我……脾气不好，方才一时失了分寸，诸君见谅。"

嘴上说着"一时失了分寸，诸君见谅"，然而，但凡是长了耳朵的人，都能听出那语气里的居高临下与轻慢。

中年华服男子们继续沉默着。

凌凤箫啜了一口烈酒，道："若无事，便……继续吧。"

丝竹声稀稀拉拉地响了起来，然后逐渐恢复正常。

底下的气氛也逐渐恢复，大家都假装无事发生过。

林疏审视着这一幕。

单单是方才那个情景，就可以看出，现在的凌凤箫，手中到底有怎样的权柄了。

这些中年华服男子大约都是都城中的大臣或王亲贵族，宴会上做的都是讨好凌凤箫的事情，而凌凤箫发脾气，他们个个大气都不敢出。凌凤箫说无事发生，那就无事发生。

而萧灵阳这只杏金色生物，所做的事情就是——

给凌凤箫布菜。

给凌凤箫倒酒。

给卫兵打眼色。

林疏觉得挺有意思。

他仍然隐身在殿顶檐角的阴影中，放出一缕飘飘悠悠的灵力，去探凌凤箫的气息。

凌凤箫气息还算平稳，甚至已经到了渡劫的境界，从外表看来，也没什么不妥。

只是，似乎比三年前清减了一些。

他看见凌凤箫在喝酒。

比起那个男孩子出现之前，他喝酒的频率高了许多，几乎是边喝着，边垂眼看高台下觥筹交错之众人。

一杯，接着一杯。

萧灵阳道："你别喝了，别死了。"

凌凤箫道："你管我去死。"

萧灵阳："那你赶紧去死。"

凌凤箫笑了笑，倒是喝得少了些，小口啜饮着。

只是那双平日里盛气凌人的眼里蒙上了一层雾气，似乎是微醉了。

美人，醉酒，诚然是好看的。

可这宴会中的人，又有谁敢抬眼去细看？

凌凤箫忽然咳了一声，拿起手旁的丝帕掩口，然后放下。

萧灵阳往这边瞥了一眼："你唇脂涂得真重。"

凌凤箫面无表情："滚。"

林疏却一直没有从那方雪白的丝帕上移开目光。

他从这个角度看得清楚，那哪里是唇脂？

分明是血。

他微微蹙起眉头。

先前，盈盈就在梦境里同他说过，她爹爹咯过血。

现在看来，这只小凤凰的身体真的有问题。

宴会继续，他看见凌凤箫中间又吐了两次血。

终于，月上中天的时候，这场宴会结束了，曲终人散。

凌凤箫一言不发，先行往后面走了。

萧灵阳"哎"了一声，想跟上，却被中年华服男子们拦住了。

林疏懒得继续听这些微胖男子"叽叽叽叽"探听消息，问凤阳殿下为何如此生气云云，只听见萧灵阳招架不住，道："她见不得人弹琴，还见不得人穿白衣服，更见不得人穿白衣服弹琴，你们今天记住了。"

那些人还在问，但萧灵阳失去耐心，往后面走，离开了人群，喊了几声"姐"。

但见宫殿空荡，花园里花影摇动，已经没了他姐的影子。

萧灵阳没好气地用鼻子出了一下气，然后径自走了。

林疏把目光从萧灵阳这边移开，继续看向凌凤箫。

凌凤箫离开宴会后，独自一人穿过宫楼，与层叠的花路，来到了花丛深处一个小木亭里。

此时，正是牡丹花盛开的时候。

花影重重，在夜风中微微摇曳，故而萧灵阳没有瞧见他的踪影。

林疏就这样在高处看着他，看见他因着醉酒，步履微微晃了一下，倚在亭柱上，然后坐下，抬头望着天上的圆月。

他拿出了一管竹箫，似乎是想吹一首曲子，箫管抵到唇边，却又放下了。

月色如水，远处灯火阑珊。

林疏从檐角下来，朝这边走。

他脚步放得很轻，凌凤箫约莫是没有听见声响，也就一直没有回头。

等林疏也穿过花丛，来到小木亭中，在他身后站定，他才缓缓回过头来。

一看到那雾气弥漫双眼，林疏就确定，这人是真的醉了。

凌凤箫先是抬头看他，定定地看了半晌，继而向他伸了伸手。

那动作，与盈盈要抱抱的动作，竟然有异曲同工之处。

凌凤箫眼里是不甚清明的神色，痴痴笑了笑。

林疏没有动，也没有说话。

他走过来，在林疏耳边道："好久没有梦见你了……"

说完，又笑了笑。

林疏看着他的眼睛。

一双眼里，波光潋滟，化进了此夜溶溶的月色。

他以为这是梦吗？

凌凤箫也望着他，轻轻道："我……"

一声"我"之后，却没了下文，只是林疏看着他，觉得他好像要哭了。

凌凤箫又张了张嘴，最后却是什么都没有说出来。

林疏问："你的身体怎么样了？"

凌凤箫右手抓住他衣袖，声音很低："都好……"

尾音渐渐消失了。

林疏看他，却见这人已经闭上了眼睛，身体摇摇晃晃。

林疏伸手扶住他，顺便探他的脉象，发觉脉象凝涩，并不好。

林疏不知为何轻轻叹了口气。

凌凤箫虽然已经昏了，但还抓着他不放，林疏便把他打横抱起来。

抱起来的时候，凌凤箫的头发擦到旁边的花朵。

林疏环视四周，见一片牡丹花海，开得馥郁风流。

再看怀里，凌凤箫安静地闭着眼，一身深红宫装，轻纱在夜风中拂荡，许是因着醉酒，眼角还泛着隐隐约约的微红。

他虽是个没有感情的剑修，但侥幸留存了一分审美。

唯有牡丹真国色，花开时节动京城。^①

欣赏完这人漂亮的脸，他开始想，凌凤箫住在哪里。他没来过寝殿，并不知道凌凤箫的寝殿在何处。而凌凤箫身体状况堪忧，须要好好躺下。

不得已，林疏把人抱在怀里，回到小亭坐下，拿出玉符，找盈盈。

盈盈看着他，歪了歪脑袋。

林疏在她手心写："你住在宫里吗？"

盈盈点头。

林疏继续写："有一个开了很多牡丹花的地方，里面有一座小木亭，你知道在哪里吗？"

盈盈想了一会儿，继而点头。

林疏道："到那里去。"

盈盈歪了歪脑袋，在他手心写："要做什么？"

林疏本来想写"来接你昏倒的爹爹"，想了想，还是换成了比较温和的表达："有东西送你。"

盈盈的眼睛亮了亮，朝他点了点头，然后迅速地下线了。

林疏也下线回到现实。

凌凤箫仍然没有醒，就那样安静地待在他怀里。

林疏有了修为之后，要抱着他，也不算一件难事。

一阵风吹来，暮春夜晚，风暖香浓，旁边有几朵欲败的牡丹，花瓣被吹散，纷纷扬扬落了他们一身。

林疏只得伸手将花瓣一片一片摘掉。

凌凤箫的睫毛颤了颤，但没有醒，长长的睫毛末端有些卷翘，像凤凰欲飞的翅膀。

此人对待别人的时候，单论脾气，实在是没有什么可取之处，但凭借着美色，

---

① 引自唐代刘禹锡的《赏牡丹》。

倒让人怎么都生不出厌烦之心。

过了大约四炷香的时间，林疏听见了朝这边而来的脚步声。

不知为何，他心里有些紧张。

花丛簌簌，过一会儿，里面绕出来一个红衣的小姑娘。

小姑娘绕出花丛之后，怔怔望着他。

林疏也看他，轻轻道了一声："盈盈。"

盈盈似乎这时才反应过来，梦境里的林疏哥哥此时活生生地站在她面前了。

她便笑，眉眼弯弯，落满了星月的清辉。

林疏看着她的笑，心想，果然，她在现实里也是不会说话的。

盈盈走上前，扯了扯林疏的袖角，像是在确认他是不是真人。

确认完之后，她看看他，又看看他怀里的凌凤箫，继而伸出手贴在凌凤箫的额头上。

凌凤箫的体温林疏已经试过了，并无异常。

盈盈也摸出了这一点，又去探凌凤箫的鼻息，眼里是很浓的担忧挂心之色，最后求助地看向了林疏。

林疏写道："带我回他的房间。"

盈盈点点头，在前面带路。

林疏便横抱着这只昏迷的小凤凰穿过重重宫墙，自然也被不少宫人、侍卫看见了。

因为盈盈在，倒是没有人阻拦。

不过，他们看林疏的目光，有的是好奇探究，有的则是肃然起敬。

林疏："……"

走过了一段路，他们来到一处灯火辉煌、极尽华丽的宫苑，苑门上书"梧桐苑"。

凤凰非梧桐不栖，苑名倒是很好。

里面的侍女看着自家公主被男人抱进来，噤若寒蝉，只有一两个机灵的，提灯笼在前面引路。

林疏把凌凤箫放在华丽温暖的软榻上。

盈盈上去，给凌凤箫盖好被子，然后在他身边躺下。

林疏先探了凌凤箫的脉象。

学宫里学过的"医术入门"，终究派上了些许用场。

其他地方都没有异常，唯独心脏每跳五下，就会有一下停滞。

这脉象属于消耗太过，有积劳成疾之征。萧灵阳是个扶不上墙的家伙，只会依赖他姐，朝中大小事务都堆到凌凤箫这里，必然会消耗人的心力。

但是修仙之人的身体，比凡人好百倍，单单积劳成疾，不会使人吐血。

林疏便用灵力探入凌凤箫的心脉。

这一探，使他缓缓蹙了眉头。

凤凰血。

积劳成疾，会使凡人的身体出现问题。

而灵力的异常，会使修仙人的身体出现问题。

凌凤箫的身体内流着的凤凰血，已经不止一次使他的灵力出现异常了。

他看见凌凤箫的身体里，炽热的离火之气缓缓浮动，时刻烧灼着他的经脉。

烧灼的结果是，经脉受损，内腑出血，整个人都会痛，自然也会吐血。

然而，就在这缓慢的受损、自我恢复的过程中，经脉日复一日地拓宽，凌凤箫的修为也日复一日不可控制地缓缓增长。

林疏握住凌凤箫的手，将自己的灵力缓缓注进去。

离火之气遇到剑阁的冰霜灵力，顺从地自行消散，灵力在凌凤箫的身体内缓缓走过一圈之后，他的呼吸也平稳了许多。

但是，下一刻，林疏就发现，自己撤回灵力后，离火之气又有死灰复燃之势，丝丝缕缕地重新弥漫在经脉中。

他反反复复用灵力冲刷了许多次，离火之气的重生速度才放缓了。

朱雀赤辉，凤凰于飞。

若那天的星象是凤凰血开始苏醒的预兆，那么现在凌凤箫体内的离火之气正证实了这个说法。

经脉在离火之气的冲击中不断被拓宽，如果一直保持这样的势头，凌凤箫的修为将一日千里地增长——不正是所谓的"凤凰于飞"吗？

如果……如果这就是凤凰血脉涅槃的过程，那到了哪种程度，才算是涅槃成功了呢？

而凤凰涅槃成功之后，果真会像大巫所说的那样，因为得不到天道气运的滋养，再次陨落吗？而且，凤凰乃是上古神兽，又怎么会与星象出现的同时，那昭示妖魔的陨星、剑鸣有关？

青冥魔君要他找到两三本绝世秘籍，并烧掉。

大巫说，集齐八本秘籍，去幻荡山重召天道，小凤凰就可以活。

他们分别要做什么？

林疏不知道。

但他知道，自己需要更多的信息。

他去了青冥洞天。

师兄飘过来："师弟！好久不见！"

林疏问："师兄，怎样可以找到师父？"

师兄说："仙界和凡间有屏障，师父十年才可以下来一次。"

林疏："……"

他告别师兄，回到凌凤箫床前，陷入思考。

怎么办？

等凌凤箫醒？

凌凤箫会知道一些吗？

正想着，外面乱糟糟响了起来。

林疏抬头看外面，见是侍女们在拦几个衣饰华丽的贵公子。

贵公子们坚持要进，一边坚持，一边说着"成何体统"云云。

林疏："？"

他看向旁边几个提灯的侍女："他们是何人？"

侍女目光犹疑，似乎不知道当讲不当讲。

林疏被凌凤箫无意识地抓住了手，一时挣脱不开，也没有办法去外面看。

这时，盈盈从被子里出来，抱住了林疏的胳膊。

林疏从对面的铜镜里看到自己和盈盈的脸。

果真是一个模子里刻出来的。

侍女眼神一变，似乎明白了什么，吞吞吐吐地解释道："月前，朝中上奏疏，殿下已到适婚的年龄，该为殿下选婿……太子殿下允了，朝中便送上公子们……待选。"

林疏："……"

行吧。

他可以想象到了。

凌凤箫掌权，朝中的大臣们有点意见，想赶紧把凌凤箫嫁了，使公主殿下无法名正言顺掌权。

就……把儿子们送进来了？

林疏看着外面那些花里胡哨的公子，觉得他们有点痴心妄想。

而公子们听说公主殿下被别的男人抱着回殿，立刻就像被拔了毛的鸭一样，焦急地赶过来了。

行吧。

焦急也没事，情有可原。只不过他们聚在外面嘎嘎大叫，毕竟妨碍凌风箫休息。

林疏轻轻移开凌风箫的手指，抽出手来，对侍女淡淡道："带我出去。"

侍女便提了雕花的灯笼，带林疏穿过屏风，往殿门去了。

殿门口，鸭子们还在嘎嘎大叫，责备侍女与侍卫，大意是他们不允许外面的男人毁了殿下的清誉，必须去了解情况，教训那个不知天高地厚的男人。

不知天高地厚的男人走出来了。

林疏站在殿门口，看向他们。

鸭子们有了片刻的噤声。

林疏出门前检视了一下自己的着装。

都是灵素收拾好的，很妥帖，没有问题，剑阁阁主出门在外时的装束，是要比在山上时华贵一些的。

雪白衣，轮廓挺括，流云广袖，暗纹精致，很不食人间烟火，很有阁主的气质。

他用客观的目光评价了一下当前的形势，觉得自己论外貌是胜过这些嘎嘎大叫的鸭子的。

一只鸭子扑棱扑棱翅膀，扬了扬下巴，问他："你是何人？"

林疏身边的侍女用询问的目光看了看他。

林疏点点头。

侍女上前一步："诸位公子，你们在此处喧哗，扰殿下休息，还请移步回殿。"

那只最先开腔的鸭子梗着脖子，看向林疏，道："怎么，我们进不得，他就进得？"

鸭群闻言骚动起来，一个个都在问："他是何人？"

林疏站在殿门口，淡淡问："你们又是何人？"

鸭子们道："我们是殿下的待选夫君！你算什么东西？"

看他们那理直气壮的样子，简直已经自居为殿下的正牌夫君。

侍女上前给林疏解围道："诸位公子，这位是来给殿下治病的仙长，并非你们所想……"

鸭子们不信："治病？治病怎么不让我们进？"

林疏冷眼旁观，看出这些鸭子并没有一点儿关心殿下病情的样子，重点全放在殿下和别的男人在一起，且不让他们进去这件事上。可见，他们所关心的是自己"待选夫君"的身份有没有受到威胁，以后还有没有可能成为殿下的正牌夫君。

凌凤箫是什么人？

是权倾天下的长公主。

眼下老皇帝病重，朝中事务都归太子统领。

而太子，被凌凤箫支配——于是凌凤箫全权摄政，可以说一手遮天。

若是成了凌凤箫的夫君，其中好处，可以想见，不仅自己受益无穷，连带着整个家族都能飞黄腾达。

也无怪这些鸭子得知殿下可能认识别的男人之后，表现得如此激动了。

林疏默默想，他原以为学宫中，大家对大小姐的向往已经足够强烈了，没想到到了都城，这些贵公子变本加厉。

凤凰山庄的女孩子们还担忧自家大小姐会守寡，未来嫁不出去。现在看来，即使是守上成百上千次寡，有"权倾天下的长公主"这么一个身份在，也会有源源不断的鸭子冒出来想娶大小姐。

当然，凌凤箫并没有守寡。

顶多是守了活寡。

林疏想，凌凤箫一定是不喜欢这些鸭子的，那自己出手驱走他们，应该不算逾矩。

侍女在鸭子们的攻势下，张了张嘴，想继续为林疏开脱。

林疏将右手按在侍女的肩膀上，示意她噤声。

侍女很听话，不说话了。

林疏："待选？"

鸭子理直气壮："待选。"

看那神情，仿佛"待选"是一个很大的荣誉。

不过想想也是，能待选为凌凤箫的夫君的，必定都是出身显赫的贵公子。

林疏："哦。"

领头的鸭子大为不悦："你什么意思？"

林疏移开目光，去看两旁的侍卫。

侍卫也看了看他。

林疏道："赶出去。"

侍卫听令。

鸭子们不敢相信。

驱赶的过程又是一阵吵吵嚷嚷。

就在林疏被吵得头痛，已经把手按在剑柄上的时候，一只鸭子喊道："小殿下来了！"

小殿下？

林疏抬眼望向苑门，想看看这又是何方神圣。

林疏："……"

只见果子带着几个美姬，招摇地往这边走过来。

三年不见，他长开了许多，但还是没有告别女装，穿一身白裙，披着乌墨一般的长发。

与凌风箫非常肖似，很漂亮的一张脸上，左脸写着"飞扬"，右脸写着"跋扈"。

鸭子簇拥住他，道："小殿下，有一个胆大包天的男人，居然打殿下的主意！"

果子大为不满："大胆！"

群鸭附和，纷纷告状哭诉。

果子道："带我过去！"

然后就气势汹汹地过来了。

然后就静止了。

春夜的风声，很大。

林疏看着果子。

果子看着他。

林疏面无表情。

但他看见，果子的眼眶忽然红了。

鸭子们不明就里，继续对果子告状。

果子声音里也带上了点哭腔，对他们说："住口！"

鸭子们不明就里，继续问："他是何人？"

果子抹了一把眼泪，跺了跺脚，往殿里跑去。

临走前，对鸭子们甩下一句："我爹！"

然后，果子经过林疏身侧，看都没看他，径自进去了。

林疏隐约觉得，果子在生气。

是生自己的气吗？

气林疏当年，突然就扔下凌风箫、猫和他，去剑阁了？

鸭子们被那句"我爹"震住了，开始交头接耳："啊？"

"啊？"

"爹？"

"我不同意。"

"大事不好。"

"小殿下不是灵体吗？不是没有爹吗？"

"你们觉不觉得他俩长得有点像？"

"我觉得小公主和他更像。"

"恐怕……"

鸭子们的目光逐渐审慎起来。

林疏重新用冷淡的目光扫了扫侍卫。

侍卫继续驱赶鸭子，这次的动作坚定了许多。

鸭子们这次没有顽抗，四散开来，消失在宫殿群中。

林疏进殿。

凌凤箫还没醒，而萧无缺把自己埋进了旁边的被子里。

他走上前，揭开萧无缺的被子。

萧无缺号啕大哭：“你还有脸回来！”

林疏一时有些招架不住。

盈盈不明就里，抱着林疏的胳膊，疑惑地歪了歪脑袋。

萧无缺把盈盈捞进自己的怀里：“负心人！别碰他！”

盈盈无助地眨了眨眼睛。

林疏试图解释：“我……”

果子不听：“我不听！”

一时之间，殿内鸡飞狗跳，直接跳到家庭伦理剧的频道，林疏察觉到连侍女看他的目光都不对劲了起来。

正在鸡飞狗跳，殿外的侍卫进来，通报了一声：“皇后娘娘驾到。”

话音落下，鸡也不飞了，狗也不跳了，只有萧无缺抱着盈盈“嘤嘤”哭泣，对着门外道：“祖母……”

林疏也转向门外。

入目的是一袭烟霞烈火一样的凤袍。

视线再往上，看到一张母仪天下的脸孔。

并不年老，约莫三十五岁，脸部轮廓和凌凤箫很相似，具体却很不相同。完美无瑕的五官中，少了几分锋芒毕露的艳丽，多了几分温柔的秀润，再加上那端方的仪态，简直是"皇后"二字的现实诠释。

她也是当年，能让影无踪在惊鸿一瞥之下，一见钟情，继而说出"一生不入锦官城""盗不可采花，采花必败"的女人。

皇后在看他。

林疏不知该怎样形容她的眼神，因为她似乎怔住了，片刻过后，才调整过来，问他："你是……林疏？"

林疏道："是。"

皇后走上前来，看着他的脸，左右端详许久，温声道："你……居然是男孩子吗？"

林疏："……"

所以当年，桃源君和皇后到底是怎样订下婚约的？

皇后也以为林疏是女孩子！

这也怪不得凌凤箫坚信林疏就是个姑娘了。

林疏只能道："是。"

皇后轻轻叹一口气："……原来如此。"

林疏："？"

怎么就原来如此了？

皇后，你明白了什么？

只见皇后轻轻走到凌凤箫床前，手指抚了抚他的面颊："许多日没有休息，让他多睡一会儿吧。"

林疏："嗯。"

皇后道："你此次来锦官城，是否因为知道一些事情？"

林疏："是。"

皇后继续道："是否还想知道另一些事情？"

林疏："是。"

皇后轻轻叹一口气："随我来吧。"

她起身走向殿外。

萧无缺继续"嘤嘤"哭泣。

林疏摸了摸他的头，跟上皇后。

他有预感，自己将要知道一些很关键的东西。

皇后，既是南夏的皇后，又是凤凰山庄的核心人物，必然知道许多山庄和皇室的秘密。

而与此同时，她又认得桃源君，见过桃源君，当年与桃源君一起订下了两个后辈的婚约。

　　——她必定知道许多东西，而林疏也实在有太多的疑问。

　　皇后带他走到了整个南夏皇宫的最高处，一座高达百丈的楼台顶端。

　　这楼台名为"栖凤阁"。

　　从栖凤阁往下望，能看见皇城之中闪烁着的万家灯火。

　　而这一切又为隐隐约约的夜雾所笼罩，隔了一层纱，很不真切，如同浮云蔽日。

　　皇后俯视下方，道："箫儿并非女子之身，想必你已知道了。"

　　林疏："嗯。"

　　皇后道："我却未曾想到，你也并非女儿身。"

　　林疏："桃源君说我是女孩子？"

　　皇后深深望了他一眼。

　　"是。"她道，"当年，桃源君言说自己有一女徒，可许配给箫儿，因箫儿将来会做女子打扮，他也会让自己的徒儿做男子打扮，以此掩人耳目。"

　　好吧。

　　是桃源君坑了凌凤箫和皇后。

　　林疏："他为何要以女装示人？"

　　这个问题，他疑惑很久了，怎奈凌凤箫身上有真言咒，不能说。

　　皇后道："此事便说来话长了。"

　　林疏："请说。"

　　皇后："你可知凤凰血脉？"

　　林疏："知道。"

　　皇后："知道多少？"

　　林疏道："千年前有大难，世间异兽、神族等与天道有联系之物纷纷陨落，而凤凰血脉有特殊之处，能够隐于世间，等待涅槃。"

　　皇后点了点头，道："你已经知道许多了。"

　　林疏："我只知道这些。"

　　皇后道："无妨，我说给你听。"

　　接着，林疏便听皇后讲了一个与大巫所说的大同小异的故事。

　　但是，比大巫的那个版本详细得多。

　　说的，便是斫龙脉之事。

"凡人欲册封成为人皇，必先走过大龙庭捭阖道，得天道许可，方可气运加身，从而享悠远之寿，统御四海之威权，其血脉后代亦有千秋万代之气运，可以顺理成章走过捭阖道，成为下一代人皇。"皇后缓缓道，"然而，世间从不缺贪得无厌之徒。贪得无厌之徒中，又难免有深谋远虑之辈。即使坐拥四海，不得真龙认可，亦不能成为人皇……既如此，便斫龙脉，废道统，使四海之人，割地即可称王，一统天下便可称皇。此后数百年，天下群雄并举，血流成河，最终一统于大夏朝。此后，又有羯族叛乱，皇朝南迁。"

林疏点点头。

这是他所知道的。

"然而，"皇后话锋一转，"起先，得真龙认可后，人皇可得非凡气运，后来斫废龙脉，称王称帝，自然并无气运，除去权势外，并无好处。"

林疏："嗯。"

皇后一笑："可气运并未消失，而是藏于八荒四海，群雄割据，据地愈多者，气运愈盛，故而天下战火不止，如今之北夏，亦觊觎我朝土地。"

她顿了顿，又道："你可知，为何仙道与王朝不可分？"

林疏："不知。"

在他的认知里，既然修仙，就该远离尘俗，不理人间事才对。

"若无绝世功法，又无超绝之天赋，想修到大乘，需非凡之气运，欲得气运……便只能依附于王朝。"

林疏怔了怔。

气运是什么？

是敲门砖。

统领世间万物运行的，是天道。

而气运，就是人与天道沟通的钥匙。

气运强盛者，相当于有天道保驾护航，凡事逢凶化吉，一往无前。民间有占卜之术，可以算人的运势，也是通过窥知人的气运来推测。

若是修仙者，有气运加身，修为便会一日千里，更有无数机会奇遇，即使摔下悬崖，也能从悬崖底发现个什么绝世秘籍，从此顺风顺水。

一个人身上有多少气运，是由天道决定的，出生的时辰好，天道看你顺眼，气运便比旁人多一点。

而人皇加封，则是天道看你格外顺眼，把普天之下的气运都加在你身上了。

但是斫龙脉之后，便不是这个样子了。

人间与天道的联系断了。

气运的多寡，不是由天道来决定，而是可以自由竞争了。

一个王朝，坐拥多少地域，便有多强盛的气运。修仙之人，若无法拥有本就身负非凡气运的绝世秘籍，就只能依附王朝来分得气运，降低修炼的难度。

于是，便有了世间的纷争，各个王朝相互倾轧争斗，抢夺城池，仙道之人亦被卷入纷争之中，依附王朝，成为王朝的武器。

而这个真相，他们并不知道。几百年来，仙道属于王朝这一认知，已经成了大家都习以为常的事情。

愈是习以为常的事情，愈没有人探究原因。

但是，这里面还有一个问题。

林疏问皇后："既斩断了人间与天道的联系，为何还有气运？"

皇后道："并非斩断，蒙蔽而已。"

林疏明白了。

原先，天道和人间是密切联系的。

真龙、凤凰、仙山、仙岛……都有着和天道相连的气脉，都可以和天道对话，而它们也得到天道的滋养，拥有超出凡俗的力量。

后来，这气脉被人斩断了。

然后，某个存在，取代了他们，成了和天道沟通的代言人。

天道便被蒙蔽了。

所以，世间的气运还在，只不过天道不分配了。

林疏："……"

他正在对此感到窒息，忽然想到了一件事。

斫龙脉，受益最大的，是谁？

——是王朝。

是那个一统四海的大夏朝。

它由此拥有了世间绝大部分的气运。

若是龙脉未废，大夏朝的主人，未必能当上人皇。

但是，斫龙脉之后，他可以了。

而南夏和北夏既然是由大夏朝分裂而来，难保不会知道这个秘密！

那么，他们肯定不愿意见到天道重新归来。

毕竟，大龙庭一旦恢复，他们可能就当不上皇帝了。

那……皇后又为何要对自己提起这些呢？

他看向皇后。

皇后微微笑了一下，道："你明白了。"

林疏点了点头，问："皇帝知道吗？"

"他……自然知道，"皇后的语气冷了冷，然后道，"而我之所以知道，是因为凤凰家在数百年与皇帝的接触中渐渐推测出了真相。"

"王朝欺我凤凰一族久矣，"皇后的笑容有些凄然，"大夏朝视凤凰一族为禁脔，一则贪图绝世炉鼎之力，二则时刻掌控凤凰一族的血脉状况，不容许凤凰血脉苏醒。"

春夜寂静，只有皇后的语声响在林疏耳畔："五行之中，凤凰属离火，离火为炽阳之气，女子乃至阴之体，并不相融。若是凤凰出世，必定是拥有凤凰血的男孩……"

林疏睁大了眼睛。

所以……

"所以，箫儿只能是女孩子，"皇后望着无边夜空，声音微微沙哑，"当年，我怀箫儿时，腹中夜夜灼痛难忍，已然有所感应，临生产时，便做好万全布置。那时，承司马右丞之恩，滇地大灾，他游说陛下南行，故而我生下箫儿时，陛下并不在身边。我杀掉宫中许多人，换为山庄嫡脉，而后诞下箫儿。普天之下，知道箫儿真正身份者，独我、凤凰庄主、桃源君与箫儿本人，眼下，又多你一个。"

林疏问："他自己……知道原因吗？"

皇后摇头。

他不知道。

不知道王朝真正的意图。

林疏忽然有些不敢想了。

他只能问："凤凰血脉苏醒后，他会死吗？"

皇后道："凤凰血脉依赖天道滋养，若无，便渐渐枯竭而亡。按照如今情形，血脉彻底苏醒后，箫儿会死。"

林疏道："北夏大巫告知我，集齐八本秘籍，于幻荡山重召天道，凌风箫可以活。"

皇后道："大巫其人，若非有利，从不做善事。"

林疏所担忧的，也正是这个。

大巫并非什么好人，而且与他们非亲非故，甚至是死敌。大巫要他上幻荡山重召天道，其中必然有什么大的谋划，他不能轻举妄动。

他问："那要如何？"

皇后望着天边圆月，缓缓道："若他拥有四海……"

林疏怔了怔。

原来，皇后是这样想的吗？

"皇帝唯有萧灵阳一嗣，而萧灵阳养在我膝下，自幼时，我便对其多加打压，使其软弱无用，不堪大任，"皇后身上的温柔渐渐退去，取而代之的是某种睥睨的冷锐，"皇帝重病已久，残喘不了几时，故而箫儿身份尚不能暴露。待他崩殂，太子便任我拿捏，来日收复北夏，箫儿登基为人皇，身具天下气运，何惧没有天道滋养？"

皇后话锋一转："此事，我来做。而仙君你……"

她顿了顿，望向林疏："箫儿掌政后，主战派势大，只盼我朝与北夏兵戎相对之日，仙君——你能助他一臂之力！"

她目光恳切。

而林疏，从来不擅长拒绝。

更何况……凌凤箫，于他，终究是不同的。

他张了张嘴，发觉自己喉咙不知为何有些发涩。

"剑阁避世，不入人间，我不能令他们参与，"他道，"但……若有那日，我会来。"

皇后转身向他，无比正式地行了一礼："谢过仙君。"

高台上，皇后对他又说了许多。

关于凌凤箫。

凌凤箫的小时候。

还有南夏和北夏的局势。

回到凌凤箫房里的时候，他还没有醒。

林疏就知道，他是真的倦了。

若是往日，凌凤箫哪里这样沉地睡着过？

果子的"嘤嘤"哭泣还没有结束："你……男人……黑乌鸦！猪蹄子！等他醒了，你……抱抱他。"

夜风入窗，林疏忽然觉得这风冷得彻骨。

果子说得对。

自己是该抱一下凌凤箫，使他心中能有所安慰的。

可他修了无情道。

他给不了。

他可以抱凌凤箫，可以一直抱着。

但他的目光，比不上皇后那样款款温柔。

甚至比不上今夜被献到凌凤箫面前的那个男孩子那样温顺乖巧。

他眼前一阵恍惚，想起多年前，面对无情道的自己时，凌凤箫看似平静，但其实已经濒临崩溃的眼神。他不想让那样的眼神……再出现在凌凤箫的眼里。

凌凤箫身上，已经有足够沉重的东西了。

而他此刻清醒地意识到，自己的存在只会让凌凤箫更难过。

他望着凌凤箫的睡颜，最终转身走向门外。

不如不见。

就当他……没有来过。

园中，牡丹摇落。

旧日好景，前尘往事，忽然浮上心头。

他跨过宫门。

一只手拉住了他。

林疏低头。

是盈盈。

盈盈拉着他的手，抬起头来，眼眶有点红，鼻尖也是，乌黑漂亮的眼睛里蓄了眼泪。

林疏微俯身，摸了摸她的头发。

盈盈拽住他的手，在他的手心写了几个字。

林疏的脚步顿住了。

那几个字是："刚才你进来的时候，爹爹就醒了。"

林疏回头，定定地看着重重屏风之后凌凤箫模糊的睡颜。

原来已经醒了吗?

他也不愿见自己吗?

林疏想，确实是这样的。

相见不如不见。

与其……相互折磨，不如现在这样。

走了也好。

他已答应皇后，来日南夏和北夏开战，会站在凌凤箫这边，那么现在应做之事便是回山巩固修为心境，待来日，战场之上，能够多些胜算。

然后……凌凤箫加封为人皇，天下太平之时——

到那时——

到那时……

他又当如何？

林疏望着天上无边星月，心中一片空茫。

盈盈重新扯了扯他的袖角。

他望着盈盈，想着她之前那些控诉，在她手心轻轻写字。

"告诉你爹爹。

"不要……过分劳累。

"不必为萧灵阳生气。

"早睡。

"多加餐食。

"保重。"

盈盈的眼泪在眼眶里打转，然后滑落下来。林疏伸手给她拭去，然后写："你也是。"

盈盈咬住嘴唇，点了点头。

她写："我以后还能去梦里找你吗？"

林疏写："好。"

盈盈就那样望着他，然后缓缓松开了手。

林疏知道，盈盈一向是很乖顺的，并不像萧无缺那样执拗。

松开了手，他继续往前，走出宫门。

出去的路上，他回头望向楼台掩映之间，花木扶疏的梧桐苑。

苑里的灯火，一点一点熄了，仿佛开始安睡。

他心中有什么东西缓缓崩落。

他忽然之间很想回去，然而终究没有再回头。

他走出宫门，走出杨柳依依的御街。

街尽头有个供人赏玩的莲池，四月里，莲叶却未展，池面平滑如镜。

林疏走近，看着水中自己的倒影，觉得这张面无表情的脸，还是和上辈子，和多年前一样乏善可陈，一样面目可憎。

但又是挣脱不得的。

这仿佛是他的命。

一阵衣料的窸窣声打断了他的思绪。

林疏抬头往声音的源头看去，看见池边踉踉跄跄走来一个人，那人走到一棵柳树旁，扶着树干，肩头颤抖，似乎在干呕。

过一会儿，又走到池边，也像先前的他一样，怔怔望着水中倒影。

这时，林疏终于看清，眼前这一个，是个熟人。

谢子涉。

林疏看向她来时的方向。

见一座宽敞府邸，隐有繁灯之光、丝竹管弦之声，可以想见里面是怎样觥筹交错的热闹景象了。

他正看着，就见谢子涉走近，用因为微醺而有些飘忽的声音道："小林疏？"

但见她穿一身广袖黑缎长袍，绣银纹，是很华贵正式的款样，但是，是男人的制式。

她一头青丝也未像寻常女子那样精心梳理，而是简单一绾。昏暗中，只能隐约看见她的面容，仍像当年在学宫中一样清秀，只是也憔悴了许多。

当年大雪纷飞之中，儒道院的大师姐一身旧青袍，提灯踏雪而来，此时，那眉梢眼角的意气，似乎磨损了许多。

林疏："嗯。"

谢子涉确实有些醉了，打量他半天："仙君哪……"

说罢又微微弓腰，掩口，是想吐又吐不出来的模样，很是难受。

林疏递给她一枚解毒丹药。

在仙道的理论里，酒，亦是毒。

谢子涉接过来，吃了下去，过一会儿，似乎好了许多："多谢。"

林疏："不谢。"

谢子涉倚着柳树，望向池面，道："我是出来躲酒的。"

林疏没有答话。

他不知道该怎么答，想来谢子涉也未必需要他答。

果然，谢子涉不以为意，继续以一种类似自言自语的语气说道："现下的风气，以宴饮为乐。各个派系又自成一家，若我不与他们一道应酬唱和，朝堂之上，恐怕无援。"

她低低笑了一声："今晚，我原想写奏疏的，再不济，也能读些书。"

显然，她的愿望并没有实现。

谢子涉道："只是现在人心惶惶，殿下行事又果决狠厉，过几天，只怕主和派仅余的这些人……也要散了。"

夜风里，她那原本清亮的声音，有些发哑。

林疏问："为何主和？"

"安天下者……"谢子涉的声音像叹息，"在德，不在险。"

她摘下一枚柳叶，怔怔望着，道："儒学正道，尽在我南夏朝，北夏与蛮子沆瀣一气，纵然现下兵强马壮，然而，无圣人安邦，百年后……终究不值一提。若我朝能休养生息，韬光养晦……"

她扶着柳树，低低笑了笑，又叹了口气："不谈。"

林疏："若北夏进犯，又当如何？"

谢子涉道："割地求和。"

说罢，她又自嘲般笑了笑："只是，却无人同意我，我亦……不敢说。"

她摇摇晃晃向前走了几步，望向天上的明月："天下将乱。"

林疏知道，她或许永远都实现不了自己的愿望。

凌风箫倾向主战，而皇后……更是这样。

林疏："若打起来，你怎么办？"

"月有阴晴圆缺……"谢子涉却没正面答他，而是醉眼望月，喃喃自语，"与其说，天不遂人愿，不如说，世人所愿往往与天意相悖。毕竟，世人所求，不过安乐圆满，而此事……自古难全！"

她笑了几声，看向林疏："若真到避无可避之日，我难道没学过兵法吗？"

夜风递过来那边庭院里的喧嚣，隐约传来几句："谢大人去哪儿了？"

谢子涉道："我走啦。"

她的步伐还有些踉跄，脊背却挺得笔直，一边走，一边似唱似读地哼起了诗。

"君不见……君不见白骨蔽野纷如雪。

"君不见……君不见高树悲风声飒飒。

"君不见稚儿犹在抱，漫语阿爷早还乡。

"一朝英雄拔剑起……又是苍生十年劫！"[①]

林疏目送她离开。

[①] 引自燕垒生的《天行健》，引用时有改动，原句为："巍巍宫阙接天长，九阍帝子欲开疆。东城健儿备鞍马，西城健儿市刀枪，家家裁征衣，户户春军粮。稚儿犹在抱，漫语阿爷早还乡。君不见白骨蔽野纷如雪，高树悲风声飒飒。一朝英雄拔剑起，又是苍生十年劫。"

她的脚步忽然顿住了。

春夜，寂静。

风声。

城外的马蹄声。

马蹄疾踏。

而放眼望向北方——

远处，远山之中，火光点起，映着一道巨大的烟柱熊熊腾起！

而又有数道流光划过天际，是修仙之人的身影，疾掠向皇宫。

夏朝以狼烟为信，五十里一座烽火台。

若某处遇敌袭，立刻点起狼烟，其余烽火台辨明它的位置，亦会点起狼烟，朝最近的军营或都城求救！

狼烟起，战乱已至！

眼下情形，只有一种可能——北夏进犯！

谢子涉放声大笑。

笑完，她弯下腰不断咳嗽，听声音，几乎要咯出血。

终于平静下来，她望向林疏："带我去皇宫？"

林疏没再说话，运气带起她，向皇宫飞掠而去。

并且，直奔凌凤箫的寝宫。

一路上，箫管声停，但见皇城中骑兵飞踏！

铁蹄踏碎春花秋月、儿女情长。

林疏在梧桐苑宫门内落下。

先前熄了灯火的梧桐苑，此刻灯火通明。

谢子涉跪于凌凤箫座前："殿下。"

"你来了。"凌凤箫这话，似是在说谢子涉，却望向林疏。

他的目光里，似乎什么都没有，又似乎什么都有。

然后，凌凤箫闭了闭眼，缓缓道："北夏与西疆、滇国勾结，二十万兵马由西南滇地而来，直取锦官城。"

林疏纵使不了解局势，也知道，这可以说是惊变了。

北夏是南夏的大敌，可西疆、滇国早在之前的几场大战中俯首成为南夏的属国。

而如今……竟然反叛。

锦官城离西南边境不远，兵马从滇地来，很快便可以抵达锦官城下！

然而，与此同时，南夏的精锐兵马，却几乎全部集中在北境！

要调动，至少需要十天！

这样一来，锦官城可以说是孤立无援，四面楚歌。

谢子涉道："最近可从岁城调兵，五万。"

殿中一片寂静。

凌凤箫道："传令上陵学宫守城。"

有人领命下去。

但是在场之人都知道，仙道的力量，只是一部分，北夏必然派遣了无数精锐巫师过来。

而且修仙之人，杀凡人，有很多禁忌。

兵马。

需要兵马。

可是从哪里来？

众人都看着凌凤箫。

凌凤箫看着林疏。

下一刻，凌凤箫起身，红衣飞荡，走下台阶。

"京中兵马调动事宜，全听谢子涉号令，"他淡淡道，"上陵学宫由大国师全权安排。"

有人道："这……"

凌凤箫与林疏擦肩而过。

林疏听见凌凤箫对他说："等我回来。"

然后，凌凤箫越过他，径直往殿外走去。

照夜疾奔而来。

凌凤箫翻身上马，朝宫外疾驰而去！

红衣白马，很快消失在茫茫夜色中。

没有人知道他去做什么，连谢子涉都望向殿外，目带疑问。

林疏看向锦官城高大的城楼。

他什么都没有说，只是运气飞了过去。

过了一刻钟，都城守兵、仙道诸人，陆陆续续被调动。

锦官城的城楼乃是防御的重点。

林疏站在城墙之上，上陵简落在他身边。

他对林疏郑重其事道："多谢阁主相助。"

林疏道："不谢。"

无关南夏北夏，仙道魔道。

凌凤箫要他等。

那便等。

第十二章

你愿见我吗

站在城楼上，放眼望去，黑黢黢的远山一片寂静。

谢子涉已经安排完锦官城诸项防备事宜，此时，她面前展开一幅详细的地图，正执一枚棋子在其上不停推演。

"锦官城易守难攻，敌军由滇国方向来……"她喃喃道，"调橡、越、吴……八城守军北来。"

她旁边一位老臣睁大了眼睛，先是愕然，继而拍案而起，道："你……要弃去这八座大城？"

"不然？"谢子涉道，"敌军由滇国方向一路北来，此八座城，孤立无援，既无天险雄关，又无防备工事，要破，只在顷刻间！然而若调集八城守军，锦官城便多两万防守兵力，胜负还未可知！"

那老臣吹胡子瞪眼："你……大逆不道！此举，无异于将半壁河山，拱手让人！"

谢子涉道："您执意要阻拦？"

老臣道："我执意要阻拦！"

谢子涉眸光冷淡。

"卫胄，"她道，"将郭大人带下去。"

自凌凤箫安排锦官城一切兵力由谢子涉全权调动，谢子涉身边便有了两名图龙卫。

图龙卫直属凌凤箫，令行禁止，此时自然也无条件听从谢子涉的命令。

那老臣被架下去的时候，大骂道："无知妇人！"

谢子涉充耳不闻，只收起地图，道："传令八城。"

待到一切清净，上陵简道："谢姑娘，此乃孤注一掷之举。"

谢子涉道："若有他法能使锦官城守住，我岂会如此？"

林疏不发表意见。

都城，确实是要死守的，整个王朝的核心都在锦官城，它不能被破。

谢子涉望着远方，道："殿下此去……必定带援军回来，我等要做之事，便是死守锦官城，其余之事，一概……不论！"

林疏想，谢子涉虽然不主战，但真的打起来，也确实是个狠人。

"更何况，敌军不会太多，"谢子涉低声道，"我朝并不是孱弱之国，西疆、滇国兵力，又被削减过数次，北夏即使能瞒天过海，与滇国、西疆遥相呼应，将军队运到滇国，又能渡来多少？"

她顿了顿，继续道："相隔千里，他们如何能渡来军队？我实在想不通。"

天底下，能让谢师姐想不通的事情，并不多。

确实，由滇国方向进攻锦官城，最近，也最容易。但是北夏在北，滇国在南，二十万人的军队，怎么能横跨过整个南夏疆域来到滇国而不会被人发现呢？

即使这是一个修仙的世界，也不可行。

林疏心中忽然一跳。

世上没有不能解释的事情，除非缺少已知的条件。

而恰恰有一件事，谢子涉不知道。

他望向谢子涉。

谢子涉察觉到他的目光，挑了挑眉。

林疏道："北夏有一种血毒。"

谢子涉："什么血毒？"

"使活人变为尸人，受巫师操纵，并可以……以人传人。"

谢子涉的目光陡然变化。

林疏将手按在剑柄上，望向滇国方向，问："滇国有多少人？"

谢子涉久久没有回答。

月色如水。

城内万家灯火。

夜，寂静。

夜固然寂静。

但是杀机已经像今晚的月色那样蔓了上来，爬上每个人的背。

谢子涉的声音发涩："滇国……有三十余万人。"

假如果真如林疏所想的那样，北夏通过操纵尸人来进攻的话……那敌人的数量就非常可观，甚至，战斗力非常非常可怖。

而北夏制造出二十万大军，并不须要大费周章地运送军队，甚至……只需要一瓶血毒！

至于滇国为何会同意这样的自毁之策，大约是北夏与滇国的皇室达成了什么协议——比如攻克南夏后分多少土地给他们。

凡人贪欲无尽，只要有足够的好处，便会冒险一搏，决定与北夏合作，尽管这无异于与虎谋皮。

上陵简道："术院一年前已研制出此血毒的防御之药，并制出不少。"

谢子涉陡然望向他，抛出一连串问题："可供多少人使用？怎样使用？若已经染毒，能否救治？"

上陵简目光沉重，摇了摇头："只能用于事前预防，一旦染毒，难以救治。药的数量足够……但只对修仙人有效。凡人可用之药，还在研制中。"

谢子涉目光沉了沉："此毒，若接触凡人，多久起效？"

上陵简道："六个时辰。"

谢子涉立刻向下传令："请赵尚书、辛仆射。"

上陵简道："我去学宫。"

谢子涉点点头。

林疏独倚城楼，无事可做，只默默背剑谱。

凌凤箫给了谢子涉莫大的权力，大国师也对谢子涉十分信任，可见，大师姐果然有其过人之处。

但见她一条一条命令飞快地传下去，得知了血毒此事后，不仅要撤兵，还要疏散百姓——绝不能让这八城的百姓也沦为被北夏控制的尸人！

兵部尚书道："两天之内，敌军将至，而我等一面死守锦官城，一面调动北境守军，或可等到援军前来，而北边三座关卡，各有一名渡劫仙长，若能邀他们前来……"

"不可！"谢子涉拧眉，"北境守军绝不可动！"

兵部尚书："何出此言？眼前情况紧急……"

"若北夏声东击西，北境防守薄弱，你该当何罪？"谢子涉微微提高了声音，"不仅不可动，还要传令北境三关严阵以待，北夏军队随时会进犯！"

说罢，她声音稍放松了些："北夏但凡有一点远见，都不会拿自己的军队制成尸人，北境应当能够挡住。"

又是一阵传令，城门几经开合，飞马向四面八方传讯。

谢子涉这边也终于结束，只等消息反馈。

她离开桌案，朝林疏这边走来。

"你是渡劫？"谢子涉道。

林疏："嗯。"

"仙门之事，我不算了解。而听大国师的意思，此次敌军来犯，唯有修仙人有一战之力。"谢子涉望向远方，道，"所幸蜀州仙门林立，九大门派有四门在蜀……加上上陵学宫，情形或许不坏。"

林疏淡淡"嗯"了一声。

的确，蜀地的兵力，比不上北境，但论起修仙人，还是蜀地最多。

而凤凰山庄地处凉州，离蜀州，也不算很远。

上陵简此去给学宫、众门派传讯，能聚集起来的元婴修为之人，应该有数百，而渡劫，也许能有三人以上。

挡住尸人洪流，或许可行。

怕只怕大巫。

谢子涉看着他的神情，道："你觉得很糟糕吗？"

林疏："或许。"

谢子涉声音清寒，斩钉截铁道："唯死战尔。"

她继续道："敌军并非正规军队，并不携带辎重武器，若仙道能将尸人拦住，锦官城有火炮、投石车等诸多重器，或可有些许胜算。"

她说罢，按了按眉头。

夜风吹过她宽大的袍袖，使她整个人显得有些单薄。

城楼上一时寂静，直到传来了一阵很轻的脚步声。

"喵。"

一团球状黑影爬上了林疏的身体。

猫试图在林疏肩膀上落座，但这一举动对它的体形来说有少许难度。

猫又试图在林疏头顶落座，而这一举动则更加具有挑战性。

猫跳了下来，在林疏脚边焦急地打转："喵。"

林疏："……"

谢子涉倒是"呀"了一声，蹲下身来，和猫对视："有些眼熟。"

猫谄媚地朝她走过去，然后被抱在了怀里。

谢子涉的神情柔和了不少。

一只如此肥胖的黑猫，居然凭借脸皮，无往而不利，连谢子涉的心都能俘获，实在让林疏百思不得其解。

谢子涉："它在害怕吗？"

林疏仔细看，发现它果然缩成一团，焦虑地喵喵叫，把脑袋埋在谢子涉的胸口，身子不易察觉地发着颤。

谢子涉挠了挠它的耳朵，温声道："乖，不怕，很多仙长都会来。"

林疏："……"

大师姐，你知道吗？这是个陆地神仙。

即使全南夏的渡劫仙长聚在一起，恐怕都奈何不了它。

若是大巫……

若是大巫前来，有猫在，也不必太过忧心了。

只是不知道，到底猫为他们这些人做到什么程度，才算偿清了因果。

因果一旦还完，它就会立刻飞升，不在人间了。

猫在谢子涉怀里越扎越深，它倒是理所当然，谢子涉过了一会儿却道："你……好重。"

猫细声细气地"喵"了一声。

林疏想，谢子涉并非修仙之人，乃是个文人，还是个女子，纤纤弱质，如何能够长久抱着这只胖猫。

谢子涉作势要把它放下去。

猫拼命谄媚，拒不下去。

林疏本想把它接过去，但那个名为卫胄的图龙卫先行一步，道："谢大人，我来吧。"

谢子涉把猫给他。

卫胄一身黑衣，身形挺直，面无表情，抱着猫，目不斜视望着前方，只有手指小幅度地给猫顺毛，呈现出一种奇异的反差。

陆地神仙在卫胄怀里继续瑟瑟发抖。

过了半个时辰，前方传来消息。

敌军的行军速度远远快过预期，而且果真大部分都由尸人组成。

谢子涉下令，放弃八城之中三城，命他们死守，拖延时间，在这段时间内全力疏散其余五城，务必在今夜天亮之前，使那五座城池，成为空城！

这个决定，客观来说，是有些残酷的。

谢子涉两个时辰前还说着"韬光养晦"之语，此刻，终究还是毫不犹豫做了"杀万人以救十万人"之事。

星月皎洁，而人心惶惶。

飞马入都，报前线消息，三城俱破。

疏散那五城后，敌军一路畅行无阻，行军速度继续加快，天亮之时，恐怕就是敌军来犯之刻。

明月西沉，天光破晓。

林疏身边忽然落下一人："林兄！"

林疏转头看，是苍旻。

三年过去，苍旻长高了一些，不过一张清秀的娃娃脸却没变，正朝他有些傻乎乎地笑着。

"林兄，好久不见啦！"苍旻道，"学宫中都说你其实是剑阁的阁主……我想，林兄向来是和别人不同的，倒是很适合当剑阁阁主。"

林疏望着他，一时之间，却不知该说些什么。

苍旻却不以为意，道："竹杠马上也到了！除去年龄小的弟子和修为不到元婴的弟子，大家都过来了。"

正说着，越若鹤的身形在他背后的空气中渐渐显现，道："你这话太不讲究，年龄小的弟子中，有修为不到元婴的弟子，修为不到元婴的弟子中，也有年龄小的弟子，两者重叠，不分你我，不能相提并论。"

"滚滚滚，"苍旻道，"那依你的歪理，该怎么说？"

越若鹤一时语塞。

下一刻，越若云用同样的方式出现在他俩旁边，笑嘻嘻道："应该说'年龄小且修为不到元婴的弟子，年龄大但不到元婴的弟子，与到了元婴但年龄小的弟子'！"

苍旻道："你这一句话说完，北夏就该打过来了。"

他们这边说着话，更多的学宫弟子陆续前来，在城墙上散开，其中有不少林疏熟悉的面孔。

过了一会儿，一艘飞舟前来，一片绿色在城墙上散开，是如梦堂的弟子们。

上陵简对越堂主行一礼："多谢越兄高义。"

越堂主道："本该如此，国师不必谢。"

南海剑派、幻海楼、惊涛山庄也陆陆续续来了不少人。

日头在东边露出一线的时候，凌宝尘拍了拍林疏的肩膀："小仙君，你长高啦！"

宝清、宝镜几个女孩子依旧像三年前那样，嘻嘻哈哈地笑成一团。

但是，她们的刀都拭得很干净，在清晨雾气里寒光闪烁。

这几个女孩子，对凌凤箫"大小姐""大小姐"地喊着，总有人以为她们是凌凤箫的侍女，但其实不然。

她们是凤凰山庄大庄主的亲传弟子，在山庄中的地位仅次于大庄主、大小姐和几位师叔，相应地，修为也绝对不低。

凌宝尘对林疏道："等一会儿，我们大庄主就来了，大小姐一直养在大庄主膝下，你可是要见丈母娘了！"

宝镜道："小林疏，你见过皇后娘娘吗？"

宝尘拍手笑道："世人都只有一个丈母娘，你却有两个！"

林疏一时语塞，默默道："此时，你们应当正经一些。"

凌宝清道："我们好心给你排解愁闷，你却不领情！"

苍旻道："林兄，三年不见，你怎么更不爱说话了？"

越若鹤道："林兄似乎确实有些变化。"

凌宝尘似乎很骄傲，道："剑阁的少年阁主，当然要比你们这些小弟子气派一些！"

林疏想，他们并不知道自己修了无情道。

然而此时此刻，看着身边环绕着这些昔日旧友，他却忽然想，无情道，到底是什么？

林疏开始思考。

首先，比起毫无修为的时候，他的改变是很明显的，明显到了苍旻、越若鹤能够看出来的程度。

他问："哪里变了？"

"感觉吧……"苍旻咕哝了一声，"林兄，你似乎不喜欢我了。"

林疏："？"

凌宝尘"呸"了他一声："你想得美！"

"不，眼神不一样了。"苍旻拿手比画了一下，"林兄，以前我说话的时候，你看我，是看我的眼睛；现在你看我，我觉得你在看我前面一点的地方。"

他在身前指了指："就是这里。"

这个世界的人没有"空气"这个说法，林疏觉得，苍旻想表达的意思就是自己看的是他面前的空气。

这话似乎也没错。

林疏回忆了一下，觉得自己现在看任何东西，都像隔了一层厚重的白膜，不管在做什么事，都仿佛置身事外。

他只是知道自己该怎么做。

比如，看到一个不认识的人，他便该不做任何表示。

看到苍旻，会想，这是我三年前的同窗，我们一起做过很多事情，他朝我说话，我应该回应。

他仿佛变成了一台设有固定程序的机器，外界发生什么事情，先判断一下，再做正确的事情。

又仿佛变成了一个一学期没有听课，只在期末考试前复习了一晚上的学生，面对试卷上的题目，感觉很生疏。

无情道就是让人失去确切的感觉，然后在这样的环境中，渐渐脱出凡俗吗？他觉得迟早有一天，他会连自己的存在也忘掉。

而苍旻说完，越若鹤接着说道："林兄，你原来还会笑的，现在就没有了。"

林疏想越若鹤说得也有些道理，他也已经渐渐忘记喜怒哀乐是什么感觉了——虽然之前也不常有这些情绪。

这时候，越若云补充："我却觉得你更加好看了！师姐师妹们最喜欢这样冷冷清清的仙君了！"

凌宝尘道："小林疏，你以前那么乖乖巧巧，也很好玩，不过，若是现在和大小姐站在一起，便更像一对璧人了！"

他们你一言我一语，气氛很快活，但很快被上陵简制止了。

上陵简道："专心备战。"

被校长批评了的弟子们瞬间安静下来。

然后，上陵简走到林疏身边："阁主对战局怎么看？"

林疏道："尸人难死，先杀北夏巫师。"

谢子涉转过头来："仙道诸友人分作两种，其一诛杀北夏巫师，其二拦住尸人，城头守兵以火器、滚石防守，兼警戒全城，不可使一只尸人进城。"

上陵简道："在下亦是这样想。"

说罢，他向下环视。

锦官城楼，是锦官城外围防御的一道重要工事。锦官城被群山环抱，易守难攻，而城楼所在的这面城墙，乃是群山唯一的缺口，可以说，守住了这里，就相当于守住了锦官城。

上陵简道："我已命术院在全城设下结界，必要时，皇城大阵亦可启动。"

谢子涉道："殿下回城之前，不可追击，只可死守。"

上陵简点头，缓缓道："眼下情形，凡人军队，并无大用，若殿下是去带援军前来，似乎不妥。"

说罢，他看向林疏："阁主可知殿下去往何处？能否传讯？"

谢子涉也看向林疏。

这意思是，我们知道你与殿下关系非凡，你一定知道殿下的去处。

但林疏是真的不知道，也联系不上凌凤箫——玉符在盈盈手里。

不过，他能确定一点。

凌凤箫不会带着凡人援军回来。

毕竟，凌凤箫这人，就算全天下的人都掉了链子，他也是靠谱的。都城这些人能想到的，他也会想到，不会做无益之事。

所以，林疏道："他不会做无用之事。"

那两人便没有继续在这个问题上纠缠，而是望向远方，不知在想什么。

过了一会儿，谢子涉道："先生，你是渡劫修为？"

"勉强渡劫，"上陵简缓缓道，"当年之事过后，境界跌落，此后二十年不能寸进。"

林疏知道，他说的是梦先生那件事。

上陵简道："我常想，若那日与他同在长阳城，即使同死，也胜过今日独活。"

"不如意事常八九，"谢子涉淡淡道，"世间之事，或许无愧，却常有憾。"

上陵简道："但愿今日无憾。"

谢子涉道："借国师吉言。"

又过了一会儿，上陵简转身去接凤凰庄主，谢子涉亦去处理事务。

苍旻捣了捣越若鹤，说："竹杠，你看，我们还是学宫弟子，林兄却可以与大国师平辈相称了。"

越若鹤道："来日你当了横练宗的掌门，也可以与大国师平辈相称一下。"

苍旻道："那就是猴年马月的事情了，和你何日当上如梦堂掌门一样。"

越若鹤道："当务之急，还是活下来。"

苍旻道："也是。"

日头渐渐高起来，气氛如同绷紧的弓弦。

远方山林，忽然有鸟群惊飞。

上陵简沉声道："起阵！"

随着他话音落下，一道灵力涟漪自城楼荡开！

空气仿佛寂静了一刹，然后，浑厚的灵力结界如同一道城墙，矗立在城墙向外十里处。

仙道众人拔出兵刃。

城墙上的士兵，也开始加热火炮。

南夏修仙之风盛行，因着有炼丹、炼器之术，这些辎重武器十分发达；而北夏则因为巫师们精研巫毒，擅长施用毒雾。

这恐怕就是热武器和生化武器的区别。

就在下一刻，远方地平线上，蔓延开来大片黑影！

仙道诸人飞身而下，根据各自的武学风格，或选择守，或选择攻。

比如苍旻这样的，便在结界前防守，防止有尸人突破结界，将血毒传到城内，也避免护城结界因为被攻击过多而过早破裂。

而如梦堂的武学，隐于万物之中，神出鬼没，又有"自在飞花""无边丝雨"两个具大规模杀伤力的招数，他们全部飞出结界，选择探查后方操纵尸人的巫师。

第一只尸人扑到了结界前，被一个蓝衣弟子斩去头颅！

然而，没了头颅之后，它血红色的身躯如同一只大蜘蛛一样，继续往结界弹去！

凌宝尘反手一刀，刀芒上裹着炙热的红色灵力，将尸人残躯从中间竖劈成两半！

裂口之上，犹带"吱吱"灼烧之音。

两半躯体虽还能动，但速度已经迟缓无比，被其他人乱剑一刺，彻底不再动作。

这只是第一只。

而放眼望去，前方天地，竟被尸人充满！

二十万活尸，如同血红色的洪流，或铺天盖地而来的蝗灾，冲向锦官城紧闭的城门！

而南夏这边的修仙之人，满打满算，也只有两千。

数量悬殊得可怕，然而，并无人畏缩不前。

但愿今日无憾。

林疏拔剑。

三尺剑，寒光飒飒。

剑，用以问道，但，也可杀人。

林疏横剑于身前，并指抹过剑刃。

剑身清鸣，无形的剑意被寸寸激发，而他也再一次探清折竹剑所有的脉络，与它合一。

他身边的上陵简道："好剑！"

上陵简的佩剑亦出鞘，那是一把通体清明的银色长剑，剑光如满月之辉。

若梦先生用剑，必是这样清朗的剑，换成上陵简，倒也合适。

上陵简道："我在前方掠阵。"

说罢，飞身而起，向结界边缘而去。

密密麻麻的活尸，已经全涌了上来，爬在结界上，撕咬、撞击结界，消耗着结界的灵力。

修仙人之结界，便如同凡人之城墙，必不能被破！

刀光、剑光、符箓道法之光、雷霆轰鸣之声，在结界上不断炸开，一片活尸被法术砸下去，又有新的活尸爬上来，遮天蔽日，骇人至极。

林疏在等。

等如梦堂弟子回来，带回有关北夏巫师具体方位、实力的消息。

大约两刻钟过去，绿衣弟子陆续回来。

越若鹤蹙眉道："找不到巫师踪迹。"

越堂主道："此二十万大军，全由活尸组成，中央与最后皆不见巫师踪影，在下猜测，北夏巫师或分散隐于活尸群中，或藏身周边山林内，一时之间，难以找出。"

谢子涉拱手道："请越堂主率弟子继续探查。"

越堂主道："自然，只是，若一直找不出，不知如何是好。"

谢子涉道："眼下活尸有二十万之众，层层叠叠，若巫师藏身其中，确实难以找出。待我等将大半活尸消灭，再从中寻找，便易如反掌。"

越堂主道："如此便好。"

如梦堂便继续探查，而其余的仙道弟子，全部投身于守护结界。

上陵简的意思是，让林疏不要下去，先在城墙上等待，保存实力，待到要与北夏巫师对抗时，再出手。

因此林疏所做的，只是观察结界不同地方的战况，若哪里遭遇险境，便以剑气相助。

总体看来，凤凰山庄的刀法内含离火之气，最克阴邪，门派的整体实力最强悍，又有渡劫修为的凤凰庄主为她们掠阵，所以山庄所防守的正面，明明遭受的压力最大，却还游刃有余，牢牢守住了结界的关键处，甚至能派人援助其他地方。

而结界的西北角，队伍由小门派弟子混合组成，原本实力便略显薄弱，又配合不好，频频出现危情，是林疏襄助最多的区域。

这个守城结界依托于防守力最强的阵法"诸天星斗大阵"，能防御外界一切形式的攻击，也能挡住敌军的视线，使他们看不清结界内场景，从而无法得知结界内的布置。

这场守城之战，最好的结果便是，仙道众弟子将活尸拦截在结界之外。

但是……仍然太难！

这一两千的修仙人，实力弱一点的，一人同时抵挡几个活尸已经左支右绌，实力到了元婴后期，才能以一敌几十。

而活尸大军，却有二十余万！

一个人纵然长有十几只手，也无法将它们全部拦住，总有源源不绝的活尸附在结界之上，对其疯狂撕咬攻击。结界的灵力，就这样被不断消耗，消耗，再消耗。

这是一场注定不会大获全胜的战争，而结界也不可能长久地支撑下去，他们能做的，唯有死战而已！

多杀死一只活尸，结界就少一分压力，少一分压力，便能多支撑片刻，多支撑片刻——城内的其他布置，就能完善多一分！

日头渐渐大了起来，照在人脸上，有灼热之意。城中遥遥传来邈远的鸡叫声，似乎已近正午。

也就是说，距离活尸开始攻城，已经过了三个时辰！

仙道弟子，伤亡惨重，不断有身上染血的弟子从半空坠落。

术院的弟子、长老们立刻对其进行救治，有的可以救回来，有的被命中要害，无力回天，而有的……在落下那一刻，就已经没了呼吸。

日光越发灼热。

又过了一个时辰。

弟子们已经力战不支，坠落的人越来越多，还能继续战斗的，灵力也几乎耗尽，身上又有伤，战力大不如前。

结界亦受到极大损耗，从一开始的流光溢彩、气息浑厚，变得单薄而摇摇欲坠。

此时，距离最开始，已经过去了四个时辰。

已经……足够久。

谢子涉闭上眼，道："退。"

一声令下，仙道诸人撤离，落回城头，而满目疮痍的结界开始向城墙缓缓收拢。

在战场上，退，往往意味着，败。

活尸群中，一片嚎叫。

那嚎叫大概是因胜利而喜悦呼喊，但落到南夏人耳朵里，便全部变成恶意的狂欢，尖锐的叫声刺入耳膜，血红的海洋铺天盖地往上涌，明明身在人间，却仿佛在修罗地狱，此情此景，使人背后发寒。

有人传信道，谢大人，某某王、某某侯、某某大人已经携家眷往凉州方向逃了，是否派一队兵马前往拦截？

谢子涉冷笑："让他们走。"

笑罢，她道："太平盛世，若要辨清忠奸，还要费些工夫，如今倒是不费吹灰之力！"

传信人溜须拍马："谢大人英明。"

谢子涉冷眼望向前方。

但见结界一层又一层缩小，逐渐往城墙靠拢，活尸大军缓缓往这边移动——明眼人都能看出，结界撑不住了。

而结界一旦撑不住，锦官城被破就在旦夕之间，也怨不得那些心思浮动的高官贵胄仓皇北逃。

然而……

上陵简落在城墙之上，道："收阵！"

守护结界陡然破灭！

锦官城门户大开，只剩一座小型结界，勉强守卫着城墙。

活尸齐声嚎叫，向前奔去！

而等待它们的，却不是一马平川的坦途，而是南夏花费一夜，再加上方才仙道之人争取来的四个时辰，为它们准备好的葬身之地！

但见平地之上，赫然横亘着几十道数百米长、近百米深的壕沟！

壕沟底则是数不清的尖锐铁蒺、长刺！

铁刺上有仙家的法术加持，无坚不摧，活尸不懂得跳跃退避，一旦掉入壕沟，便被尖锐铁刺直直扎穿！

浩浩荡荡的活尸如同血红色的水流，遇到这样的壕沟，就如同河道突然陷落，它们纷纷陷了进去。

一时之间，尖锐凄惨的呼号此起彼伏。

上陵简道："谢大人好计谋。"

"不敢居功，"谢子涉道，"昔日在学宫上课时，兵法课上，曾有一日的功课是制十条守城之策，这是凤阳殿下所制十条中一条。"

活尸大军顿了顿，约莫是后面指挥的巫师也发现不对，命令它们停下了。

但是，很快，几乎就在停止的下一刻，它们重新动了起来！不仅如此，甚至速度比之前快了许多！

第一道壕沟被填满了，与地面齐平。

活尸大军踩着被填满的壕沟，继续向前。

第二道。

第三道……第十七道。

巫师给它们的指令，竟然是作为炮灰，填平壕沟！

数不尽的活尸，填满了深不见底的壕沟，整个活尸军队的数量也减少近半。

修仙人的力量，诚然超过凡人，但不过一人对抗数十活尸而已。而这样的计谋布置，却可以在半个时辰之内，坑杀数万活尸。可见战场之上，两军对垒，修仙人的力量，很多时候只是锦上添花，真正的战争成败，还要看凡人的兵力与统帅的头脑。

尽管活尸军队大大折损，它们却没有活人的恐惧情绪，仍然聚成一片，向前涌去！

这次……前方是真正的一马平川了。

但见它们一拥而上，直奔锦官城城墙！

谢子涉道："放箭！"

传令兵得令，号角声响起，城墙上的弓箭兵架好弓弩，等第二声号角响后，弓成满月，万箭齐发！

一轮射毕，补上箭镞，继续齐射。

箭雨落在活尸群中，但仅仅是稍稍减缓了它们的速度。

凡人的血肉之躯在这样的箭雨下，若无盾牌防护，恐怕早已血肉模糊，可活尸不同，射箭给它们带来的伤害，恐怕只是挠痒痒而已。

南夏这边的人，已经能想到北夏巫师看到这一幕时嘴角的冷笑了。

不过……谁说这几轮齐射的目的，是刺伤尸人呢？

锦官城守军副将对谢子涉道："大人，火油弹已用尽。"

谢子涉望着下方的尸海，嘴角勾起一丝笑，道："点火吧。"

副将大声道："换火炮！"

但听机栝声响，城头已经架设好、也加热完毕的火炮筒口喷发出热气，几声轰隆巨响，向下喷射出灼热的火团。

弓箭兵们亦是换箭，箭头绑了正熊熊燃烧的火把，射向城下。

火团落到地上，立刻轰然炸开！

战场上，烟气弥漫，而滔天的大火，迅速蔓延！

——原来最开始的那几轮齐射，箭头都绑了火油包，箭头命中活尸后，火油包破裂，火油便泼在活尸身上。几轮箭射下来，已有不少活尸身上淋淋漓漓沾了火油。此时，再以火炮、火把引燃，火势便立刻起来，一发而不可收了。

谢子涉道："殿下既精通兵法，又熟习仙道法术，故而能有这样的办法。当初我看到此法，曾以为此法条件苛刻，又只能在孤城险隘使用，虽然很妙，却无法实施……未想到，真有用上的一日。"

她并未居功，而是说出了这是前些年凌凤箫在兵法课上的一个作业。

林疏想，凌凤箫自然是靠谱的，他的方法是靠谱的，所选的人也很合适。

若非谢子涉，而换成别的老臣，恐怕只是一味死守，不会用出这样的计策。

但见城下方圆十里，烧成了一片血红色的火海。

那火油并不是普通的火油，而是加入了仙道丹方，火势比寻常之火猛烈百倍！

而活尸这种阴邪之物，最怕火烧。

它们不再前进，而是在火中打滚、哀号。一旦打起滚来，便免不了碰撞到自己的同伴，于是，那些没有沾上火油，在火海中勉强偷生的活尸，也被自己的同伴波及，沾上了火，开始和它们一起打滚哀号，无一幸免。

活尸惨叫之声，震耳欲聋。

上陵简挥手落下一道小结界，隔住了刺耳的声音。

火焰继续燃烧，在风中发出猎猎之声，火焰色泽鲜红，宛如大地上盛开的万朵红莲，没有衰败之时。

一旁，凤凰山庄的几个女孩子互相处理伤口，一边打坐恢复修为，一边交谈。

"庄主说，此次守城，我们必有所得，你们可有感受？"

"果然是有的，我们往日切磋、练武，竟都像是纸上谈兵了。方才生死厮杀，我终于明白了许多招式的深意！"

"不仅如此，"凌宝尘道，"你们有没有发现，每到力竭之时，运转心法，都能恢复一些？而生死关头，我们凤凰山庄的刀法，似乎都会比寻常时候厉害一些。"

年纪最长的凌宝清道："凤凰心法原本就有涅槃之意，遇强则强，绝处逢生，只有在这个时候，才能表现出来。"

女孩子们点头称是，不再言语，专心体悟。

其余各人，尤其是那些还没有离开学宫，没有真正与人搏斗过的弟子，也都静坐冥思，有所收获。

火海仍在燃烧，活尸的脚步不再往前，城头上的氛围暂时放松了下来。

谢子涉轻舒一口气。

她问上陵简："我们……挡住了？"

上陵简摇了摇头："并未。"

谢子涉："为何？"

上陵简道："守城死战，从火灭始。"

谢子涉道："火灭之时，活尸应当死绝。"

上陵简道："谢大人有所不知，北夏炼尸之术中，有一术名为'火炼'。火炼之法，乃是将身中血毒之活尸，投入烈火中。活尸原本畏火，烈火烧灼一个时辰，便会彻底身死，然而约十个普通活尸中，便会有一个为烈火所炼，却天赋异禀，未死。"

谢子涉道："这样说来，城下诸多活尸，亦会有许多未死？"

"正是。"上陵简看向城下火海，"烈火烧灼，'火炼'之后，普通活尸死绝，存活者，体质已变，北夏称为'火炼尸'。普通活尸不过是寻常怪物，可以以力克之，火炼尸却相当于金丹修为之人。"

谢子涉眉头紧锁："一万。"

原本还活着的活尸，约有十万，那么火炼之后，便会催生大约一万的火炼尸！

一万火炼尸，就是一万金丹修为之人。

这一场火烧，有利有弊。

十万减至一万，守城压力骤减，但这一万火炼尸实力大大增强，又是新的险境。

谢子涉道："为今之计……"

上陵简道："力战，拖延时间。"

谢子涉点头。

术院给仙道众人分发疗伤丹药，使他们能尽快恢复。

林疏望着火海，估算着这场火将燃烧多久，此时，身边忽然落下了两个人。

灵素道："阁主！"

清卢在灵素身后试探地伸出一个脑袋："师尊。"

林疏："怎么来了？"

灵素道："阁主自大龙庭前往锦官城后，我等便回剑阁，但清卢对阁主甚是思念，意欲跟随阁主，鹤长老允了，我便带他来此。"

清卢的模样，很是委屈，似乎怕被责罚。

灵素环视四周："阁主，这是……"

林疏道："战乱。"

灵素道："阁主将出手？"

"嗯。"林疏道。

想了想，灵素属于剑阁，是出世之人，不该参与，他道："你回去吧。"

灵素道："我乃阁主剑侍，自当跟随阁主左右。"

清卢道："我乃师尊弟子……"

林疏想，也罢。

灵素修为很高，足以自保。清卢修为浅薄，但锦官城只要守住，他就没事；即使守不住，也可以把人收进青冥洞天，总归出不了事。

他便道："护好自己。"

灵素道了一声"是"，便不再说话，侍立林疏身侧。

越若云对越若鹤说："好气派的仙女姐姐。"

一时之间，众人看林疏的目光都有些不同了。

知道他是剑阁阁主是一回事，真正看到是另一回事。

灵素这样修为高强、出尘拔俗的仙子，都恭敬地称他为"阁主"，甚至说自己只是他的侍女，可见剑阁阁主地位之高了。

时间渐渐过去。

火，渐渐小了。

火中活尸哀号之声，也渐渐小了。

但是，声音的质地，似乎有所变化。

火灭了。

城外土地，一片焦黑。

而漆黑的土地上，横躺无数被火烧焦的干枯尸体。

大多数不再动弹了，然而，有的活尸颤了颤，自同伴尸体中爬了起来。

它们的颜色已经变了，不论头、身子、四肢还是面孔，都变成黄铜一般的暗金色，乍一看，简直像是寺庙中的金身罗汉，可再定睛望去，其扭曲的姿态又显得极为可怖。

第一个火炼尸摇摇晃晃地站了起来。

许多个火炼尸摇摇晃晃地站了起来。

上陵简忽然道："不对！"

林疏同样感觉到了不对。

这些火炼尸身上透出的气息，哪里是金丹境界？

明明已经到了元婴初期！

一万个金丹，虽然难，但尚可以对付！

一万个……元婴？

谢子涉似乎预感到了什么，面色苍白："方才的消息有误？"

上陵简深吸一口气："恐怕……它们都是元婴境界。"

谢子涉失声道："什么？"

即使是出身儒道院的人，在学宫中度过七年，也知道修仙人的等级划分。

一万个元婴活尸。

要知道……此时此刻在城头上的元婴期修仙人，也只有一千！而且，他们还都在方才的战斗中身负重伤！

上陵简道："北夏血毒，比起我等所知，又有变化……"

谢子涉道："这……如何能赢？"

众人望向城下尸群，面上尽是惶惶之色。

第一只火炼尸自地面上一跃而起，直冲城墙！

城墙的砖头，被它砸碎数块！

它开始迅速往上攀爬。

清卢哪里见过这种场面，当即害怕了，"啊"了一声，往灵素身后躲。

猫更是惨叫一声，死死往图龙卫怀里扎，力道之大，使那个无辜的图龙卫都往后踉跄了几步。

林疏："……"

你们两个抱在一起发抖吧。

他出剑，一式"有时飘零"隔空挥出，剑气将那只火炼尸斩落。

上陵简道："我与凤凰庄主分守两边。"

林疏点点头。

原本，他们渡劫的修为，是留给北夏巫师的。

北夏既然进犯，岂会不派遣几位渡劫修为的巫师前来？

而现在，却用在了对付这上万只火炼尸上——将修为耗尽后，再对上北夏渡劫巫师，又该怎么办？

一个渡劫巫师，又相当于一个活尸军团，到那时，南夏已无人，该怎样对付？

山穷水尽，不外如此。

林疏望了望上陵简。

上陵简对他遥遥点了点头，目光凝重。

林疏便知道，他也做好了最坏的打算。

最坏的打算……城毁，人亡。

或是这锦官城中数万百姓，皆化为活尸厉鬼。

他静了静心，横剑，打算用"长相思"。

"长相思"心法运转起来之后，天地间一切声响远去，万籁俱寂。

在这空茫的寂静中，他忽然听到西方地面微微颤动的声音。

他望向西方。

此时，天已薄暮，一轮如血残阳挂在天幕，被地平线吞没一半。

一线黑色的潮水，自地平线向这边涌来！

新的活尸军队吗？林疏想。

他身边的谢子涉也注意到了，望向那里，脸色愈加苍白。

而北夏巫师也发现了此事，火炼尸们的动作停止了。

不，不是。

林疏微微睁大了眼睛。

他看见，那巨大的血色残阳下，一人红衣飞荡，策白马而来！

凌，凤，箫。

他在心里，这样一字一字想。

照夜是世间罕有的神骏，不消一刻，便近了。

他们也看清，凌凤箫身后，到底是什么。

是一支军队。

一支黑色的军队。

骑兵身着黑色重甲，肤色铁青，身上黑气缠绕，不似活人！

而战马个个高大骇人，皮毛漆黑，双眼血红，如同妖物！

为首那个，骑着最高的一匹战马，身形魁梧，朝城墙沉声道："孟简！别来无恙！"

上陵简道："独孤将军……好久不见。"

独孤将军。

闽州城里的独孤将军？

当年闽州叛乱，上陵简前往平乱，同时，北方长阳城告急。上陵简为了迅速驰援梦先生，以禁术斩杀闽州城满城人。

——闽州就此化为鬼城，当年枉死之人，尽数变成修罗厉鬼，度化不得。

而凌凤箫，竟然请得他们襄助。

林疏想，鬼城和自己，也有些渊源。

他来到这个世界，就是自鬼城始。

遇到凌凤箫，也是在鬼城。

但见烈马声嘶，数万黑色骑兵，由高处奔下，疾冲向火炼尸群！

一方是厉鬼，一方是活尸。

林疏遥遥望向凌凤箫。

见如血残阳下，千军万马之中，凌凤箫勒马停住，亦仰头望他。

四目相接，一时无话。

凌凤箫的眼里，好像也有一轮如血的残阳。

在林疏的意识里，凌凤箫是永远永远不会低头，也不会落败的。

无论怎样的危局，怎样的险境，即使是方才那样山穷水尽的境地，都可被此人以一己之力逆转。

可此时此刻，望着凌凤箫，看着他的眼神，林疏忽然觉得，这样一个不可摧折、不可战胜、骄傲漂亮的人，在望向自己的这一刻，却是易折，也易伤的。

无关家国，胜负，成败。

凌凤箫在用眼神问他——

你愿见我吗？

图书在版编目（CIP）数据

折竹. 2 / 一十四洲著. — 广州：广东旅游出版社, 2022.4
ISBN 978-7-5570-2199-3

Ⅰ. ①折… Ⅱ. ①一… Ⅲ. ①长篇小说—中国—当代 Ⅳ. ①I247.5

中国版本图书馆CIP数据核字(2022)第036228号

折竹. 2

ZHE ZHU. 2

出 版 人：刘志松
责任编辑：陈　吉
责任技编：冼志良
责任校对：李瑞苑

广东旅游出版社出版发行
地址：广州市荔湾区沙面北街71号首、二层
邮编：510130
电话：020-87347732
印刷：嘉业印刷（天津）有限公司
（地址：天津市静海经济开发区北区银海道48号）
开本：700毫米×980毫米　1/16
字数：414千
印张：22.5
版次：2022年4月第1版
印次：2022年4月第1次印刷
定价：49.80 元